일러두기

1. 번역에 쓰인 원전은 2013년 중국 장강문예출판사에서 출간한 '이월하 문집' 제1판을 사용했다.
2. 맞춤법과 띄어쓰기는 한글맞춤법과 외래어표기법에 따랐다.
3. 한자는 우리말로 표기하고, 꼭 필요한 경우에만 괄호 속에 원음을 병기해 이해하기 쉽도록 했다.
   예 : 다이곤多爾滾(도르곤)
4. 인명과 지명은 우리말로 표기했다. 단, 이미 굳어진 표현은 원지음을 존중했다.
   예 : 나찰국羅刹國(러시아). 이후에는 '러시아'로 표기
5. 본문 중의 괄호 안에 뜻을 풀이한 것은 모두 옮긴이의 설명이다.

雍正皇帝

【제왕삼부곡 제2작】

옹정황제 1

시진핑 주석이 반부패개혁의 모델로 삼은 황제

얼웨허 역사소설
홍순도 옮김

더봄

옹정황제 1권

개정판 1판 1쇄 인쇄 2015년 9월 7일
개정판 1판 1쇄 발행 2015년 9월10일

지은이 얼웨허(二月河)
옮긴이 홍순도
펴낸이 김덕문

펴낸곳 더봄
등록번호 제2015-000072호
주소 서울특별시 중구 을지로 12길 28, 207호(저동2가, 저동빌딩)
대표전화 02-2264-0148 **팩스** 02-2264-0149
전자우편 thebom21@naver.com
블로그 blog.naver.com/thebom21

ISBN 979-11-86589-27-4 04820
ISBN 979-11-86589-26-7 04820(전12권)

책값은 뒤표지에 있습니다.

시진핑은 왜 21세기 옹정을 꿈꾸는가!

요즘 들어 13억 중국인들 사이에서는 '옹정황제'가 다시 화제다. 특히 시진핑習近平 중국 국가주석 겸 총서기는 옹정황제를 반부패개혁의 모델로 삼고 있다고 공공연히 밝힌다. 그는 2013년 4월 중국 보아오博鰲에서 열린 보아오포럼에서 외국 기자들로부터 "옹정황제가 반부패개혁의 롤모델이냐"는 질문을 받고 "그렇다!"고 대답할 정도로 얼웨허의 '제왕삼부곡' 시리즈를 탐독한 것으로 유명하다. 한마디로 소설《옹정황제》를 읽고, 이를 바탕으로 중국의 현 지도부가 추진하는 '부패와의 전쟁'에 임하는 실천적 근거로 삼았다고 해도 과언이 아니다.

이뿐만이 아니다. 지난 2015년 3월, 이른바 양회兩會(전국인민대표대회와 전국정협)에서 왕치산王岐山 전국기율검사위원회 서기는 소설《옹정황제》에 등장하는 이른바 철모자왕鐵帽子王(아무리 죄를 저질러도 강등되지 않는 무상 권력의 왕을 일컬음)을 거론하면서 중국의 부패에 성역이 없다는 의지를 피력하기도 했다.

아버지의 장수長壽는 자식으로서는 기뻐해야 할 일이다. 그러나 가끔 그렇지 않은 경우도 있다. 아마도 제위를 물려받을 황태자의 처지가 대표적이지 않을까 싶다. 아버지가 장수하면 기다리다 지쳐 먼저 불귀의 객이 되는 경우도 없지 않다. 개인적으로는 아버지의 장수가 불운을 넘어 불행으로까지 연결될 수 있는 것이다.

청나라 5대 황제인 옹정황제 역시 이와 비슷한 곡절이 있는 황제였다. 아버지 강희가 무려 61년 동안 재위하면서 68세까지 장수한 탓에 적자인 둘째 윤잉은 40년 가까이 태자 자리에 있다가 더 이상 견디지 못하고 제위를 탈취하려다 폐위되었다. 이후 황제 자리를 놓고 20여 명이 넘는 형제들과의 치열한 암투가 벌어졌고 결국 넷째 황자였던 옹정이 제위를 쟁취했다. 지금으로 치면 환갑을 훨씬 넘는 나이라고 해도 좋을 44세 때였다. 대단한 집념과 기다림의 미학을 보여준 황제라고 할 수 있다.

하지만 그 때문에 옹정황제는 재위 기간이 길지 못했다. 고작 13년이었다. 짧다고 하기는 어려우나 업적을 남기기에는 턱없이 부족한 시간이었다. 그가 일반적으로 별로 한 일이 없는 황제로 인식되는 것도 바로 이 때문이 아닌가 여겨진다.

그러나 실상은 그렇지 않다. 13년 동안의 길지 않은 재위 기간 동안 단 하루도 쉬지 않고 치열하게 일했고 많은 업적을 이뤄냈다. 어떻게 보면 아버지 강희대제에 비해 더 낫다고 해도 과언이 아니다.

무엇보다 그는 등극 당시 거의 거덜이 난 국고를 튼튼하게 채워 넣었다. 그 액수가 강희대제 말기 때의 10배 이상이었다고 한다. 붕당정치를 분쇄해 황권을 강화한 것도 그가 남긴 업적으로 부족함이 없다. 그 과정에서 황권을 다투었던 윤사, 윤당 등의 신분을 격하시켰을 뿐 아니라 권신인 연갱요와 융과다 등을 숙청했다.

이뿐만이 아니다. 그는 중국 역사상 가장 넓은 영토를 확보한 황제로 불려도 손색이 없다. 소수민족을 귀부시키는 외에 티베트와 위구르 족을 평정하여 영토를 확충했다. 소수민족이나 주변 국가 입장에서는 다소 다른 시각으로 볼 수 있으나 중국인들의 입장에서는 훌륭한 군주임이 분명하다.

무엇보다 옹정황제의 단연 빛나는 업적은 역시 부정부패를 뿌리뽑은 것이다. 그가 '냉면왕'冷面王이라는 별명의 군주로 기억되고 있는 이유다. 부패와의 전쟁에 적극 나서고 있는 시진핑習近平 현 중국 총서기 겸 국가주석이 옹정황제를 롤모델로 삼은 것 역시 바로 그 때문이리라. 그는 공공연히 《옹정황제》를 치세의 지침서라고 밝힐 정도다.

황제라면 마음만 먹으면 뭐든지 마음대로 할 수 있다. 속된 말로 타락하려면 한없이 타락할 수 있었다. 하지만 옹정황제는 그렇게 하지 않았다. 술은 거의 하지 않았고, 평소 상다리 부러지는 진수성찬보다는 소박한 박식薄食을 즐겼다. 주위에 여자들이 전혀 없는 것은 아니었으나 지나치지는 않았다. 절제의 미덕을 보여준 군자라는 것에 이견이 없다.

특히 옹정황제는 역대 중국 황제들 중에서 가장 부지런한 황제였다. 그래서 아버지 강희대제보다 젊은 나이에 세상을 떠나지 않았나 싶다. 하지만 그가 남긴 업적은 결코 작지 않다. 아침부터 저녁까지 힘써 일한다는 뜻인 조건석척朝乾夕惕의 진지한 생활 태도는 감탄사가 절로 나올 정도이다.

소설 《옹정황제》는 이런 그의 일대기라고 할 수 있다. 사서史書에 입각해 정확하게 쓰는 것으로 유명한 작가 얼웨허의 성격으로 볼 때

소설이기는 하나 결코 과장하지는 않은 것 같다. 재미에 더해 역사적 지식을 보고 배울 수 있는 치세의 지침서로서도 손색이 없다. 호흡이 길기는 하지만 일독을 하고 나면 많은 교훈과 가르침을 얻을 수 있을 것으로 확신한다.

2015년 9월, 베이징에서

홍순도

"역사를 거울 삼으면 미래가 보일 것!"

'역사소설의 황제' 얼웨허二月河는 현대 중국의 대표적인 작가이다. 본인은 천부적인 재능을 타고난 것이 아니라 노력하는 작가라고는 하지만 청나라의 최전성기를 연 세 황제, 즉 강희·옹정·건륭 130여 년의 이야기를 다룬 '제왕삼부곡'帝王三部曲은 현 중국 최고지도부의 치세의 지침서로 많은 사랑을 받고 있다. 자금성의 거물들로부터 직접적인 찬사와 격려의 메시지를 받으면 흥분할 법도 하지만 얼웨허는 늘 그러하듯이 알 듯 말 듯한 미소를 보이며 담담하게 입을 열었다.

"문학작품은 아무리 뛰어난 작품성을 지녔다고 해도 백가쟁명에서 완전히 자유로울 순 없다. 높으신 분들이 잘 봐주신다니 다행이라 생각할 뿐입니다."

지병인 고혈압 때문인지 감기증세에 대해 예민한 반응을 보이며 인터뷰를 시작했다.

"전에는 건강이 좋았습니다. 65도나 되는 이과두 술을 몇 병씩이나 마셨고 담배도 즐겼죠. 밤새워 원고를 쓸 때면 거의 담배에 의존했죠. 엿새 동안 꼬박 밤을 새운 적도 있습니다. 감기에 걸리지 말아야 하는데……."

중국역사 수천 년 동안 많은 황제들이 있었는데, 유독 강희, 옹정, 건륭에게 흥미를 가진 이유는 무엇 때문입니까?

그들 세 사람이 재위했던 시기가 중국 봉건사회가 마지막으로 찬란한 불꽃을 피운 시기로 문화, 경제, 정치 등이 모두 최고조에 달했었습니다. 특히 문화의 발전이 가장 두드러졌습니다. 그러한 시대의 황제를 묘사함으로써 중국의 특성을 재조명할 수 있다고 생각했습니다.

너무 버거운 과제라고 생각하지는 않습니까?

나의 작품 중에는 특별히 명제라고 강조할 만한 것은 없습니다. 책을 많이 읽다보니 저절로 창작을 향한 충동을 느꼈을 뿐입니다. 나는 사회학자도 정치가도 아닙니다. 그저 소설가의 관점에서 여러 계층의 인물들에 대한 내면과 역사적인 사건을 다룰 뿐입니다.

대청제국의 흥망성쇠를 통해 역사적 필연과 교훈을 배워야!

중국 역사상 수많은 나라가 있는데, 왜 청나라 역사를 택했습니까?

청나라는 중국 봉건사회의 마지막 왕조이며 봉건사회의 흥망성쇠의 축소판이라고 할 수 있습니다. 일대 전성기를 구가했고 대내외적으로 부강 일로를 달리던 청나라가 서서히 숨통이 조여들어 멸망에 이르는 과정이 거국적인 비극이고 화하華夏 민족의 일원으로서의 크나큰 유감을 느꼈기 때문입니다.

그래서일까. 얼웨허의 '제왕삼부곡' 시리즈는 일명 '낙하'落霞 시리즈라고도 부른다. 그것은 아무리 찬란한 태양일지라도 결국엔 저녁노을과 함께 밤의 장막 속으로 사라지듯이 강희, 옹정, 건륭 3대에 걸친 대청제국의 흥망성쇠 과정을 보여주는 것이라고 한다. 이는 곧 거역할 수 없는 역사의 흐름이며 필연이라고 얼웨허는 말한다.

얼웨허의 본명은 능해방凌解放이다. 1945년 8월에 세상에 태어난 얼웨허에게 항일전쟁 승리의 환희에 들끓어 있던 동네 사람들이 해방이 임박했다며 '임해방'臨解放이라고 부르기 시작했고, 이후에는 자연히 능해방으로 불리게 되었다고 한다. 작가로서의 필명인 얼웨허二月河는 '2월의 황하'를 뜻한다.

"어릴 때는 공부를 싫어했습니다. 나는 황하의 지류인 태양도太陽島라는 곳을 몹시 좋아했는데, 황하의 물결이 굽이쳐 돌아나가는 모퉁이죠. 그곳에서 여러 해를 살았는데, 매일 밤 황하의 도도히 흐르는 물소리에 귀를 기울이곤 했습니다. 노을이 질 때 창문을 열면 그 아름다움에 도취되곤 했습니다. 그 기억은 평생 동안 잊지 못할 겁니다. 나는 황하를 좋아합니다. 그래서 자칭 '태양도의 아이'라고 부르기도 했죠. 얼웨허라는 이름도 황하와 깊은 관련이 있습니다. 2월이면 눈이 녹고 황하는 다시 생기를 되찾으니까요."

물을 가까이 하는 자는 지혜롭다고 했다. 지칠 줄 모르고 줄기차게 흐르는 중화민족의 젖줄인 황하는 바짓가랑이를 걷고 앞머리를 휘날리며 자신을 정감어린 눈빛으로 뚫어지게 응시하는 검붉은 피부의 사내에게 무한한 창작의지와 영감을 선물했다.

시련의 연속이었던 청년기와 군대 생활에서 얼웨허를 지탱해준 유일한 희망은 책읽기였다. 《한서》漢書, 《후한서》後漢書, 《진서》晉書, 《송원학안》宋元学案, 《이십사사》二十四史, 《제자백가》諸子百家 등의 고전을 신들린 듯 읽어가며 얼웨허는 한겨울의 추위와 더불어 오천년의 역사 속을 분주히 드나들었고 제왕학의 모태 역시 이때 자리를 잡았다.

방대한 사료史料들은 어떻게 수집하였습니까?

이미 절판된 희소가치가 있는 고서에 대해서는 세계 어디에 있든 좇아다니며 찾아냈습니다. 청나라는 강희, 옹정, 건륭에 걸쳐 정치와 문화의 발전을 거듭했지만 옹정황제 때는 문자옥文字獄을 비롯한 문화文禍도 심했습니다. 그러나 청나라 시대의 역사적인 기록은 비교적 많이 남아 있습니다. 이를테면 1년 365일 동안 황제의 의식주에 대한 기록이 놀라울 정도로 자세하게 기록되어 있습니다. 황제가 무엇을 즐겨 먹었으며 계절과 장소에 따른 복식服飾이 어땠는지, 심지어는 그 당시 민간의 두부며 배추 가격을 비롯하여 관혼상제와 해몽에 관한 내용도 상세히 기록되어 있어서 많은 도움이 되었습니다.

어떤 사람들이 당신의 작품을 읽기 바랍니까?

나는 가장 평범한 사람들을 위해서 글을 썼습니다. 그들이 피땀 흘려 번 돈으로 내 책을 사서 본다면 그보다 더한 보람은 없을 겁니다.

어떤 생각으로 글을 쓰십니까?

펜을 들면 항상 자신이 최고라고 생각하며 거침없이 써내려 갑니다. 하지만 펜을 놓으면 최고가 아니고 '꼴찌'라는 생각이 듭니다.

스승으로는 강희제가 최고이지만 지도자로서는 옹정제가 으뜸!

강희·옹정·건륭 셋 가운데 누구를 가장 좋아합니까? 만일 친구로 사귄다면 누구를 택하고 싶습니까?

나는 강희를 스승이나 웃어른으로 모시고 싶습니다. 강희는 봉건사회의 정치가로서 걸출한 인물입니다. 8세에 등극하여 15세 때 개국공신의 후예로 권세가 하늘을 찔렀던 대신 오배를 제거했고, 실권을 장악한 23세에 대만을 수복했으며, 서북쪽 변방을 개척하여 광대한 통일국가를 이루었습니다. 그야말로 61년을 장기 집권한 가히 '대제'大帝라고 할 수 있죠. 그는 또한 훌륭한 학자이기도 합니다. 시사에 능하고 서예, 음악, 천문, 수학에도 조예가 깊었고 7개 국어에 능통했습니다. 신하와 백성들에게도 너그러웠던 능력있고 덕망높은 분이라고 할 수 있습니다. 그리고 친구로는 건륭을 택할 겁니다. 그는 시詩와 사詞에 능하고 풍류를 즐길 줄 압니다. 그와 반대되는 위상의 인물이 바로 옹정입니다. 마지막으로 옹정은 너무 엄숙하고 무미건조하기 때문에 친구로는 적합하지 않습니다. 다만 국가의 지도자로는 최고입니다. 특히 업무에 대한 그의 열의는 더욱 높이 평가되어야 합니다. 집권 13년 동안 천만 자가 넘는 상소문을 친히 어람했죠. 진시황에서 부의황제에 이르기까지 부지런한 면에서는 그를 따를 제왕이 없습니다. 강희황제가 그에게 7백만 냥의 국고금을 남긴 반면 그는 건륭에게 5천만 냥을 넘겨주었습니다. 그만큼 내실을 다진 것이죠.

옹정에 대한 평가가 다양한데, 정치가를 어떻게 생각하십니까?

정치가는 덕德보다 공功이 우선적인 평가기준이 되어야 한다고 생각합니다. 사회전반에 걸쳐서 얼마나 공헌했느냐가 문제죠. 옹정이 걸출한 것은 가장 청렴하고 공적이 많았던 황제였기 때문입니다. 측천무후나 주원장은 강압적인 정책을 펼쳐 살생을 일삼았지만, 옹정은 제도를 채택했기 때문에 그 업적이 더욱 빛나는 것입니다.

제왕에 관한 글을 쓰는 사람들은 대리만족을 하려는 경향이 있다는데 어떻습니까?

나는 제왕들을 칭송하기 위해 글을 쓰는 게 아니고 역사를 시로 쓸 뿐입니다. 내가 작가로서 초점을 맞춘 것은 제왕이 아니고 일반 소외계층입니다.

포의 본색布衣本色은 얼웨허의 인격을 형성한 밑거름이라고 해야겠다. 일각에서는 소설《옹정황제》에서 욕심과 집착없이 해탈의 경지에 이른 지혜로운 괴짜 오사도鄔思道를 작가 자신의 화신인 것 같다고 한다. 이에 대해 얼웨허는 작품 속의 인물에 대한 자신의 이상理想을 결코 부정하지 않는다. 작가란 본디 작품을 통해 자신의 가치관을 드러내는 것이기 때문이리라. 작품에 몰입할 때는 그 인물에 따라 감정이 출렁거리기가 일쑤라고 한다. 때로는 책상을 부서져라 내리치는가 하면 뜨거운 눈물을 흘리다 못해 책상 위에 엎드려 엉엉 소리내어 울기도 한다고 한다. 봉두난발의 미치광이가 따로 없다고 얼웨허는 자신을 말한다. 그러나 그 작품에 종지부를 찍고 나면 다음 작품을 위하여 자신의 안팎을 깨끗이 정리한다고 한다. 몸도 마음도 모든 그늘에서 벗어나 처음 볼펜을 잡던 문학 초년생의 초심으로 돌아간다고 한다.

-〈청년보〉〈남방일보〉 등 요약정리

청 왕조 계보

태조
누르하치努爾哈赤(1616 – 1626)

태종
홍타이지皇太極(1627 – 1643)

세조
순치제順治帝(1644 – 1661)

성조
강희제康熙帝(1662 – 1722)

1황자 **윤제**胤禔
2황자 **윤잉**胤礽
3황자 **윤지**胤祉
4황자 **윤진**胤禛
5황자 **윤기**胤祺
6황자 **윤조**胤祚
7황자 **윤우**胤祐
8황자 **윤사**胤禩
9황자 **윤당**胤禟
10황자 **윤아**胤䄉
11황자 **윤자**胤禌
12황자 **윤도**胤祹
13황자 **윤상**胤祥
14황자 **윤제**胤禵
15황자 **윤우**胤禑
16황자 **윤록**胤祿
17황자 **윤례**胤禮

이하생략

세종
옹정제雍正帝(1723 – 1735)

고종
건륭제乾隆帝(1736 – 1795)

인종
가경제嘉慶帝(1796 – 1820)

선종
도광제道光帝(1821 – 1850)

문종
함풍제咸豊帝(1851 – 1861)

목종
동치제同治帝(1862 – 1874)

덕종
광서제光緒帝(1875 – 1908)

부의
선통제宣統帝(1909 – 1912, 청조 멸망)

雍正皇帝

1부 구왕탈적九王奪嫡

1장

냉면왕冷面王과 포의布衣

사람들은 흔히 양주揚州를 보지 않고서는 삼오三吳(장강長江 하류 강남의 지역 명칭. 일반적으로 오군吳郡, 오흥군吳興郡, 회계군會稽郡을 일컫는다)를 유람했노라고 말할 수 없다고 했다. 특히 수정 같은 호수가 절경을 이루고 있는 홍교虹橋 일대를 보지 않았다면 더욱 그렇다고 했다. 그 정취에 젖어보지 않고는 자기 안에 잠자고 있는 감성지수를 정확히 알 수가 없다고 하나같이 입을 모은 것이다.

그곳은 숫처녀의 속치마처럼 하늘거리는 능수버들이 기나긴 둑을 이루는 곳이었다. 비단결 같은 대지라는 말이 무색하지 않았고, 안개 자욱한 우윳빛 호수에는 함초롬히 이슬 머금은 연꽃의 은은한 향이 가득했다. 누구나 한번쯤은 주체하기 어려운 시흥詩興의 충동을 느낄 수밖에 없는 곳이었다. 홍교각虹橋閣, 서광루曙光樓, 내훈당來薰堂, 해운감海雲龕…… 등의 수많은 명승고적들도 바로 그곳에 자리하고 있었다. 그것들은 빽빽한 대숲 사이로 붉은 벽과 푸른 기와를 살며시 보여주면서 종종 세파에 찌들고 삶에 지친 유랑객들을 유혹하기도 했다.

뿐만 아니다. 수많은 묵객들이 세속의 때를 말끔히 씻어내고 상처를 치유하기 위해 찾아오는 무릉도원 같은 곳이기도 했다. 그럴 때면 이곳도 시끌벅적해질 때가 있었는데, 매년 2월이 바로 그때라고 할 수 있었다.

강 하나를 사이에 둔 멀지 않은 곳에 자리한 '홍교영토지묘'虹橋靈土地廟라는 사당에서 해마다 '증복재신회'增福財神會라는 묘회廟會(사당 축제)가 열리는 것이다. 그럴 때면 인근에 사는 상인들은 말할 것도 없고 멀리서 작심하고 찾아드는 사람들로 장사진을 이뤘다. 갖가지 음식과 민속놀이가 명절 분위기를 내기도 했다. 또 강과 호수에는 놀이배가 줄을 이었을 뿐만 아니라 가문의 무병장수와 한 해의 복을 기원하는 참배객들이 구름같이 모여 향을 피우기도 했다. 절호의 기회를 노리는 장사꾼들을 들뜨게 만들 수밖에 없는 풍경이었다.

목에 핏대를 세운 장사치들이 여기저기서 호객에 여념이 없는 모습 역시 인상적이었다.

"자, 둘이 먹다 둘이 다 죽어도 모를 따끈따끈한 순두부요. 강희 황제께서도 직접 맛보시고 극찬을 아끼지 않은 순두부요. 자, 처녀가 먹으면 시집을 가고 아줌마가 먹으면 떡두꺼비 같은 아들을 낳는……."

"자, 전田씨 집안의 닭튀김이오. 바삭바삭해서 맛이 기가 막힙니다!"

"시施 뚱보의 족발을 먹어보지 않으면 양주를 기웃거린 보람이 없죠! 자, 기막힌 횡재수 선사하는 시씨 집안 족발이오!"

장사치들은 행여 뒤질세라 목청을 돋구어댔다. 그 바람에 양주 전역은 마치 정신없이 끓어오르는 기름가마처럼 혼잡스러웠다.

때는 강희 46년, 절기상으로는 용이 기지개를 켠다는 음력 2월 2일이 막 지났을 무렵이었다. 양주 지역 곳곳에서는 아지랑이가 아른거렸다. 또 홍교 양안兩岸에는 봄꽃이 만개했다. 천지에 봄기운이 완연했다.

꽃향기 그윽하고 봄바람 싱그러운 그런 어느 날이었다. 양쪽으로 지팡이를 짚은, 다리가 불편한 사내 하나가 홍교 남쪽에 위치한 '배흠객잔'培鑫客棧에서 나와 규칙적인 지팡이 소리를 내면서 천천히 걸어갔다. 그는 얼마 후 다리가 불편한 사람답지 않게 북새통을 이루는 인파속으로 유유히 사라졌다.

그 사내는 바로 무석無錫 일대에서 유명한 천재인 오사도鄔思道였다. 실제로 그는 부시府試과 향시鄕試에서 수석은 떼논 당상이라는 말을 들으면서 합격했을 뿐만 아니라 수재秀才와 거인擧人들 중에서도 성적이 타의 추종을 불허할 정도로 월등했다. 강희 36년에는 그 기세를 몰아 남경南京에서 치러진 춘위春闈 시험에 응시했다.

사내는 시문時文, 책론策論, 시부詩賦 세 부분으로 나눠 보는 시험에서 자신의 뛰어난 문장력에 스스로 연신 혀를 내두를 정도로 자신만만해하면서 고사장을 나섰다. 채점 역시 사람이 하는 일이라 혹 5등 안에는 들어가지 못할지라도 10등 안에는 무난히 들어갈 것이라고 흐뭇해하기도 했다. 그러나 합격자 명단을 적은 방榜이 나붙을 때까지 날아갈 듯한 기분으로 지낸 그에게 현실은 너무나 냉엄했다.

오사도의 눈은 얼마 후에 나붙은 황방皇榜 앞에 한참 동안 머문 채 떨어질 줄 몰랐다. 그의 눈빛은 차츰 실망과 분노로 바뀌었다. 아무리 눈을 씻고 봐도 보이지 않던 자신의 이름이 방의 맨 끝부분에 가서야 간신히 매달려 있었던 것이다.

그는 쇠방망이로 뒤통수를 얻어맞은 기분에 잠시 얼떨떨해하다가 분노에 치를 떨면서 달려가 자초지종을 알아봤다. 사람들은 그런 오사도의 행동에 동정을 표하기는 했다. 그러나 삼척동자도 다 아는 이 바닥의 썩은 관행을 여태 몰랐느냐고 허탈한 웃음을 지어 보이는 것 역시 잊지 않았다.

알고 보니 주시험관인 좌옥홍左玉興과 부시험관인 조태명趙泰明이 나라의 인재를 물색하는 신성한 관직을 등에 업고서 그동안 돈 먹는 하마 역할을 해왔던 것이다. 한마디로 이름만 대면 알만한 조정의 거물들이 특별히 부탁한 경우가 아니면 모두 성적에 상관없이 '뇌물'의 액수에 따라 인재를 뽑아온 것이다.

오사도는 그렇게 질 나쁜 족속들의 행태에 대해서는 관심도 없었고 알고 싶지도 않았다. 아니 설사 사전에 알고 있었다고 하더라도 결코 돈다발을 바리바리 싸들고 가랑이에 바람을 일으키면서 찾아다닐 그가 아니었다. 춘위 시험에서 미역국을 먹은 것은 불 보듯 뻔한 결과라고 할 수 있었다.

그러나 그는 가만히 당하고 있을 위인이 아니었다. 불의를 보면 맞서 싸우지 않고는 직성이 풀리지 않는 사람이 아니었던가. 그는 권세 앞에 머리를 숙인 채 흔쾌히 패배를 인정할 수는 없다고 생각했다. 급기야 자신과 동병상련의 아픔에 처해 있는 400여 명에 이르는 낙방 거인들을 불러 모아 궐기하기로 했다.

우선 재신財神의 동상銅像을 든 채 문제의 남경 과거시험장인 공원貢院에 쳐들어가 한바탕 난동을 부렸다. 이어 좌옥홍과 조태명 두 사람의 부정을 폭로하는 전단지를 사방에 살포했다. 이들의 궐기에 남경은 발칵 뒤집어졌다. 일이 조정에까지 알려지고 강희의 분노가 하늘을 찌르는 가운데 이 모든 일의 주동자인 오사도는 유유히 남경을 떠나 어디론가 사라지고 자취를 감춰버렸다. 이후에는 그저 온갖 소문만 난무했을 뿐이었다.

사태의 후폭풍은 간단치 않았다. 간 큰 '주모자'를 놓친 강남江南 순무巡撫가 가장 먼저 횡액을 당했다. 조정에서 그의 죄를 물어 바로 두 등급이나 계급을 강등시킨 것이다. 또 뇌물수수 혐의 사실이 부분적으로 인정된 좌, 조 두 시험관은 "영원토록 다시는 관리로 임용하지 않는다"는 조정의 명령과 함께 파직의 쓰라린 결과를 받아들여야 했다. 이로 인해 사태는 어느 정도 수습이 됐다.

당금 천자天子인 강희제康熙帝에까지 여파가 미친 이 사건은 하마터면 조정의 양대 실력자인 명주明珠와 색액도索額圖까지 시험 관리에 소홀한 책임을 지고 파면될 뻔하기도 했다. 그러자 둘은 오사도에게 가슴 깊이 앙심을 품었다. 곧 민심을 혼란에 빠뜨린 주범이라는 죄명을 덮어씌워 조정의 명의로 전국에 체포령을 내렸다. 그러나 오사도는 행방이 묘연했고 전혀 흔적조차 찾을 수 없었다.

세월이 흐르고 천하무적에 안하무인이던 거물 명주와 색액도는 자연스럽게 역사 속으로 사라졌다. 그제야 오랫동안 무이산武夷山에 칩거하고 있던 오사도는 세상으로 나가는 연습을 조금씩 하기 시작했다.

그러던 어느 날이었다. 태후太后가 붕어崩御하고 거국적으로 대대적인 사면령이 내려졌다는 소문이 돌았다. 오사도는 그 소문을 들은 다음에야 비로소 한껏 기지개를 켜면서 꿈에서도 그리던 고향 삼오로 돌아왔다. 하지만 그 역시 예전의 모습이 아니었으니, 그의 두 다리는 사건 이후 도주하던 길에서 만난 도적들에게 얻어맞아 부러지는 바람에 정상이 아니었다.

오사도는 절도 있는 지팡이 소리를 내면서 다리 어귀에 다다랐다.

이어 잠시 멈춰 서서는 감개무량한 표정으로 주위를 둘러봤다. 수척한 얼굴에 한 가닥 씁쓸한 미소가 엷게 번져나갔다. 심산유곡에서 막 돌아와 직면한 인간세상은 예전과 같은 모습은 찾아보려야 찾아볼 수조차 없을 만큼 몰라보게 변해 있었던 것이다. 그는 격세지감을 온몸으로 느끼면서 혼잣말처럼 중얼거렸다.

"내가 떠날 때는 아직 어린 묘목이더니……. 십 년의 비바람 속에서 많이도 컸구나, 백양나무야……."

"아니! 정인靜仁(오사도의 호) 선생 아닌가? 참 크고도 작은 세상이라더니, 여기서 정인 선생을 만나다니? 그래 그동안 어디 계셨나?"

갑자기 등 뒤에서 누군가의 놀란 듯한 목소리가 들려왔다. 오사도는 천천히 고개를 돌렸다. 서른 살 남짓한 나이에 말끔한 흰 얼굴이 인상적인 젊은이가 팔자 모양의 잘 다듬은 콧수염을 일자로 잡아당기면서 환하게 웃고 있었다. 육각형 모양의 딱 맞는 모자에는 빨간색 비단 정자頂子가 그럴듯하게 드리워져 있었다. 푸른색 두루마기에 조끼를 받쳐 입은 채 허리에 꽃을 수놓은 검은 띠를 두른 모습은 정갈하고도 멋스러워 보였다.

오사도는 한동안 젊은이에게 시선을 주다가 이마를 치면서 소탈하게 웃었다. 고향 대가만戴家灣의 효렴孝廉인 대탁戴鐸이라는 것을 알아차린 것이다.

"아이고, 이게 뉘신가? 십 년 전 내가 항령項玲(대탁의 호) 그대를 마지막으로 봤을 때는 땅 소유권 문제로 한 주먹 하는 놈들과 붙었지 않았나. 한 방 얻어맞고 거지 신세가 돼서 정신 못 차리고 다니더니……. 그동안 아주 몰라보게 변했네. 그러게 사람은 무조건 때 빼고 광을 내고 봐야 한다니까!"

대탁이 오사도의 말에 쑥스러운 웃음을 지으면서 말했다.

"사흘 동안 헤어졌다 만났어도 눈을 비비고 볼만큼 달라져야 한다고 하지 않았나. 그런데 우리는 강산도 변한다는 십 년 만에 만나는 것이니 당연하지 않겠는가! 하기야 돌이키기도 싫은 과거사를 얘기하자면 끝이 없지 않겠어? 정인 선생이 어떻게 생각하실지 모르나 나는 지금 북경에서 어느 부잣집의 집사로 있어. 오늘은 마침 주인어른을 모시고 나온 것이라네. 괜찮다면 소개시켜 줄게!"

오사도는 어리둥절한 채로 대탁에게 이끌려 다리에서 내려갔다. 그러면서도 한 가지 생각을 떨쳐버릴 수가 없었다.

'저 사람은 비록 몰락한 가문의 자손이기는 하나 한때는 감히 그림자도 밟지 못할 만큼 존경받던 학자의 아들이 아닌가? 인품도 썩 괜찮은 사람이었지. 아무리 세상 꼴이 험악하게 돌아간다고 해도 그런 사람이 어쩌다 남의 집 집사 신세로 전락했다는 말인가?'

오사도는 미간을 가볍게 찌푸리고 생각에 잠긴 채 다리에서 내려왔다. 그리고는 다리 아래에 서 있는 스물 대여섯 살 정도 돼 보이는 젊은이에게로 시선을 옮겼다. 젊은이는 부잣집 귀공자입네 하는 거만한 행동거지나 과장된 화려함과는 거리가 먼 소박한 옷차림을 하고 있었다. 오사도는 첫눈에 그가 바로 대탁이 말한 주인이라는 사실을 알 수 있었다.

청년은 눈에 확 띄지는 않았으나 정갈함이 돋보였다. 단정한 모습에 첫인상도 아주 좋았다. 그는 기름기 반지르르한 머리채를 등허리에 길게 드리운 채 잔잔한 미소를 지으면서 오사도 쪽으로 다가왔다. 이어 뭐라고 입을 열려고 했다. 대탁이 미끄러지듯 그 발밑에 한쪽 무릎을 꿇으면서 아뢰었다.

"넷째 도련님, 아주 기막힌 우연입니다. 이분이 바로 도련님께서 자주 말씀하시던 오사도 선생입니다. 오 선생, 이쪽은 우리 은殷 도련님이야. 북경에서 우리 도련님을 모르면 간첩일 정도야. 잘 나가는 열여덟 황상皇商(황실과 거래하는 상인)들 중에서 네 번째로 손꼽히는 대단하신 분이지!"

"은진殷眞이라고 합니다. 그냥 월명거사月明居士라고 불러주시면 되겠습니다. 그런데 실례지만 오 선생은 호가 어떻게 되시는지요?"

청년이 잔잔한 미소를 띤 채 머루알처럼 까맣고 맑은 두 눈으로 오사도를 바라보았다. 이어 오사도를 샅샅이 살피려는 듯 아래위를 천천히 훑어봤다.

오사도는 속으로 적지 않게 놀랐다. 초면에 상대방에게 자신을 자그마치 '월명거사'로 불러달라는 그가 예사롭지 않게 느껴졌던 것이다. 어마어마한 가문의 자손이 아닌가 하는 생각도 들었다. 그러나 오사도는 놀란 내색을 하지 않은 채 웃으면서 담담하게 대답했다.

"나는 변변한 호 같은 것도 없습니다. 사람들이 가끔씩 정인이라고 불러줍니다. 귀에 거슬리지는 않는 것 같습니다."

그러자 은진이 상체를 약간 숙인 채 손을 내밀었다. 이어 앞장서서 길을 안내했다.

"우렛소리 같은 대명大名은 귀에 못이 박히게 들었습니다. 저의 아버지께서도 어르신의 학문을 대단히 높이 평가하시는 것으로 알고 있습니다. 저에게 귀인을 잠깐 모실 행운을 주셨으면 합니다."

오사도는 청년이 '황상'이라는 말을 처음 듣는 순간 본능적으로 거부감을 느끼지 않을 수 없었다. 그러나 대탁이 모시고 있다는 눈앞의 젊은이에게서는 마누라도 속여 먹는다는 장사꾼의 저질스럽고 교활한 모습은 전혀 찾아볼 수가 없었다. 그는 자신도 모르게 머리를 끄덕였다. 은진이 곧 오사도와 어깨를 나란히 하고 걸으면서 천천히 입을 열었다.

"선생, 나는 결단코 선생께 싸구려 아첨을 하는 것이 아닙니다. 그러나 그 당시 시험관들을 성토하는 선생의 격문 때문에 북경은 발칵 뒤집혔죠. 파급이 말도 못할 정도였습니다. 특히나 좌옥흥과 조태명의 심장을 향해 찌르는 듯한 경구驚句가 너무나 마음에 와 닿았어요. 한 번 읽어 본 후로는 뇌리에 박혀 잊히지 않습니다. '조정의 기대를 무참히 짓이겨 버리고 이익을 좇느라 대의를 저버리다니……. 두 사람이 제정신이 박힌 사람들인지 의심스럽구나! 금전에 눈이 아홉이 됐으니 청천벽력도 두렵지 않다는 말인가? 수작을 부릴 것이 따로 있지, 이 나라의 명운이 걸린 인재 등용에 마수를 뻗치다니? 양심이라고는 눈곱만큼도 없는 저런 자식들은 내가 가만 두지 않을 것이다. 계란을 들어 바위에 내리치는 어리석음이라고 할지라도 내 필히 목숨 걸고 싸우고자 한다. 나아가 원흉의 목을 베어 국문國門(수도의 성문)에 내걸어 일벌백계를 꾀하고자 하니 뜻 있는 자, 나에게 상방보검尙方寶劍(황제가 내리는 보검)을 주는 것이 어떠한가!'라는 글이었죠. 선생의 그 글에 꿈자리가 사납지 않을 탐관오리는 아마도 없었을 겁니다. 실로 대단한 용기가 아닐 수 없습니다. 천자께서도 두 시험관의 죄상에 대로하시고 선생의 글에 박수를 보내셨다는 얘기가 있었죠."

은진의 말이 끝나자 대탁이 재빨리 끼어들며 말했다.

"역시 도련님의 기억력은 대단하십니다. 어쩌면 토씨 하나 빠뜨리지 않고 그렇게 정확히 기억하고 계십니까?"

은진이 대탁의 아부어린 칭찬이 싫지 않은 듯 껄껄 웃으면서 말했다.

"어디 그뿐인가? 폐하께서는 그 당시 오 선생의 문장과 필체에 대해서도 극찬을 아끼지 않으셨다고!"

오사도는 은진의 말에 호들갑을 떨 정도로 크게 놀라거나 하지는 않았다. 그러나 다소 의문스러운 점은 있었다. 당시 자신의 글이 워낙 세상을 시끌벅적하게 만들었던 격문이었기에 많은 사람들이 그 내용을 기억하고 있는 것은 그럴 수도 있다고 생각했다. 그런데 아무리 대단하다 하더라도 '황상'에 불과한 젊은이와 그의 집사가 어떻게 격문을 보고 난 다음 있었던 황제의 반응까지 알고 있다는 말인가? 그것도 마치 곁에서 지켜본 것처럼 생생하게 말할 수가 있는 것인가!

뭔가 미심쩍은 느낌이 들었지만 그럼에도 오사도는 그럴 수도 있겠다고 생각하고 넘어갔다. 다름 아닌 대탁이 '넷째 도련님'을 대하는 태도를 보면서 그렇게 수긍을 했던 것이다. 대탁 역시 한때는 한 지역의 명류名流에 속하던 사람이었다. 부러질지언정 남에게 굽히지 않을 정도로 자존심도 강했다. 그런 그가 고향 사람을 만나 마치 큰 자랑거리나 되는 듯 자신의 '집사' 신분을 털어놓는 것이 쉬운 일이겠는가. 그 사실 하나만 보더라도 차림새만 언뜻 보기에는 색다를 것이 없어 보이는 은진이라는 청년은 결코 평범한 인물이 아닌 것 같았다.

오사도는 더 이상 상대의 신분에 대해 파고들지 않기로 마음을 먹었다. 상대 역시 더 이상 자신의 정체를 드러낼 말을 할 생각이 없어 보였다. 그가 애써 궁금증을 감추면서 담담하게 말했다.

"별 볼 일 없는 나에게 이토록 큰 관심을 가져주시는 것에 대단히 감사드립니다. 타향에서 오랜 지기를 만난 것 같군요. 하지만 십 년 동안 산중에 칩거하면서 책을 읽고 수양을 하고 보니 지난날 저의 글이란 것이 공명功名에 목을 매단 채 문장입네 했던 터라 쑥스럽기 그지없습니다. 얼굴이 다 화끈거리려고 하는 걸요! 그 빌어먹을 팔고문八股文이 사람들을 꽤나 바보로 만들었죠……."

말을 마친 오사도의 입에서 갑자기 나지막한 한숨이 새어 나왔다. 그러자 대탁이 지나간 일을 들춰봤자 너 나 할 것 없이 별 재미가 없다고 생각했는지 재빨리 말을 돌렸다.

“넷째 도련님, 오늘은 노예 시장에 가서 쓸 만한 아이 두어 명을 구해오실 거라고 아침에 말씀하시지 않으셨습니까? 그 일은 제가 다녀올 테니 여기 이 술집에서 술이나 한잔 하시며 말씀 나누시는 것이 어떨까요? 술맛이 꽤 괜찮다고 하더라고요.”

은진이 대탁의 말에 웃으면서 말했다.

“그 일이야 뭐 바쁠 게 있겠는가? 오늘 안 한다고 큰일 나는 것도 아니잖아. 다음 날 다시 나오기로 하고 오늘은 다 같이 들어가 술잔이나 기울이자고. 자네 고향분을 만난 기념으로 말이야!”

오사도는 은진의 말에 고개를 들었다. 과연 멀지 않은 곳에 새로 지어 한껏 멋을 부린 ‘천광호영’天光湖影이라는 이름의 술집이 보였다. 세 사람은 그곳을 향해 걸음을 옮겼다.

술집 안에서는 아침부터 벌겋게 취한 사내들이 시뻘건 가슴팍을 훤히 드러내 놓고 제 잘난 멋에 시끄럽게 떠들어대고 있었다. 은진은 약간 신경질적으로 이맛살을 찌푸린 채 조금 한적한 이층으로 올라가려고 했다. 그때 점원 한 명이 달려와 사정하는 듯한 웃음을 지어보였다.

“어르신, 대단히 죄송합니다. 이층에서는 이곳에 새로 부임해온 태존太尊이신 차명車銘 어른께서 손님을 맞이하고 계십니다. 저쪽 일층의 구석 쪽에도 조용한 자리가 하나 비어 있습니다. 창가인지라 바깥 경치도 구경할 수 있고…….”

대탁이 점원의 말이 끝나기도 전에 손사래를 치면서 화를 냈다.

“까불지 마! 내가 여기를 한두 번 오는 줄 알아? 위층에 방이 서너 개는 있는 것 같던데, 각자 신경 쓰지 않고 술만 먹고 나오면 되는 것 아닌가? 이게 우리를 아주 훼방꾼 정도로 아는 거야?”

대탁이 말을 마치고는 주머니에서 족히 다섯 냥은 더 들어 있을 것 같은 은전 꾸러미 하나를 꺼내더니 점원에게 던져줬다.

점원의 눈은 대뜸 뒤집혀졌다. 얼굴 가득 비굴한 웃음을 지어내더니 연신 허리를 새우처럼 굽힌 채 은진 일행을 이층으로 안내했다. 그래도 약간 불안한지 주의를 당부하는 것도 잊지 않았다.

"새로 온 태존이 성질이 나면 무섭습니다. 제발 비위 좀 거슬리지 않게 해주십시오."

이층의 서쪽 편에 자리가 하나 비어 있었다. 병풍으로 칸막이를 했을 뿐 말소리가 여과 없이 들리는 곳이었다. 곧이어 거북찜을 비롯해 시원한 바다 분위기를 물씬 풍기는 엄청난 바닷가재요리를 포함한 네 가지 요리가 올라왔다. 그러자 은진이 즐겁게 웃으면서 술잔을 들어 오사도에게 권했다. 그리고는 옆에 시립하고 있는 대탁을 향해 말했다.

"개도 안 먹는 돈이 좋기는 하구만. 그건 그렇고 오늘 우연치 않게 정인 선생을 만난 것은 대단한 인연이 아닌가 싶어. 오랜만에 고향 친구를 만났으니 자네도 오늘은 같이 앉아 허리띠 풀어놓고 한잔 하지!"

대탁은 은진의 권유에도 잠깐 망설였다. 그러다 은진과 오사도가 술잔을 비우는 틈을 이용해 조심스럽게 말석에 엉덩이를 살짝 붙이고 앉았다.

시간은 어느덧 사시巳時를 가리키고 있었다. 밖에는 태양이 저 만치 높이 떠 있었다. 봄바람에 수면 가득 주름이 지는 호숫가에는 어느덧 사람들이 꾸역꾸역 모여들기 시작했다. 이어 삼삼오오 떼를 지어 화방畵舫, 사비沙飛, 오봉烏蓬, 수상표水上漂 등으로 일컬어지는 각양각색의 유람선을 타러 갔다.

창밖의 풍경을 바라보는 세 사람의 얼굴에는 어느새 술기운이 역력했다. 병풍 칸막이 건너편에서는 관복을 입은 한 무리의 사람들이 새로 부임해온 태수太守에게 얼굴도장을 찍느라 정신이 없어 보였다. 이제 부임한 지 며칠밖에 되지 않는 태수에게 "그 사이 치안과 세수 정책이 몰라보게 좋아졌다"거나 "태수 어른에 대한 지지 여론이 비등하고 있다"는 등의 말도 안 되는 소리들을 하고 있었다. 아부의 아우성이 따로 없었다. 그뿐만이 아니었다. 그들은 양주 하면 손꼽히는 옥 공예품과 종이 공예품, 자기瓷器, 흙 공예품에 대해서도 어느 집이 값이 싸고 질도 좋다는 이야기로 열을 올렸다. 시장통에 좌판을 벌인 상인들이 저럴까 싶었다.

듣는 이들을 괴롭게 만드는 그런 말들이 계속 이어질 때였다. 어디에선가 비파소리를 동반한 여인의 교태어린 노랫가락이 은은하게 들려오기 시작했다.

아름다운 우리 양주……
그중에서도 제일가는 이곳 홍교虹橋.
새색시 치마폭 같은 버드나무 삼척三尺 봄비 같은데,
어디선가 불어오는 퉁소소리에 앵두빛이 예쁘구나.
술 취해 뱃전에 기대 있으니 저녁바람은 귓불을 간질이고,
호수에 비치는 거리와 달이 아름답구나.

은진이 상념에 잠긴 채 잠자코 노랫소리에 귀를 기울이다 감격에 젖었는지 한숨조로 입을 열었다.

"요즘 세상 참 요상하게 돌아가는구먼! 태후마마께서 붕어하신 지 반 년밖에 되지 않았는데, 이 동네는 완전히 다른 나라 같군!"

"이런 것을 두고 '친인척은 슬픔이 여전한데 남들은 어느새 고성방가를 하는구나!'라고 하는 것 아니겠어요? 인간의 이기심은 황실 사람이나 시정잡배나 다 마찬가지에요! 그러니 너무 상심할 필요는 없습니다. 더구나 우리 모두도 이 홍루紅樓에 앉아 아름다운 경치에 도취된 탓에 엎어지면 코 닿을 곳에 차마 눈뜨고 보기 어려운 인간 시장이 있다는 사실조차 모르잖아요. 바로 옆방에서 측근들의 달콤한 말에 취해 구름 속을 날고 있는 차명 저 양반도 마찬가지고요."

은진의 느닷없는 한탄에 오사도가 무거운 얼굴로 대답했다. 원체 핏기 없는 얼굴이었으나 술기운이 벌겋게 올라서 그런지 안색이 조금 전보다 한결 나은 듯했다. 그는 말을 마치자마자 젓가락을 들었다. 그러더니 빈 접시를 두드리면서 눈을 지그시 감은 채 노래를 부르기 시작했다.

그 옛날의 호기豪氣는 가뭇없이 사라지고,
홍교虹橋를 마주한 이내 마음 우울하구나.
못 이룬 꿈 한이 돼 선비의 가슴속에 똬리를 틀었으나,
다시는 돌이키면서 아파하지 않으리.
베개 밀어내고 새벽달을 마주하니,
난간을 잡은 손이 이내 마음처럼 시리구나.
가슴 저미며 긴긴 밤을 하얗게 지새우지 않은 사람,
눈물의 쓰라림을 어찌 알랴!

오사도는 노래를 마치고 갑자기 다소 과장스런 몸짓으로 박장대소를 했다. 그런 그의 두 눈에서 굵은 눈물이 소리 없이 흘러내렸다.

은진은 오사도가 만들어놓은 감상적 분위기에 완전히 빠져 넋이

나가고 말았다. 손가락으로 툭 건드리기만 해도 그대로 허물어질 듯했다. 마치 진공眞空 상태에 빠져 있는 것 같기도 했다.

오사도의 눈에는 그런 윤진이 뭔가 예사롭지 않아 보였다. 사실 그의 눈은 정확했다. 아무리 교묘한 위장도 오사도의 날카로운 눈은 비켜가지 못했다.

윤진은 오사도가 품었던 의혹이 말해주듯 무슨 '황상'이 아니었다. 바로 천자인 강희의 넷째 아들 애신각라愛新覺羅 윤진胤禛이었다. 이미 패륵貝勒으로 봉해진 황자皇子였던 것이다. 굳이 높여 말하자면 용자봉손龍子鳳孫이라고 할 수 있었다.

그러나 그는 다른 황자들과는 많이 달랐다. 냉철하고 인정에 쉬이 흔들리지 않는 기질을 타고 난 사람이었다. 그로 인해 북경의 백성들은 그를 공공연히 '냉면왕'冷面王(차가운 얼굴의 왕)이라 부르고 있었다.

그런 그가 양주에 내려온 것은 안휘安徽성의 황하黃河 치수治水 공사를 독려하라는 지방순시의 명을 받은 때문이었다. 또 이맘때면 늘 말썽을 일으키는 고가언高家堰과 보응寶應 일대의 제방이 터진 것과도 무관하지 않았다. 말하자면 황제가 직접 보낸 흠차欽差의 신분으로 이재민들이 겪고 있을 식량 부족을 해결하라는 임무를 띠고 있었다.

윤진은 오사도가 재주와 학식이 뛰어난 인물이라는 사실을 익히 알고 있었다. 그러다 우연히 만나게 되자 반갑고 기쁜 마음에 가슴이 뛰는 것을 막지 못했다. 물론 그의 사지가 온전치 않은 것에 대해서는 어느 정도 실망을 하기도 했다. 그러나 오사도는 술이 서너 잔 넘어가자 슬슬 그 진가를 보여주면서 곧바로 윤진의 마음을 사로잡아 버렸다. 윤진은 그 옛날의 배짱과 패기가 엿보이는 오사도의 모습에 연민과 존경의 마음이 절로 들었다. 더불어 이처럼 훌륭한 인재가 때를 잘못 만나 탐관오리들 때문에 조정에 입문할 길이 완전히 막혀버린 것에 대해서도 말할 수 없는 아쉬움을 느끼기도 했다.

윤진이 다소 가라앉은 분위기를 애써 돋우어보려는 듯 뭐라고 입을 열려고 할 때였다. 갑자기 병풍이 움직이더니 고관의 수행원 차림을 한 사내 하나가 다짜고짜 들이닥쳤다. 그는 떡하니 버티고 선 채 인상을 험악하게 일그러뜨리고는 윤진 일행을 이리저리 노려봤다. 이어 한참 후에야 입을 열었다.

"방금 재수 없는 노래를 부른 사람이 누구요? 듣자하니 우리 차 어른 어쩌고저쩌고 하면서 궤변을 늘어 놓는 것 같았소. 사내라면 여기에서 이러고 있을 것이 아닌 것 같소. 우리 어르신이 부르시니 나를 따라가 줘야겠소!"

윤진은 사내의 일방적인 협박조의 말을 듣고는 어이가 없었다. 차가운 얼굴에 쓴웃음을 엷게 띠운 채 벌렁 드러눕듯 의자 등받이에 기댔다. 이어 다리를 꼬고 술잔을 잡고 대탁을 힐끗 쳐다봤다. 그러자 대탁이 일어서서 어떤 식으로든 사태를 수습하려고 했다. 하지만 그보다 먼저 오사도가 지팡이에 의지한 채 몸이 불편한 사람답지 않게 날렵하게 자리에서 일어났다.

"바로 나요! 차명車銘이라는 사람은 나하고 같은 시기에 효렴이 된 동년배요. 같은 스승 아래에서 학문을 닦던 글동무죠. 그런데……, 그 친구 이름을 잠깐 거론했기로서니, 무슨 무례를 범했다는 거요? 불러서는 안 될 이름이라도 불렀다는 거요?"

사내는 조금도 기죽지 않고 오히려 따지듯 나오는 절름발이인 오사도의 기세에 짓눌린 듯했다. 잠시 주춤하더니 사뭇 누그러진 태도를 보였다. 그리고는 다리를 꼰 채 꼼짝 않고 자리를 지키고 있는 윤진과 그 옆에 침착하게 산처럼 버티고 서 있는 대탁을 번갈아 쳐다봤다. 잠시 혼란스러워 하는 것 같았다.

바로 그때였다. 병풍 하나를 사이에 둔 건너편 술상에서 누군가가 거칠게 소리를 질렀다.

"데려오고 자시고 할 게 뭐 있어! 이까짓 병풍 치워버리면 될 것을 가지고. 어떤 인물이기에 그렇게 비싸게 구는지 슬슬 호기심이 생기는군?"

누군가의 말이 떨어지기가 무섭게 한 무리의 사내들이 떼로 몰려들었다. 그러더니 순식간에 병풍을 싹 걷어내버렸다. 이렇게 해서 조금 전까지 병풍 하나를 사이에 두고 시비를 걸어오던 사내들과 윤진 일행은 서로를 마주보는 형국에 처했다.

윤진은 입 꼬리를 길게 치켜 올린 채 차가운 미소를 흘렸다. 그리고는 찻잔을 들더니 천천히 입가에 가져갔다. 그러나 시선은 날카롭게 상대방의 술상에 내리꽂히고 있었다.

우선 깃을 펴고 금세 날아갈 듯한 모습으로 자리잡은 공작새 요리가 그의 눈에 들어왔다. 이어 백합과 해당화 죽, 서민들은 평생 구경조차 못해 보는 제비집요리 등 온갖 값비싼 음식들이 즐비하다 못해 자리가 비좁다고 구석에 밀려나 있었다. 완전히 상다리가 부러지게 차려져 있는 한 가운데에는 태아 상태의 숫양구이가 모두의 시선을 끌고 있었다.

숫양구이는 양주 4대 요리 중의 한 가지로, 그 자체가 바로 힘과 권력의 상징이었다. 양주의 내로라하는 지역 유지들은 바로 그 숫양을 앞에 놓은 채 빙 둘러 앉아 있었다. 또 그 사이로는 여덟 마리의 맹수와 다섯 개의 맹수 발톱이 그려진 관복에 백한白鷴 보자補子(관복의 장식품)를 드리운 한 관리가 관모도 쓰지 않은 채 기름기 번지르르한 이마를 번쩍이며 떡하니 앉아 있었다. 가느다란 변발辮髮은 울룩불룩한 뒷덜미 살에 걸터앉게 한 채였다. 또 울긋불긋한 얼굴은 마치 고사상에 올려놓은 돼지머리를 방불케 했다. 취기가 올라 더욱 그런 듯했다. 그럼에도 그는 빵가루에 파묻힌 건포도 같은 실눈을 부산스럽게 굴리면서 윤진 일행을 곱지 않은 시선으로 쳐다보는 것만은 잊지 않았다.

그때 오사도가 지팡이 소리를 내면서 한 발 앞으로 나섰다. 이어 두 손을 맞잡고 공수를 했다.

"차명 선생, 실로 오랜만이오!"

"아하, 이게 누구신가? 오사도 자네 아닌가!"

뱁새눈을 한 차명이 그제야 오사도를 발견한 듯 입을 열었다. 그의 눈빛이 순간 예사롭지 않게 반짝였다. 그가 곧 자세를 고쳐 앉으면서 말을 이었다.

"나는 또 누구라고! 알고 보니 천궁天宮을 누비고 다니던 손오공이군그래! 팔괘八卦(손오공이 갇혀 있던 화로의 이름) 화로가 뒤집힌 거야? 아니면 석가여래께서 아차 실수로 오행산五行山(손오공이 갇혀 있던 산)의 진산신주鎭山神咒(산을 누르는 마법의 주문)를 잊어버린 거야? 그렇지 않아도 복잡한 세상에 자네 같은 인물이 다시 뛰쳐나온 것을 보니 말일세……. 내가 잠깐 소개하지. 비록 쌍지팡이를 짚고 다닌다고는 하나 이분으로 말할 것 같으면 전에는 내가 뒷모습도 마음 놓고 쳐다보지 못할 정도로 어마어마한 인물이었지! 한번 움직였다 하면 마치 그네 타는 새색시 같았고 또 멈춰 섰다 하면 천년 묵은 고송古松 같은 분이기도 했고. 입만 열면 구구절절이 명언이었다고! 그 옛날에는 정말……."

"그때 함께 팔고문을 공부할 때는 참 재미있었소. 그대는 평소에는 걸쭉한 입담을 자랑하다가도 정작 중요할 때는 죽을 쑤고는 했소. 나는 그대가 썩 괜찮은 문장 실력이 있는 줄 알았소. 그러나 번번이 졸

작의 전형으로 뽑혀 쥐구멍을 찾는 것을 보면 그렇게 안쓰러울 수가 없었소. 그러던 차형이 운수 대통하여 새로운 국면을 맞이하게 됐으니, 실로 축복할 만한 일이 아닐 수 없소."

오사도가 차명이 유지들을 돌아보면서 하는 야유 섞인 말이 끝나기를 잠자코 기다렸다가 그의 말꼬리를 잡은 채 칼날을 들이댔다. 유지들은 그의 말에 바로 입을 감싸 쥔 채 웃음을 터트렸다. 윤진과 대탁 역시 연신 속으로 웃음을 터트렸다. 그러나 크게 터져 나오려는 것만은 애써 눌러 참았다.

"말도 안 돼. 자네 기억이 혼선을 빚은 것이 틀림없어. 나는 향시와 회시會試 두 지방 시험에 다 합격했어. 이어 중앙에서 보는 전시殿試 때는 이갑二甲 40명 안에 들었어. 그런데 그게 무슨 소리야? 사촌이 땅을 사면 배가 아프다더니 괜히 그러는 거지, 그렇지? 그건 그렇고 오늘 모처럼 만났으니 우리 멋대가리 없이 지난 얘기 들추지 말고 술이나 진탕 퍼마시자고! 술지게미 먹으면서 한 이불 덮고 살아온 조강지처를 버리면 죄를 받고, 콩 조각 나눠 먹으면서 우정을 꽃 피워온 옛 친구를 잊으면 벌을 받는다고 했잖아! 자, 술잔을 들라고! 거기 오사도 일행 같은데, 두 분도……, 끄윽! 가까이 오라고!"

차명이 마치 삶은 돼지 간처럼 벌겋게 상기된 얼굴을 들어 애써 오사도의 핀잔에 변명을 하면서 말했다. 대탁이 고개를 절레절레 젓는 윤진의 모습을 본 다음 겸손한 태도로 말했다.

"우리와 오사도 선생도 오랜만에 해후했습니다. 우리는 신경 쓰지 마시고 편하게 드십시오."

그때 오사도가 다시 술잔을 들고 히죽 웃으면서 말했다.

"한자리 해 먹더니 못 본 사이에 학문이 많이 는 것 같소. 그러나 잘 나갈 때 더욱 조심하라는 말은 아직 못 들었나 보오? 오늘 같은 자리에서 내가 마시면 술이지만 그대가 마시면 술이 아니라 화禍가 되기 십상이오. 똑똑하신 양반이 그걸 모를 리 없을 텐데?"

"그래? 어디 무슨 말을 하려는지 들어나 보지."

오사도가 차명의 말에 턱을 천천히 치켜들고 잠시 생각하더니 입을 열었다.

"내 술잔에 있는 술은 질 좋은 토양에서 의리와 지혜를 듬뿍 먹고 자란 쌀과 심산유곡의 깨끗한 약수로 만들어졌소. 때문에 맑은 사람이 먹으면 성스러워지고 탁한 사람이 먹으면 어진 이로 환골탈태하게 돼 있소. 그러나 당신의 술은 노략질한 더러운 쌀과 탐욕의 오물로 빚은 것이오. 때문에 청렴한 사람이 먹으면 탐욕스러워지고 소신 있는 사람이 먹으면 미치광이가 되지. 또 눈 맑은 사람이 먹으면 시야가 흐리멍덩해지게 되니 화수禍水가 아니고 뭐겠소?"

"어째 그동안 사람이 조금 됐다 싶었더니 그게 아니군. 아무나 보면 물어뜯지 못해 안달이 나는 근성은 여전해! 나는 정정당당하게 나랏일을 하고 받은 녹봉으로 술을 사 마시는 건데 탐욕스럽다니?"

차명이 오사도의 비위를 건드려 긁어 부스럼 만든 꼴이 됐다고 생각했는지 이를 악문 채 징그러운 웃음을 지으며 말했다. 화가 치민 듯 그의 안면 근육은 푸들푸들 떨리고 있었다.

"그거야 며느리도 모르는 일 아니겠소? 잘 나가는 태수 어른을 내가 어찌 모함을 하겠소! 하지만 이곳에서 불과 몇 발자국 떨어지지 않은 곳에서는 몇 년 동안 이어진 기근으로 죽어가는 난민들의 행렬이 심상찮소. 그런데 그대는 그들을 매정하게 외면한 채 아침부터 여기에 앉아 거나하게 취해 있소. 그게 말이나 된다고 생각하오? 선현들께서 이르기를, 제 아무리 평이 좋은 관리라고 해도 자신의 관할 경내에 단 한 명이라도 괴로움에 허덕이는 백성이 있다면 책임을 져야 한다고 했소. 내 말이 틀렸소? 내가 두문불출하고 책 속에만 파묻혀 세상 돌아가는 이치도 모르는 숙맥으로 보인다면 큰 오산이오. 좀벌레 같은 족속들이 갈수록 창궐하고 있다는 것쯤은 내 익히 알고 있소. 주둥아리만 살아 있는 인간들에게는 주먹이 가까울 수밖에 없겠다는 생각이 뇌리를 스치는구먼. 전에 우리는 같이 중악묘中岳廟에 간 적이 있었소. 그때 그대는 문 앞에 있는 흙으로 만든 금강불상을 가리키면서 나에게 시 한 수 읊어보라고 했었소. 그때 내가 뭐라고 했소? '따지고 보면 흙덩어리인 주제에 멋대가리 없이 까불대면서 사람들을 기만해. 다들 진짜 사내의 화신이라면서 우러러 보니까 좋은가? 오늘 나하고 저 바다에 몸을 담그러 한번 가볼까?' 이렇게 읊지 않았소. 차형, 나를 따라나설 수 있겠소?"

오사도가 담담하게 입을 열어 쏘아붙였다. 이어 몸을 뒤로 젖힌 채 크게 웃음을 터트렸다.

차명은 울분에 치를 떨면서 탁자를 힘껏 내리쳤다. 그러나 곧 애써 진정하는 눈치를 보였다. 그리고는 잠시 후 음산한 웃음을 지으면서 내뱉었다.

"이보게 정인, 자네 설마 '집안을 망하게 하는 현령, 가문의 씨를 말리는 영윤令尹(현령에 해당)'이라는 말을 들어보지 못한 것은 아니겠지?"

오사도가 차명의 말에 가소롭다는 듯 웃으면서 대꾸했다.

"그대가 물어서 내가 모르는 것도 있던가? 옛날에 환온桓溫이라는 사람이 절을 찾은 적이 있었어. 그런데 주지가 만나주지 않았지. 그러자 환온이 '사람 죽이기를 파리 밟아 죽이듯 하는 장군이 있다는 말을 듣지 못했소?'라고 물었어. 스님이 그 말에 대뜸 받아쳤지. '그러면 장군은 이곳에 어깨가 부실해 머리 달고 다니는 것이 영 귀찮은 중이 살고 있다는 말은 듣지 못했소?'라고 말이야. 지금 같은 대명천지에 그대가 감히 나를 어떻게 하기야 하겠소? 그대가 설사 살의가 뻗쳐 덤빈다고 해도 나는 안팎으로 거칠 것이 없는 혈혈단신이오. 집안을 망하게 하든 가문의 씨를 말리든 좋을 대로 하시라고!"

"이게 보자보자 하니까! 별 볼 일 없는 효렴 주제에 감히 전시에 합격한 부모관父母官 앞에서 무례를 범하다니. 그게 얼마나 큰 죄인 줄 모른다는 말이야? 흥! 자네의 그 까까머리를 손봐주지 못하면 내가 성을 갈겠어! 내 술잔에 든 술이 화수라고 했지? 여봐라!"

차명이 마침내 발작하듯 고함을 질렀다.

"예!"

"저자에게 화수를 실컷 마시게 해라!"

"예!"

처음부터 오사도와 차명의 설전을 지켜보고 있던 윤진은 온몸의 피가 거꾸로 치솟는 것을 주체할 수가 없었다. 두 눈에서 불기둥이 피어오르는 것 같았다. 악화일로로 치닫는 눈앞의 사태에서 진실과 위선, 충신과 도둑을 확실히 간파해 낸 것이다.

그러나 그는 두 사람의 논쟁이 적당히 끝나주기를 바랐다. 이유는 강희가 황자들에게 너무나도 엄격했기 때문이었다. 실제로 강희는 누구를 막론하고 황자들은 사사롭게 외관外官과 가까이 지내서는 안 될 뿐만 아니라 지방의 정무에 간섭해서도 안 된다는 명령을 오래 전부터 내려놓고 있었다. 말로만 그치지도 않았다. 장황자 윤제胤禔가 임무 수행차 무호蕪湖에 갔다가 현령에게 곤장을 때리고 돌아왔을 때는 바로 모자에 달린 동주東珠 하나를 빼앗아 버리기도 했다.

윤진은 전날 관보官報에 실린 내용을 통해 차명에 대한 정보를 어느 정도 얻은 바 있었다. 이부吏部에서 해마다 3명씩 선발하는 탁이卓異

(근무 평점에서 특히 뛰어난 지방관을 가리킴) 명단에 차명의 이름이 세 번째로 올라와 있었으니까. 당연히 그로서는 차명이 썩 괜찮은 지방관인 줄 알고 있었다. 그런데 전국에서 세 번째로 훌륭하다는 지방관의 전횡과 발호가 이 정도라니!

아무려나 대탁은 오사도가 불이익을 당할 그 위기일발의 순간에 유난히 반짝이는 윤진의 눈빛을 읽고는 바로 자리에서 일어서려고 했다. 그러나 오사도의 성질로 볼 때 그가 굳이 먼저 나설 필요는 없을 듯했다. 아니나 다를까, 오사도가 그보다 먼저 입을 열었다.

"괜찮아, 대탁! 결자해지라고 했어. 내가 알아서 할게."

오사도가 곧이어 고개를 돌려 웃는 얼굴을 보이면서 차명에게 말했다.

"내가 병신이 되고 더 이상 세도와는 거리가 멀다고 생각해서 우습게 보는 거로군? 몸만 성했어도 오늘같이 무례하지는 않았을 텐데 말이야, 그렇지?"

"다리는 망가졌어도 머리통은 그런대로 쓸 만하군! 사람 잘 만난 줄 알라고. 남들이 그렇게도 소망하는 술 벼락으로 죗값을 치르게 됐으니 풍류가 따로 없지 않겠어? 하여튼 복 터진 것들은 뭐가 달라도 다르다니까!"

차명이 실눈을 뜨고 징그러운 웃음을 띤 채 말했다. 그러자 오사도가 피식 웃으면서 말했다.

"오늘은 칼자루를 쥔 그대가 이겼다고 볼 수 있어. 좋아, 내가 선택한 화수니까 달게 마시지. 그런데 먼저 꼭 들려주고 싶은 시 한 수가 있어. 한번 들어보지 않겠는가?"

좌중의 사람들은 의외로 얌전하게 응하는 오사도의 태도에 적지 않게 놀랐다. 오사도가 곧이어 가벼운 한숨을 지으면서 책상 앞으로 다가갔다. 그리고는 붓을 들고 잠시 생각하더니 거침없이 뭔가를 적어 내려가기 시작했다.

차명이 가소롭다는 표정을 지은 채 턱을 한껏 앞으로 내밀어 힐끗 쳐다봤다. 다섯 자나 되는 '고'苦자가 연이어 그의 눈을 스쳐 지나갔다. 그는 자신도 모르게 침까지 튕기면서 후훗 하고 웃어버렸다.

"이제라도 나에게 미운털이 박혀 고통스럽게 됐다는 것을 알았다니 다행이군. 똑똑한 사람이 왜 그렇게 아둔한 짓을 하고 그래?"

오사도는 차명이 뭐라고 지껄이든 전혀 개의치 않았다. 그저 소맷자락을 거머쥔 채 열심히 글을 적어 내려갔다.

> 황제께서는 고고고고고苦苦苦苦苦라고 할 만큼 괴로우시고,
> 태후께서 붕어하신 지가 한 해도 지나지 않아서
> 강산초목江山草木의 눈물이 아직도 그렁거리는데,
> 이곳 양주 태수는 술과 노래에 빠져 있구나!
>
> –무석 선비 오사도 근정謹贈

오사도는 글을 다 적은 다음 입김으로 가볍게 후! 하고 한 번 불어 먹물을 말리고는 뒷짐을 진 채 창가로 다가갔다. 그리고는 한참 창밖을 내다보더니 갑자기 고개를 돌려 웃으면서 말했다.

"강풍이 불면 쓰러질 것 같은 병신 선비가 아무렇지도 않게 지방정부는 말할 것도 없고 나라도 망하게 할 수 있는 오사모烏紗帽(관리의 모자)를 매장시켜 버리게 됐으니 사람들의 밥상머리가 심심하지는 않겠어! 이게 몇 글자 안 돼 보여도 파괴력은 내가 예전에 남경 과거시험장을 뒤엎어버린 격문에 뒤지지 않을 거야! 국상國喪 기간에 버젓이 기녀들을 끼고 앉은 채 아침부터 술을 처먹은 그대의 행각이 지

엄한 《대청률》大清律에 저촉된다고 생각해본 적은 없는가?"

오사도의 말은 가난뱅이 선비의 멋진 막판 뒤집기라고 할 수 있었다. 장내에 있던 사람들은 흠칫 놀라는 시선을 서로 주고받으면서 말없이 사태를 주시하기 시작했다.

윤진도 처음에는 어리둥절해 있었으나 뭔가 크게 깨달은 듯 얼굴에 주체할 수 없는 희색이 번졌다. 오사도의 지혜에 감탄을 하면서 승리를 자신했다.

차명이 아닌 밤중에 호되게 뒤통수를 얻어맞은 듯 어리벙벙해 있다 한참 후에야 더듬거리면서 입을 열었다.

"자네가…… 뭘 어떻게 할 건데?"

"어떻게 할 거냐고?"

오사도가 인산인해를 이룬 창밖을 내려다보면서 천천히 입을 열었다. 이어 빠른 어조로 덧붙였다.

"망신살 뻗치게 하는 방법은 많은데……, 어떤 것이 좋겠나? 어휴, 길에 사람들이 많은 게 장난이 아닌 걸! 멀리 갈 것 없이 바로 이곳 창문에다 시첩詩帖을 내다걸면 어떻겠어? 그러면 그 이름도 유명한 오사도의 문명文名에 힘입어 악덕 태수의 진면목이 불과 사흘도 안 돼서 유감없이 온 양주 땅에 알려지지 않겠어? 또 누가 알아? 시첩을 내걸자마자 때마침 이곳을 지나던 황자皇子나 부원部院 대신들의 눈에 뜨일지도. 그러면 그분들은 이걸 그대로 옮겨가서 고공사考功司에 고해바칠 거야. 과연 그렇게만 된다면 고향 친구 잘 둔 덕분에 나 오아무개도 팔자 한번 고치는 건데 말이야……."

오사도는 말을 마치자마자 마음껏 크게 웃었다. 차명은 오사도의 손에 아슬아슬하게 들려 있는 종이를 바라봤다. 자신도 모르게 온몸이 식은땀으로 후줄근해지고 있었다. 지금으로서는 이 절름발이의 손에 자신의 운명이 달렸다고 해도 과언이 아니라는 생각도 들었다.

'솔직히 황자들이나 조정의 다른 대신들이 문제가 아니야. 양주 지역에서만 해도 그럴 수 있어. 여기는 아침에 눈을 뜨면 제일 먼저 나의 부고訃告가 들려오지 않나 하고 기대하는 못 말리는 인간들이 다 수 있는 곳이 아닌가. 자칫 잘못하면 그대로 매장돼 버리지 말라는 법도 없어.'

차명은 순간 전전긍긍하지 않을 수 없었다. 급기야 사태의 심각성도 분명히 느꼈다. 그는 연신 이마와 콧등의 식은땀을 훔치면서 지뢰밭이라도 지나가는 것처럼 조심조심 오사도에게 다가갔다. 그리고는 배시시 웃음을 지어 보이면서 말했다.

"정인……. 이봐, 정인 형! 오랜만에 만나 너무 반가운 나머지 다소 과한 농담 좀 했기로서니 뭘 그렇게 정색을 하는가? 모처럼 만났는데 시간이 아깝지도 않은가? 그러지 말고 자, 자, 동행 같은데 두 분도 이쪽으로 합석하시지. 내가 이놈의 '화수' 석 잔을 올리겠소!"

그러자 윤진이 크게 웃으면서 몸을 일으킨 채 말했다.

"미주美酒든 화수든 나는 사양하겠소이다. 대신 대탁 자네가 남아서 저 어른의 소원 좀 풀어주게. 나는 할 일이 남아 있어서 먼저 가봐야겠어. 오 선생, 이렇게 만난 것도 참 대단한 인연인 것 같습니다. 개인적으로 부탁드릴 말씀도 있고 하니 내일 숙소로 초대할까 합니다."

오사도는 윤진의 호의의 말에도 시무룩하게 웃을 뿐 별 말이 없었다. 대탁은 역관驛館에서 일단의 관리들이 윤진을 기다리고 있다는 사실을 모르지 않았다. 웬만하면 함께 돌아가야 했다. 하지만 윤진의 말이 오사도를 혼자 남겨두지 말라는 뜻이라고 해석하고는 알겠다는 듯 웃으면서 대답했다.

"알겠습니다. 도련님, 먼저 들어 가십시오."

2장

노예 시장의 아이들

오사도의 주량은 워낙 변변치가 않았다. 게다가 기분 좋게 마시는 술도 아니었다. 당연히 얼마 지나지 않아서 그의 혀는 바로 꼬이기 시작했다. 그런 오사도를 바라보는 차명의 속은 당연히 부글부글 끓어올랐다. 그러나 그는 애써 태연한 표정을 지은 채 얼굴에 경련이 일 정도로 비굴한 웃음을 지어냈다. 오사도 일행이 자리를 끝내고 일어서려고 할 때였다. 차명이 속으로는 쾌재를 부르면서도 일부러 아쉬운 척 소매를 잡아당겼다.

오사도가 그런 차명을 취기 몽롱한 눈빛으로 바라보면서 말했다.

"술이 술을 마시는 경지에 이르면 점입가경이라 할 수 있을 것이야. 그러나 아무래도 그렇게 퍼마시고 망가지기에는 이 자리가 부담스러워. 그러니 서로 웃음이 고갈되지 않았을 때 헤어지는 것이 최선인 것 같아."

오사도가 말을 마치고는 차명의 표정 따위는 무시한 채 위태롭게 비틀거리면서 대탁을 잡아끌고 '천광호영' 술집을 나섰다.

"정인! 아까는 정말 아슬아슬했어. 오죽했으면 내가 손에 땀을 다 쥐었겠나. 처음에는 예전의 호기가 사라져서 아쉽다고 생각했었지. 그러나 서슬 푸른 기개는 전혀 변함이 없더군. 그래서 적이 안심이 됐어. 듣자하니 차명이라는 자도 그리 호락호락한 상대는 아닌 것 같아. 슬금슬금 다가와 뒤통수를 칠 것이 두렵지 않은가?"

대탁이 하늘을 쳐다보고 신시申時가 가까워졌다는 사실을 알아냈는지 웃으면서 말했다. 그의 말은 이리저리 둘러서 하는 말 같았으나 의미하는 바는 분명했다. 자신과 마찬가지로 윤진의 문하에 들어올 의향이 있는지 여부를 묻는 것이었다. 그걸 모를 리 없는 오사도가 웃음 띤 얼굴로 말했다.

"천자의 발밑에서 세상을 산다는 사람이 어찌 그리 겁쟁이인가? 자네는 병 속의 쥐를 잡고 싶어도 예쁜 꽃병을 깨뜨리는 것이 두려워 망설이는 투서기기投鼠忌器라는 말을 못 들어봤는가? 나는 한물갔다고 할 수 있어. 그러나 팽붕彭鵬, 시세륜施世綸 등 내로라하는 내 문우文友들은 여전히 높은 자리에 앉아 있어. 그렇게 되면 사람 욕심은 더욱 커지게 마련이라고. 터질 때까지 팽창하는 법이지. 미관말직이라도 건지면 점점 더 큰 이익을 좇게 되는 것이 사람의 마음이니까. 그러니 차명 그 자식이 나 같은 이 빠진 질그릇을 부숴버리겠다고 자신의 금사발을 내던질 수는 없지 않겠어? 그 자식이 그 정도로 바보 멍청이는 아니야! 사실은 차명 그놈도 먹물은 먹을 만큼 먹었어. 내가 잘 알지! 다만 너무 철면피하고 비인간적인 게 흠이기는 하지만 말이야. 오늘 조금 혼내 준 것도 다 그 때문이라고 할 수 있어. 아무튼 가지고 싶은 것은 수단과 방법을 가리지 않고 덤비는 그런 자야. 이곳 양주에 태수로 임명받아 올 때도 물밑 거래가 굉장했던 것으로 알고 있어. 우선 서건학徐乾學의 넷째 첩을 자기 마누라의 양어머니로 삼게 했다고. 그러다 서건학이 사고를 치고 인생이 끝나자 재빨리 호부戶部 상서尙書인 양청표梁清標의 등에 가서 찰싹 들러붙었지. 이어 온갖 수단을 다 써서 결국 양청표를 구워삶았어. 그의 양자로 들어간 것이지. 그런 다음 얼마 안 가서 소원성취를 하게 된 것 아닌가. 이런 경우를 두고 간에 붙었다 쓸개에 붙었다 한다는 거야. 그러니 차명 그 자식이 돼 먹으면 얼마나 제대로 돼 먹은 놈이겠어? 아무튼 오늘의 일을 거울삼으면 다시는 나에게 함부로 하지 못할 걸? 까불었다가는 진짜 국물도 없을 줄 알라고……."

오사도의 말이 채 끝나기도 전이었다. 갑자기 대탁이 말허리를 뭉텅 자르더니 웃으면서 말했다.

"그만! 그만! 술에는 양반이 없다더니, 열흘 동안 할 말을 오늘 하루 동안 한꺼번에 다 해버리는 것 같군! 하도 기세등등해서 곁에 있기가 무서워!"

오사도는 대탁의 악의 없는 말에 아무런 대꾸 없이 아련한 눈빛으로 먼 곳을 바라봤다. 이어 한참 후에야 천천히 입을 열었다.

"……십 년이면 강산도 변한다고 하지. 오랜만에 바깥세상에 나왔더니 진짜 모든 것이 나와는 멀기만 한 것 같아. 상실감이 들어 괴롭군. 가진 것도 없이 입만 방정맞게 살아가지고……. 나는 이제 어떻게 하지? 그렇다고 아직 왕성한 내 뇌를 억지로 잠재울 수도 없고 말이야. 입을 바느질해 꿰매버릴 수도 없잖아."

"너무 상심할 것 없네."

대탁은 자신의 괴로운 심경을 고백한 오사도에게 뭔가 희망의 불씨를 심어주고 싶었다. 그러나 윤진이 아직은 태도를 이렇다 하게 분명히 하지 않았기 때문에 뭐라고 확답을 주기가 어려웠다. 더구나 사람을 그의 문하로 불러들이는 일에 대해서는 자기 혼자서 넘겨짚을 수도 없는 일이었다. 그가 목구멍까지 올라오려는 말을 꿀꺽 삼킨 채 말했다.

"북경에 갈 거라고 하지 않았어? 우리 넷째 도련님께 말씀드려 같이 올라가지그래. 북경에 도착하면 내가 머물 곳 정도는 마련해줄 테니 염려하지 말고."

오사도가 대탁의 말에 피식 냉소를 흘렸다.

"자네마저 나를 아주 거지 취급하는구먼! 그냥 먹고 살려고 하면 내가 배운 도룡술屠龍術과 제왕도帝王道만 읊는다고 해도 천하 어디를 가든 굶기야 하겠는가? 이래봬도 웬만한 영재가 아니고서는 쫄쫄 굶으면 굶었지 가르치고 싶은 생각조차 없는 걸!"

대탁은 여전히 취기가 가시지 않은 오사도를 잡아끌다시피 해서 홍교 맞은편에 있는 배흠객잔으로 데리고 갔다.

대탁은 객잔에 방을 잡고 오사도를 편안히 쉬게 했다. 오사도는 피곤한지 금세 잠이 들었다. 그의 잠든 모습을 물끄러미 바라보던 대탁은 혼잣말로 중얼거렸다.

"정인……, 사실 넷째 도련님은 아까 말했듯이 하찮은 황상 따위가 아니야. 바로 넷째 황자마마라고! 넷째마마께서는 오래도록 자네를 생각해오셨네. 오늘 이렇게 우연히 만나게 되다니, 모두 마마의 홍복이 아닌가 싶어. 나는 그분 밑에 들어가 일하는 것이 자랑스럽네. 그만큼 훌륭하신 분이야. 내일 다시 찾아올 테니 좋은 만남이 되었으면 하네……."

이후로도 대탁은 한참 동안이나 잠든 오사도의 손을 잡은 채 이런저런 신신당부를 하고서야 홍교 북쪽에 있는 자신의 역관으로 돌아왔다.

그러나 오사도는 진짜로 잠든 것이 아니었다. 눈을 감은 채 대탁의 말을 다 들었다. 대탁이 돌아가고 난 뒤 일어나 앉은 그는 밤새 많은 고민을 했다. 그리고는 일단 세상에 나온 만큼 오래전부터 묵혀둔 일을 해결한 후에 결정을 내리고 싶었다. 또한 그 일을 위해 북경으로 가는 동안 천천히 시간을 갖고 세상의 소문도 들어볼 기회를 가지기로 했다. 그런 연후에 또다시 인연이 된다면 넷째 황자마마와 만날 수 있지 않을까 생각했다.

윤진 집안의 집사인 고복高福은 대탁이 대문에 발을 들여 놓자 마주 걸어 나오다가 그를 발견하고는 웃으면서 맞아주었다.

"대 어른, 너무 하셨어요. 입이 꼬들꼬들 말라 있는 저희들에게도 맛있는 술 좀 사다 주시지, 혼자만 드시고 오셨어요?"

대탁은 평소 고복과는 허물없이 지내는 사이였다. 그러나 그의 농담에 답할 여유가 없었다. 그가 황급히 물었다.

"넷째마마는 어디 계신가?"

고복이 분위기 파악을 했는지 바로 대답했다.

"점심 무렵에 강녕江寧 포정사布政使 조曹 대인이 도대道臺 몇 분을 데리고 와서는 지금까지 넷째마마께 보고를 올리고 있나 봐요. 대충 들어보니 식량 운송에 관한 내용인 것 같았고요. 간간이 관세關稅 얘기도 오갔어요. 끝나려면 아직 멀었어요. 우선 제 방에서 잠시 눈 좀 붙이고 계세요. 손님들이 가면 깨워 드릴게요."

대탁은 어쩔 수 없이 고복의 방에 들어가 차를 마신 다음 잡담을 나누면서 시간을 보냈다. 그러기를 얼마나 했을까, 사방에 땅거미가 내려앉을 무렵에야 "손님 나가신다!"는 고함소리가 들렸다. 동시에 두 명의 하인이 초롱불을 든 채 길을 안내하기 위해 나섰다. 그 뒤로 한 무리의 관리들이 연신 허리를 굽실거리면서 밖으로 나오는 모습이 어렴풋이 보였다.

그제야 대탁이 서둘러 안으로 들어갔다.

"왔는가? 나는 지금 태자太子 형님께 보낼 서찰을 쓰고 있는 중이네. 조금 있다가 어디 표현이 잘못된 부분이 없나 잘 봐줘. 그런 다음 바로 부치게."

윤진이 말을 마치자마자 고개도 들지 않은 채 황급하게 편지를 써 내려갔다. 마치 달달 외워뒀던 내용을 적듯 붓이 줄줄이 미끄러지고 있었다. 그러기를 얼마나 했을까, 윤진이 드디어 편지 쓰기를 마쳤다.

이어 길게 숨을 몰아쉬면서 태자가 보낸 정유廷諭와 그에게 쓴 편지를 대탁에게 건네줬다. 그리고는 뒷짐을 진 채 말없이 실내를 서성거렸다.

대탁이 윤진의 손에서 정유와 편지를 건네받자마자 대단한 속독 능력으로 대강의 내용을 훑어본 다음 웃으면서 말했다.

"폐하께서는 55세 성수聖壽(황제의 나이나 수명, 생일) 잔치를 지극히 간소하게 치를 것이라고 하셨습니다. 넷째마마에게 귀경할 필요가 없다는 지시도 내리신 것으로 알고 있습니다. 대신 이곳에서 식량을 마련할 수 있는 데까지 마련해보라는 명령을 내리셨습니다. 섬서陝西성이 작년에 입은 가뭄 재해로 올 봄에는 때아닌 보릿고개에 처해 있다면서 그러셨죠. 그런데도 태자마마께서 넷째마마에게 귀경을 서두르라고 하신 것은 아마도 폐하의 성수 때문이 아닌가 싶습니다. 그러나 폐하의 의사가 그러시다면 넷째마마께서는 이곳에 남아 계시면서 서신으로 폐하의 생일을 축원해 드리는 것이 좋을 듯합니다."

"모르는 소리! 성수 잔치를 준비하는 일은 곧 폐하께 점수를 따는 일이야. 그런 좋은 일이 나한테까지 차례가 오겠어? 여덟째가 설치고 다닌 지가 이미 오래 됐을 텐데! 그렇다고 내가 부황께서 55번째 성수를 맞으신다는 데 힘을 보태기 싫어하는 것은 맹세코 아니야. 혀가 빠지게 일하고도 질시나 받을까봐 걱정돼 그러지. 열셋째가 보내온 편지를 보니 내년에는 은과恩科라는 과거시험을 추가로 치른다고 하는군. 주시험관은 동국유佟國維로 내정이 된 모양인데, 벌써부터 바리바리 싸들고 그의 집 문턱이 닳도록 물밑에서 거래를 한다잖아. 이런 사실을 보면 태자 형님이 나를 불러들이려는 것은 자기를 위해 동국유에게 밀어 넣을 쓸 만한 사람을 물색해 달라는 것 아니겠어? 황자가 열여덟 명이면 눈은 자그마치 서른여섯 개야. 도처에서 시뻘겋게 눈을 부라린 채 누가 어떻게 하는지 보려고 할 것 아닌가! 설사 그렇지 않다고 해도 양심을 저버린 무모한 짓은 도저히 못하겠어. 내가 간덩이가 부어터졌다고 해도 말이야."

윤진이 대탁의 말에 차갑게 대꾸했다. 얼굴과 눈에서는 자신의 길을 가겠다는 의지가 분명하게 읽히고 있었다.

사실 윤진이 은근하게 밝혔듯 조정 내 황자들 사이에는 분명한 파벌이 있었다. 우선 그와 열셋째 윤상胤祥은 엄연한 '태자당'太子黨이었다. 또 맏이 윤제胤禔과 셋째 윤지胤祉는 따로 놀고 있었다. 여덟째 윤사胤禩를 필두로 한 아홉째 윤당胤禟, 열째 윤아胤䄉, 열넷째 윤제胤禵는 굳이 설명이 필요 없었다. 이른바 '팔현왕'八賢王, 다시 말해 '팔황자당'八皇子黨으로 뭉쳐 있었다.

대탁 역시 그 사실을 잘 알고 있었다. 또 윤사의 세력에 대해서는 가까이 해서는 안 된다는 사람들이 많다는 사실도 모르지 않았다. 이유는 있었다. 그들은 무엇보다 골치 아픈 일만 생기면 데이기라도 할까봐 음지로 숨어버리고는 했다. 그러면서도 쓸 만한 사람은 수단과 방법을 가리지 않고 손아귀에 넣으려고 했다. 적지 않은 사람들은 그들이 이익을 좇는 데 있어서는 야수의 근성을 가졌다고 뒤에서 수군거렸다. 때문에 태자로서도 혼자 힘으로 그들을 대처하기에는 역부족이었다. 윤진을 불러들여 도움을 받고자 한 것은 당연했다. 대탁은 그런 현실을 충분히 미뤄 짐작할 수 있었다.

윤진은 그동안 바짓가랑이에 바람을 일으키면서 태자를 위해 갖은 고생을 다해왔다. 그럼에도 태자 윤잉胤礽은 동생을 아낀다거나 위해주는 마음을 별로 보여주지 않았다. 양식 있는 주변 사람들 사이에서 그것이 아쉽다는 안타까운 반응이 나오는 것에는 다 이유가 있었다.

대탁 역시 그렇게 생각하는 사람 중 하나였다. 그러나 그도 '팔황자당'의 열넷째 윤제와 넷째 윤진이 같은 어머니를 둔 동복형제同腹兄弟라는 것 때문에 뭐라고 할 수가 없었다. 짧은 시간 동안 실로 많은 생각을 한 대탁이 바로 웃으면서 대답했다.

"편지에 적으신 바대로 하시는 것이 현명한 판단인 것 같습니다. 치수 사업을 감독하고 재해 지역에 보낼 구호양식을 징발하라는 폐하의 명령을 받고 내려온 이상 다른 생각은 절대 할 수가 없다고 생각합니다. 제 생각에는 편지 끝부분에 한마디 보탰으면 합니다. 임무를 철저히 완수하지 않고서는 절대 귀경하지 말라는 폐하의 특별 지시가 있었다는 사실을 명시하는 것이 좋겠습니다."

"좋았어. 그러나 내가 가지 못하면 대신 열셋째를 끌어들이지 않을까 조금 걱정이 돼. 욱하는 성미 때문에 일을 그르치기가 일쑤인 순진한 열셋째가 다칠 수도 있으니까 말이야."

윤진이 언급한 윤상은 어려서 어머니의 사랑을 받지 못하고 소외된 유년기와 청소년기를 보낸 황자였다. 그래서 그런지 황자들 중에서는 단연 둘째가라면 서러워 할 막무가내였다. 형제들로부터 온갖 괴로움을 당하면서 반항아로 성장한 탓이었다. 이를테면 쉽게 길들여지지 않는 야성이 몸에 배어버렸다고 할 수 있었다. 그런 그를 황자들 중에서는 오로지 윤진만이 진심으로 위해 주고 보듬어 줬다. 때문에 윤상은 윤진을 아버지 이상으로 존경하고 따랐다. 윤진의 명령이라면 무조건 순종하기도 했다.

대탁은 윤진의 최측근인 탓에 당연히 두 사람의 돈독한 관계를 잘 알고 있었다. 그래서 윤진의 우려의 목소리에 귀를 기울이면서 위로의 말을 건네는 것도 잊지 않았다.

"너무 걱정하지 마십시오. 열셋째마마는 아직 젊으시고 경험도 부족하시니 폐하나 태자마마께서 그렇게 중요한 일을 떠맡길 가능성은 거의 희박하다고 생각합니다. 정 우려했던 일이 발생한다면 임시방편으로 꾀병을 부린다든지 하면 될 겁니다."

윤진이 대탁의 말에 탄식조로 말했다.

"그래, 자네 말대로 지레 겁먹을 필요는 없는 것 같군. 그때 가서 대책을 강구하는 것이 좋을 것 같아. 아 참, 그 오사도라는 사람은 어떻게 됐어? 얘기는 해봤어? 우리 문하에 들어오고 싶은 생각은 없던가?"

"넷째마마의 속마음을 정확히 알 수가 없어 말을 꺼내지 못했습니다. 여러모로 볼 때 참 괜찮은 사람입니다. 그러나 몸에 장애가 있어서 조금 걸립니다. 넷째마마께서는 어려운 상황에 처해보지 않은 사람이 아니면 받아들이지 않으시는 나름대로의 기준이 있으신 것으로 알고 있기 때문에 감히 말을 붙이지 못했습니다."

대탁이 사정하는 듯한 표정을 지어보이면서 말했다. 윤진은 그런 것이 뭐가 문제냐는 듯이 입을 열었다.

"그 사람이 어려운 처지에 있지는 않던가? 조정에서 체포령을 내린

지 십 년이나 되는 수배범이잖아. 비상한 재주를 가지고서도 써 먹지 못하는 불운한 강호의 천재 아닌가? 그런 인물을 내가 운 좋게 만났거늘 어떻게 쉽게 놓아줄 수가 있다는 말인가? 자네들은 일이 터지면 꾸역꾸역 모여 들어 위로할 줄이나 알지, 묘책을 내놓을 줄을 몰라. 늘 그런 것이 아쉬워. 그 사람을 데려와서 말 타고 활을 쏘면서 독수리를 잡으라고 할 것도 아니잖아? 망가진 두 다리에 집착할 필요가 뭐 있어? 지금 어디 있는가? 내가 직접 가서 당장 데리고 와야겠어!"

윤진이 말을 마치더니 다소 신경질적인 표정을 지으면서 휑하니 밖으로 나갔다. 대탁은 부랴부랴 뒤따라갔다. 이어 큰 소리로 고함을 질렀다.

"말을 대기 시켜라! 넷째마마께서 출타하신다! 저녁에는 기온이 떨어질 테니 모포도 한 장 준비해 놓도록 하라!"

헐레벌떡 윤진을 쫓아가던 대탁이 이문二門을 나섰을 때였다. 고복이 반대 방향에서 종종걸음으로 마주 오면서 황급히 아뢰었다.

"넷째마마, 해관海關의 도대인 진천순陳天順이 만나 뵙기를 신청했습니다. 넷째마마의 명령에 따라 식량을 구입하려면 비용을 얼마나 들여야 하는지 여쭤보겠다는 것 같습니다"

윤진이 다소 난감한 표정으로 대탁을 바라봤다. 대탁이 행여 늦을새라 황급히 입을 열었다.

"오사도가 많이 취해 있는 모습을 보고 왔습니다. 아마 억지로 깨워도 지금은 대화를 나누기가 어려울 것 같습니다. 이참에 아예 내일로 미루는 것이 어떨까 합니다. 내일 아침 일찍 제가 모시고 다녀오겠습니다."

윤진은 대탁의 말에 습관처럼 이맛살을 찌푸렸다. 이어 한참 생각하더니 알았다는 듯 머리를 끄덕여 보였다.

윤진은 오사도의 지혜와 날카로운 언변에 완전히 매료돼 있었다. 당연히 하루라도 빨리 자신의 문하로 들이고 싶다는 생각에 마음이 초조했다. 그래서 혹시 그가 내일 찾아가기도 전에 어디론가 사라져 버리지는 않을까하는 걱정이 되었다.

"단 둘이서 오랫동안 독대하지는 않았어. 그러나 반짝이는 눈빛에서 강자에게 강하고 약자에게는 따뜻한 진정한 사내대장부를 보았어. 꼭 내 사람으로 만들고야 말거야!"

윤진은 그렇게 수도 없이 되뇌었다. 하기야 그가 그렇게 생각하는 것도 당연했다. 시도 때도 없는 황자들 간의 권력 투쟁이 점차 표면화될 조짐을 보이고 있는 살벌한 현실에서 그로서는 오사도와 같은 강직하고 충성심 강한 지혜로운 측근이 너무나도 절실히 필요했던 것이다.

윤진은 밤새도록 이리저리 뒤척이면서 상념에 잠겨 있다 닭이 홰를 세 번이나 쳐서야 겨우 잠이 들었다. 그가 화들짝 놀라면서 자리를 박차고 일어났을 때는 이미 해가 중천에 떠 있을 무렵이었다. 불길한 예감에 휩싸인 그는 부랴부랴 대탁과 고복을 앞세우고 오사도가 머무르고 있던 객잔을 찾았다. 아니나 다를까, 객잔 주인이 웃음 띤 얼굴로 말했다.

"이걸 어쩌나! 오 대인은 아침 일찍 방값을 계산하고 나가셨는데요. 과주도瓜州渡에 가서 며칠 구경하고 친척을 찾아 북경으로 갈 예정이라고 했습니다. 그래서 제가 나룻배 한 척을 빌려서 타고 가시도록 했는 걸요……."

역시 불행한 예상은 적중했다. 윤진은 낙심천만이었다. 바로 어깻죽지를 축 늘어뜨렸다. 그러자 고복이 그런 윤진을 보고는 웃으면서 아뢰었다.

"저는 또 무슨 대단한 인물인 줄 알았습니다. 넷째마마께서 아쉬워하시는 사람이 오사도라는 효렴이었다니 놀랍습니다. 그 정도 인물이라면 소인이 달려가 한 수레라도 데리고 오겠습니다."

고복은 신이 나서 떠들다 바로 그 자리에 얼어붙고 말았다. 윤진이 매서운 눈빛으로 자신을 쏘아보는 바람에 기가 질린 것이다. 그리고는 추상 같은 불호령을 예감한 듯 목구멍까지 올라왔던 말을 꿀꺽 삼킨 채 고개를 밑으로 푹 떨어뜨렸다. 그러자 대탁이 서둘러 나섰다.

"넷째마마, 모두 소인의 불찰입니다. 그러나 중이 절을 짊어지고 도망갈 수는 없습니다. 절이 남아 있는 한 언제든 돌아올 겁니다. 너무 안달하지 마십시오. 소인이 책임지고 찾아내 넷째마마께 데려가도록 하겠습니다!"

"자네가 무슨 수로?"

"당장은 말씀드릴 수 없습니다. 아무튼 저에게 맡기십시오. 오늘은 기왕에 나왔으니 소인이 넷째마마를 모시고 노예 시장을 구경시켜 드릴까 합니다. 가는 길에 오사도에 대해서도 말씀드리겠습니다."

윤진이 무겁게 고개를 끄덕였다. 이어 바로 대탁을 따라나섰다.

"오사도 그 사람이 차갑고 어딘가 매정해 보이나 실은 여린 사람입니다. 그에게는 김옥택金玉澤이라는 잘 나가는 고모부가 있었습니다. 남경南京의 호거관虎踞關에서 돈을 주고 천총千總 자리에 앉은 사람이었죠. 아마 오사도가 수재 시험에 합격했을 때였을 겁니다. 그의 아버지가 고모부의 집에 편지를 보내 아들을 남경으로 유학을 보내기로 결정한 것이 말입니다. 근주자적近朱者赤(붉은 빛에 가까이 하면 반드시 붉게 된다는 뜻으로, 주위 환경이 중요함을 이르는 말)이라고, 조금 더 괜찮은 분위기 속에서 공부하면 실력 향상에도 꽤 도움이 될까 생각했던 모양입니다. 이렇게 해서 오사도는 혼자 집을 떠나 여로에 올랐습니다. 그러나 남경에 도착하자마자 바로 육조六朝(명나라와 이전의 여섯 개 왕조)의 수도로 유명한 그곳의 번화함에 완전히 넋을 빼앗겨버렸습니다. 당연히 고모부의 집으로 가야 한다는 것을 까맣게 잊어버렸습니다. 책 속에서 수많은 묵객들이 칭송해마지 않았던 그 이름도 유명한 막수호莫愁湖로 줄달음을 쳤습니다. 그날은 마침 초파일이었지요. 성황묘에는 향을 사르러 나온 사람들이 구름같이 모여들었죠. 남경의 거의 모든 집이 텅텅 비었을 정도였습니다. 오사도는 모처럼 집을 떠난 해방감에 젖은 채 어린아이처럼 과자봉지를 껴안고 콧노래를 흥얼거렸습니다. 고개를 한껏 젖히고 과자 부스러기를 입안에 털어 넣었습니다. 그러다 순간 누군가와 정면으로 부딪치고 말았어요. 그는 얼얼한 이마를 문지르면서 자신과 부딪친 사람을 눈 여겨 봤어요. 상대는 기껏해야 열여섯 살 정도 돼 보이는 젊은 여자였어요!"

대탁이 한숨을 토해내면서 말하기 시작했다. 윤진은 대탁의 말을 들으면서 머릿속으로 당시의 광경을 떠올렸다. 자신도 모르게 피식 웃음이 나오고 있었다.

"여자는 남경 사람이라면 누구나 다 알만한 대갓집의 규수였어요. 독실한 불교신자인지라 절에 다녀오는 길이었죠. 그런데 그런 여자가 수많은 사람들 앞에서 낯선 남자의 품에 엎어졌으니 얼마나 창피했겠습니까. 여자는 바로 얼굴이 홍당무가 됐답니다."

대탁은 윤진이 연신 고개를 끄덕이면서 관심을 보이자 신이 나는 모양이었다. 마치 자신이 직접 보기라도 한 듯한 어조로 계속 말을 이었다.

"당연히 오사도는 기분이 나쁘지 않았을 테죠. 그러나 여자는 그렇지 않았습니다. 주위 사람들이 한바탕 낄낄대면서 놀리자 쥐구멍이라도 찾는 듯 다급해 하더니 바로 어정쩡해 있는 오사도의 뺨을 냅다 갈기고는 줄행랑을 쳤다지 뭡니까? 오사도는 자신이 왜 따귀를 맞아야 하는지도 몰랐습니다. 완전히 기분을 망쳤겠죠. 그가 재수 옴 붙었다고 툴툴대면서 더이상 남경 구경할 마음도 사라져 버렸습니다. 그래서 물어물어 김옥택의 집을 찾아갔습니다. 그는 고개를 한참 쳐들어야 끝이 보이는 대문을 열심히 두드렸습니다. 얼마 후 문이 빠끔히 열렸습니다. 그런데 아 글쎄, 조금 전에 사정없이 그의 따귀를 때리고 도망갔던 여자가 고개를 살며시 내밀더라는 겁니다. 두 사람은 놀란 나머지 그 자리에 선 채 굳어지고 말았죠……."

"고종사촌 여동생이었던 모양이지?"

윤진이 다음 얘기가 기대된다는 듯 손뼉까지 치면서 재미있어 했다.

"사촌 누나였다고 합니다. 잠시 후 정신을 차린 오사도가 '여기가 김옥택 대인 댁인가요? 그분이 우리 고모부이신데……'라고 말을 꺼냈죠. 그러자 여자는 연신 '어마나!'를 외치면서 몇 시간 전에 그랬던 것처럼 줄행랑을 놓았답니다. 딸은 시집만 보내면 그만이라는 말이 있지 않습니까? 오사도의 고모 역시 그랬던 모양입니다. 친정을 다녀간 지가 꽤나 옛날이었던지 오랜만에 보는 친정 조카를 잘 몰라봤다고 하네요. 그러다 조카라는 것을 알고는 껴안은 채 눈물에 콧물에 얼굴이 완전히 범벅이 됐답니다. 그리고는 누가 왔나 보라면서 딸 채봉彩鳳이를 그렇게 불렀다고 하네요. 당연히 여자는 모습을 드러내지 않았다고 합니다."

대탁이 웃음을 참으면서 말을 이어나갔다.

"그럴 법도 하지. 사촌 동생의 따귀를 때렸으니!"

윤진이 고개를 끄덕이면서 대탁의 말에 맞장구를 쳤다. 대탁은 신이 났는지 물을 마셔가면서 말을 이어나가려고 했다. 그때 갑자기 근처에 있는 노예 시장에서 무슨 시끄러운 소리가 들렸다. 소동이 일어나고 있는 듯했다.

그것은 어린아이일 것으로 짐작되는 남자아이의 자지러지는 듯한 통곡소리였다. 처량한 정도를 넘어 비참하게까지 들리는 소리였다. 윤진을 비롯한 세 사람의 얼굴은 땅을 치면서 절규하는 울음소리에 일제히 굳어졌다. 셋은 부랴부랴 노예 시장으로 달려갔다.

홍교의 노예 시장은 그리 법석대는 편은 아니었다. 그저 길 양옆에 군데군데 수수깡으로 엮어 만든 엉성한 바람막이가 눈에 띌 뿐이었다. 아마도 각 지역에서 피난 온 이재민들이 임시로 기거하는 곳인 모양이었다. 아니나 다를까, 얼굴이 누렇게 뜨고 한겨울의 나뭇가지처럼 앙상한 사람들이 보기만 해도 구역질나는 짐승의 먹이 같은 것을 퍼먹고 있었다.

사람들은 햇볕이 잘 드는 곳에 자리를 잡고 앉아 있었다. 그 옆에서는 또 일단의 사람들이 주먹만 한 크기의 큰 이를 꾹꾹 눌러 죽이고 있었다. 그럼에도 대부분의 사람들은 그에 전혀 아랑곳 하지 않고 누군가가 갓 동냥해온 듯한 '비빔밥'을 열심히 먹고 있었다. 당연히 잠깐 옆에 가기만 해도 퀴퀴한 썩은 냄새가 진동을 했다.

통곡은 바로 그곳에서 들려왔다. 열서너 살쯤 돼 보이는 한 남자아이가 땅바닥을 후벼 파면서 대성통곡을 하고 있었던 것이다. 옆에는 가마니로 둘둘 말린 시체 한 구가 빳빳하게 굳은 채 놓여 있었다. 삼실 같은 머리카락과 앙상한 발가락이 삐죽 나온 시체는 길이로 볼 때 어린아이가 틀림없는 것 같았다.

"형! 어제까지 멀쩡했잖아. 도대체 뭘 잘못 먹은 거야? 아니면 누구한테 얻어맞아 골병이 든 거야? 우리는 빌어먹어도 같이 빌어먹고 죽어도 같이 죽자고 했잖아. 이렇게 먼저 가버리면 나는 어떻게 하라고. 엉엉……."

남자아이의 울음은 그칠 줄을 몰랐다. 그럼에도 열심히 이를 잡고 있는 노인이나 입 안에 밥을 마구 밀어 넣느라 여념이 없는 아낙은 가끔씩 무덤덤한 눈빛으로 그를 힐끗 쳐다볼 뿐 아무런 움직임도 보이지 않았다.

윤진의 미간은 갈수록 험악하게 일그러져 갔다. 그때 어디선가 사내 하나가 열두어 살 정도 돼 보이는 여자아이를 질짝 끌듯 끌고 오더니 흥정을 할 채비를 했다. 임자를 발견했다고 생각하는 모양이었다. 그가 입을 열었다.

"척 봡기에도 이미 좋은 일을 많이 하시는 분 같군요. 시중을 들 계집아이 하나 필요하신 거죠? 아시겠지만 사람을 사려고 할 때에도 지식이 있어야 합니다. 머리카락은 피와 연관이 있습니다. 또 이빨은 뼈의 일부분입니다. 때문에 사람을 살 때 머리카락과 이빨만 보면 완전히 끝납니다. 이 계집아이 좀 보십시오. 지금은 얼굴이 누렇게 떠 있기는 합니다. 그러나 이것은 굶어서 그런 겁니다. 데리고 가서 고깃국에 쌀밥을 말아 두어 번 먹이면 금방 혈색이 돌아올 겁니다. 제가 이 바닥에서 뼈가 굵은 놈이라 그 점은 장담할 수 있습니다. 제 얘기는 얼굴을 보시지 말고 이 아이의 새카만 머리카락과 튼튼한 이빨을 좀 보시라는 겁니다……."

사내는 말을 하는 내내 마치 주리를 틀 듯 여자아이의 입을 마구 잡아당겼다. 그리고는 다시 침을 튕겼다.

"잘 닦지 않아 위생 상태는 좋지 않으나 이빨이 고르고 가지런한 것이 구슬 같지 않습니까? 열다섯 냥 어떻습니까? 너무 비싸다고요? 에라, 오늘 기분 내는 김에 팍 깎아드릴까 보다. 우리 단골만 돼 주신다면야 첫 거래는 밑지는 셈치고 하죠. 은전 열 냥 어때요? 열 냥이면 공짜나 다름없죠!"

윤진은 조금 전까지만 해도 대탁의 얘기를 들으면서 재미있게 웃고 있었다. 그러나 노예 시장의 비참한 광경은 그의 웃음을 바로 빼앗아 가버렸다. 심지어 놀란 나머지 가슴 한구석에 오싹한 한기까지 돌았다. 그의 마음은 시체를 흔들면서 울고 있던 사내아이에게 생각이 미치자 더욱 무거워졌다.

여자아이는 그런 윤진의 마음을 아는지 모르는지 잔뜩 겁에 질려 있었다. 커다란 눈에는 눈물이 고여 있었다.

윤진이 입가를 실룩거리면서 애써 울음을 참는 여자아이를 안쓰럽게 쳐다보다 말고 가벼운 한숨을 지었다. 이어 뒷짐을 진 채 성큼 한걸음을 떼면서 고개도 들지 않은 채 뒤따라오는 대탁에게 말했다.

"데려다 키우게."

남자아이는 어느덧 목이 쉬었는지 소리도 못 내고 그저 애처로운 눈물만 흘리고 있었다. 그러면서도 숯을 만진 것처럼 까만 때가 반지르르한 두 손을 내밀어 지나가는 사람들에게 구걸하는 것은 잊지 않았다.

"마음씨 좋은 아저씨, 아주머니! 저를 사가지고 가세요. 열심히 일할게요. 뭐든지 할 수 있어요. 제발 저를 사가지고 가세요. 관이라도 사서 불쌍하게 죽은 우리 형을 묻어줘야 해요……. 한 번만 도와주시면 천당에 가게 해달라고 죽을 때까지 빌어드릴게요……."

사내아이의 애원이 조금은 통한 것 같았다. 가뭄에 콩 나듯 하기는 했으나 지나가는 행인들 중에 그래도 동전을 던져주는 이들이 하나 둘씩 생기기 시작한 것이다. 그중 어떤 사람은 '천당'이라는 말을 의식해서인지 제법 많은 돈을 놓고 가기도 했다. 사내아이는 훌쩍이면서 연신 고개를 땅바닥에 짓찧었다.

바로 그때였다. 가마니에 둘둘 말려 있던 '시체'의 발이 갑자기 꿈틀거렸다. 한 노인이 던진 담배꽁초에 발을 데었던 것이다.

"사기다! 저 자식이 사기를 쳤어!"

갑자기 누군가가 크게 고함을 질렀다. 동시에 사람들이 우르르 몰려들기 시작했다. 대탁이 당황했는지 습관처럼 윤진의 앞을 가로막았다.

무슨 영문인지 몰라 사람들이 수군대고 있을 때였다. 사내아이가 갑자기 돈을 마구 움켜잡더니 쏜살같이 주머니에 쑤셔 넣었다. 그리고는 장난기 어린 앳된 얼굴로 사람들에게 광대 같은 표정을 지어보였다. 이어 발로 가마니를 툭툭 걷어차면서 말했다.

"송아지, 어서 일어나 도와주신 어르신들에게 인사 올리지 못해? 그만 일어나! 다 들통 났어!"

사내아이의 말에 송아지라고 불린 죽은 아이가 물찬 잉어처럼 매끈하게 튕기듯 일어났다. 동시에 대충 몸에 묻은 먼지를 털더니 침을 퉤퉤 뱉었다. 이어 천진난만한 웃음을 지은 채 한쪽 무릎을 꿇고 좌중을 향해 인사를 올렸다.

"살려주셔서 대단히 감사합니다! 강아지야, 너도 생으로 눈물 쥐어짜느라 수고했어. 먼저 뭘 좀 먹고나 보자."

사람들은 송아지라는 아이의 말에 재미있다는 듯 웃음을 터트리고 말았다. 고만고만한 아이들의 어처구니없는 '사기행각'에 속았다는 괘씸함보다는 악동들의 장난기가 밉지 않았던 것이다.

윤진이 사람들이 하나 둘씩 흩어지기를 기다린 다음 흥미로운 표정을 지으면서 대탁을 향해 입을 열었다.

"대탁, 애들이 영악해 보이는군. 가서 물어보게. 우리한테 오고 싶은 생각은 없는지."

"예."

대탁이 고개를 숙여 대답을 하고는 강아지라고 불린 아이에게 다가가 머리를 쓰다듬으면서 말을 걸었다.

"몇 살이냐? 집은 어디지?"

강아지가 흐르는 콧물을 후루룩 들이마시면서 대답했다.

"열네 살이에요. 집은 아까 보응寶應이라고 했을 텐데요. 못 들었어요?"

윤진이 보기에 송아지라고 불린 아이는 강아지처럼 약삭빠르거나 영악해 보이지는 않았다. 그러나 눈빛만은 예사롭지가 않았다. 곧 송아지가 시종 흡족한 미소를 띤 채 자신들에게 관심을 보이는 윤진에게 물었다.

"우리 둘을 사고 싶으신 거죠?"

윤진이 자신의 속내를 제대로 넘겨짚은 아이들이 대견한 듯 웃으면서 머리를 끄덕였다.

"그래, 맞아. 나를 따라가면 맛있는 것을 배 터지게 먹을 수도 있어. 참 좋을 거야!"

"거지 생활 삼 년이면 웬만한 미관말직에는 눈길도 주지 않는다고 했어요. 집 지키는 강아지도 강아지 나름 아닌가요? 이 사람처럼 구질구질해 보이는 것은 싫어요."

강아지가 고복을 힐끗 쳐다보더니 짓궂은 웃음을 흘리면서 말했다. 고복은 당연히 화가 치밀었다. 삽시간에 얼굴이 하얗게 질렸다.

"이런 빌어먹을! 내가 뭘 어떻다고 그래?"

고복이 급기야 눈을 부라린 채 욕지거리를 해댔다.

"아, 이제 보니 입으로 방귀 뀌는 수도 있구나. 에이 더러워!"

강아지가 일부러 고복의 화를 돋우려는 듯 코를 감싸 쥐었다. 이어

오만상을 찌푸리면서 덧붙였다.

"여기서 이러고 있을 시간 없어. 송아지야, 어서 취아翠兒을 찾으러 가야지."

두 아이는 말을 마치자마자 윤진 일행을 따돌리고는 껑충껑충 뛰면서 저만치 달려갔다. 바로 그때 윤진이 사들인 여자아이가 고복의 등 뒤에 숨어 있다 겁에 질린 듯한 큰 눈을 깜빡이면서 울음 섞인 목소리로 크게 소리를 질렀다.

"송아지 오빠, 나…… 여기 있어. 팔렸어……."

여자아이의 두 눈에서는 어느새 눈물이 방울방울 흘러내렸다. 마치 억울함을 하소연하는 듯했다.

"취아야!"

두 아이가 신나게 달려가다 말고 못에 박힌 듯 그 자리에 바로 멈춰 섰다. 이어 바로 되돌아와서는 낯선 사람에게 다가가듯 취아에게 향했다. 곧 강아지가 몇 발자국 사이를 두고 멍하니 서 있는 송아지와는 달리 윤진의 눈치를 힐끔힐끔 보면서 취아의 손을 덥석 잡았다. 그러더니 이를 악문 채 말했다.

"그 자식이 끝내 너를 팔아넘겼구나. 돈이 마련될 때까지 반 년만 더 기다려 달라고 했는데! 사람 가죽을 뒤집어 쓴 짐승 같은 자식! 씨를 말려 죽이고 말거야!"

그러자 취아가 눈물 그렁그렁한 두 눈으로 두 오빠와 고복을 번갈아 쳐다보더니 흐느끼면서 입을 열었다.

"은전 열 냥에 팔렸어……. 우리는 이제 만날 수 없게 됐어……. 송아지 오빠, 언제든 고향에 돌아가면 내 대신 우리 엄마 무덤에 가서 벌초 좀 해줘……."

취아는 감정이 북받치는지 말을 잇지 못했다. 그저 입가를 실룩거리기만 했다. 그러다 급기야 송아지의 품에 안겨 서럽게 울기 시작했다.

윤진은 마음이 착잡하기 이를 데 없었다. 하기야 처지나 나이가 고만고만해 보이는 불쌍한 세 명의 아이를 바라보고 있었으니 그럴 수밖에 없었다. 가슴 속에서는 어느새 솜방망이 같은 그 무엇이 울! 하고 치밀어 오르고 있었다. 콧마루가 시큰해졌다. 피 한 방울 섞이지 않은 동네아이들끼리 생사를 같이 하겠다는 결연함을 간직한 채 똘똘 뭉쳐 지내는 사람냄새 나는 모습을 보자 남남보다 못한 자신의 혈육들이 갑자기 떠올랐던 것이다.

윤진이 상심과 감동의 물결이 교차하는 묘한 기분을 겨우 누르고 말했다.

"얘들아, 너희들 고향 보응으로 돌아갈 거라면서? 이렇게 하자. 이삼일 후인 정월 칠일쯤에 내가 너의 고향과 이웃한 동성桐城이라는 곳으로 가려고 하거든? 거기에서 한동안 머무를 텐데, 나하고 같이 가지 않을래? 내가 동성을 떠날 때는 너희 셋이서 나를 따라 움직이든 고향으로 돌아가든 그것은 그때 가서 고민해 보도록 하고 말이야. 어때?"

"그게 정말이에요? 에이, 지금 우리를 떠보시는 거죠?"

강아지가 순간적으로 못 믿겠다는 듯 말했다. 나이답지 않게 눈망울이 초롱초롱 빛나고 있었다. 윤진은 말없이 세 아이를 번갈아 바라보더니 한참 후에 다시 입을 열었다.

"나는 평생 동안 거짓말이라고는 해본 적이 없는 사람이야. 너희들이 당분간 고향에 돌아갈 생각이 없다면 지금이라도 나를 따라 나서렴."

세 아이는 뜻밖의 횡재에 놀랐는지 믿기 어렵다는 표정을 한 채 일제히 윤진을 바라봤다. 그들의 눈에 깊이를 알 수 없는 샘물 같은 윤진의 눈빛이 유난히 빛나보였다.

세 아이는 부지런히 눈길을 맞추는가 싶더니 마침내 뭔가를 결심한 듯 얼굴에 결연한 표정을 보였다. 이어 송아지가 웃으면서 말했다.

"따라갈게요! 그런데 그 약속 꼭 지켜야 해요? 아니면 나쁜 사람이에요!"

윤진이 자상하게 웃으면서 머리를 끄덕였다. 그의 말에 신이 난 강아지가 갑자기 손가락 두 개를 입 안에 집어넣었다. 이어 휘파람 소리를 내면서 "루루!" 하고 외쳤다.

그러자 어디에선가 깡마른 누렁이 한 마리가 꼬리를 마구 흔들면서 튀어나왔다. 누렁이는 송아지의 발뒤꿈치를 물어뜯기도 하고 취아의 손등을 핥기도 하면서 좋아서 어쩔 줄 몰라 했다.

고복이 그 모습을 보고는 농담조로 말했다.

"이렇게 못 생긴 누렁이한테도 이름이 있느냐?"

"그럼요! 루루라고 불러주세요. 그런데 누렁이라고 우습게보지 마세요. 큰코다치는 수가 있다고요."

송아지가 아직 잠이 덜 깬 듯한 부석부석한 눈을 부비면서 심드렁한 얼굴을 한 채 말했다.

윤진은 그를 쳐다보다 말고 뜨겁게 내리쬐는 태양에 눈길을 돌렸다. 위치로 볼 때 이미 점심때가 된 듯했다. 그는 순간 식량을 담당하는 양주의 관리들을 만나기로 한 약속을 머릿속에 떠올렸다. 그는 이내 서두르기 시작했다.

"그만 돌아가자고! 오늘은 실망과 즐거움이 반반씩이군."

윤진은 움직이는 내내 말이 없었다. 그러다 한참 후 대탁에게 물었다.

"미뤄 짐작하건대 오사도와 그 사촌누나 사이에는 뭔가 가슴 저미는 사연이 있었을 법하군. 그래 둘은 어떻게 됐나?"

"정인도 그에 대해서는 달리 언급하지 않았습니다. 저 역시 구태여 묻지 않았습니다. 약혼을 했다는 것 같았은데 어떻게 됐는지는 모르죠."

대탁이 바로 대답했다. 이어 조용한 어조로 다시 입을 열었다.

"고모부인 김옥택이 북경 조양문의 성문령城門領으로 발령이 나 가족들이 북경으로 이사를 갔다는 얘기를 들은 적은 있습니다. 오사도가 이번에 북경으로 가는 것도 아마 고모의 가족을 찾기 위해 그런 게 아닌가 싶습니다. 그러나 십 년이면 강산도 변한다고 하지 않습니까. 지금쯤 서른이 훌쩍 넘었을 사촌누나가 고무신을 거꾸로 신지나 않았는지 걱정이 되는군요……."

대탁이 말을 마치고는 진짜 걱정이 되는지 가만히 한숨을 내쉬었다. 더 이상 말도 잇지 못했다.

3장

쉽지 않은 식량 조달

일행이 역관으로 돌아오자 미리 기다리고 있던 역승驛丞이 황급히 다가와서 아뢰었다.

"패륵마마, 양주의 양도糧道인 구명寇明이 진시辰時부터 와 있습니다. 지금은 저쪽 화청花廳에서 대령하고 있습니다."

윤진과 대탁이 정청正廳에 들어서자 수행원들은 과자와 차를 내오고 더운물을 떠오느라 바삐 움직였다.

그때 서각문西角門 쪽에 여덟 마리 맹수 무늬가 수놓인 관복을 입고 유리 정자頂子가 달린 수박색 모자를 쓴 관리 하나가 계단 앞에서 긴 소맷자락을 휘두르면서 달려왔다. 이어 무릎을 꿇은 채 큰 소리로 아뢰었다.

"진사 급제한 다음 황제 폐하의 명령으로 양주의 양도糧道가 된 구명寇明이 패륵마마를 고견叩見하옵니다."

구명이 말을 마치더니 다시 큰 소리가 나도록 머리를 조아렸다.

"됐네. 격식 차릴 것 없이 어서 들게. 가까이 다가와 앉고. 자네도 점심을 먹지 못했을 텐데 과자 몇 조각이라도 먹어두면 한결 든든할 거네."

윤진이 찻잔을 들어 한 모금 마시면서 말했다. 그리고는 문어귀에서 있는 대탁을 향해 손짓을 했다.

"자네도 자리를 찾아 앉게. 그런데 구명, 계획대로 사흘 내에 식량 운반이 가능하겠는가?"

"사실은 그게 좀 차질이 생길 것 같습니다. 소인은 그래서 잠도 못 자고 고민 중입니다. 물량은 시중에서 한 되에 삼 전錢씩 주면 얼마든지 확보할 수 있습니다. 하지만 해관海關 쪽에서 구입 대금을 아직 보내주지 않아 그저 발만 동동 구르고 있습니다. 넷째마마께서 해관 쪽에 독촉을 해주신다면 하관下官으로서는 더 이상 바랄 게 없겠습니다."

구명이 조심스럽게 의자 모퉁이에 엉덩이를 붙이는가 싶더니 엉거주춤 일어서면서 황급히 대답했다. 윤진이 그의 말을 듣고는 떡 한 조각을 천천히 집어 들어 베어 물더니 한참 생각한 다음 대답했다.

"그렇지 않아도 며칠 전에 해관 총독인 위동정魏東亭에게 서찰을 띄웠네. 곧 대금을 보내올 거야. 잠깐 빌려 쓰고 호부戶部에서 해관 쪽에 갚아주면 되니까 자네는 걱정하지 말게."

구명이 큰 짐을 덜었다는 듯 안도의 숨을 내쉬었다.

"실로 성명聖明하십니다. 그러나 대금이 도착하기 전까지는 한꺼번에 십만 석을 사들일 수는 없습니다. 창고에 있는 것을 탈탈 털면 오만 석 정도는 되지 않을까 생각합니다. 넷째마마께서 먼저 오만 석을 가지고 가십시오. 나머지 오만 석은 대금 결제가 되는 대로 바로 준비해 놓겠습니다. 소인은 농사를 크게 짓는 집들과 쌀가게에 이 기회를 이용해 사재기를 하거나 쌀값을 올릴 생각은 꿈도 꾸지 말라고 이미 단단히 엄포를 놓았습니다. 삼월 중에 대금이 도착하면 나머지 오만 석을 소인이 직접 흠차의 행원行轅(임시 거처)이 있는 동성桐城까지 운송해 드리는 것이 어떻겠습니까?"

윤진이 구명을 힐끗 쳐다본 다음 자리에서 일어나 장화소리를 크게 내면서 창가로 가더니 한참 후에야 입을 열었다.

"맡은 바 임무에 충실하려는 노력이 가상하네. 그런데 양주에도 이만 명이 넘는 난민들이 기근에 허덕이고 있다고 하는군. 오늘 노예 시장에서 참혹한 광경을 목격하고 보니 가슴이 많이 무거워. 오만 석 가지고는 저쪽도 부족한데 계획에도 없던 양주를 위해 덜어줄 수도 없고 말이야. 쌀을 더 사야겠어!"

"넷째마마의 심정은 십분 헤아릴 수 있으나 돈이 없으면 불가능하지 않겠습니까?"

구명은 그 말에 이어 다시 혼잣말처럼 중얼거렸다.

"양주부揚州府에서 조금 내놓으면 좋을 텐데……."

그러자 대탁이 뭔가 생각이 난다는 듯 나섰다.

"차명에게 성의 표시를 하라고 슬쩍 물어보는 것도 좋을 것 같네요. 밑져야 본전이고요."

구명이 대탁의 말에 바로 쓴웃음을 지으면서 고개를 가로저었다.

"그건 한낱 우리의 희망사항이 아닐까 싶습니다. 차명이 지난달에 우리 아문으로 돈을 꾸러 왔었던 걸요! 그래서 제가 '양주는 방귀만 한 번 뀌어도 기름이 주르륵 새어나올 정도로 부자 동네 아닌가. 그런데 염치없이 번고藩庫의 칠천 냥을 빌려 쓰고도 모자라서 우리 양도糧道까지 기웃거린다는 말이오?'라고 핀잔을 주었습니다. 그런데 문묘文廟를 대대적으로 손봐야 한다면서 얼렁뚱땅 둘러대더군요. 나중에 알아보니 멀쩡한 문묘를 뭘 손보느냐면서 사람들이 도리어 면박을 주는 것이 아니겠습니까. 제 생각입니다만 차명은 지금 셋째……."

구명이 차명에 대해 신나게 열을 올리면서 설명하다 말고 갑자기 입을 뚝 다물어 버렸다. 그러나 윤진은 음식을 훔쳐 먹다 들킨 것처럼 손으로 입을 가리고 당황해하는 구명의 표정을 하나도 놓치지 않았다.

그때 고복이 새 옷으로 갈아입은 덕분에 완전히 딴 사람으로 변한 취아를 데리고 들어섰다. 그러자 윤진이 빙그레 미소를 지으면서 고개를 끄덕여 보였다. 그리고는 구명을 향해 고개를 돌리면서 웃는 얼굴로 말했다.

"자네 이제 보니 말을 하다가 마는 습관이 있구먼. 나에게 수수께끼라도 내겠다는 것인가?"

"아니옵니다, 넷째마마! 전해들은 바로는……, 대학사大學士인 규서揆叙에게 빙경氷敬(지방의 관리들이 해마다 여름철이면 북경의 관리들에게 상납하는 돈)을 보내는 것 때문에 뭉칫돈이 필요하지 않았나 생각합니다. 그리고……, 그리고 또……, 맹광조孟光祖라고 하는 셋째마마 문하의 사람이 남경에 머무르고 있습니다. 그러니 모르는 척할 수도 없고 해서 그랬나 봅니다. 넷째마마, 이 모든 것들은 하관이 전해들은 풍문에 불과합니다. 헛소문일 수도……."

구명이 귓불까지 빨개진 채 도망갈 구멍을 찾지 못하고 더듬거렸다. 당황한 나머지 어떻게 말을 끝맺어야 할지도 모르는 듯했다.

윤진은 구명이 털어놓은 얘기의 진실 여부를 떠나 차명이 그처럼 큰 세력을 등에 업었다는 사실에 적이 놀라지 않을 수 없었다. 하기야 규서가 '대천세'大千歲로 불리는 장황자의 처남이자 여덟째 황자의 심복이고 보면 충분히 그러고도 남을 듯했다.

실제로도 그랬다. 일명 '팔현왕'으로 불리는 여덟째 윤사는 아홉째 윤당, 열째 윤아와 더불어 이른바 황실의 '삼걸'三傑로 통했다. 얼마나 똘똘 뭉쳤는지 다른 사람들은 끼어들 틈조차 주지 않을 정도였다. 오죽했으면 그들 셋은 생사고락을 같이 하는 사이라는 인식이 널리 퍼져 있었겠는가. 한마디로 그들의 세력은 육부六部 내에서 태자 윤잉을 능가하고 있었다.

맹광조가 섬기는 주인인 셋째 황자 윤지 역시 만만치 않았다. 누구보다 성은聖恩을 더 받으면 받았지 못하지 않았다. 윤진도 그렇게 생각했다. 때문에 구명이 황자들의 암투에 말려들지 않을까 전전긍긍하는 것도 어떻게 보면 당연했다.

한참 동안 생각에 잠겨 있던 윤진이 냉정하게 구명의 말허리를 자르면서 말했다.

"더 이상 말하지 않아도 알겠네. 자네 처지도 처지이니 만큼 깊게 추궁하지는 않겠네. 그러나 짚고 넘어갈 것은 짚고 넘어가야지. 조정의 국고에 오륙천만 냥밖에 남아 있지 않을 때였던 것 같은데, 당시 명주明珠(규서의 아버지)의 집이 압수 수색을 당했어. 그 결과가 어땠는지 아는가? 자그마치 칠조兆 냥이나 되는 돈이 나왔단 말이야! 부자는 망해도 삼 년은 간다고 해. 그러니 여기저기에 숨겨 놓은 돈이 꽤 있을 거야. 그런데도 규서는 욕심도 많네. 규서의 털 하나만 해도 아마 다른 사람 허리보다 굵을 걸? 두고 보라고! 규서가 깃털 하나라도 뽑히기를 거부하는 쇠로 만든 수탉이라면 나 윤진은 강철로 만든 족집게라고. 남의 털 뽑는 데는 나를 따를 사람이 없지. 식량 대금은 양주부에서 토해내게 하고 말거야!"

"지당하신 말씀입니다. 그렇고말고요!"

구명이 이마에 돋는 식은땀을 훔치면서 연신 맞장구를 쳤다. 그러면서 속으로는 말로만 듣던 '철석심장 냉면왕'鐵石心腸冷面王이라는 별명을 가진 윤진의 배짱에 감탄해마지 않았다. 이어 그가 짧게 덧붙였다.

"넷째마마께서 하관의 어려움을 이토록 잘 헤아려 주시니 하관으로서는 눈물 나게 고마울 따름입니다."

그의 아부에 윤진이 얼굴에 차가운 웃음을 띤 채 대답했다.

"내가 챙겨주지 않으면 누가 챙겨주겠나. 자네는 차명을 찾아가. 그러나 다른 얘기는 하지 마. 그저 굶어 죽는 이재민들에게 베푸는 셈 치고 더도 말고 이만 냥만 내놓으라고 넷째마마가 그러더라고 전하게. 밥이나 죽을 만들어 이만 냥 어치를 쓰되 밥은 하루 두 끼, 젓가락이 꽂힐 정도여야 한다고. 또 죽은 그림자가 비춰질 정도로 묽으면 안 된다고 하게. 이렇게 지시했으니 앞으로 양주 지역에서 굶어 죽는 사람이 한 명이라도 있어서는 안 되겠지. 흠차의 명령은 지엄하기 그지없어. 내가 그 사실을 분명히 입증해주지. 이렇게 해. 어린이 유괴범들 가운데 죄질이 무거운 것들 몇몇을 목을 베어 내걸라고 하게. 나는 앞으로 사흘 동안 양주에 더 체류할 거야. 그러니 그때까지 내 지시에 따르라고 해. 그러지 않을 경우엔 내가 성질이 나서 차명의 목을 그냥 베어버릴 거야. 그런 다음 조정에 상주上奏할 생각이야. 그러니 반드시 그렇게 전하게. 또 내가 설사 동성으로 간다고 해도 여기저기에서 감시의 눈동자가 지켜보고 있을 것이라고도 말하게. 나를 우습게 보고 괜히 이 황자 저 황자 찾아다닐 생각은 꿈에도 하지 말라고 해. 양심껏 움직이라고 전하라는 말이야. 내 상방보검이 그자의 목을 겨냥하고 있으니까!"

윤진의 말은 서슬이 퍼랬다.

구명은 그의 말에 전신이 오그라드는 모양이었다. 식은땀으로 속옷까지 흠뻑 젖는 것 같았다. 윤진이 한마디, 한마디 할 때마다 연신 "예, 예!"를 연발하던 구명이 얼마 후 땀범벅이 된 채 말했다.

"넷째마마의 자비로움을 폐하께서 지켜보고 계십니다. 이번 일은 차아무개에게도 폐하께 충성할 수 있는 좋은 기회인 것 같습니다!"

"내가 시킨 대로 전하기만 하면 되네. 자네한테는 손톱만큼의 책임도 돌아가지 않게 할 테니까."

윤진이 말을 마치고는 한껏 굳어진 얼굴에 한 가닥 미소를 띠운 채 취아를 옆으로 끌어당겼다. 이어 자상하게 머리를 쓰다듬어주면서 말했다.

"이 아이 좀 보게. 한창 부모 사랑이 필요할 때 수재水災로 양친을 한꺼번에 잃어버렸어. 완전히 줄 끊어진 연 신세가 돼 버렸다고……. 얼마나 굶었는지 얼굴이 반쪽이야! 백성들은 이 나라의 근본이야. 백성의 고통을 미연에 방지하는 것이 황하의 범람을 예방하는 것보다 몇 배는 더 중요하다는 것을 명심하도록 하게! 자네는 책을 몇 수레씩이나 읽은 사람이니 길게 말하지 않아도 잘 알 것이라고 믿네. 그만 가보게!"

구명이 연신 허리를 굽실거리면서 뒷걸음쳐 물러갔다. 윤진은 곧 일상으로 돌아온 아버지처럼 부드러운 미소를 띠운 채 취아에게 물었다.

"깨끗하게 씻으니 이렇게 예쁜 애를! 그래, 배불리 먹긴 했니?"

취아가 윤진의 말에 손가락을 입에 넣고 수줍게 웃었다. 물론 취아는 아직 어른들의 말귀를 알아듣기에는 어린 나이였다. 당연히 조금 전 오간 얘기를 전부 이해하지는 못했다. 그러나 "젓가락이 꽂혀야 한다"거나 "굶어 죽는 사람이 있어서는 안 된다"는 말은 충분히 알아들었다. 더불어 쉽게 다가서기 어려운 냉엄한 표정을 짓고 있을 때가 더 많은 눈앞의 '대관'大官이 좋은 사람일 것이라는 생각도 확실하게 굳히고 있었다.

취아가 그동안 좀처럼 마음을 열지 않던 것과는 달리 먼 옛날 아련한 기억 속에서나 들어봤음직한 아버지의 자상한 목소리 같은 윤진의 말에 눈시울을 붉히면서 천천히 그에게 몸을 기댔다. 이어 입을 열었다.

"어르신, 이 세상에 그렇게 맛있는 음식이 있는 줄은 처음 알았어요. 강아지와 송아지 두 오빠는 미련하게시리 음식이 목구멍까지 찼는데도 계속 먹고 있어요. 다 먹고 나면 밖에 놀러나갈 거라고 했어요."

"애들은 나갔는가?"

윤진이 취아의 말을 듣고는 고복에게 물었다.

"워낙 고삐 풀린 망아지 같은 녀석들이라 나가면 돌아오지 않을 것 같아 붙잡아 놓았습니다."

"가둬두는 것만이 능사는 아니야. 나가서 놀게 풀어줘."

대탁이 웃음 띤 얼굴로 대답했다.

"취아 때문에 이곳까지 따라온 애들이야. 저 아이를 여기 두고 가기는 어디를 가겠어? 엉뚱한 사고 치지 않게 사람이나 하나 붙여두면 되지."

대탁의 말을 듣고 난 취아가 깔깔 웃음을 터트렸다.

"그래요. 제가 여기 있으면 오빠들은 절대 다른 곳으로 가지 않을 거예요. 고향에서 같이 나왔다가 제가 나쁜 사람들에게 잡혀가기도 했는데, 아마 오빠들이 돌봐주지 않았더라면 저는 벌써 진秦…… 뭐라더라? 무슨 회루淮樓인가 하는 곳으로 팔려갔을 거예요."

엎드려 절 받는 식이라고 해도 좋았을 윤진의 으름장은 아주 효과적이었다. 정확히 사흘 후, 구명은 5만 석의 잡곡을 준비했다. 조운漕運길이 막혀 있었으므로 문제는 운반이었다. 아무래도 육로를 택하는 수밖에는 없었다.

윤진 일행은 5만 석을 수레 400 대에 나눠 싣고 호탕한 기세로 길을 떠났다. 그러나 일행은 곧 잔뜩 움츠리지 않으면 안 됐다. 북으로 갈수록 기온이 떨어져 한기가 엄습해 왔던 것이다.

대탁은 노새에 탄 윤진의 건강이 걱정이 되는지 수레 위에 미리 준비해 간 두껍고 화려한 털 담요를 씌워주려 했다. 그러나 윤진은 황자의 체면보다는 자신이 너무 두드러져 보이는 것을 더 부담스러워했다. 때문에 한사코 대탁과 고복의 간청을 뿌리쳤다. 두 사람은 고집 센 윤진의 성격을 너무나 잘 알았으므로 할 수 없이 포기해야 했다.

보응을 지나자 인가라고는 전혀 보이지 않는 일망무제의 사탄沙灘(모래가 깔린 여울)이 아스라이 펼쳐졌다. 그곳에는 어디나 할 것 없이 수마水魔가 할퀴고 간 흔적이 고스란히 남아 있었다. 그래서일까, 수마에 지쳐 쓰러진 작년 가을의 마른 풀들이 봉두난발의 모습을 한 채 여전히 차가운 봄바람에 떨면서 신음을 하고 있었다. 물론 음력 2월이 되어 파릇파릇한 새싹이 돋아난 곳도 있었다.

말들 역시 디디는 곳마다 발이 모래에 깊숙이 빠지는 바람에 평소보다 몇 배나 힘들어 하는 것 같았다. 때로는 고복과 대탁이 행렬의 앞뒤에서 식량의 호송을 책임진 병사들과 함께 모래 늪에 빠진 수레바퀴를 꺼내주기도 했다. 그러다 보니 하루에 30리 길을 움직이는 것도 쉽지 않았다.

길 양 옆으로는 가뭄에 콩 나듯 납작하게 엎드려 있는 마을이 간간이 눈에 띄었다. 그러나 하나같이 축사를 방불케 할 정도로 남루

했다. 보기만 해도 서글프다는 생각이 들 정도였다.

윤진 일행의 눈에 보이는 모습 역시 다르지 않았다. 마을에는 노약자와 부녀자들뿐이었다. 아마도 청장년들은 가족을 먹여 살리기 위해 도회지로 뿔뿔이 일자리를 찾아 떠난 듯했다. 행렬이 지나가는 곳마다 쪼글쪼글한 얼굴에 흐리멍덩한 눈빛의 노인네들이 행여나 하고 목을 빼들고 있는 모습이 무엇보다 사람을 그리워하는 듯했다.

윤진은 안타까운 마음에 명령을 내려 쌀을 나눠주도록 했다. 가는 곳마다 그런 식으로 쌀을 나눠주다 보니 일행이 회안淮安 경내에 들어섰을 때는 5만 석 가운데 어느새 2000여 석이 줄어들어 있었다.

"이제 겨우 이놈의 지옥을 벗어나게 됐군!"

고복은 일행이 회안 경내에 들어선 그날 저녁, 사람과 말 모두가 지칠 대로 지쳐 더 이상의 강행군은 무리라고 생각했다. 급기야 마차를 세우고 천근만근 되는 다리를 끌면서 윤진의 수레 앞으로 다가가서 아뢰었다.

"넷째마마, 오늘 저녁에는 아무래도 이곳에서 좀 쉬어가는 것이 좋을 듯합니다."

윤진이 손에 《금강경》金剛經을 든 채 취아와 송아지의 장난을 흥미진진하게 지켜보고 있다가 뻐근한 허리를 펴서 서산으로 넘어가는 석양을 내다보고는 물었다.

"여기가 어딘가?"

고복이 미처 뭐라고 대답도 하기 전이었다. 송아지가 갑자기 수레에서 뛰어내리더니 자신만만한 표정으로 대답했다.

"제가 알아요. 이곳은 원래는 나루터였어요."

이번에는 취아가 자기도 뒤질 수는 없다는 듯이 종알거렸다.

"전에 아버지 따라 동냥을 온 적 있어요. 도화도桃花渡라는 곳이에요."

"도화도라고?"

윤진의 두 눈이 갑자기 심지가 바짝 선 등잔불처럼 빛났다. 연일 이어진 강행군에 지친 듯 흐릿하던 눈빛이 아니었다. 연신 도화도를 되뇌면서 흥분한 나머지 호흡까지 거칠어지는 것 같았다.

윤진이 한참 후에야 감정을 추스르고는 긴 숨을 내쉬면서 가슴 속 소회를 토로했다.

"이름이 정말 대단하군!"

윤진의 감탄조의 말에 고복이 말했다.

"도화도 이곳은……, 예전에 넷째마마께서도 다녀가신 적이 있습니다."

고복이 이어 말머리를 돌려 덧붙였다.

"이곳에서 북쪽으로 삼십 리 정도만 더 가면 드디어 관도官道가 나옵니다."

그때 대탁이 웃음 띤 얼굴을 한 채 다가섰다.

"적막감을 즐기실 줄 아는 넷째마마이시니 망정이지 성격 급한 열셋째마마였다면 아마 난리가 났을 겁니다. 꼬박 열닷새 동안이나 풀 한 포기 보이지 않는 누런 모랫길을 간다는 것은 상상도 못하실 겁니다."

윤진은 은근한 대탁의 아부에도 아무런 대꾸 없이 가만히 허리를 굽혔다. 그리고는 발밑의 모래를 손가락으로 후벼 팠다. 손가락 하나가 다 들어가도록 파내자 새카만 흙이 모습을 드러내기 시작했다. 지금은 풀 한 포기 나지 않는 황폐한 모래밭으로 변해 버렸으나 과거에는 분명히 황금 같은 벼 이삭이 고개를 숙였을 좋은 밭이었을 것이다. 순간 윤진이 크게 한숨을 내쉬었다.

"천자의 발밑에서 쌀밥에 고깃국도 싫다고 투정부리는 복에 겨운 왕손王孫과 공자公子들은 그리 멀지 않은 곳에 이런 인간지옥이 있다는 사실을 죽었다 깨어나도 모르겠지. 이렇게 좋은 땅을 방치해 두다니……."

윤진은 그날 저녁 차마 역관에 투숙할 생각을 하지 못했다. 불어오는 모래바람이 얼굴을 따갑게 때리는 그곳에서 천막을 치고 노숙을 하기로 결정을 내린 것이다. 또 모닥불을 피워 밥도 해먹기로 했다.

얼마 후 태양이 서산으로 넘어갔다. 이어 검푸른 비단 같은 하늘에 분홍빛 꽃잎 같은 저녁노을이 나타났다. 힘없이 피어오르는 민가의 굴뚝연기와 더불어 적막감을 더해주는 노을이었다.

곧 시뻘건 모닥불이 피어올랐다. 모닥불은 성질 급하게도 바로 솥궁둥이를 탐스럽게 핥기 시작했다. 돼지 뒷다리 익는 향기가 자연스럽게 주변으로 퍼져나갔다. 하루 종일 걷느라고 지친 사람들은 그 향기에 더욱 지칠 수밖에 없었다. 누렁이 루루도 강아지의 품에 안겨 혀를 날름거리면서 침을 질질 흘리고 있었다.

윤진은 모두들 모닥불을 둘러싸고 앉은 채 말이 없자 자신의 존재가 워낙 분위기를 돋우는 데는 도움이 되지 않는다는 사실을 알았는지 웃으며 세 아이들을 향해 입을 열었다.

"너희들, 왜 그러고 있어? 자, 고기 익을 동안 노래나 불러 봐, 어서!"

아이들은 그야말로 단순했다. 윤진의 말이 끝나기 무섭게 먼저 재주를 뽐내 보겠다면서 실랑이를 벌였다.

먼저 강아지가 주머니에서 피리를 꺼내 훅훅 소리를 내면서 준비를 했다. 곧이어 그동안 부모 잃고 어려운 세상을 헤쳐나와야 했던 아이들이 나름대로 외로움을 이겨내는 데 일조를 했을 구슬픈 피리소리가 하늘을 가르고 울려 퍼졌다.

그러자 송아지가 취아에 앞서 먼저 목청을 가다듬더니 노래를 부르기 시작했다.

강 하나를 사이에 둔 그대와 나,
나는 그저 이쪽에서 바라보고만 있어도 정말 좋아.
서로 닿을 듯 말 듯 만날 듯 말 듯,
그저 푸른 물길 한 뼘 차이 아닌가!

송아지의 노랫소리는 파도처럼 종잡을 수 없을 정도로 넘실거렸다. 완전히 음치였다. 그래도 꿋꿋하게 '사랑타령'을 포기하지 않는 송아지의 모습에 사람들은 그만 폭소를 터트리며 뒤로 벌렁 넘어가고 말았다.

그때 취아가 뒤질세라 송아지를 밀치고 나섰다.

엄마, 보고 싶어요!
성난 사자처럼 갈기 곤두세운 황하의 물 어디에 숨어 계시나요?
험한 세상 나 혼자 떼어놓고 발걸음이 떨어졌던가요?
낮에도 밤에도 엄마 생각만 해요.
꿈에서는 깨어나 단장의 눈물을 흘리고…….

취아 역시 송아지와 크게 다를 것은 없었다. 음정이 온전하지 못했다. 그러나 노래가사는 듣는 사람을 숙연하게 만들었다.

취아의 두 눈에서는 곧 구슬 같은 눈물이 굴러 떨어졌다. 너무나도 감정을 몰입해 부른 것이 분명했다. 그러자 강아지가 피리에 입술을 붙인 채 눈을 감았다. 동시에 송아지도 고개를 숙인 채 볼멘소리를 해댔다.

“죽은 사람은 안타깝지만 산 사람은 살아야 할 것 아니야. 그런다고 뭐가 달라지는 것이 있어? 괜히 슬프게 만들고 그래.”

강아지는 투덜거리면서도 노래를 부르는 것은 잊지 않았다. 운명에 굴복하지 않겠다는 비장한 각오를 다지는 노래였다. 노래가 끝나자 장작이 타들어가는 소리가 유난히 크게 들리고 있었다. 주변 사람들의 굳어진 얼굴이 더욱 빨갛게 물들어갔다.

윤진은 고개를 깊숙이 숙인 채 돌부처처럼 미동도 하지 않았다. 얼마나 그러고 있었을까, 그가 자신도 놀랄 정도로 약간 쉰 듯한 격앙된 목소리로 말했다.

“세 명 다 정말 노래를 잘 불렀어. 북경에 가서 오사도 선생을 만날 수만 있다면 취아의 노래를 조금 손 봐달라고 해도 좋을 것 같군. 일반 백성들도 부를 수 있는 노래로 만들어 폐하와 육부의 대관들에게도 들려주는 것이 좋겠어!”

윤진이 말을 마치더니 다시 생각에 잠긴 듯한 표정으로 덧붙였다.

“너희들 심심한 것 같은데, 얘기 하나 해줄까?”

“좋아요!”

아이들이 환호성을 질렀다. 각자 손오공이나 귀신 얘기를 해달라고 적극적으로 나서기도 했다. 여자아이인 취아는 당연히 귀신 얘기에 진저리를 쳤다. 윤진이 그 모습들을 담담하게 바라보면서 천천히 입을 열었다.

“호랑이 담배 피울 적의 귀신 얘기가 아니라 이건 진짜 있었던 일이야.”

윤진이 말을 하다 말고 나뭇가지로 빨갛게 타들어간 모닥불을 가볍게 뒤적였다. 이어 자신의 감정을 다잡고 나서 얘기를 시작했다.

"어느 시기인지는 잘 모르겠어. 어떤 황제가 아들이 스무 명이나 있었다고 하더군."

"와, 그렇게나 많이요?"

취아가 눈을 크게 뜬 채 놀라워했다.

"조용히 해! 그게 뭐가 이상해? 문왕文王(주周나라의 개국 군주인 무왕武王의 아버지)은 아들이 백 명씩이나 있었다고 전에 할아버지께서 말씀하셨잖아!"

송아지가 취아에게 은근히 핀잔을 주면서 진정시켰다. 윤진이 송아지를 힐끗 쳐다보더니 머리를 끄덕이면서 말을 이어나갔다.

"그중에는 유난히 두려움이 많고 정이 많은 황자도 한 명 있었지. 그는 개미 한 마리도 차마 밟고 지나가지 못했어. 또 바퀴벌레만 봐도 저만치 달아나고는 했지. 가끔씩 황궁에서 황자들이 어리벙벙해 있는 쥐를 잡아 가지고 놀 때도 마찬가지였어. 이 황자만은 나무 뒤에 숨어 어미 쥐가 죽으면 새끼들이 불쌍해서 어떡하느냐면서 놓아줄 것을 간절히 부탁하고는 했지."

아이들은 윤진 쪽으로 바싹 다가앉으면서 재미있다는 표정을 지었다. 대탁과 고복의 시선이 순간적으로 묘하게 부딪쳤다. 윤진은 그에 아랑곳하지 않고 천천히 말을 이었다.

"용의 아들이자 봉의 자손이라면 황제를 보좌해 일을 하는 것은 당연하다고 할 수 있어. 또 천하를 다스리려면 착한 사람들에게 상도 내려야 하지만 나쁜 사람들을 과감히 처단하는 용기도 필요하거든. 그런데 개미 한 마리 밟아죽이지 못하는 성격에 어떻게 천하를 다스릴 수 있겠어? 황제 폐하로서는 고민이 될 수밖에 없었지. 게다가 깊은 궁궐에서 비바람이 뭔지도 모르고 곱게 자란 다른 황자들 역시 세상물정에 어두워도 너무 어두운 거야. 황제 폐하는 고민 끝에 아들들을 지방에 내려 보내 민초들의 삶을 어느 정도 이해할 수 있도록 조치를 취했어. 이 겁쟁이 황자 역시 황제 폐하의 명령에 따라 황하와 회하淮河를 시찰하러 회안淮安으로 내려가게 됐지."

윤진은 잠시 멈추면서 호흡을 골랐다. 그러더니 다시 천천히 얘기를 풀어나갔다.

"세상에는 천자의 아들들이 지역 현안을 함께 고민하기 위해 행차했다는 소문이 빠르게 퍼져나갔지. 지방관들도 앞을 다퉈 달려와 황자를 둘러싸고 아부를 떨었어. 겁쟁이 황자는 다행히 맡은 바 임무를 성실히 수행했어. 그러자 관리들은 황자의 능력을 칭찬하면서 아주 과대평가를 했지. 생전 처음 세상 밖으로 나온 황자로서는 착각에 빠질 수밖에 없었어. 그는 관리들의 칭찬이 싫지 않았어. 이곳 관리들이야말로 진정한 나라의 동량棟梁이라면서 황제 폐하께 보고도 올렸고, 황제 폐하 역시 대단히 기뻐하면서 보고를 믿었지. 그런데 공교롭게도 그해 황하는 유난히도 무섭게 화를 내지 않았겠어? 너희들 혹시 양보羊報가 뭔 줄 아니?"

아이들이 그 말을 알 리가 없었다.

"말해주지. 황하 상류 지역에는 청동협青銅峽이라고 하는 곳이 있어. 그 옛날 우왕禹王이 치수治水를 할 때 그곳에 쇠막대기를 꽂아두고는 금을 그어 두었지. 얼마 후 그것을 통해 청동협의 물이 한 촌寸이 불어나면 하류 지역은 한 척尺이 불어난다는 사실을 알게 됐어. 이후 우왕은 청동협의 수세水勢를 제때에 하류 지역에 알리기 위해 공기를 불어넣은 양가죽을 만들었어. 그런 다음 배짱 좋은 사내들로 하여금 서찰을 입에 물고 그것에 의지해 하류로 떠내려가게 했다고. 그게 바로 양보야. 아무튼 그해 양보가 전해온 소식에 의하면 청동협의 수위는 삼 척 높이를 넘어선다는 위급한 내용이었어!"

강아지가 골똘히 윤진의 말을 듣고 있다 갑자기 눈을 크게 뜨면서 놀라워했다.

"와! 그러면 하류의 수위는 세 장丈(1장은 약 3미터) 높이로 불어났다는 얘기네요? 회안 전체가 물에 잠기고도 남았겠는데요! 제가 철들고 나서 딱 한 번 그런 일이 있었어요."

윤진이 고개를 끄덕이더니 심각한 표정으로 말을 계속 이었다.

"수위는 계속 높아만 가는데 하늘은 구멍이라도 뚫린 듯했어. 마치 비를 양동이째로 들이붓는 것 같은 광경이었지. 다급해진 황자는 바로 아문의 관리들에게 명령을 내렸어. 인명사고라는 최악의 경우를 피할 수 있도록 배 한 척을 대기시켜 놓고는 수행원들을 데리고 회안淮安의 서쪽으로 향했지. 제방이 얼마나 더 오래 버틸 수 있을지를 알아보기 위해서 말이야."

아이들은 흥미진진한 윤진의 말에 더욱 귀를 쫑긋 세웠다.

"한낮인데도 하늘은 저 가마솥의 궁둥이처럼 새카맣게 흐려 있었어. 먹물 같은 비는 부슬부슬 쏟아지고 있었고. 어디 그뿐이었겠어. 두꺼운 구름층을 뚫고 번개도 사납게 번쩍였어. 천둥소리도 귀가 아프게 울려대고 있었고 말이야. 황자는 성난 사자처럼 갈기를 세우고 달려드는 파도를 응시한 채 제발 이 지역 백성들을 살려달라고 간절히 빌었어. 그러나 같이 달려갔던 수행원들은 달랐어. 집채 같은 파도가 파죽지세로 달려오자 겁에 질린 나머지 다짜고짜 황자를 끌고 도망을 가려고 했지……. 얼마 후 사람들의 아우성 소리가 메아리쳤어. 그리고는 마침내 '쿵!' 하는 소리와 함께 성벽이 무너지는 소리가 들렸어."

윤진이 잠시 말을 끊었다. 마치 자신이 진짜 경험했던 것처럼 몸을 부르르 떨었다. 얼마 후 그가 다시 입을 열었다.

"황자는 하인 한 명만 거느리고는 바로 말을 버렸어. 이어 가슴 높이보다 더 높이 불어난 물을 건넜어. 그야말로 천신만고 끝에 아문으로 돌아왔지. 황자와 하인은 그곳에 안전지대로 피신할 배가 있었기 때문에 이제는 살았구나 하고 안도의 숨을 내쉬었지. 그러다 너무도 기가 막힌 나머지 그 자리에 바로 굳어져버리고 말았어. 의문儀門에 붙들어 매어 놓았던 큰 관선官船이 흔적도 없이 사라지고 없었던 거야! 평소에 충군애민忠君愛民을 밥 먹듯 부르짖던 사대부들이 물이 불어나자 황자의 안위 같은 것은 안중에도 없다는 듯 배를 타고 도망가 버렸던 거지!"

잠시 숨을 멈추었다 길게 한숨을 내쉰 윤진이 다시 천천히 말을 이어나갔다.

"아문으로 거세게 밀어닥친 물살은 삽시간에 무릎을 훌쩍 넘었어. 당황한 두 사람은 물에 떠 있는 사다리를 타고 지붕에 올라가려고 했어. 그때 수행을 하던 하인이 문 앞에 있는 큰 어항을 발견했지. 이어 황자를 붙잡고 소리 내어 울면서 말했어. '황자마마, 이 날벼락 맞을 개새끼들이 우리를 버리고 도망을 갔습니다……. 지붕에 올라가 봤자 오래 버티지 못할 것이니, 황자마마께서는 어항 안에 들어가십시오. 소인은 어항 주변을 잡겠습니다. 어찌 됐든 우리 함께 탈출을 시도해 봅시다……. 하늘이 굽어보고 계십니다. 이제는 마음을 비우고 운명에 맡겨야 합니다……' 그렇게 해서 황자는 어항 안에 타고 하인 말대로 홍수를 피했어."

대탁은 윤진의 장황한 얘기를 계속해서 듣다가 순간 번개같이 뇌리를 스치는 그 무엇을 느꼈다. 강희 43년에 윤진과 함께 지방순시를 갔다가 구사일생으로 홍수로부터 탈출했다던 고복의 이야기가 떠오른 것이다. 그러나 고복은 당시 지금처럼 소상하게 말하지는 않았다.
그는 고복을 슬며시 바라봤다. 고복은 이미 얼이 반쯤 나가 있는 것 같았다. 별로 떠올리고 싶지 않은 그 당시의 공포와 분노를 되새기며 치를 떨고 있는 것이 틀림없어 보였다.

한참 후 고복이 한숨을 지으면서 진저리를 쳤다.

"또 그 얘기를 하십니까? 들을 때마다 모골이 송연한 것이 꿈자리가 사나울 정도입니다. 그만 하시는 것이 좋겠습니다."

그러자 송아지가 눈을 흘겼다.

"이제부터 진짜 재미있을 텐데 그만 하라뇨? 나는 계속 듣고 싶어요!"

취아 역시 윤진의 얘기 속으로 흠뻑 빠져 들어간 듯 두 눈을 반짝이면서 얼굴을 코앞에까지 들이댄 채 다그쳐 물었다.

"그 태자마마는 결국 탈출했나요?"

"그 황자는 태자가 아니었어."

윤진이 희미하게 웃어보였다. 그리고는 다시 천천히 얘기를 이어갔다.

"태자였다면 상황은 백팔십 도로 달랐을 테지. 최소한 자기네들끼리만 살려고 도망가지는 않았을 거야. 만약 그랬다가는 어디를 가더라도 살아남지 못할 것이라는 생각을 했겠지. 또 태자라는 신분이 그 비인간적인 관리들을 묶어 둘 수도 있었을 테고……. 둘은 어항에 의지한 채 물속에서 꼬박 이틀을 표류했어. 다행히 물에 함께 떠내려 온 과일과 야채들, 심지어는 만두까지 있었던 탓에 굶주리지는 않았어. 하지만 금지옥엽으로 자란 황자가 정처 없이 마구 떠다니는 어항에 앉은 채 표류를 했으니 어땠겠어. 결국 어지러움을 느낀 나머지 심하게 구토를 했지. 어항 주변을 잡은 하인은 기진맥진한 나머지 수차례 손을 놓칠 뻔하기도 했어. 그럴 때마다 황자가 있는 힘껏 잡아당기고는 했지. 그로부터 이틀 후 목적 없이 떠다니던 어항이 신기하게도 어떤 강기슭에 다다랐어. 며칠 동안 수마와 처절한 싸움을 벌이면서 생사를 수없이 드나든 두 사람은 언덕에 올라서자마자 기절하고 말았어."

윤진이 잠시 말을 멈추고는 허공을 올려다봤다. 그러나 침묵은 길지 않았다. 그가 다시 입을 열었다.

"시간이 얼마나 흘렀을까. 황자는 눈을 떴어. 침대맡 낡은 책상 위에 등잔불이 꺼질 듯 간신히 타오르는 광경이 그의 눈에 들어왔어. 또 언제 엉덩방아를 찧을지 모르게 위태로운 걸상에 어떤 노인이 걸터앉아 곰방대를 뻑뻑 빨고 있는 모습도 보였지. 황자가 자세히 보니, 그 옆에는 열일곱 살 가량 되어 보이는 처녀도 있었던 모양이야. 그녀는 생강 끓인 물을 한 사발 받쳐 들고 수심에 잠긴 표정으로 황자를 내려다보고 있었어. 황자가 입술을 실룩거리면서 뭔가 말하려고 하자 여자는 급히 노인을 불렀어. 그때 다른 방에서 허둥지둥 달려 들어온 하인이 노인 앞에 털썩 무릎을 꿇었지. 살려준 은혜는 잊지 않고 꼭 갚겠노라고 말했지. 그리고는 노인에게 이름을 어떻게 쓰느냐고 물었대. 그러자 노인이 밭고랑을 방불케 하는 주름진 얼굴을 들어 깊은 한숨을 내쉬면서 말했다고 하는군. '감히 이름이라뇨? 우리 같은 사람은 이름도 성도 없어요. 굳이 물으신다면 제일 하층민인 낙호樂戶에 속하는 흑黑씨라고 할 수 있겠네요. 조상께서 죄를 지으면 자손대대로 물려받기 때문에 그렇게 됐네요. 어르신을 구해준 사람은 소인의 둘째딸 소복小福입니다. 쌀 빌리러 가서 아직 오지 않았네요. 여기 이 아이는 큰딸 소록小祿입니다……'라고 말이야."

윤진의 얘기는 갈수록 흥미로워지고 있었다. 송아지를 비롯한 세 아이는 침까지 꿀꺽 삼키면서 그의 다음 얘기를 기다렸다. 윤진은 아이들의 기대에 어긋나지 않겠다는 듯 계속해서 얘기를 이어갔다.

"노인은 얼마 후 연신 한숨을 토하면서 슬며시 자리를 떴어. 그러자 소록이 밀가루 빵 하나를 들고 와 건네주면서 말했어. '온통 물난리라 쌀을 빌려올 수 있을지 모르겠네요. 이것으로라도 먼저 요기를 하세요. 인명 하나 구해주는 것이 칠 층 불탑을 쌓아올리는 것보다 낫다는 얘기를 입버릇처럼 하시는 분이 겁이 나서 벌벌 떨면서 왜 저러시는지 모르겠네요?'라고 말이지. 황자는 그때 가까이에서 소록을 봤어. 예쁜 얼굴은 아니나 맑고 귀여운 얼굴이었지. 황자는 갑자기 그녀의 신분에 대한 궁금증이 일었어. 그래서 참지를 못하고 '아버님은 도대체 뭘 두려워하시는가요?'라고 물었어. 소록은 뭐 별일 아니라는 듯 털어놓기 시작했대. '우리 조상들께서는 명나라 영락永樂 황제가 정변을 일으켰을 때 반대편에 섰어요. 때문에 액운을 면치 못했죠. 흑씨로 성을 바꾸는 불행을 당한 것도 그래서였고요. 그래서 곧바로 천민으로 전락하고 말았어요. 당시 지의旨意에 따르면 우리 가문은 자손대대로 소리를 팔거나 풍각쟁이, 매파媒婆, 산파産婆, 초상집의 곡쟁이…… 등등 그야말로 최고로 천한 일만 할 수 있도록 정해져 있었다고 하네요……. 그런 지가 벌써 삼백 년이 흘렀으나 변한 것은 하나도 없어요. 그럼에도 삼백 년 동안 대대로 모두 아흔 네 명의 절부節婦과 두 명의 열녀烈女가 나왔죠. 하나는 아버지 대신 흑룡강黑龍江으로 유배 갔다 그곳에서 죽었고요. 또 다른 하나는 시집도 가기 전에 남자가 죽어나가는 바람에 뒤따라서 자결했다고 하고요……'라면서 신세타령을 하더군. 소록은 말을 마치고는 자신이 낯선 남자에게 묻지도 않은 말까지 하는 것이 쑥스러웠던지 말문을 닫아버렸어. 그런데 한참 후에 쌀을 구해 돌아온 둘째딸을 보는 순간 황자는 깜짝 놀랐지. 소록이 곁에 있었으니 망정이지 둘이 한 사람인 줄 알 뻔했다는 거야."

윤진이 장황한 얘기는 끝이 없을 듯했다. 다행히도 송아지가 바로 웃으면서 그의 말을 끊었다.

"아하 ! 두 사람은 쌍둥이 자매였던 거군요?"

대탁이 송아지와 윤진을 번갈아 쳐다봤다. 머릿속에서는 이상한 생각이 들 수밖에 없었다. 윤진을 따라 다닌 세월이 결코 짧지 않았는데 여지껏 그토록 많은 말을 하는 모습은 처음 보았으니 말이다.

그러나 말이 많으면 필연적으로 실수를 할 수밖에 없다. 대탁은 그 생각이 들자 바로 부랴부랴 익은 돼지고기를 꺼내면서 수선을 떨었다.

윤진이 음식에는 관심이 없는 표정을 한 채 신들린 듯 말을 다시 이어가려고 입을 열 때였다. 송아지가 갑자기 얄궂은 웃음을 지었다.

"넷째마마, 그쯤 하시면 저는 더 이상 말씀 안 하셔도 전체 줄거리를 머릿속에 그릴 수 있을 것 같네요!"

4장

도둑소굴로 들어간 황자

윤진은 워낙 고기를 싫어했다. 때문에 눈앞의 고기는 그저 한 입 먹는 시늉만 하고는 자신만만해하는 송아지의 뒤통수를 어루만진 채 웃으면서 물었다.

"자식, 알기는 뭘 알아!"

"뻔할 뻔자 아니에요?"

송아지가 입안에 가득 고기를 넣어 씹더니 기름기 번지르르한 입을 손등으로 쓰윽 닦은 다음 덧붙였다.

"삼류 소설에 흔히 오르내리는 연애 얘기야 다 똑같은 거 아니겠어요? 부잣집 아들이 어려움에 처해 있는 미인을 구해주고 서로가 서로에게 호감을 가졌으나 집안의 결사적인 반대로 시작도 하기 전에 끝날 위기에 봉착하는 그런 얘기 아니에요? 그럼에도 그 황자마마는 소복과 소록을 포기하기에는 너무 좋아했어요. 그래서 신분의 장

벽에 부딪치자 일단 북경으로 돌아갔어요. 그런 다음 군대를 동원해 처녀들을 구출해내고 둘 다 마누라로 삼지 않았을까요? 배 타고 도망간 관리들은 수박 썰 듯 목을 잘라 들개들에게 던져줘 잔치를 베풀어주셨을 것 같아요."

송아지는 생각나는 대로 내뱉었다. 윤진은 그의 말을 듣고는 갑자기 자신이 오늘 너무 많은 말을 했다는 생각을 하지 않을 수 없었다. 하얀 이를 드러내면서 말없이 웃기만 한 것은 바로 그 때문이었다.

그가 한참 후 모닥불에 나뭇가지를 던져 넣으면서 깊은 생각에 잠겨 있더니 다시 입을 열었다.

"그냥 심심해서 말해봤을 뿐이야. 나도 끝까지는 몰라. 황자는 물론 소록과 서로 좋아했지. 또 황자를 버리고 도망간 관리들은 천벌을 면치 못하고 도중에 고기밥이 되고 말았어. 그 외의 다른 것은 몰라."

"그러면 소록과 소복 두 처녀는 나중에 어떻게 됐나요?"

취아는 윤진의 얘기에 흠뻑 빠져 있었던 모양이었다. 윤진을 똑바로 쳐다보면서 여운이 가시지 않은 얼굴로 다그치듯 물었다. 윤진이 고개를 깊숙이 숙인 채 생각에 잠겨 어두운 표정을 지어 보이더니 드디어 천천히 입을 열었다.

"그건 나도 몰라. 내가 너희들이 심심해 할 것 같아 이런 얘기를 만들어낸 것은 세상 모든 일은 뜻대로 되는 것이 거의 없다는 사실을 일깨워주고 싶어서였어. 그렇게 궁금하면 내가 결말을 잘 생각해서 다시 들려주마."

대탁은 아이들이 윤진을 너무 피곤하게 하는 것 같았다. 곧 자신이 직접 나서서 윤진의 잠자리를 정리하고는 아이들도 천막으로 밀어 넣어 자도록 했다.

그러나 그날 저녁 윤진은 뜬눈으로 밤을 하얗게 새우고 말았다. 별

들이 무더기로 쏟아질 것만 같은 밤에 천막에 팔베개를 한 채 누워 있자니 온갖 생각이 다 떠올랐던 것이다. 고복이 그의 속마음을 짐작할 것 같은지 조용히 입을 열었다.

"넷째마마, 잠을 놓치신 것 같은데 생각을 비우시고 억지로라도 잠을 청해 보십시오."

윤진은 아무런 대꾸도 하지 않았다. 그리고 얼마 후에는 아예 벌떡 일어나 앉았다. 이어 마찬가지로 잠을 자지 않고 있던 대탁을 향해 말했다.

"자네도 자지 않고 있었는가? 요 세 놈은 새근거리며 잘도 자는구먼. 하긴 좋을 때지."

대탁이 말을 받았다.

"주인이 깨어 있는데, 노재奴才가 어찌 쿨쿨 잠을 자겠습니까? 잠이 오지 않으시면 내일 수레 속에서 주무시면 되니까 너무 조급해 하지 마십시오."

"내일은 우리 두 갈래로 나눠서 출발하자고. 나는 송아지, 강아지를 데리고 서행西行하다가 고가언의 황하 제방을 시찰할 거야. 자네들은 취아를 데리고 가게. 식량 운송 차량을 호송하고 회안 쪽으로 가라고. 나중에 동성에서 만나면 되니까."

윤진이 참선을 하려는 듯 정좌한 다음 무릎에 손을 얹고 말했다. 윤진의 느닷없는 결정에 대탁과 고복은 적지 않게 놀랐다. 그러나 감히 토를 달지는 못했다.

"그러시다면 제가 친병親兵 몇 명을 딸려 보내도록 하겠습니다."

대탁이 웃음 띤 얼굴로 말했다. 윤진이 그의 말에 고개를 젓히고 잠깐 생각하더니 가벼운 한숨을 내쉬었다.

"성음性音 스님이 이번에 따라왔더라면 자네들이 이런 걱정을 하지 않아도 됐을 텐데……. 나도 미행微行 한 번 하면서 대부대를 끌고 다니는 번거로움을 덜었을 테고."

윤진은 친병을 딸려 보내겠다는 대탁의 말을 별로 흔쾌하게 받아들이지 않는 듯했다. 얼굴에 달갑지 않은 기색이 역력했다.

대탁과 고복은 난감했다. 급기야 소변을 보러 가는 척하고 밖에 나가 한참 대책을 논의했다. 결국 만에 하나 있을지도 모를 사고에 대비해 고복이 십여 명의 부하들을 데리고 먼발치에서 따라가면서 보호하기로 하자는 결정을 내렸다.

윤진 일행은 이튿날 이른 아침 길을 떠났다. 바로 전날 길에서 우연히 사냥한 승냥이와 온갖 짐은 노새에 실었다. 일행은 말을 타고 식량 운송 부대에서 떨어져 나와 황하를 따라 서행하기 시작했다.

윤진은 말 위에 올라탄 다음 손을 이마에 댄 채 먼 곳을 바라보았다. 모래 언덕들이 끝도 모른 채 아스라이 펼쳐져 있었다. 그 곳에서는 누런 모래바람이 몰아치면서 하늘을 뿌옇게 뒤덮고 있었다. 앙상한 나뭇가지 위로는 마른 수초들이 걸레처럼 걸려 있었다. 인가가 나올 것이라는 기대는커녕 갈수록 황량함만 더해줄 것이라는 생각을 하게 만드는 풍경이었다.

윤진은 일행과 떨어져 올 때는 황하의 제방을 둘러보겠다는 핑계를 댔었다. 그러나 진짜 이유는 따로 있었다. 자신과 이루지 못한 아픈 사랑을 한 소록에게 유복자가 있다는 말을 고복으로부터 전해들은 것이 바로 그 이유였다. 그 아이는 바로 고가언 근처의 하리何李진 내에 살았었다고 했다.

윤진은 황자의 신분이었으므로 무엇 하나 아쉬운 것이 없었다. 그러나 단 한 가지 자식 문제로 꽤나 속을 썩이고 있었다. 그도 그럴 만한 것이, 아들 넷 가운데 하나가 요절하더니 홍시弘時, 홍주弘晝, 홍력弘曆 셋도 여전히 천연두를 앓지 않았기 때문에 늘 불안했던 것이다. 게다가 어디에서 듣고 왔는지 고복이 '뚱뚱한 아이들이 천연두의 표적'이라는 말도 했다. 아이들이 마른 것과는 거리가 멀었으므로 윤진으로서는 한시도 방심할 수가 없었다.

해는 하리진을 불과 10여 리 앞두고 이미 서산 언저리에 머물고 있었다. 윤진은 마냥 신이 나 모래싸움을 해대는 아이들을 불러 모아 놓고는 머리가 쭈뼛쭈뼛 일어설 정도로 무서운 눈빛으로 말했다.

"얘들아, 얘기 뒷부분이 궁금하다고 했지?"

윤진이 살의가 번뜩이는 눈빛으로 멀리 보이는 감나무를 바라보면서 조용히 덧붙였다.

"알려줄게. 소록은 바로 저 나무 밑에서 죽었어……."

강아지와 송아지는 순간 마치 죽은 사람처럼 안색이 파랗게 변한 윤진을 바라봤다. 순식간에 납덩이처럼 무거운 침묵이 흘렀다. 드디어 송아지가 크게 숨을 들이마신 채 말했다.

"이제 보니 그 황자는 다름 아닌 넷째마마셨군요!"

강아지도 크게 충격을 받은 듯 어쩔 줄 몰라 하다가 물었다.

"그럼 소복 처녀는요? 그분은…… 어떻게 죽었나요?"

윤진은 강아지의 질문에 즉각 대답을 하지 못했다. 대신 비감 어린 눈매로 감나무 가지를 뚫어지게 바라봤다. 이어 감나무에 다가가서는 하염없이 기둥을 매만지면서 눈물을 글썽거렸다. 감나무에는 시커멓게 타들어간 흔적이 아직도 역력했다.

"불에 타 죽었어! 차마 눈 뜨고 볼 수 없었지……."

윤진의 두 눈은 분노로 이글거렸다. 피 같은 눈물이 가득 고였다. 온몸에서 마치 용암이 분출하기라도 할 것처럼 얼굴이 달아오르고 무섭게 떨렸다. 그는 진정하려고 한참이나 애를 썼다.

"감나무 저편에 연못이 있었지. 연못 남쪽에는 끝이 보이지 않는 수수밭이 펼쳐져 있었고."

윤진은 눈을 감았다. 그의 생각은 어느덧 수수밭에 숨어 소록이 불에 타 죽는 장면을 목격해야 했던 공포의 그날 밤으로 돌아가 있었다. 그가 다시 처연한 표정으로 덧붙였다.

"내가 소록을 찾으려고 홀로 하리를 찾아갔을 때였어. 그때 그녀의 집안에서는 정조를 지키지 못했다는 이유를 들어 그녀를 엄벌에 처하려 하고 있었어. 바로 이 감나무 밑에 흙으로 제단을 만들어놓고, 그 위에 장작더미를 얼기설기 쌓아놓고 있더라고. 또 그녀 집안의 장정 몇몇은 횃불을 치켜들고 양옆에 늘어서 있었지. 봉두난발을 한 그녀는 짐짝처럼 묶인 채 지금 송아지가 서 있는 바로 저곳에 고개를 맥없이 떨군 채 있었지. 도무지 얼굴을 볼 수가 없었어. 주변에서는 큰 구경거리를 놓칠세라 몰려든 사람들이 숨죽이고 지켜보고 있었지……."

윤진의 눈은 마치 귀신의 그것처럼 불타듯 번쩍거렸다. 강아지와 송아지는 난생 처음 죽음과 관련한 생생한 경험담을 들어서 그런지 소름이 끼치는 모양이었다. 끊임없이 진저리를 쳤다.

"얼마 지나지 않아……."

윤진이 말을 계속 하려다 말고 잠깐 숨을 고르며 가슴을 진정시켰다. 이어 계속 덧붙였다.

"집안의 집사인 듯한 사람이 앞으로 나왔어. 집안 어른의 훈화訓話가 있을 거라고 얘기를 하더군. 분위기는 갈수록 살벌해져갔어. 장내는 걷잡을 수 없이 술렁거렸지. 나는 설마 하는 마음에 겁을 주는 것으로 끝내기를 간절히 기도했어. 얼마 후 이전에 마을에 두 달 동안 머물면서 얼굴을 많이 봐왔던 집안 어른이 곰방대를 신발 뒤꿈치에 툭툭 털면서 사람들을 비집고 한가운데로 나왔어. 그러나 그의 얼굴은 평소에 늘 보던 그 자상한 얼굴이 아니었어. 그가 잔뜩 굳어진 흐린 얼굴로 사람들을 훑어보더니 훈화를 시작했어. '집안의 모든 남녀노소는 잘 들어두어라! 방금 사당祠堂에서 조상 어른께 소상히 말씀을 올렸다. 소록이 이 지경에 이른 것은 나로서도 말 못하게 가슴 아프다. 혈육이니까! 소록의 증조부는 바로 나의 사촌형이야. 우리 둘의 정분으로 본다면 내가 대신 죽어줄지언정 사촌형 후손의 털끝 하나도 다치게 할 수는 없지. 그러나 예로부터 전해 내려오는 고훈古訓에 이런 것이 있어. 천리 제방도 개미 한 마리 때문에 무너지고, 미꾸라지 한 마리가 도랑물을 흐려 놓는다고 말이야. 그래서 우리 집안의 장래를 위해 비통하지만 어쩔 수 없이 이 길을 택해야 해. 지금 특별히 이 사실을 밝히는 바이기도 하고! 예禮, 의義, 염廉, 치恥는 나라를 받쳐주는 네 개의 기둥이라고 했어. 그러면 '염'이라는 것은 뭐냐? 바로 깨끗하게 인간노릇을 하는 거지. '치'는? 자신의 잘못에 철저히 책임을 지고 부끄러움을 아는 것이야. 누차 말하는데, 가슴 아프나 소록은 이 두 가지를 어겼어. 어쩔 수가 없어……'라고 말이지. 그 집안 어른은 그런 일을 꽤 많이 겪었을 텐데도 참혹한 순간이 오는 것이 두려웠던 모양이야. 자꾸만 훈화와는 주제가 점점 멀어져 가는 말을 한참 동안이나 더 하고서야 마침내 한 손으로 얼굴을 가렸지. 그리고는 다른 한 손을 휘저으면서 '집안 규칙을 어기고 풍속을 타락시킨 죄를 범한 저 천한 계집을 불기둥에 올려 보내서 조상의 신령께 속죄케 하라!'고 말했어. 그러자 여자들이 비명을 지르고 아이들이 울고불고 난리가 났어. 너무 잔인하다고 욕설을 퍼붓는 남자들도 더러 있었지……. 소록은 모든 것을 체념한 듯 장정들의 손길을 뿌리친 채 스스로 장작더미에 올라갔어. 나는 그 모습을 차마 눈 뜨고 볼 수가 없었어. 결국 외면하고 말았지만 속마음은 어땠겠어? 마치 내 가슴이 난도질당하는 것 같았지. 나는 죽어도 같이 죽고 싶었어. 그래서 무작정 달려 나가려고 하는데 나를 목숨 걸고 붙잡는 사람이 있었어. 고복이 아무래도 뭔가 수상해 뒤를 밟았던 모양이야. 내가 고복에게 붙들린 채 실랑이를 하는 동안 이미 장작은 불씨를 사방에 흩뿌리면서 화염을 토해내기 시작했어. 불기둥은 맹수의 혓바닥 같은 불길을 날름거리면서 삽시간에 소록을 휘감았어. 백옥으로 만든 조각상 같은 얼굴……, 까마귀 깃털처럼 나부끼는 머리카락……. 극한 고통에 일그러지면서 신음 한 마디 없었던 그……, 그리고 그 눈빛. 그게 내가 마지막으로 본 소록의 모습이었어……."

윤진은 더 이상 말을 잇지 못했다. 그러더니 황자의 체면 따위는 악취 나는 양말 벗어던지듯 저만치 던져버리겠다고 생각했는지 미친 사람처럼 감나무를 향해 달려갔다. 그러나 의지와는 달리 두어 걸음을 옮기고는 다리에 힘이 빠져 털썩 무너져 버렸다.

그럼에도 그는 포기하지 않았다. 엉금엉금 기어갔다. 그러면서 두 팔 벌려 하늘을 바라보고는 울부짖었다. 또 다른 처절함의 극치를 보여주는 모습이었다.

그는 가까스로 감나무에 다다르자 실성한 사람처럼 두 손으로 감나무를 잡아 뜯으면서 울부짖었다.

"소록……, 내 은인아! 너…… 대체 어디 있니? 이 속에 숨어버렸나……. 나올 수 없으면 목소리라도 들려줘 봐……. 하하……, 그래……! 내가 사당도 만들어주고 비석도 세워줄게……."

윤진은 계속 울부짖었다. 누가 보더라도 너무나도 고통스러운 처절한 모습이었다. 강아지와 송아지는 그 모습을 지켜보다 급기야 서로를 부둥켜안은 채 울음을 터트리고 말았다.

시간이 얼마나 흘렀을까, 윤진이 애써 감정을 추스르고는 옷매무새를 바로 잡았다. 이어 자세도 고쳐 감나무를 향해 세 번 절을 올렸다. 그런 다음 우는 아이들을 차분하게 달랬다.

"그만 가자! 우리가 울다 죽는다 해도 죽은 사람이 다시 환생할 수는 없어. 이 적막강산에서 소록은 아마 이미 신령이 돼 있을 거야. 이승과 저승은 간발의 차이라고 하니 언젠가는 만날 수 있겠지. 그걸 위안삼아 사는 날까지 제대로 살아야겠어……. 어두워지는구나. 어서 가자……."

강아지와 송아지 두 아이 역시 윤진처럼 감나무를 향해 똑같이 삼배를 올렸다. 그리고는 묵묵히 자리를 털고 일어섰다. 아이들은 그 짧은 순간에 무려 10년은 더 성장한 것 같았다.

하리는 고가언高家堰 동쪽에서 가장 큰 진이었다. 치수治水의 능신能臣인 근보靳輔와 진황陳潢이 심혈을 기울인 곳이었다. 그러나 두 사람이 실각하면서 상황은 최악으로 흘렀다. 치수에 대해 전혀 아는 것이 없는 관리들이 멋대로 한 결과 또 다시 해마다 황하의 표적이 되어 홍수의 피해를 입는 지역이 되고 말았다.

게다가 수마가 한 차례 요동을 치고 지나가면 백성들은 그때마다 찾아오는 또 다른 홍역을 앓아야 했다. 이재민들의 폭동과 무시무시한 전염병이 잇따랐던 것이다. 때문에 재산을 조금이라고 가지고 있던 사람들은 일찌감치 살아가기 힘든 그곳을 하나둘씩 떠났다. 끝까지 남아 있는 사람들은 그야말로 오도 가도 못하는 처지에 놓인 이들뿐이었다.

그래서일까, 진의 중심가는 대단히 한산하고 쓸쓸해 보였다. 윤진과 송아지, 강아지 두 아이가 진내에 도착했을 때는 이미 술시戌時가 다 된 시각이었다. 무척이나 어두웠다. 진 전체가 딱정벌레처럼 납작 엎드려 있는 것처럼 보이는 것이 크게 이상할 것도 없었다.

집집마다 대문도 꽁꽁 걸어 잠근 모습 역시 마찬가지였다. 등잔불이라도 켜져 있는 집을 찾는다는 것은 그래서 더욱 쉽지 않았다. 가끔씩 들려오는 개 짖는 소리만이 그나마 이곳이 사람 사는 동네라는 사실을 확인시켜 주었다.

윤진은 한바탕 울부짖고 난 후 마음이 한결 개운해졌는지 밝은 목소리로 송아지에게 하룻밤 묵어갈 곳을 알아보도록 했다.

송아지는 손이 부서져라 몇몇 집의 대문을 두드렸다. 그러나 사람들은 하룻밤 묵어가게 해달라는 말에 전혀 호의적이지 않았다. 심지어 일부 사람들은 대문이 부서지게 쾅 닫아버리기도 했다. 건너편에 객잔이 있다고 알려주는 사람은 그나마 괜찮은 정도였다.

송아지가 아무런 소득도 없이 씩씩거리면서 돌아오자 윤진이 조용히 말했다.

"객잔이 있다니 너무 잘 됐네. 객잔에 머무르면 될 걸 갖고 여러 사람 귀찮게 만들 게 뭐 있어?"

윤진은 북경에 있을 때 지방에 나가 있는 관리들로부터 자신들이 관할하는 지역은 강희의 치세에 힘입어 모든 것이 태평성대라는 말을 들은 바 있었다. 심지어 가불폐호家不閉戶(문을 걸어 잠근 집이 없다는 의미)는 기본이고, 도불습유道不拾遺(길에 떨어진 물건조차 주워가는 사람이 없다)라는 말까지도 들었다. 자연재해가 옛말이라는 말은 더 물을 필요조차 없었다.

그러나 윤진이 실제로 겪고 있는 현실은 그들의 말과는 하나도 맞지 않았다. 윤진은 몸을 아끼지 않고 민초民草들의 삶의 현장에 들어가야만 관리들의 거짓말을 밝혀낼 수 있다는 사실을 다시 한 번 깨달았다.

'하늘은 높고 황제는 멀리 있다는 말은 괜히 나온 것이 아니야. 힘없는 백성들로서는 썩어빠진 외관外官(지방관)들이 가로 막고 있는 한 억울하고 원통해도 천자에게 가는 길을 영원히 찾을 수 없겠군!'

윤진은 그런 생각을 하면서 씁쓸한 웃음을 얼굴에 띤 채 객잔이 있다는 방향으로 걸음을 재촉했다. 곧 희미한 초롱불이 내걸려 있는 시커먼 대문이 보였다. 대문 위에는 객잔이라고 써 붙였으나 칠이 다 떨어진 간판이 걸려 있었다.

문을 두드리자 얼마 후 곰보투성이 얼굴을 한 사람이 비굴한 표정을 지으면서 쪼르르 달려 나왔다. 그리고는 크게 외쳤다.

"돈복이 붙은 분들이 왔어. 마 장궤馬掌櫃(장궤는 가게 주인을 의미), 빨리 손님 받아!"

얼마 후 마흔 살 정도 되어 보이는 중년의 두 사람이 뛰어나와 윤진 일행의 짐을 받았다. 그중 마 장궤라고 불린 키 작은 사내가 길을 안내하면서 말했다.

"부처님이 도우셨네요! 우리 객잔은 지난 반 달 동안 손님이라고는 쥐새끼 한 마리조차 없었어요. 그런데 오늘은 무려 다섯 분이나 되네요!"

윤진 일행과 마 장궤는 이런저런 얘기를 나누면서 안으로 들어갔다. 바로 그때 이목구비가 뚜렷하고 두루마기를 단정하게 차려입은 젊은이 두 명이 동상방東廂房에서 나오는 것이 보였다. '선비'라고 얼굴에 쓰여 있는 듯한 모습의 단정한 젊은이들이었다.

그들은 윤진에게 우호적인 미소를 보내면서 인사를 했다. 윤진도 읍을 해보이면서 조용한 어조로 물었다.

“두 분은 북경에서 열리는 북위北闈 과거시험을 보러 가시는 길입니까?”

“그렇습니다. 이 사람은 이불李紱이라 합니다. 또 나는 전문경田文鏡이라는 사람입니다.”

얼굴이 조금 긴 전문경이 웃음을 머금은 어조로 말했다.

“오는 길 내내 동행이 별로 없어 적적했어요. 그런데 잠깐이라도 벗이 생겨서 반갑네요. 외람되나 존함을 여쭤봐도 되겠습니까? 순천부順天府에서 주관하는 시험을 보러 가시는 길인가 보군요?”

전문경의 말이 끝나자 이불이라는 사람 역시 서먹서먹해 하면서 윤진을 향해 수줍게 미소를 지어보였다. 윤진이 대답했다.

“옷깃만 스쳐도 인연이라는데, 잘 됐군요. 우리도 북경으로 가는 길입니다. 조금 있다 같이 술이나 한잔 하는 것이 어떨까요?”

바로 그때 강아지가 신이 나서 끼어들었다.

“여기 우리가 때려잡은 승냥이가 한 마리 있어요. 나중에 고기라도 좀 드시러 오세요!”

강아지는 여장을 풀어놓자마자 나서서 승냥이 가죽을 벗겼다. 이어 객잔의 솥을 빌려 고기를 삶기 시작했다. 장작이 타들어가는 소리와 함께 점차 고기 익는 향이 사람들의 코끝을 간질였다.

강아지는 그 고기를 썩둑썩둑 썰어 양념에 찍어먹을 요량으로 정성스럽게 준비했다. 그런데 가만히 보니 술이 없었다. 다행히 마 장궤가 자신이 담근 술을 따뜻하게 데워 오겠다면서 과도한 친절을 베풀었다. 강아지와 송아지는 그 틈을 이용해 그동안 못 본 볼일을 보기 위해 뒷간으로 달려갔다.

두 아이는 황하가 굽이치는 바로 옆에 뒷간입네 하는 모습을 한 채 대충 가려져 있는 비좁은 천막으로 같이 들어갔다. 순간 황하의 바람이 불어왔다. 송아지는 자신도 모르게 몸을 부르르 떨었다. 그러자 강아지가 웃음 띤 얼굴로 말했다.

"곧 삼월이 되는데, 아직도 추운 거야?"

송아지가 강아지의 말에 볼일 볼 생각도 잠시 잊었는지 목소리를 낮춰 대답했다.

"강아지, 뭔가 낌새가 이상해. 혹시 마 장궤가 술을 데워 주면서 술 주전자에다 무슨 수작을 부리지 않을지 몰라. 각별히 신경을 써야겠어. 나중에 주인 몰래 술 주전자를 바꿔치기 하라고."

강아지가 송아지의 말에 기가 막힌다는 표정을 지었다.

"그게 무슨 뜬금없는 소리야?"

그러자 송아지가 강아지의 엉덩이를 발로 걷어차는 시늉을 하면서 정색을 하고 말했다.

"무슨 군소리가 그렇게 많아? 애들은 시키는 대로만 하면 되는 거야. 오늘 재수 없게 강도떼를 만난 것 같아!"

5장

위험 속에서 맺어진 인연

강아지는 난데없이 강도떼를 만났다는 송아지의 말에 깜짝 놀랐다. 시원스럽게 뻗어 나가던 오줌 줄기가 뚝 멈췄다. 그가 크게 숨을 들이마시더니 한참 후에야 입을 열었다.

“설마? 백년도 더 된 가게라고 하지 않았어?”

“그게 강도가 출몰하는 것과 무슨 상관이 있다고 그래? 아까 루루가 낑낑대면서 무슨 냄새를 맡고 있기에 가서 살펴봤어. 바닥에 닦아낸 지 얼마 되지 않은 것 같은 혈흔이 보이지 않았겠어? 또 넷째마마의 침대 밑에 무슨 신호를 주고받는 것 같은 이상한 물건이 있었다고. 멀쩡한 객잔이라면 그런 게 왜 필요하겠어? 이곳 지형을 한 번 좀 보라고! 창문만 열어젖히면 포효하는 황하의 물이야. 뒤통수 갈겨서 내던지면 쥐도 새도 모르지 않겠어?”

송아지의 목소리는 황하의 물소리에 묻혀서 그런지 잘 들리지 않았다. 그러나 그가 냉소하는 소리만큼은 분명하게 퍼져나갔다. 강아지는 바지춤을 걷어 올릴 생각도 하지 못하고 엉거주춤 서 있더니 몸을 오싹 하고 떨었다.

총명하기로 따지면 원숭이 못지않은 강아지와 송아지 두 아이가 소곤대면서 한참이나 귀엣말을 하고 돌아왔을 때였다. 마 장궤가 간사한 눈웃음을 치면서 윤진과 전문경, 이불 등과 마주하고 앉은 채 과거시험에 대한 수다를 잔뜩 늘어놓고 있었다. 그러면서 간간이 습관처럼 입을 쩝쩝 다시면서 부엌을 향해 눈을 부라리고 소리 지르는 것을 잊지 않았다.

"전錢씨, 술 아직 안 데워졌어? 빨랑빨랑 하지 못해?"

송아지는 의심을 하고 있었던 터라 마 장궤의 속셈을 바로 간파할 수 있었다. 그가 얘기를 늘어놓는 동안 송아지는 슬그머니 빠져나와 주방 쪽으로 기어들어갔다. 마침 곰보가 땀범벅이 된 채 불을 돋우느라 난로에 부채질을 하고 있었다. 송아지가 그 모습을 보고는 관심을 보였다.

"우리 주인이신데 우리가 섬기는 것은 당연지사 아닙니까? 공연히 엉뚱한 사람만 생고생을 시키네요. 그러지 말고 술은 곧 데워질 것 같으니까 여기는 우리 동생한테 맡기고 나하고 같이 고기나 먹으러 가자고요."

그러나 곰보가 자신이 일해야 하는 곳을 순순히 떠날 리가 없었다. 아니나 다를까, 그가 황급히 사양하며 말했다.

"나 같은 아랫것에게 그런 분에 넘치는 복이 있겠어? 고기는 먹은 걸로 할게. 아무튼 고맙네."

곰보는 쉽사리 자리를 비울 것 같지 않았다. 그때 강아지가 사전에 짜인 각본대로 갑자기 다리를 절룩거리는 모습으로 나타났다. 이어 얼굴 가득 오만상을 찌푸렸다.

"전씨 아저씨, 이놈의 관절염이 매년 이맘때만 되면 말썽이네요. 어디 붙이는 고약 같은 것 없어요? 아이고 나 죽겠네……."

붙이는 고약 같은 건 어디서나 쉽게 구할 수 있는 상비약이었기에 곰보로서는 나 몰라라 하고 지켜보기가 어려웠다. 그가 잠시 망설이는가 싶더니 울며 겨자 먹기 식으로 말했다.

"그러면 술이 넘치지 않게 잠깐만 지키고 있으라고. 내가 금방 약을 가져올 테니……."

곰보는 말을 마치자마자 바로 어디론가 사라졌다. 두 번 다시 오지 않을 절호의 기회였다.

강아지는 모양은 똑같으나 하나는 구리, 하나는 쇠로 만들어진 두 개의 주전자를 눈여겨 살펴봤다. 눈동자가 유리알처럼 돌아갔다. 잠시 후 그는 고민 끝에 주전자 뚜껑만 바꿔치기해 버렸다.

송아지의 말을 입증이라도 하듯 곰보는 번개같이 돌아오자마자 주전자 뚜껑을 열었다 닫았다 하면서 유난히 신경을 쓰는 모습을 보였다. 그러나 이상한 점을 발견하지 못한 듯 곧 쇠 주전자에서 술 두 사발을 따라내더니 송아지에게 건네줬다. 이어 주전자째 들고 가버렸다.

두 아이는 재빨리 눈짓을 교환한 다음 한쪽 편에 물러서서 대책을 강구했다. 송아지가 물었다.

"주전자 하나에서 두 가지 술이 나올 수는 없겠지?"

"전에 동성에서 살 때 한韓 어른이 왕씨의 가게에서 벌어진 살인사건을 조사할 때 본 건데……, 이와 비슷한 독살사건이었어. 당시 주전자의 속은 교묘하게 막혀 있었어. 손잡이 쪽에 구멍이 두 개 뚫려 있었는데, 하나를 막으면 반대쪽의 물이 흘러나오게 돼 있더라고!"

강아지가 목소리를 낮춰 조용히 말했다. 그때 곰보가 위층에서 내려오는 모습을 본 송아지가 재빨리 화제를 돌렸다.

"전씨 아저씨, 웬만큼 시중을 들었으면 우리끼리 여기 부엌에서 술이나 한잔 하시지요!"

강아지와 송아지 두 아이는 아무렇지도 않은 듯 혀를 날름대면서 술을 마셨다. 그러나 사실은 위층의 움직임에 온갖 신경을 곤두세우고 있었다. 곰보 역시 긴장하기는 마찬가지였다. 그 순간 위층에서 윤진이 마 장궤에게 질문을 던지는 소리가 들렸다.

"나에게 소록이라는 친척 여동생이 있었어요. 재작년 수재 때 이곳 전대발田大發의 집으로 피난 왔었죠. 혹시 그 사람을 알고 있어요? 한 달을 갓 넘긴 갓난아이를 안고 왔었다고 하던데……."

"피난민이 한두 명이라야 말이죠. 일일이 다 기억할 수는 없어요. 전대발이라는 사람이 있기는 했어요. 그러나 그해 봄 물난리 때 죽었지요. 잠깐! 그러고 보니 생각이 날 듯도 하네요. 정말 어떤 곱상하게 생긴 여자가 아이를 안고 왔던 것 같아요. 이곳에서 며칠 동냥하더니 전대발이 죽은 후로는 보이지 않던데요? 이름은 정확히 모르겠습니다."

마 장궤가 웃음 띤 얼굴로 말했다. 순간 윤진이 눈을 크게 뜨고는 기대에 찬 눈빛을 반짝였다. 곧이어 조바심에 다그쳐 물었다.

"조금 더 기억을 더듬어보실 수는 없을까요?"

마 장궤가 윤진의 말에 큰 소리로 웃으면서 말했다.

"내가 이래 보여도 그렇게 한가한 사람이 아닙니다. 그나마 타고난 기억력이 좋아서 이만큼이라도 기억하는 거예요. 내가 하루에 상대하는 사람이 얼마나 많다고요!"

윤진은 마 장궤의 말에 얼굴에 실망하는 빛이 역력했다. 일말의 기대를 걸었던 것이 물거품이 됐다고 생각하는 눈치였다. 이어 고개를 떨어뜨리고 잠자코 있는가 싶더니 한참 후에야 고개를 돌려 전문경을 바라보면서 말했다.

"방금 아주 솔직한 얘기가 인상적이었어요. 돈을 주고 효렴孝廉 지위를 샀다는 것 말이에요. 그러면 이번에 북경에 들어가는 것도 조정의 잘 나가는 대신의 집에 인사치레를 하러 가는 것인가요? 솔직히 나도 관심이 없지 않아요. 공생貢生(지방 과거시험 성적 우수자. 북경에서 교육기관에 들어가 공부할 수 있음) 지위를 하나 얻으려면 요즘 시세로 어떻게 되는지 알고 있나요?"

전문경이 선비로서의 양심이 그래도 조금은 남아 있는지 윤진의 말에 얼굴을 확 붉히더니 대답했다.

"공생은 얼마 하지 않을 거예요. 천 냥 정도면 배가 불러 터지고도 남죠! 어렵기로 치면 전시殿試 통과가 조금 까다롭죠. 마제馬齊, 장정옥張廷玉 두 대신이 그야말로 지옥의 관문인 것 같더라고요. 게다가 내로라할 정도로 진짜 실력이 없으면 폐하의 관문도 통과할 수 없고요."

윤진이 딱딱하고 기름기 많은 승냥이 고기가 싫은지 일찌감치 물러나 앉으면서 말을 받았다.

"나의 짧은 식견으로는 이 바닥이 통 이해가 가지 않네요. 시험지가 밀랍으로 봉해지잖아요. 또 그렇다고 겉봉에다 누구의 시험지라고 표시해 둘 수도 없고요. 그런데 어떻게 시험관들이 돈 냄새를 맡는다는 말입니까?"

"너무 순진하시군요! 미리 만나 입을 맞추는 것은 기본이지요. 또 팔고문을 작성할 때 '운을 이런 식으로 뗄 것이다'라고 글자까지 알려주면 되죠. 시험관 입장에서는 딱 보면 알죠."

주량이 약한 듯한 이불이 술을 홀짝거리면서 웃는 얼굴로 말했다.

"그래도 문제는 남죠. 시험관이 돈만 챙기고 약속한 대로 처리를 해 주지 않으면 어떻게 해요?"

이불이 근심 어린 얼굴을 한 윤진의 어리숙한 모습을 보고는 웃음 띤 표정으로 대답했다.

"다들 이 바닥에서는 내로라하는 선수들이에요. 나름대로 다 대책이 있는 법이죠. 솔직히 요즘은 현금으로 거래하는 자들이 없어요. 예를 들면 '몇 월 며칠 자로 아무개 어른에게 백은白銀 오백 냥을 빌림!' 뭐 이런 식으로 차용증을 쓰는 것이 유행이에요. 시험이 갑자년에 있다면 낙관을 찍을 때 '갑자공생甲子貢生 아무개' 이렇게 쓰는 거죠. 합격하면 돈을 내는 것이고 떨어지면 갑자공생 아무개가 아니니까 당연히 돈을 줄 필요가 없는 거죠. 시험관도 공생으로 붙여주지 못했으니까 아무리 간덩이가 부어터졌다 해도 돈을 떼어먹지는 않죠. 지금까지 그런 일도 없었고요."

윤진은 엉킨 실타래 풀리듯 술술 나오는 이불의 말에 머릿속이 혼란스러웠다. 자신도 모르게 고개를 뒤로 젖혔다. 잠시 선비들과 시험관들이 뇌물을 주고받는 과정을 뇌리에 떠올리는 듯했다. 이어 일리가 있다고 생각했는지 웃음 띤 얼굴을 한 채 말했다.

"참, 세상 쉽게 사는 사람들이 의외로 많군요!"

윤진이 술을 따라 이불에게 권하면서 넌지시 다시 물었다.

"보아하니 그쪽은 이 바닥의 생리에 대해 완전히 꿰뚫고 있는 것 같네요. 이번에는 진사 자리를 사러 가는가 보죠?"

"나 말입니까? 나는 바리바리 싸들고 다니는 체질이 아니라서 말입니다. 또 시험관들이 관직을 파는 것도 어느 정도는 사람을 가려서 합니다. 바보 같은 것들만 잔뜩 뽑으면 완전히 누워서 침 뱉기 아니겠어요? 솔직히 나는 실력이 그렇게 딸리는 것도 아닙니다. 맨몸으로 한번 부딪쳐볼까 해요."

이불이 손가락으로 자신을 가리키면서 웃었다. 이어 전문경을 쳐다보고 나서 한마디 덧붙였다.

"요즘은 워낙 매관매직이 보편적 현상이 된 세상이에요. 새로운 전형처럼 받아들여지고 있죠. 일단 시험관들에게 돈을 주고 실력을 발휘할 기회를 얻은 다음 조정에 충성하겠다는 사람들을 백안시할 수 없는 시대예요. 소도 언덕이 있어야 비비죠. 하지만 가진 것이 없는 나 같은 촌놈이야 온몸으로 부딪치는 수밖에 없어요."

이불이 말을 마치고는 고개를 숙인 채 길게 한숨을 토해냈다. 전문경의 기분을 헤아려 말은 그렇게 했어도 현실에 대해 개탄하는 것 같았다. 또 갈수록 엉망이 되어가는 이치吏治에 대한 참담한 심경의 발로인 듯도 했다. 윤진은 이불의 마음이 이해가 되고도 남음이 있었다.

마 장궤가 눈동자를 부산하게 돌리면서 윤진 등의 말에 귀를 기울이다 말고 갑자기 몸을 일으켰다. 술잔이 식어가는 것이 안타까워서 서두르는 듯했다. 그가 곧 입을 열었다.

"아까운 술 다 식습니다. 왜들 이러고만 있습니까? 술 마시는 것도 시와 때가 있는 법이에요. 그러지 말고 어서 듭시다."

윤진이 알겠다는 듯 고개를 끄덕이고는 술잔을 들었다. 이어 한 모금 마신 다음 입맛을 다셨다.

"좋기는 하네요. 그러나 취聚(술맛을 돋우는 향료의 일종)가 너무 많이 들어간 것 같군요. 약 냄새가 나요."

마 장궤는 윤진의 말에는 아랑곳하지 않았다. 그저 계속해서 약효가 언제 오는지에만 신경을 쓰고 있었다. 아까부터 술을 마셨는데 약효가 오늘따라 늦게 온다면서 고개를 갸우뚱거린 것은 다 까

닭이 있었다.

그러나 아무리 시간이 흘러도 윤진 등은 멀쩡했다. 나중에는 오히려 마 장궤 자신이 머리가 어지럽고 속이 메스꺼웠다. 막무가내로 눈꺼풀까지 감기기 시작했다. 몸도 힘이 빠지면서 자꾸만 나른해지고 있었다. 그는 엉뚱한 결과에 당황했으나 눈을 억지로 치켜뜬 채 버텼다.

당연히 마 장궤로서는 두 아이의 '작당'을 짐작할 턱이 없었다. 급기야 '독주'를 마시고도 담흥談興이 도도해져 있는 세 사람을 뒤로 한 채 주방으로 내려가지 않으면 안 됐다.

주방도 상황이 크게 다르지는 않았다. 곰보를 포함한 세 명의 일꾼들이 그와 증세가 똑같은지 눈을 게슴츠레하게 뜬 채 맥을 놓고 있었던 것이다.

마 장궤는 몽롱한 정신으로도 뭔가 잘못 돼 간다는 사실을 분명하게 느꼈다. 얼른 바가지로 냉수를 떠서 벌컥벌컥 들이켰다. 그리고는 일꾼들을 발길로 걷어차 정신 차리도록 하고는 냉수를 양동이째로 들이부었다.

강아지와 송아지는 고기와 술을 배불리 먹으면서 냉수로 해독을 하느라 안간힘을 쏟는 마 장궤를 슬며시 쳐다봤다. 얼굴에서는 폭소가 터져 나오려 하고 있었다.

얼마 후 둘은 다시 시선을 맞추더니 툭툭 털고 일어나 마 장궤가 있는 주방으로 향했다. 이어 심드렁하게 말했다.

"우리 주인께서 여독이 대단할 거예요. 게다가 술까지 드셨으니 저녁에는 목욕을 하고 주무실 것 같네요. 그러니 목욕물을 좀 많이 끓여주세요. 물이 남으면 우리도 씻을 거니까요. 수고비는 내일 아침 두둑하게 줄게요."

시간이 어느새 많이 흘렀다. 그 사이 술자리는 조용히 파했다. 객잔 주변에는 밤의 정적이 깃들기 시작했다. 곧 창고와 마구간, 안채의 불도 거의 다 꺼졌다. 암흑천지가 따로 없었다. 그러나 주방만은 여전히 불이 켜져 있었다.

강아지와 송아지는 큰 대야에 끓는 물을 담아 윤진이 있는 동상방으로 부지런히 나르느라 여념이 없었다. 나중에는 윤진이 그만 하라고 말렸으나 둘은 방이 추워서 훈훈한 기운이 돌아야 한다면서 계속해서 뜨거운 물을 날랐다.

윤진이 목욕을 하고 누워서 볼 책을 구하려고 잠시 방을 나섰을 때였다. 송아지의 눈짓을 받은 강아지가 윤진의 침대 쪽으로 살금살금 다가가더니 히히 웃으면서 말했다.

"아까 보니 이 밑에 뭔가 이상한 것이 있는 것 같았어. 어디 한번 살펴볼까?"

강아지가 말을 마치고는 송아지를 향해 짓궂게 눈을 껌벅거렸다. 그리고는 침대 밑의 벽을 사정없이 걷어찼다.

아니나 다를까, 발길에 걷어차인 부분이 움푹하게 들어갔다. 그것은 벽으로 교묘하게 위장한 큰 구멍이었다. 송아지의 예측대로 그 속에는 장검을 어깨에 두른 사내 두 명이 한데 엉켜 숨죽인 채 숨어있었다. 만에 하나 약효가 여의치 않을 때를 대비해 마 장궤가 숨겨놓은 자객들이었다.

두 자객은 조금 전 윤진과 두 아이의 말을 듣고는 자신들이 세 명을 제거하는 것은 식은 죽 먹기라는 생각을 하고 있었다. 따라서 경계심을 늦추고 있었다. 그러다 강아지에게 불의의 습격을 당하자 밝은 등불 아래에서 잠시 어쩔 줄 몰랐다.

그럼에도 곧 자객들답게 행동을 개시하려고 했다. 그러나 이미 때는 늦었다. 구멍에서 빠져 나오려고 움직였을 때는 이미 펄펄 끓는 뜨거운 물세례가 시작된 뒤였던 것이다. 쥐구멍에 뜨거운 물을 쏟아 부으면 쥐들은 튀어나올 수도 있다. 그러나 자객들은 미련스럽게도 둘씩이나 작은 구멍에 박혀 있었기 때문에 꼼짝없이 횡액을 당하고 말았다.

그러나 그 정도에서 그만 둘 송아지가 아니었다. 그는 침대 위에 있던 묵직한 솜이불을 자객들에게 덮어씌운 채 숨이 끊어질 때까지 누르면서 걸터앉았다.

그때 윤진은 한바탕 물 쏟아 붓는 소리에 놀란 나머지 부랴부랴 방으로 돌아가려고 했다. 곰보 역시 이상한 낌새를 챘는지 따라 나서려고 했다. 그러자 미리 밖에 나와서 망을 보고 있던 강아지가 웃음 띤 얼굴로 말했다.

"아무것도 아니에요. 물이 너무 많아 목욕 대야가 기우뚱해지는 바람에 약간 쏟았을 뿐이에요."

곰보는 약 기운이 가시지 않은 듯 괴로운 표정을 짓다 별 의심 없이 돌아서려고 했다. 바로 그때였다. 강아지가 미리 준비하고 있던 걸레로 곰보의 입을 콱 틀어막았다. 이어 루루의 등을 떠밀었다.

루루는 평소에는 온순하다가도 주인의 명령이 떨어지면 미친개로 돌변하는 개답게 저만치 쓰러진 채 허우적대는 곰보의 멱살을 물어뜯기 시작했다. 삽시간에 비릿한 핏줄기가 뿜어져 나와 벽에 흩뿌려졌다. 곰보는 끽소리도 못하고 그만 숨을 거두고 말았다.

윤진은 순식간에 일어난 참상에 안색이 창백하게 질릴 수밖에 없었다. 두 아이의 극악무도한 행동에 놀라기도 했다. 그가 얼마 후 악몽을 꾼 것처럼 중얼거렸다.

"애들아! 그만, 그만 해……. 뭐하는 거야?"

"넷째마마, 걱정하지 마세요!"
송아지가 땀범벅이 된 채 주렴을 걷고 밖으로 나오면서 말했다. 이어 말안장 위에서 고삐를 풀어낸 다음 다시 입을 열었다.
"오늘 정말 큰일날 뻔했어요. 방 안에 자객이 둘씩이나 숨어 있었다고요! 들어가 보시면 아실 거예요."
윤진이 마치 전류가 통하기라도 한 듯 몸을 떨면서 황급히 방 안으로 들어갔다. 방 안은 완전히 물난리가 따로 없었다. 이불을 비롯한 침대보 등이 땅바닥에 이리저리 널려 있었다.
뿐만 아니었다. 두 자객은 머리가 홀떡 벗겨진 흉측한 몰골을 한 채 수증기가 자욱한 가운데 큰 대자로 널브러져 있었다. 고통으로 얼굴이 일그러진 시신은 징그럽기 그지없었다.
윤진이 모골이 송연해지는지 입을 반쯤 벌린 채 중얼거렸다.
"진짜…… 도둑소굴이었구나!"
"맞아. 녹림綠林에 명성이 자자한 흑풍황수점黑風黃水店이라는 곳이지! 원숭이도 나무에서 떨어질 때가 있다더니, 오늘 천하의 마씨가 잡종 개새끼들한테 놀아났군."
윤진의 말이 끝나자마자 돌연 창 밖에서 마치 귀신의 소리와 같은 을씨년스러운 목소리가 들렸다. 윤진과 송아지는 약속이나 한 듯 소리 나는 쪽을 향해 고개를 돌렸다. 마 장궤가 세 명의 부하를 거느린 채 시퍼런 칼날을 번뜩이면서 기세등등하게 서 있었다.
위기일발의 순간이었다. 그러나 두 아이는 전혀 기가 죽거나 위축되지 않았다. 오히려 재빨리 눈짓을 주고받고는 대담하게 다음 행동을 개시했다. 강아지가 잽싸게 두 자객의 장검을 뽑아들고는 순식간에 불을 꺼버린 것이다.
윤진은 아이들의 지혜에 놀라지 않을 수 없었다. 더불어 갈수록 심해지는 세상의 살벌함에 분노했다. 한사코 호위병을 데리고 가라는 대탁과 고복의 권고를 매정하게 거절한 사실이 그의 가슴을 때리고 있었다.

서로는 그야말로 팽팽하게 맞서고 있었다. 순간 송아지는 일대 일로 붙어서는 탈출하기가 만만치 않겠다는 생각을 했다. 창밖을 향해 큰 소리로 고함을 질렀다.

"이봐 마씨, 벽에 자객을 숨긴 것이나 술에 독약을 탄 것이나 다 돈 때문에 그런 거잖아. 우리 전 재산이나 다름없는 천 냥을 당신의 가게에 맡겼으니, 그걸 가지고 꺼지는 것이 어때!"

"한 방에 날아갈 놈이 주둥아리는 살아가지고! 우리 사람을 그렇게 죽였는데 내가 네놈들을 그렇게 호락호락 보내줄 것 같아? 우리한테 왔다가 살아나간 사람은 손가락으로 꼽을 정도라고. 조상대대로 그 영광을 대물림 받으면서 살아왔는데, 내가 개망신을 당할 수는 없지. 조상 얼굴에 먹칠하는 일도 없어야겠고 말이야!"

마 장궤가 몸을 한껏 뒤로 젖힌 채 껄껄 웃어댔다. 강아지 역시 지지 않고 대꾸했다.

"흥! 귀신 씻나락 까먹는 소리하고 자빠졌군! 루루야, 저 인간 혼 좀 내줘라!"

강아지는 말을 마치자마자 바로 루루의 등을 떠밀었다. 루루는 과연 주인의 기대를 저버리지 않았다. 마치 시위를 벗어난 화살처럼 날렵하게 달려가더니 칼을 휘두르는 마 장궤의 손목을 사정없이 물어뜯었다.

마 장궤가 악을 쓰면서 칼을 다른 손에 옮겨 쥐고 휘두르려고 하는 순간이었다. 다급하게 대문 두드리는 소리가 들렸다. 동시에 고복의 거친 욕설이 울려퍼졌다.

"문 열어! 무슨 놈의 객잔이 문을 이렇게 빨리 닫아 걸은 거야? 뒈졌어? 어서 문 열지 못해?"

완전히 누란의 위기에 내몰릴 찰나에 지원병이 당도했다. 순간 윤진은 긴장이 풀리는 듯 스르르 눈을 감았다. 반면 마 장궤는 이제 36계 줄행랑이 최고라는 생각을 하지 않을 수 없었다. 바로 부하들을 데리고 꼬리를 빳빳하게 세운 채 담벼락을 넘어 도망을 치기 시작했다.

고복 일행 10여 명은 강아지가 미처 빗장을 열어주기도 전에 문을 부수고 들어왔다. 이어 저마다 횃불을 든 채 뜨락을 대낮처럼 비췄다.

"고복, 구석구석 샅샅이 살펴보게. 어딘가 또 다른 자객이 숨어 있을지도 모르니까!"

윤진이 말끝을 흐린 채 고복 쪽으로 거의 쓰러질 듯하더니 애써 몸을 추스르며 지시를 내렸다.

"예!"

고복이 즉각 대답했다. 이어 일행을 데리고 객잔 안팎을 이 잡듯 훑었다. 그 사이 윤진이 계속 안도의 숨을 내쉬면서 두 아이를 향해 말했다.

"너희들 덕분에 살았어! 정말 다행이야! 너희들을 얻은 것은 이번 강남 행차에서 내가 거둔 최대의 수확이야!"

윤진이 두 아이를 거듭 칭찬하고 있을 때 고복이 수색을 끝내고 돌아왔다. 그는 윤진을 따른 세월이 십 년도 넘는 집사였다. 앞서 얘기한 것처럼 홍수를 맞아 죽을 고비를 함께 넘긴 적도 있었다. 그럼에도 언제 한번 지금 윤진이 두 아이에게 한 것과 같은 대단한 칭찬을 받아본 적이 없었다. 그랬으니 앞으로 자신에게 결코 우호적이지 않을 운명의 두 아이를 물끄러미 쳐다보면서 복잡한 심경에 사로잡혔다.

"자객은 더 이상 없는 것 같습니다. 오히려 동상방에 투숙한 선비처럼 보이는 두 사람이 우리가 강도인 줄 알고 놀라 허둥지둥하고 있습니다."

"그래? 진정시키고 이리로 빨리 모셔오게"

윤진이 웃으면서 지시했다.

얼마 후 전문경과 이불이 모습을 나타냈다. 둘은 고복 일행으로부터 윤진의 신분에 대해 대강 설명을 들은 모양이었다. 어느새 얼굴에 두려움이 잔뜩 어려 있었다. 황송함과 부자연스러움은 더 말할 필요도 없었다.

이불이 먼저 무릎을 꿇고 머리를 조아렸다.

"오늘 저녁 횡액을 면한 것은 모두 넷째마마 덕분입니다. 목숨이 붙어있는 날까지 결초보은하면서 살 것을 맹세합니다."

전문경 역시 조심스러운 어조로 입을 열었다.

"넷째마마는 금지옥엽의 귀하신 몸입니다. 그럼에도 오히려 저희에게 도움을 주셔서 큰 재난을 피할 수 있었습니다. 정말 천행이라고 생각합니다. 이 은혜를 갚지 않으면 대장부가 아닙니다. 명령만 내리시면 언제든 어디든 물불 가리지 않고 뛰어들겠습니다. 그러지 못한다면 제 성을 갈겠습니다."

"나도 아슬아슬했잖아! 오늘 저녁 그대들한테 많이 배웠어. 그리고 아직까지는 내가 얻은 것이 더 많은 것 같아. 나는 이치의 어지러운 정도가 상상을 초월할 뿐만 아니라 관리가 되는 길에 그토록 가시밭길이 무성한 줄은 정녕 몰랐어. 정말 창피하기 그지없구먼. 내가 보기에 그대들은 지금의 실력으로도 충분히 자격이 있는 사람들이야. 대장부로서 공명을 취하고 이 나라의 일원으로 제 목소리를 내고 싶어 하는 의지가 가상하다고 볼 수 있어. 하지만 공명이라는 두 글자는 재물과 마찬가지야. 그다지 중요한 것이 아니지. 대장부 가는 길에 걸림돌이 돼서는 안 된다는 말이네. 또 정직하게 구하는 것이지 부덕하게 구해서는 절대 안 돼. 오늘은 아쉽지만 여기서 헤어지자고. 그대들이 진정한 실력이 있는 선비라면 언제든지 만날 수 있을 거라 믿어!"

윤진이 눈치 빠른 그답게 권력에 약한 모습을 보이는 두 사람에게 격려를 보냈다.

순간 고복은 낚싯줄을 길게 드리워 대어를 낚으려는 모습이 역력한 윤진을 보면서 여덟째 황자 윤사를 떠올렸다. 윤사가 두 선비를 만났다면 무조건 품속으로 끌어들이기에 바빴을 것이 틀림없다고 생각한 것이다. 고복은 그러나 그런 생각을 애써 감추면서 웃음 띤 얼굴로 말했다.

"넷째마마, 이곳은 어떻게 처리하는 게 좋겠습니까? 아문에 신고를 할까요?"

"그럴 필요 없어. 아무 흔적도 남기지 말고 모조리 태워버려!"

윤진이 차가운 얼굴로 지시했다. 당연히 그가 그렇게 나오는 데는 다 이유가 있었다. 무엇보다 산처럼 믿고 따르던 태자 윤잉의 입지가 갈수록 줄어들고 있었고 황자들 간의 파벌 싸움도 예사롭지 않았다. 그뿐만이 아니었다. 흠차의 신분으로 내려오기는 했으나 강희로부터 고가언을 둘러보고 오라는 지시를 받은 적이 없다는 사실 역시 이유라면 이유였다. 오늘 벌어진 일이 새나가면 칼을 갈고 있을 붕당들로부터 한바탕 나쁜 소문에 시달릴 것이 뻔했다.

그는 계란 속에서 뼈를 찾아내려는 것에서 더 나아가 개미에게서 기름을 짜내려 드는 황자들을 생각하자 자신도 모르게 부르르 몸을 떨었다. 생각만 해도 끔찍한 모양이었다. 한참 후 그가 생각을 정리한 다음 전문경과 이불을 향해 입을 열었다.

"우리도 이제 그만 헤어지지. 그리고 오늘 일어난 일은 절대로 밖으로 새나가면 안 된다는 사실을 잊지 말도록 해. 그러면 두 사람의 목숨도 어떻게 될지 모르네."

6장

첫사랑의 그림자

오사도가 풍찬노숙을 하면서 천신만고 끝에 북경에 도착했을 때는 단오端午가 훨씬 지난 때였다. 계절적으로는 만물이 소생하는 봄이었으나 현실은 그렇지 않았다. 4월 중순부터 한 달이 넘도록 직예直隸 일대에 비가 한두 번밖에 내리지 않아 봄 가뭄이 지속되고 있었던 것이다. 비라고 해봐야 고작 땅을 살짝 젖게 만들 정도의 가랑비에 지나지 않았으니 그럴 수밖에 없었다. 게다가 때 이른 더위도 벌써부터 기승을 부리고 있었다.

북경의 중심가는 개국 초기에 비해 많은 점이 달라져 있었다. 구성九城 안의 골목골목마다 인가가 즐비하게 들어섰을 뿐만 아니라 인구도 몇 배로 늘어나 있었다. 북새통까지는 아니더라도 꽤 번화해졌다고 할 수 있었다. 그래서인지 웬만한 바람에는 나뭇잎들이 미동조차 하지 않았다.

또 조운漕運이 개통된 덕분에 북경을 중심으로 한 남북 간의 무역도 하루가 다르게 활성화돼 가고 있었다. 수박이나 참외, 복숭아 등의 과일을 실은 선박들이 꼬리에 꼬리를 물고 몰려와서는 날개 돋친 듯이 팔려나갔고, 대나무로 만든 부채, 돗자리, 목침 등 무더위를 피하게 해주는 용품들은 조양문朝陽門 부둣가에 들어서자마자 기다리고 있던 중간 상인들에 의해 순식간에 바닥을 드러내곤 했다.

그런데 점점 더 심해져가는 살인적인 무더위는 풀릴 기미를 보이지 않았다. 급기야 심각한 물 부족 현상까지 겹치자 화장터가 있는 좌가장左家莊으로 향하는 행렬이 끊이지 않았다. 해마다 그렇듯 더위를 먹어 죽어나가는 사람이 올해도 어김없이 많았던 것이다.

오사도라고 해서 특별히 용빼는 재주는 없었다. 물 구경 한 지가 오래된 듯 몰골이 말이 아니었다. 그래도 그는 지팡이 소리를 규칙적으로 내면서 마침내 목적지인 정양문正陽門의 관부자묘關夫子廟 동쪽 김옥택의 집 앞에 이르렀다. 온몸은 땀투성이가 된 지 오래였다.

김옥택의 집은 꽤 위용이 있어 보였다. 무엇보다 붉은 칠을 한 커다란 대문 위에 호랑이 머리 모양의 손잡이가 무겁게 드리워져 있는 모습이 웅장해 보였다. 또 '내우병부무선사정당 김옥택'內寓兵部武選司正堂金玉澤이라고 적힌 문패 역시 집주인이 보통 사람이 아니라는 사실을 말해주고 있었다.

오사도는 잠시 숨을 돌린 다음 천천히 집 앞으로 다가가서는 대문을 두드렸다.

"뭐야? 빌어먹는 것도 눈치가 있어야지. 지금 이 시간에 찾아오는 법이 어디 있냐고!"

잿빛 비단 두루마기를 입은 사람이 문을 빠끔히 열고 오사도를 아래위로 훑어보면서 타박을 했다.

오사도는 자신을 보자마자 대뜸 거지로 취급해 버리는 집사인 듯한 사람의 말에 다소 충격을 받았다. 고개를 숙이고는 자신의 옷매무새를 살펴봤다. 흰 적삼이 기름과 오물로 얼룩져 있었다. 또 신발은 어느새 구멍이 뻥 뚫려 있었다. 그 사이로는 시커먼 흰 버선이 삐죽 고개를 내밀고 있었다. 게다가 한 달 동안 빗지도 감지도 않은 머리카락은 검불 같을 것이 분명했다.

그는 난감했다. 창피하기도 했다. 스스로 생각해도 어처구니가 없어 피식 웃으면서 말했다.

"그러면 김 대인께 양주에서 오사도라는 사람이 찾아왔다고 전해주실 수는 있겠소?"

집사인 듯한 사람은 알았다는 듯 고개를 끄덕이고는 문을 다시 걸어 잠갔다. 오사도는 지팡이를 벽에 기대어 놓았다. 이어 나무그늘 밑에 있는 돌 위에 앉아 한심한 몰골을 대충 수습했다.

김옥택의 집과 길 하나를 사이에 둔 저쪽 거리에는 냉면을 파는 포장마차가 하나 있었다. 웃통을 벗어던진 한 무리의 사내들이 그 앞에서 등을 돌린 채 냉면을 후루룩대면서 먹고 있었다. 고기를 우려낸 냉면의 육수 향은 오사도의 허기를 자극했다. 그는 침을 꿀꺽 삼키면서 너덜너덜한 안주머니를 만져봤다.

사실 그에게 돈은 얼마든지 있었다. 전대에 1000냥짜리 용두龍頭 은표銀票 한 장과 은전 50냥 정도가 들어 있었으니 말이다. 워낙 어수선한 세월이라 감히 있는 티를 내지 못했을 뿐이었다. 하지만 그는 참는 김에 조금 더 참기로 했다. 이제 곧 안에서 사람이 부르러 나올 것이라고 생각했기 때문이었다.

그러나 잠깐 기다리라고 했던 집사는 웬일인지 반나절이 지나도록 모습을 드러낼 줄 몰랐다. 오사도는 지치고 배가 고픈 데다 목까지 마르자 슬슬 화가 치밀기 시작했다. 급기야 벌떡 일어나 다시 대문을 있는 힘껏 두들겼다. 얼마나 요란했던지 냉면을 먹고 있던 사람들이 일제히 고개를 돌려 그를 쳐다봤을 정도였다.

"이 사람 못 쓰겠구먼? 뭐하는 거야? 기다리라고 했잖아. 우리 주인어른께서 낮잠을 주무시고 계신다고!"

대문이 벌컥 열렸다. 이어 아까의 그 집사가 세모눈을 부릅뜬 채 악에 받쳐 뇌까렸다. 오사도는 집사의 말이 채 끝나기도 전에 남자의 얼굴을 향해 퉤! 하고 침을 내뱉으면서 소리쳤다.

"눈은 가죽이 모자라 찢어 놓은 줄 알아? 사람도 못 알아보고! 나는 오사도라는 사람이라고! 천리 길도 마다하지 않고 친척집을 찾아왔는데, 네까짓 것이 뭔데 감히 나한테 이런 푸대접을 하는 거야?"

"친척? 내가 여기 온 지 몇 년째 됐으나 대인에게 당신 같은 절름발이 친척이 있다는 소리는 처음 들어봐. 친척은 무슨 얼어 죽을! 이 빠진 사발 들고 빌어나 먹을 놈이라고 이마에 딱 쓰여 있는데."

집사가 어이가 없다는 표정으로 오사도를 한참 노려보더니 갑자기 후훗! 하고 웃음을 터트렸다.

오사도는 분노가 치밀어 온몸을 사시나무 떨 듯 떨었다. 성질대로 하자면 지팡이를 날려 머리를 박살내주고 싶은 생각이 없지 않았다. 그러나 그는 애써 참았다. 혹시 이 모든 것이 고모부의 지시가 아닌가 하는 생각이 들었던 것이다.

길 저편의 사내들이 냉면을 다 먹었는지 불룩한 똥배를 어루만지면서 이쑤시개를 문 채 하나둘씩 몰려들기 시작했다. 오사도는 고모부의 집 앞에서 웃음거리가 되고 싶지 않았기에 냉소를 흘리면서 큰 소리로 말했다.

"잘 들어! 김옥택 어른은 내 고모부야. 또 나는 김옥택 어른의 사위 되는 사람이라고. 우리는 이런 관계라고. 네가 알리든 말든 알아서 해!"

오사도의 말이 끝나자마자 사내들 틈에서 누군가가 수군대는 소리가 들렸다.

"이상하다? 김 대인의 사위는 예건영銳健營의 유격遊擊으로 있는 당黨아무개라는 것 같던데? 그렇다고 딸이 둘이 있는 것도 아니잖아!"

"전에 혼삿말이 오간 적은 있었다고 하더군. 그런데 그 사람이 장애인이 되어버리니까 딸을 주지 않으려고 했을 수도 있지."

사내들의 수군거림을 뒤로 한 채 오사도와 집사가 서로 핏대를 올리면서 대치하고 있을 때였다. 갑자기 장화소리가 크게 들려오는가 싶더니 구슬이 박힌 과피모瓜皮帽(여섯 조각의 천 조각을 꿰매 맞춘 차양 없는 모자)를 쓴 50세 가량 되어 보이는 관리가 모습을 드러냈다. 몸에는 보기에도 시원한 삼베적삼을 두르고 있었다. 흰 얼굴에 정갈한 팔자수염, 그리고 먹물을 부어놓은 듯 짙은 눈썹이 무척이나 인상적인 사람이었다.

그가 곧 팔자걸음으로 천천히 다가가더니 물었다.

"장귀張貴, 시퍼런 대낮에 도대체 무슨 일인가? 눈 좀 붙이려고 했더니 시끄러워서 어디 잘 수가 있어야지!"

"장인어른! 접니다. 오서방입니다!"

오사도가 김옥택을 먼저 알아보고는 한발 앞으로 나서서는 허리 굽혀 읍을 하면서 말했다.

김옥택은 순간 흠칫 놀랐다. 그리고는 안경을 벗어들고 오사도를 한참 뜯어봤다. 이어 이마를 툭 치면서 크게 웃더니 말했다.

"그래 맞구먼! 아니, 그런데 어쩌다가 이 모양 이 꼴이 됐나? 이곳에 워낙 억지를 부리는 난민들이 많아. 그러다 보니 내가 아랫사람들에게 각별히 조심하라고 귀에 못이 박히게 지시했거든. 자네가 이런 행색으로 다니니 오해받을 법도 하지 뭐……. 얼른 들어와! 쯧쯧, 차림새가 정말 형편 없군!"

김옥택이 연신 혀를 차는가 싶더니 바로 집사에게 명령을 내렸다.

"장귀, 얼른 도련님을 안으로 모시지 않고 뭘 꾸물거리는가?"

김옥택의 집은 두 겹으로 싸인 북경 전통가옥의 전형인 사합원四合院이었다. 오사도는 얼마 후 하인들이 살고 있는 앞뜰 마당을 가로질러 뒤뜰에 들어섰다. 곧 그의 눈에 고색창연한 단층 주택이 다섯 개나 빙 둘러 있는 모습이 들어왔다. 그중 지세가 조금 높은 건물은 김옥택 부부가 사는 곳인 듯했고, 양 옆의 건물에는 시녀와 몸종들이 살고 있는 것 같았다.

김옥택이 오사도를 데리고 들어섰다. 그러자 하녀들이 오사도가 머무를 방을 청소하기 위해 바쁘게 움직이기 시작했다.

"집사람이 신경이 예민해서 낮잠을 잘 못 자는데, 오늘은 모처럼 좀 자는군. 깨우면 안 되니까 우리끼리 조용히 서재에 들어가자고."

오사도는 그 말에 김옥택이 고모를 대단히 아낀다는 생각이 들었다. 속으로 고모가 시집은 정말 잘 갔다는 생각도 들었다. 그는 김옥택을 따라 서쪽 서재로 들어간 다음 자리에 앉자마자 응석 부리듯 입을 열었다.

"고모부! 그래도 오랜만에 만났는데, 낮잠 좀 깨웠다고 고모가 조카를 혼내기야 하겠어요? 먼저 인사드리고 와야겠어요."

김옥택이 오사도의 말도 틀리지 않다고 생각했는지 서둘러 하녀들에게 목욕물과 갈아입을 옷을 준비하라는 명령을 내렸다. 그리고는 천천히 차를 마시면서 뭔가 생각에 잠기는 듯하더니 드디어 한숨 섞인 어조로 말했다.

"조카! 어떻게 말해야 할지 모르겠군. 자네도 알다시피 자네 고모가 이전부터 골골댔잖아. 백약이 무효하고 천하의 명의도 속수무책이었어. 급기야 재작년 봄에 나를 버리고 먼저 가버렸네. 지금 있는 고모도 자네는 알 거야. 셋째로 있던 난초蘭草야. 착하고 살림 잘할 것 같아 정실로 들였어……. 그건 그렇고, 자네는 어찌 십 년 동안 연락도 한 번 하지 않고 살았는가? 왼쪽 턱에 있는 사마귀가 아니었다면 나도 못 알아볼 뻔했어!"

오사도는 고모가 죽었다는, 전혀 예상하지 못한 말을 듣는 순간 할 말을 잃고 말았다. 머릿속이 백지장처럼 하얗게 변해갔다. 벌떼들이 윙윙거리는 것처럼 복잡한 느낌만 들 뿐 그야말로 아무런 생각도 나지 않았다. 얼굴이 창백하게 질린 채 한참을 굳은 듯 앉아 있었다.

고모는 그에게 인상 한 번 찡그린 적도, 야단 한 번 친 적도 없었다. 항상 자상한 미소를 잃지 않았다. 그래서 등에 업혀 있을라치면 엄마의 그것처럼 푸근하고 따뜻하기만 했다. 그런 고모가 이 세상에 없다니! 오사도는 김옥택의 얼굴이 괴물처럼 마구 구겨져 보이는 것을 어쩌지 못했다. 그의 싯누런 금이빨 사이로 오물이 꾸역꾸역 새어 나오는 것 같은 기분이 드는 것도 떨칠 수가 없었다.

오사도는 넋을 잃은 채 김옥택이 무슨 말을 하는지도 모르고 연신 대답만 하다 순간적으로 밖에서 사내들이 수군대던 말을 떠올렸다. 그렇다면 사촌누나도 진짜 다른 사람에게 시집을 간 것일까? 그는 집요하게 파고드는 불안한 생각을 떨쳐버리기 위해 강하게 머리를 흔들었다. 그러나 소용이 없었다.

오사도는 김옥택의 입에서 무슨 말이 나올 때까지 일단 조금 더 기다려보기로 결정을 내렸다. 그래서 사촌누이에 대해서는 일언반구도 입에 올리지 않았다. 그가 자신의 근황을 묻는 김옥택의 질문에 뭔가 대답을 해야겠다고 생각한 듯 천천히 입을 열었다.

"보시다시피 집도 절도 없는 가난뱅이에다 병신까지 됐으니 인생 끝난 거나 마찬가지죠, 뭐. 집 떠나 있던 십 년 동안 어떻게든 재기해 보려고 안간힘을 썼어요. 그러나 지금은 거의 포기상태에 있습니다. 이번에도 달리 큰 꿈이 있어서 북경에 온 것은 아닙니다. 그저 잘 나가는 고모부 덕에 일자리나 하나 얻고, 고모한테 따뜻한 밥이라도 몇 끼 얻어먹고 싶어서 왔는데……. 후유……!"

오사도는 불귀의 객이 된 고모에게 생각이 미치자 다시 눈물이 샘솟듯 하며 슬픈 기분에 빠져 들었다. 김옥택도 조금은 슬픈지 말없이 고개를 숙인 채 한숨을 짓고는 자리에서 일어나 무겁게 방 안을 거닐었다. 그러기를 얼마나 했을까, 김옥택이 느릿느릿 입을 열었다.

"인력으로는 어떻게 할 수 없는 일이니 너무 상심하지 말게. 아직 점심 먹기 전이지? 날씨도 더운데 목욕부터 하고 옷도 갈아입도록 해. 나도 북경에 온 이후로는 워낙 찾아오는 사람이 많아 통 여유가 없어. 많이 챙겨주지 못하더라도 서운해 하지는 말고. 새 고모도 착하고 하니까 집에 온 것처럼 편하게 있게. 필요한 것이 있으면 장귀한테 부탁하면 될 거야. 폐하의 시중을 드는 일등시위인 악륜대鄂倫岱가 조양문朝陽門 밖에 있는 여덟째 황자마마의 저택에서 술을 산다며 꼭 오라고 사람을 몇 번씩이나 보냈더라고. 자, 그럼 다녀올게."

김옥택이 안주머니에서 회중시계를 꺼내 보면서 말했다. 이어 진귀한 물건 대하듯 조심스럽게 도로 집어넣고 나갈 채비를 했다. 그리고는 뒤도 돌아보지 않고 휭하니 밖으로 나가버렸다.

김옥택은 끝까지 사촌누나에 대해서는 일언반구도 없었다. 오사도는 김옥택이 왜 저렇게 나오는지 못내 궁금했다. 그러나 누구에게 시원스럽게 물어볼 수도 없었다. 걱정했던 일이 맞을 것 같아 두려웠던 것이다.

물론 그의 입장에서는 사촌누나가 시집을 갔다고 한들 탓하거나 원망을 할 수도 없는 일이었다. 황제가 직접 체포령을 내린 주요 범인으로 십 년 이상이나 도망을 다닌 주제에 자신을 기다리지 않았다고 불평을 하는 것은 적반하장이라고 볼 수 있었던 것이다.

그는 점심을 먹고 몸을 씻고 옷을 갈아입은 다음 자리에 누워 있었다. 그러다 그만 어슴푸레 잠이 들고 말았다. 살랑살랑 불어오는 시원한 바람에 자신도 모르게 눈이 감긴 것이다.

“외삼촌, 외삼촌…….”

얼마나 지났을까, 웬 어린아이의 목소리가 오사도의 귓불을 간질였다. 그는 깜짝 놀라 눈을 반쯤 떴으나 꿈인지 생시인지 도무지 알 길이 없었다. 그가 그렇게 정신을 차리지 못하고 있을 때 무슨 얼음덩어리 같은 차가운 물체가 그의 입술을 스쳤다.

순간 오사도는 흠칫하면서 몸을 반쯤 일으켜 세웠다. 정수리 부분만 동그랗게 남겨둔 채 빡빡 밀어버린 머리모양을 하고, 자잘한 꽃무늬가 있는 비단바지를 입은 네댓 살 쯤 되어 보이는 사내아이가 그의 눈에 들어왔다. 얼굴 가득 장난기가 어려 있는 그 아이는 동그랗게 튀어나온 배를 한껏 내민 채 천진난만한 웃음을 짓고 있었다. 솜방망이 같은 통통한 손에는 포도알을 꼬치처럼 꿰어 말린 포도꼬치가 들려 있었다.

오사도는 피곤도 잊은 채 벌떡 일어나 앉았다. 이어 웃음을 머금고는 아이를 무릎에 앉히면서 물었다.

“아이고, 예쁜 것. 이름이 뭐니?”

“아보阿寶예요.”

"성은?"

"당黨이에요……."

"오, 이제 알겠다. 그럼 당아보로구나? 이름도 참 멋지네! 그런데 방금 나를 외삼촌이라고 불렀니?"

오사도가 아이가 한사코 입에 밀어 넣어주는 포도를 씹으면서 자상한 미소를 얼굴에 가득 담은 채 물었다. 아이가 그의 말이 끝나자마자 까르르 웃으면서 대답했다.

"할머니가 그렇게 부르라고 했어요. 할머니가 맛있는 것을 많이많이 해드릴 거예요."

오사도가 말없이 고개를 끄덕이면서 웃었다. 그리고는 한참 후에 다시 물었다.

"……그만 가봐야지, 아가야. 엄마가 찾으시겠어. 아빠는 어디 계셔?"

당아보가 손가락을 입에 넣고 빨면서 대답했다.

"아빠라고 하면 안 돼요. 어르신이라고 불러야 돼요. 우리 어르신은 외할아버지하고 술 마시러 가셨어요. 엄마……!"

갑자기 아이가 엄마를 부르더니 쪼르르 문어귀로 달려갔다.

"엄마! 외삼촌이다? 엄마가 얘기 많이 해줬잖아, 그렇지? 그런데 엄마, 외삼촌 걸을 줄 모르신다? 어른인데도 못 걸어. 히히……."

곧 젊은 여자가 가까이 다가왔다. 순간 오사도는 그 자리에 앉은 채 바로 굳어지고 말았다. 긴 머리를 틀어 올리고 얼굴에 빛나는 보석 빛이 잘 어울리는 생기 넘치는 그녀는 바로 자신이 십 년 동안 오매불망 그려왔던 약혼녀 김채봉金彩鳳이 아닌가!

그는 자리에서 일어서려고 애를 썼다. 그러나 몸이 말을 들어주지 않았다. 다리에 힘이 쭉 빠져버린 탓이었다. 그러니 나무인형처럼 넋을 잃은 채 계속 앉아 있을 수밖에 없었다.

시댁에 가 있다 아이를 데리러 친정에 온 김채봉 역시 오래 전에 죽었다던 사람이 갑자기 나타나자 당황했다. 정신을 차리지 못하고 안색도 파랗게 질린 채 휘청거리면서 문어귀에서 그대로 서서 굳어져버렸다. 온몸의 피가 삽시간에 어디론가 증발해 버린 것 같은 느낌마저 들었다.

십 년의 세월을 어떻게 단숨에 말할 수 있겠는가! 김채봉이 한참 후 아들에게 이끌려 못 이기는 척 다가오더니 애써 웃음 띤 얼굴로 인사를 했다.

"정인, 너로구나……."

오사도는 계속해서 정신을 차리지 못했다. 마치 얼음구멍에 빠진 것처럼 숨조차 쉬지 못했다. 그랬으니 의자 손잡이를 으스러지게 잡은 손에 핏기가 있을 리 없었다.

그가 세차게 널뛰는 가슴을 애써 진정시키려는 듯 기계처럼 고개를 끄덕이고는 천천히 입을 열었다.

"채봉…… 누나, 그동안…… 잘 지냈어?"

"그래."

김채봉이 자기만이 들을 수 있는 작은 목소리로 대답했다. 이어 나지막한 한숨을 내쉬면서 물었다.

"너는?"

"보다시피."

"고생이 많았겠구나……."

김채봉이 태연한 척하려고 애쓰더니 기어코 고개를 숙인 채 흐느끼기 시작했다.

오사도는 차츰 세차게 들썩거리는 그녀의 동그란 어깨를 바라보고 있다가 갑자기 냉정해져야겠다는 생각을 했다. 그리고는 아랫입술을 깨문 채 차고 메마른 목소리로 말했다.

"바쁠 텐데 그만 가봐."

오사도는 말을 마치자마자 바로 지팡이를 짚고 옷이 걸려 있는 구석 쪽으로 향했다. 이어 주머니에서 두 냥은 될 것 같은 은전을 꺼내 탁자 위에 내려놓으면서 말했다.

"나도 그만 가봐야겠어. 이건 신세를 진 옷값과 밥값이라고 고모부께 말씀드려주면 고맙겠어."

"정인!"

"미안하지만 사도라고 불러줘. 오늘 이후로 나는 정인이라는 호를 영원히 쓰지 않을 거야. 그러니 명심해 줬으면 좋겠어. 부탁이야."

오사도가 뒤도 돌아보지 않은 채 차가운 음성으로 내뱉었다.

"정인……. 사도! 곧 폭우가 쏟아질 것 같은데, 가기는 어디를 간다고 그래? 내 말 좀 들어줘……. 나 있잖아……, 나 진짜……."

채봉이 울상을 한 채 황급히 밖으로 나가려는 오사도를 말렸다. 그러나 그 다음에는 마땅히 할 말을 찾지 못하는 듯했다. 그저 하염없이 눈물만 흘릴 뿐이었다.

당아보는 두 사람의 심상찮은 대면이 무서운 듯 연신 엄마 품으로 파고들었다. 그리고는 고개를 묻고 가끔씩 한쪽 눈으로 빠끔히 오사도를 쳐다봤다. 그러다 엄마의 우는 모습에 결국 "으앙!" 하고 울음을 터트리고 말았다.

오사도는 그러나 그들 모자는 아랑곳하지 않았다. 바로 둔탁한 지팡이 소리를 내면서 밖으로 뛰쳐나왔다.

먹장구름이 어느새 하늘을 빈틈없이 덮고 있었다. 갑자기 한 줄기 차가운 바람이 불어왔다. 오사도는 흠칫 몸을 떨었다. 이어 잠시 머뭇

거리다가 다시 방으로 돌아와서는 의자에 털썩 무너져 내리면서 창밖에 시선을 둔 채 자신을 따라 들어온 김채봉에게 말했다.

"청량산清凉山…… 기억나? 호거관虎踞關에서 무척 가까웠지……. 경치도 정말 기가 막혔고! 그때 누나가 읊었던 시 생각이 나?"

오사도의 두 눈에 서서히 눈물이 어른거렸다. 이윽고 그가 무거운 침묵을 깨고 시를 읊기 시작했다. 그의 목소리는 두 사람을 잠깐 사이에 추억의 그 옛날로 돌아가도록 만들었다.

한번 태어나 영롱한 인생을 꿈꾸니,
유유한 옛정 구름나무에 걸려 있구나.
군자 다시 태어나면 학으로 변할 수 있나니,
미인은 언제 무지개 되려나?
왕손王孫의 대지는 해마다 봄이 되면 푸르고,
산기슭의 도화桃花는 계절마다 붉구나.
벽성碧城의 밤을 울리는 열두 가락 노랫소리,
이화梨花의 꿈을 되풀이하려는 누구의 소리인가?

오사도는 시를 다 읊고는 울듯 하면서 웃었다. 또 웃는 듯하면서 울었다. 그러더니 마치 실성한 사람처럼 중얼거렸다.

"……별로 잘 쓴 시는 아니야. 그러나 정감이 있다고 내가 말했던 기억은 나. 지금 다시 읊으니 모든 것이 나에게서 멀어져가는 것 같은 느낌이 드네. 마치 세상과 격리된 것 같은 느낌도 들고. 누나 눈에는 이런 몰골로 나타난 내가 무척 가엾게 보이나 본데……. 웃기지 마, 내가 왜 불쌍해!"

"나를 괴롭혀서 죽이려는 거야? 왜 그렇게 말하는 거야?"

김채봉은 말을 내뱉고는 창백한 얼굴을 한 채 놀란 아이를 번쩍 들어 안고는 울면서 밖으로 뛰쳐나갔다.

오사도는 위태롭게 비틀대며 멀어져가는 김채봉의 뒷모습을 바라보다 한시라도 빨리 이 집에서 떠나야겠다는 생각을 했다. 더 이상 머물러 있을 이유를 찾을 수가 없었던 것이다.

오사도는 잠시 생각에 잠겨 있더니 곧바로 밖으로 나섰다. 그런데 공교롭게도 이문二門을 나서자마자 30세쯤 되는 젊은이와 함께 웃으면서 집안으로 들어서는 김옥택과 맞닥뜨리고 말았다.

"사도, 자네 지금……?"

김옥택이 갑자기 오사도와 맞닥뜨리자 발걸음을 뚝 멈췄다. 그러더니 다소 난감한 표정으로 젊은이를 힐끗 쳐다보면서 말했다. 오사도는 상체를 가볍게 숙이는 듯하더니 바로 고개를 당당하게 쳐들면서 말했다.

"고모부, 북경에 있는 친구들 몇몇을 만나보러 가야겠습니다."

"친구라니? 누구 말인가?"

김옥택이 관심을 보이면서 물었다.

"끼리끼리 논다는 말이 있지 않습니까? 하나같이 저처럼 걸인이나 다름없는 친구들입니다."

"친구를 만나는 것은 좋아. 그러나 아직 피곤할 거잖아. 지금 당장 서두를 것은 없지 않겠어? 고모부가 다 알아서 해줄 테니 걱정 말고 여기 머물러 있어."

"고모부, 양원梁園이 좋다고는 하나 고향에는 못 미치지 않겠습니까? 저도 마냥 여기 있을 수만은 없지 않겠어요?"

김옥택 역시 당초 오사도가 자신의 집에서 오래 머물지 않을 것이라는 생각을 하지 않은 것은 아니었다. 그러나 이렇게 빨리 떠나려

할 줄은 몰랐다. 급기야 그가 오사도의 고집을 꺾으려는 듯 웃어른의 위엄을 부리면서 훈계하듯 말했다.

"무슨 말이 그런가? 어른이 말하면 좀 듣기도 해야지. 여기 며칠 더 머무른다고 내가 잡아먹기라도 하겠어? 안 그래?"

"저는 고모부께서 저를 잡아먹으려 한다는 얘기를 한 적은 없습니다. 또 잡아먹을 수도 없고요."

오사도가 마음이 누그러지기는커녕 도발하는 눈빛으로 김옥택을 바라보면서 말했다. 김옥택은 대놓고 면박을 당하자 다소 주눅이 들지 않을 수 없었다. 게다가 오사도의 눈빛이 한겨울의 매서운 칼바람 같았으니 더욱 기가 꺾이고 말았다.

물론 그를 한시라도 빨리 보내버리고 싶다는 생각을 하지 않은 것은 아니었다. 그러나 그는 세상 더러운 꼴 못 보는 오사도의 날카로운 입담이 무섭기도 했다. 어떻게든 마음을 달래서 보내야 한다는 생각이 계속 뇌리에서 떠나지 않고 있었다.

그가 치미는 화를 애써 누른 채 더욱 부드러운 어조로 말했다.

"부전자전이라더니, 어쩌면 저렇게 쏙 빼닮을 수가 있을까? 모난 돌이 정 맞는다고 이젠 둥글둥글해질 때도 됐건만 그 놈의 성질머리는 여전하네! 아, 참…… 내 정신 좀 봐라! 여기는 자네 사촌 자형이야. 당봉은黨逢恩이라고 서산西山 예건영에서 유격 자리에 있지. 젊은 나이에 참 대단한 친구야. 오늘 모처럼 만났으니 술이라도 한잔 해야지. 이렇게 가면 어떻게 하나. 자, 어서 안으로 들어가자고."

당봉은은 무관 직책에 있는 사람답지 않게 예의가 바른 듯했다. 또 말하는 모양이 품위가 있을 듯했다. 그는 오사도의 안색이 웬일인지 그다지 우호적이지 않다는 것을 바로 간파했다. 그러나 일단 왜 그러는지 이유를 알아볼 생각은 하지 않은 채 장인을 도와 극구 오사도를 만류했다.

"이제 보니 처남이군요. 장인어른께서는 여덟째 황자마마 댁에서 술을 드시면서도 내내 좌불안석이셨어요. 이제 그 이유를 알겠군요. 아우의 문장 실력에 대해서는 익히 들은 바 있습니다. 나 역시 무장답지 않게 풍류를 즐기지요. 오늘은 우리 처음 만났으니 가지 말고 술잔이나 기울이면서 우애를 나눕시다."

시간은 이미 유시酉時가 넘어 있었다. 게다가 날씨도 한껏 흐려 있었다. 가끔씩 번개가 뱀처럼 하늘을 가르고 있었다. 어디 그뿐인가. 멀리서 들려오는 천둥소리는 마치 산이 무너지는 것처럼 들렸다. 오사도는 어쩔 수 없이 하룻밤 묵어가기로 마음을 고쳐먹었다.

세 사람의 술자리는 그다지 즐겁지 않았다. 당봉은은 자신이 연관된 것은 아니었으나 툭툭 던지는 두 사람의 말투에서 사건의 전말을 조금은 알 것도 같았다. 그러나 어느 정도는 자신이 주인이라는 생각에 애써 오사도의 기분을 풀어주려고 했다. 하지만 아무리 해도 주흥은 좀처럼 오르지 않았다. 그가 문장을 화제로 올려도 오사도는 마냥 심드렁하기만 했다. 급기야 당봉은이 오사도에게 진이 빠졌는지 화제를 바꿔 김옥택에게 물었다.

"장인어른, 아까 낮에 악륜대 대인이 하는 얘기를 들으니 폐하께서 곧 열하熱河로 순유巡遊를 떠나신다고 하더군요. 그게 사실입니까?"

"추석 지나고 움직이실 모양이야."

김옥택은 악륜대를 찾아가기는 했다. 그러나 얼굴 도장을 찍으러 자진해서 간 것이지 초대받은 것과는 애초부터 거리가 멀었다. 악륜대 같은 일등시위에 비하면 고래 앞의 새우나 다름없는 김옥택이 사실 그와 동석한다는 것은 거의 어불성설이라고 해야 옳았다.

그러나 김옥택은 오사도 앞에서 일부러 자신의 세력을 과시하고 싶었던 터라 사위인 당봉은이 질문을 하자 근엄하게 목소리를 깐 채 말했다.

"이번에 폐하께서 승덕承德으로 떠나시면 동국유 어른이 당분간 북경성北京城을 지키는 격이 되지. 또 장정옥과 마제 두 상서방 대신은 어가御駕를 수행하게 될 거야. 이미 고북구古北口에 있는 다섯째 황자와 열넷째 황자에게는 북경으로 돌아오라는 정기廷寄(황제의 지시에 따른 비밀문서)의 조서詔書도 보냈다고 해. 무호蕪湖의 수군水軍 대영大營에 있는 열셋째 황자에게는 넷째 황자가 있는 동성으로 가서 같이 일을 마무리 지은 후 추석 전에 귀경하라는 명령을 내리는 것 같았어."

당봉은이 김옥택의 말을 받았다.

"열하를 택하신 것을 보면 사냥을 하는 게 주된 목적이 아니겠어요? 주위에 있는 사람만 수행하면 되지 일 때문에 바쁜 황자들까지 왜 불러들이는 걸까요?"

김옥택 역시 당봉은과 크게 다를 것이 없었다. 강희가 황자들을 불러들인 이유를 자세히 알 턱이 없었다. 그러나 그는 오사도에게 자신이 등에 업은 세력이 만만치 않음을 과시하기 위해 일부러 껄껄 웃으면서 말했다.

"까마귀가 어찌 봉황의 뜻을 알겠는가! 자네들은 당연히 성의聖意를 점칠 수가 없겠지. 내가 보기에는 태자마마가 곧 폐위당하는 문제와 관련이 있지 않나 싶어!"

당봉은이 미간을 살짝 찌푸린 채 만류했다.

"어디 가서 그런 말씀은 하지 마세요! 단오 전까지만 해도 태자마마께서 폐하를 대신해 서산西山 예건영 부대를 격려하기 위해 오시기까지 한 걸요. 그런데 갑자기 폐위를 당하신다니요?"

"여덟째 황자마마의 집에서 검증되지 않은 허튼소리가 새어나오는 것을 본 적이 있어?"

김옥택이 사위의 말에 따지듯 반문했다. 이어 맛있게 술을 한 모금 마시고는 말을 이었다.

"태자마마가 있는 동궁의 시위들도 다 바뀌었어! 태자당인 넷째 황자마마가 이 년 동안 호부戶部의 운영을 책임지고 국고의 자금을 환수한다고 하면서 나라꼴을 아주 엉망으로 만들어버렸잖아. 빚 독촉을 얼마나 무식하게 해댔는지 그 바람에 자살한 외관外官들이 스무 명도 넘었잖아! 어디 그뿐인가? 엄연히 혈육인 열째마마까지 얼마나 들들 볶아댔냐고. 오죽했으면 열째마마가 집안 살림살이를 전부 유리창琉璃廠에 내다 팔아버리겠다고 난리를 쳤겠어. 이런 몰인정한 폭군이 정권을 잡으면 관리들이 지레 지쳐 죽지 않겠어? 오늘 저녁 아홉째 황자마마하고 나란히 앉아 있던 점잖은 사람 봤지? 하何 공공公公(태감을 높여 부르는 말)이라고, 육경궁毓慶宮의 총관태감總管太監이야. 은근히 여덟째 황자마마에게 안기려는 냄새를 풍기잖아!"

당봉은이 김옥택의 말에 연신 고개를 저었다.

"그건 사람들에게 보여주기 위한 연극이에요. 넷째와 열셋째마마가 호부의 일을 저 지경으로 만들어놓고 지방으로 피신을 간 것은 솔직히 재미있는 얘깃거리라고 할 수 있어요. 또 폐하의 오십오 세 성탄聖誕을 맞아 돌아오면 더 볼만한 장면들이 연출될지도 모르죠. 그러나 다른 것은 장담할 수 없어요. 여덟째와 태자 사이가 안 좋은 것을 아는 다른 세력들이 온갖 소문을 퍼뜨리고 다니는 것을 여과 없이 믿어버려서는 안 됩니다, 장인어른!"

"그렇다고 전혀 사실무근이라는 증거도 없잖아."

김옥택이 말없이 앉아 있는 오사도의 표정을 힐끗 살피면서 말했다. 그가 생각하는 오사도는 성격상 결코 권력에 빌붙어 살 사람이 아니었다. 그러나 혹시나 하는 생각도 하지 않은 것은 아니었다. 나름으로는 일말의 기대도 하고 있었다.

그러나 오사도는 시종일관 권력과는 전혀 관계가 없다는 무덤덤한 표정을 지었다. 김옥택으로서는 실망하지 않을 수 없었다. 당봉은의 말에도 다소 신경질적인 반응을 보이면서 입을 열었다.

"이봐, 사위! 지금은 자네 아버지가 북경으로 도망오던 강희 십이 년과는 많이 다른 세상이야. 무엇보다 황후가 죽은 지 삼십 년이나 흘렀어. 그 사이 자그마치 열여덟 명의 황자가 태어났어. 용이 새끼 아홉 마리를 낳아도 전부 다르다는 말이 있어. 황자들도 각자 색깔이 달라. 행동반경이 다른 것은 말할 것도 없어. 세력 차이도 분명히 존재하지. 자네는 영악해 보이다가도 어떨 때 보면 꽉 막힌 것 같아. 그게 참 아쉬워. 멀리 내다보려면 높은 곳에 올라서야지. 여덟째 황자마마가 그러는데, 강희 사십칠 년부터 조정은 새로운 국면을 맞을 거래!"

김옥택의 말에 내내 무표정하던 오사도의 눈썹이 갑자기 꿈틀댔다. 그의 말을 듣자마자 위태로운 지경에 내몰려 있을 것 같은 윤진을 떠올렸던 것이다. 순간 그는 몸을 떨었다. 앞날이 구만리 같은 넷째 황자가 어려움에 처해 있다는 사실을 확인하자 갑자기 소름이 끼쳤던 것이다. 동시에 연민의 감정도 샘솟는 것 같았다.

오사도가 그만 자리에서 일어서려던 찰나였다. 창밖이 하얗게 번쩍이더니 갑자기 하늘을 찢는 듯한 우렛소리가 창문을 쥐어박았다. 두 사람이 창밖을 내다보면서 놀라워하는 사이 오사도가 억지로 웃음을 띤 채 자리에서 일어섰다.

"고모부, 자형! 오늘 저녁 모처럼 술맛이 좋았습니다. 그런데 더 앉아 있고 싶어도 몸에 무리가 오는 것 같아 그만 일어나야겠습니다. 세상의 버림을 받은 절름발이인지라 공명을 논하고 싶은 마음도 없고요."

"우리가 너무 다른 얘기에 열중하다 보니 본의 아니게 아우에게 소외감을 느끼게 한 것 같군. 그렇다면 미안해. 우리도 그냥 밥상머리에서 심심풀이로 뒷얘기를 하는 거지 뭐. 아우가 많이 피곤한 것 같으니 우리 마지막으로 석 잔 건배하고 가서 자자고. 앞으로 얘기 나눌 시간은 많을 테니!"

당봉은이 자리에서 일어나면서 제안을 했다. 세 사람은 당봉은의 말대로 연신 석 잔을 들이켰다. 그러자 김옥택이 약간 술에 취한 듯 꼬부라진 혀로 말했다.

"모든 것을 이 고모부한테 맡겨! 자네 고모부는 여덟째마마 앞에서도 꽤나 말의 권위가 서는 사람이야. 여덟째마마는 인간적으로도 괜찮은 사람이야. 게다가 학문 높지, 인품도 좋고 말이야. 전에 자네가 사고치고 도망 다닐 때도 여덟째마마는 자네의 진가를 인정해줬어. 자네 몸이 성하지 않기는 하나 학문은 늘었으면 늘었지 못해지지는 않은 것 같으니, 내일 중으로 내가 여덟째마마한테 추천해주겠네. 여덟째마마 댁의 식객으로 있으면서 상담과 자문 역할을 충실히 해낼 수 있을 거라고 믿어. 사람들이 너도나도 원하는 알토란 같은 자리야!"

김옥택이 말을 마치고는 몇 개 안 되는 수염을 만지작거리면서 껄껄 웃었다.

"생각해주셔서 감사합니다. 저는 벼슬에는 관심이 없지만 고모부는 앞날이 창창하신 것 같네요. 솔직히 지금도 관직에 진출하는 것에는 염증을 느끼고 있어요. 그러나 고모부께서 키워주신다고 장담하시니 또다시 욕심이 꿈틀대는군요! 당분간 북경에 머무르면서 친구들이나 만나고 있겠습니다. 제 일자리가 구해지면 그때 구체적으로 상의하는 것이 어떨까요?"

오사도가 입가에 의미를 알 수 없는 미소를 띠운 채 말했다. 이어 김옥택의 대답은 들을 필요도 없다는 듯 딱딱 지팡이 소리를 길게 남기면서 자리에서 물러났다.

당봉은은 하인이 초롱불을 밝히고 오사도를 대문까지 바래다주는 모습을 다 지켜 본 다음 취기가 몽롱한 김옥택에게 돌아와서 가볍게 입을 열었다.

"장인어른!"

"왜 그러는가?"

"저 사람이 바로 그 이름도 유명한 오사도 맞습니까?"

"그렇네."

"연못에서 놀 사람은 아닌 것 같은데요? 오늘 저녁 너무 많은 얘기를 들려준 것 같습니다."

당봉은이 갑자기 정색을 한 채 말했다.

"응? 방금 뭐라고 했는가?"

게슴츠레하던 김옥택의 눈이 순간 번쩍 떠지더니 크게 놀라워하면서 확인하듯 물었다. 당봉은도 즉각 입을 열었다.

"장인어른, 절대 오해하시지는 마십시오. 제가 채봉이와 저 친구의 과거를 질투해서 그런 것은 맹세코 아닙니다. 오사도에 대해서 예전부터 전해들은 바는 있으나 오늘 그 진면목을 본 것 같아 드리는 말씀입니다."

김옥택이 지나치게 진지한 당봉은의 말에 피식 웃으면서 말했다.

"그래 진면목이 어떤가? 날개 부러지고 기가 꺾인 놈이 날아봤자 얼마나 날겠어?"

"저 친구는 날개는 꺾였는지 모르나 아직도 기는 펄펄 살아 있습니다. 저 친구가 여기 있을 때 저는 명치끝이 짓눌리는 느낌에 사로잡혀 있었습니다. 그런데 저 친구가 떠나니 또다시 공포가 엄습해 오네요."

당봉은이 자신의 감정을 솔직히 고백했다. 이어 덧붙였다.

"고개를 번쩍 쳐들 때 그 눈빛 못 보셨어요? 상대를 조용히 제압해 설설 기게 만드는 그 무엇이 있어요……. 사실 오늘 저녁 장인어른께서 크게 칭찬해준 황자든 폄하한 황자든 그중에 오사도 같은 사람을 끌어들이고 싶어 하지 않는 사람은 없을 걸요? 오사도는 자신이 높은 값에 거래될 것이라는 자신감이 있기 때문에 장인어른의 말씀에 감동하지 않은 겁니다."

"……"

김옥택은 당봉은의 말이 일리가 있다고 생각하는 것 같았다. 술기운이 확 깨는 듯 경각심을 높였다.

"자네 뜻은……?"

당봉은이 다시 천천히 입을 열었다.

"한자리 만들어준다는데도 무덤덤해 합니다. 그렇다고 재물에 관심이 있는 것도 아닌 것 같습니다. 그렇다면 저 사람이 절룩거리면서 북경을 찾아온 이유가 뭘까요? 제 생각에는 벼슬도 아니고 재물도 아닙니다. 다른 무엇을 구하러 온 것이 아닐까요?"

김옥택은 당봉은이 터놓고 얘기하자 오히려 마음이 여유로워졌는지 고개를 절레절레 저었다. 당봉은이 여전히 웃음 띤 얼굴로 말했다.

"세상 모든 것이 상궤를 벗어났을 때는 바로 이상하다는 생각을 해야 합니다. 또 경각심을 높일 필요가 있습니다. 저 친구는 꿈 많던 시절에 비양심적인 시험관들에 의해 과거의 문턱에서 좌절당했습니다.

그래서 분풀이를 크게 하고는 쫓기는 신세가 됐죠. 이후 자그마치 십 년 동안이나 심산유곡에 칩거하면서 재기의 꿈을 키웠을 겁니다. 그러나 불행히도 이미 불구자 신세가 된 뒤였어요. 그러다 천리 길도 마다하지 않고 천신만고 끝에 친인척을 찾았습니다. 그런데 고모는 세상을 떠났고, 첫사랑의 여인은 다른 남자의 사람이 됐어요. 입장을 바꿔 생각했을 때 장인어른이라면 기분이 어떠시겠어요?"

당봉은이 조곤조곤 논리적으로 말했다. 그러자 김옥택이 미간을 찌푸린 채 심각한 생각에 잠겨 있는 듯하더니 입을 열었다.

"한이 맺히겠지!"

"그럼요! 하늘과 땅, 천지의 모든 것이 다 원망스러울 겁니다. 그중에서도 장인어른과 저 두 사람이 죽도록 미울 겁니다. 언젠가 힘이 생기면 바로 우리 둘에 대한 보복을 감행할 것이 틀림없습니다."

당봉은이 서늘한 눈빛을 보이면서 말했다.

"설마 그럴 리가 있겠어!"

순간 김옥택은 당봉은의 경고가 말이 안 된다고 생각했다. 하지만 그러면서도 엄습해 오는 한기를 주체할 수는 없었다. 그가 독기 어린 두 눈을 번뜩이면서 말했다.

"내일 당장 고향으로 쫓아 보내야겠어!"

"다시 오지 말라는 법이 없잖아요? 그렇게 하면 오기와 분노를 더욱 키워 주기만 할 뿐 도움은 안 될 걸요?"

당봉은이 실눈을 한 채 말했다.

"그러면 무슨 뾰족한 수라도 있나?"

당봉은이 김옥택의 말이 떨어지기 무섭게 촛대 앞으로 다가갔다. 이어 거친 입김으로 단번에 촛불을 꺼버렸다. 방안은 칠흑처럼 어두워졌다. 김옥택이 당봉은의 의도를 알아차린 듯 몸을 움츠린 채 떨리는 목소리로 말했다.

"대명천지, 그것도 천자의 발밑에서 그런 일을 벌일 수는 없어."

당봉은이 장화소리를 내면서 실내를 서성이는 것 같더니 갑자기 김옥택에게 다가섰다. 이어 살기가 다분한 목소리로 말했다.

"우리가 직접 나서지 않아도 방법은 얼마든지 있습니다."

한 줄기의 번개가 하늘을 갈기갈기 찢어버릴 듯 괴성을 질렀다. 그리고는 실내를 잠깐 비췄다. 그러나 다시 어두워졌다. 동시에 소나기가 후두둑 내리기 시작했다. 김옥택과 당봉은 두 사람은 살의가 번득이는 서로의 눈빛에 간담이 서늘해지는 기분을 느꼈다.

7장

이루어질 수 없는 사랑

오사도는 잠결에 가볍게 문 두드리는 소리를 들었다. 잠귀 밝은 그다웠다. 그러나 곧 아무 소리도 나지 않았다. 그는 깜짝 놀라 튕기듯 몸을 반쯤 일으키고 조용히 바깥 동정에 귀를 기울이다 다시 자리에 누웠다. 워낙 거센 비바람 소리에 자신이 뭔가 착각한 줄 알았던 것이다. 하지만 문을 두드리는 것이 분명한 소리는 잠시 후 다시 들려왔다.

"누구요?"

대답이 없었다. 손잡이만 달가닥거릴 뿐이었다. 오사도는 옷을 어깨에 걸친 채 문 쪽으로 다가가서는 빗장을 풀고 문을 살짝 열어보려고 했다.

그때 시커먼 그림자 하나가 회오리바람처럼 날렵하게 안으로 들어섰다. 그 사람은 오사도가 미처 반응을 보이기도 전에 돌아서서는 재빨리 문을 닫아걸었다. 아무리 눈을 크게 떠봐도 들어온 사람이 누군지 알기는 어려웠다. 어둠이 너무 짙었던 것이다.

그가 칠흑 같은 어둠 속에서 껄껄 웃으면서 말했다.

"뭐하는 분이오? 방을 잘못 찾아온 것 같은데!"

"저예요……."

얼마 후 들려온 목소리는 놀랍게도 여자의 것이었다. 다소 긴장한 듯 떨리고 있었다. 오사도는 순간적으로 김채봉을 떠올렸다. 그러자 자신을 배신한 그녀에 대한 주체할 수 없는 분노가 곧장 되살아났다. 온몸의 피가 거꾸로 솟는 것 같았다. 그는 지팡이를 휘두르면서 악에 받쳐 고함을 질렀다.

"채봉 누나, 사람 바보로 만들지 마. 어서 가라고, 가란 말이야!"

"저는 채봉이 아니에요. ……채봉이 새엄마예요. 그 옛날의 난초를 기억하시죠?"

여자는 오사도의 광기 어린 고함소리에 겁을 집어 먹은 듯 한참 후에야 약간 울음 섞인 목소리로 말했다. 오사도는 늦은 야밤에 찾아온 여자가 김옥택의 새 부인인 난초일 줄은 꿈에도 생각지 못했다. 놀란 나머지 그만 크게 벌어진 입을 다물지 못했다.

난초는 오사도의 고모가 시집을 올 때 데리고 온 몸종이었다. 과거 남경에서 살 때는 오사도를 제법 잘 챙겨 주기도 했다. 오사도와 채봉이 시를 읊조리거나 정가情歌를 부를 때는 수줍게 얼굴을 붉히면서 온 세상을 다 얻은 것 같이 행복해하는 두 사람을 넋을 잃고 지켜보고는 했다.

오사도는 오늘 낮에는 얼굴을 전혀 보이지 않던 그녀가 늦은 시간에 몰래 잠입한 이유를 복잡하게 생각하고 싶지 않았다. 사실 그로서는 뭐라고 딱히 생각할 건덕지도 없었다. 한참 후 그가 잠시 생각에 잠겨 있다 다소 우울한 어조로 입을 열었다.

"장유유서長幼有序, 남녀유별男女有別을 명심하세요. 이 일은 하늘과 땅, 그대와 나. 넷만이 아는 일입니다. 무덤까지 가지고 갑시다. 그러니 아무 말 말고 어서 나가 주시오!"

"오 선생님!"

난초가 애원하는 듯한 어조로 오사도를 불렀다. 물론 어둠 속이었으므로 그녀의 얼굴은 전혀 보이지가 않았다. 그저 간곡한 목소리만 들릴 뿐이었다. 그녀가 다시 말을 이었다.

"저는 그렇게 파렴치한 여자가 아니에요. 오해하신 것 같은데……, 아무튼 선생님께 지금 큰 재화災禍가 임박해 있으니 즉각 여기를 떠나셔야겠어요!"

오사도가 자신이 위험에 처해 있다는 난초의 말에 깜짝 놀라 물었다.

"재화라니요?"

오사도는 다소 놀라는 기색을 보이기는 했으나 여전히 여유만만했다. 그러나 난초는 달랐다. 그런 오사도의 태도에 초조하게 발을 동동 굴렀다.

"자세하게 말씀드릴 시간이 없어요. 상황이 워낙 급박하게 돌아가서! 아무튼 저 영감이 당가 그놈하고 음모를 꾸몄어요. 날이 밝는 대로 선생님을 붙잡아 순천부順天府에 넘길 거예요. 황제가 수배령을 내린 범인으로서의 죗값을 치르게 할 거라고요……."

오사도는 김옥택이라면 충분히 그러고도 남을 위인이라고 생각했다. 하지만 눈앞에 서 있는 여자의 저의가 궁금한 그로서는 그녀의 말을 믿을 수도 없고 믿지 않을 수도 없었다.

그는 침착하게 현 상황에 대해 한참 동안 숙고했다. 그러다 마침내 대수롭지 않은 듯 말했다.

"순천부에 보내진다고 해도 무서울 것은 없어요. 북경은 엄연히 왕법이 존재하는 곳입니다. 그러니 죄 없는 사람을 함부로 다루기야 하겠어요? 태후마마가 돌아가시고 조정에서는 대사면령을 내렸어요. 이제 나의 '죄'는 없어졌어요. 하물며 그 일은 십 년이나 지난 일입니다. 꼴 보기 싫으면 그만 아닙니까? 언제는 가지 말라고 극구 만류하더니, 이제 와서 이런 식으로 내쫓는 겁니까? 이렇게까지 할 필요는 없지 않겠어요?"

난초가 오사도의 말에 잠시 말문이 막힌다는 표정을 짓더니 마침내 눈물을 흘리면서 말했다.

"저를 믿지 못하는 것은 알아요. 가재는 게 편이라고 했으니까요……. 하지만 부디 이번 한 번만 믿어주세요. 지금은 워낙 흑백이 전도되고 법보다 주먹이 가까운 어지러운 세상입니다. 저 사람들은 무슨 수를 써서라도 진실을 갈아엎으려고 들 거예요. 순천부의 부승府丞(순천부의 수장인 부윤府尹 다음의 관직)이 저 영감의 의형제인가 하는 사람이에요. 또 부윤인 융과다隆科多 어른 역시 여덟째마마의 먼 친척뻘 된다는 것 같았어요……."

오사도는 난초의 말이 설득력이 있다고 생각했다. 한참 후 비로소 마음의 결정을 내린 듯 나지막하지만 힘 있는 목소리로 말했다.

"알겠습니다. 곧 떠나겠어요!"

"아미타불!"

난초는 그제야 안도의 한숨을 내쉬면서 두 손을 모아 기도했다. 그리고는 역시 바람처럼 밖으로 살짝 비켜 나가더니 오사도에게 손짓을 했다.

"저를 따라오세요!"

난초의 말이 끝나자마자 하늘에서 번개가 내리쳤다. 동시에 주위가 환하게 밝아지면서 그녀의 결연한 뒷모습을 잠깐이나마 비췄다.

오사도는 비를 맞으면서 보였다가 사라지기를 되풀이하는 난초의 그림자를 힘겹게 따라갔다. 행여나 지팡이 소리가 날세라 신경을 바짝 곤두세웠다.

얼마 후 그는 난초를 따라 서화청西花廳을 거쳐 화원으로 들어갔다. 다시 정자 하나를 에돌아가자 작은 쪽문 하나가 나타났다. 난초가 주머니 속에서 열쇠 뭉치를 꺼냈다. 이어 하나씩 구멍에 넣어보면서 문을 열기 위해 애를 썼다.

그렇게 얼마나 했을까, 마침내 문이 삐꺽 열렸다. 바로 하늘과 땅이 하나가 된 듯한 혼탁한 바깥세상도 보였다. 연일 퍼붓는 비로 근처의 강물이 불었는지 물소리가 더욱 거세지고 있었다. 오사도가 하늘을 쳐다보고는 깊고 깊은 한숨을 지어보이더니 천천히 걸음을 옮겼다.

"오…… 오 선생님!"

"예?"

오사도가 고개도 돌리지 않은 채 대답했다.

"혹시 비상금 있으세요?"

오사도는 난초의 말에 비로소 자신이 전대錢袋(돈주머니)를 벗어놓고 미처 챙기지 못했다는 것을 떠올렸다. 동시에 고개를 저으면서 대답했다.

"없소."

난초는 오사도의 그 말을 기다렸다는 듯 품에서 주섬주섬 뭔가를 꺼냈다. 그리고는 작은 주머니 하나를 내밀었다.

"제 비상금이에요. 저도 미처 생각하지 못하고 여비를 챙겨 나오지 못했으니 이거라도 받으세요. 괜찮으시다면……."

오사도는 난초의 진심 어린 말에 가슴 뭉클한 감명을 받았다. 그녀가 건네주는 돈주머니도 순순히 받아들였다. 난초의 체온이 그대로 따스하게 남아 있었다.

그가 멍하니 있다 작별의 인사를 하려고 할 때였다. 난초가 먼저 그에게 물었다.

"이제 어디로 갈 생각이세요? 정해진 곳은 있나요?"

"아직은……. 가다보면 길이 생기겠죠!"

오사도가 고개를 저으면서 대답했다. 그러자 난초가 나지막하게 말했다.

"얼마 전에 넷째마마가 사람을 보내 오 선생님을 수소문한 적이 있었어요. 그쪽으로 가는 것이 좋겠어요. 오 선생님은……, 육신이 자유롭지 못합니다. 그런데 친척이라고 믿고 왔다는 것이 저 모양이니……. 아무리 생각해봐도 넷째마마만이 훌륭한 안식처를 만들어 주실 것 같네요."

오사도는 깜짝 놀라는 눈빛으로 난초를 바라봤다. 그녀의 안목이 예사롭지 않다는 생각이 든 것이다. 그가 북경으로 오는 여정 동안 소문을 듣고 고민을 한 결과도 그와 같았기 때문이었다. 그가 홍교 술집에서 처음 본 넷째 황자는 한마디로 털털하면서도 남달리 귀한 풍모가 엿보이는 사내였다. 무엇 하나 아쉬울 것이 없어 보이던 사람이기도 했다. 그런 그가 여태까지도 나를 잊지 않고 수소문을 하고 다녔다니! 오사도는 자신도 모르게 혼잣말처럼 중얼거렸다.

"인연이라는 것은 이런 것인가 보군……."

"뭐라고 그러셨어요?"

난초가 물었다.

"아니 뭐 특별한 것은 아니오."

오사도가 퉁명스럽게 대답했다. 이어 더 이상 지체해서는 안 된다고 생각한 듯 난초에게 서둘러 물었다.

"왜 위험을 감수하면서까지 나를 도와주는 겁니까? 그게 알고 싶네요."

"……"

"가르쳐 주지 않을 겁니까? 나는 평생을 살면서 궁금해할 텐데……?"

"오 선생님……."

"말해보세요."

"저…… 저 나쁜 여자 아니에요. ……저도 알고 보면 불쌍한 여자예요."

난초가 울먹였다. 그리고는 애원하듯 다시 입을 열었다.

"파렴치하다고 따귀를 때리실지 모르지만 한 번만……, 딱 한 번만……. 예? 딱 한 번만…… 안아주세요."

난초의 애원과 함께 수레 굴러가는 듯한 천둥소리가 머리 위에서 울려 퍼졌다. 오사도는 무슨 뜻인지 알겠다는 듯 말없이 난초에게 다가갔다. 하늘이 다시 우르릉 꽝꽝! 소리를 내질렀다. 마치 그를 성원하는 것도 같았다.

오사도는 연이은 번개 빛을 빌어 10년 전과 변함없는 수려한 그녀의 얼굴을 한참이나 바라봤다. 다시는 볼 수 없을지도 모를 은인이자 너무도 사랑스러운 귀여운 여인의 얼굴이었다.

게 껍질같이 딱딱한 사내 오사도에게도 뜨거운 감정이 없을 수는 없었다. 그는 오래도록 난초의 정겨운 얼굴을 바라보다 마치 숭고한 의식을 치르듯 빗물과 눈물로 차가워진 그녀의 입술에 아주 오랫동안 입맞춤을 했다. 그리고는 속삭이듯 말했다.

"내 방에 가면 전대가 있어요. 그걸 잘 챙기시오……."

오사도는 말을 마치고는 바로 저 멀리 어둠 깔린 빗속으로 미끄러지듯 달려갔다. 이어 동네를 벗어난 다음 인적 없는 갈대밭을 가로질렀다. 그리고는 다시 정처 없이 걸어 나갔다. 한시도 쉬지 않았고 줄기차게 걸어갔다. 불편한 몸인 그로서는 가기 힘든 곳도 가리지 않았다. 깊은 물웅덩이를 보지 못해 몇 번씩이나 넘어질 뻔하기도 했고, 사정없이 물에 씻겨 나가는 낮은 봉분들이 여기저기 널려 있는 공동묘지도 스스럼없이 지나갔다. 갈대가 키를 넘는 연못도 에돌아갔다.

얼마 후 드디어 관도官道가 나타났다. 그는 잠시 경황이 없었던 며칠 동안의 일들을 떠올렸다. 자초지종을 곰곰이 반추해 보기도 했다. 어디가 됐든 행선지를 택해 달려가고 싶은 생각이 간절했다. 그러나 워낙 비가 양동이로 퍼붓는 듯 쏟아지는 바람에 지팡이에 의지해서 있는 것조차도 힘겨운 것이 현실이었다. 행선지를 정해놓고 간다는 것은 그야말로 사치라고 할 수 있었다.

그러나 그대로 멈출 수는 없었다. 그는 이를 악물고 혼신의 힘을 다해 다시 달리듯 앞으로 걸어갔다. 이상하게도 계속해서 걷다가 길에서 죽는 한이 있더라도 크게 억울할 것 없다는 생각도 들었다.

그때 갑자기 빗속을 가르면서 세 발의 대포소리가 울렸다. 근처의 공진대拱辰臺에서 시간을 알려주는 소리였다. 때는 자정인 깊은 밤이었다. 빗물은 끊임없이 흘러내려 시야를 가렸다. 오사도는 그 와중에 빗물을 손으로 훔치면서 멀지 않은 곳에서 희미하게 뿜어져 나오는 불빛을 확인했다. 그리고는 용기를 내서 발걸음을 재촉했다.

그곳은 산문山門으로 처마가 장관인 고찰古刹이 자리하고 있었다. 건물 한가운데에는 '칙건대각사'敕建大覺寺라는 문패가 위엄 있게 걸려 있었다. 또 처마 밑에는 네 개의 커다란 백사白紗 궁등宮燈이 그네를 타듯 비바람에 요란하게 춤을 추고 있었다. 어디에도 인기척은 없었다. 그저 절 안에서 목탁을 두드리면서 경을 읽는 소리만 은은히 들려올 뿐이었다.

오사도는 죽을힘을 다해 빗속을 뚫고 달려온 사람답게 진이 빠진 얼굴을 한 채 눈부신 빛을 발하는 궁등을 물끄러미 바라봤다. 그런 궁등에 비친 그의 얼굴은 하얗게 질린 것이 마치 몹쓸 병에 걸린 사람의 그것처럼 처참해 보였다. 아무려나 목탁소리 들리는 부처의 도량에서 마음의 긴장이 풀린 탓일까, 오사도는 눈앞이 핑그르르 도는지 갑자기 허물어지듯 그 자리에 쓰러지고 말았다.

시간이 얼마나 흘렀을까. 오사도는 무거운 눈꺼풀을 애써 밀어 올리면서 잠에서 깨어났다. 이어 좁고 긴 허름한 방 안에 누워 있는 자신의 모습을 발견했다.

날씨 탓에 방 안은 많이 어두웠다. 그래도 연기에 그을린 듯한 벽에 칠이 벗겨진 석비石碑들이 줄줄이 세워져 있는 모습이 시야에 들어왔다. 그가 누워 있는 곳은 두말할 것도 없이 비낭碑廊(비석을 세워 놓은 복도)을 개조해 만든 승방僧房이었다. 오랫동안 손대지 않고 방치된 곳인 듯했다.

오사도는 여전히 지끈지끈 아픈 머리를 꾹꾹 누르면서 눈을 감고 생각을 더듬었다. 이어 누가 자신을 구해줬을까 하는 의문을 떠올리면서 자신에게 무슨 일이 생긴 것일까 하는 생각을 두서없이 했다. 바로 그때였다. 갑자기 한바탕 어지러운 발소리가 들려왔다. 곧 누군가의 목소리도 울려 퍼졌다.

"깨어났네요! 이불 형, 어서 와 봐요!"

방에 들어온 사람은 스님 한 사람과 두 명의 선비였다. 그중 얼굴이 긴 선비가 의혹이 가득한 눈을 한 채 오사도를 내려다봤다. 그리고는 경이로움을 금치 못하는 어조로 말했다.

"개고기 중의 의술이 썩 괜찮은가 보군! 개고기 중이 아니었다면 그대는 지금쯤은 아마 좌가장의 화장터에 가 있을 거요. 와, 성음性音의 손이 정말 약손이로군!"

얼굴이 긴 서생이 생긴 것 답지 않게 호들갑을 떨었다. 이불이라고 불리는 사람도 다가와서는 오사도의 안색을 살핀 다음 말했다.

"이제 됐어! 전문경 이 친구와 성음이 아니었으면 큰일 날 뻔했어요. 꼬박 사흘 동안이나 혼수상태로 있었던 것을 아시오?"

"사흘이나요? 내가 여기에서 꼼짝 않고 사흘 동안 내리 잠만 잤다는 말이에요?"

오사도는 이불의 말에 놀라움을 금치 못했다. 그와 동시에 성음이라 불리는 스님도 바라봤다. 땟물이 뚝뚝 떨어지는 누런 승복을 입고 있는 성음은 30세가량 돼 보이는 인물이었다. 스님이라면서 푸줏간에서나 볼 수 있을 30근에서 40근은 될 것 같은 도끼 같은 칼을 허리춤에 무겁게 드리운 것이 인상적이었다. 그래서인지 익살스럽게 웃고 있는 입가에 기름기가 번질거리는 것도 그다지 이상하게 보이지 않았다.

성음이 이불과 전문경의 말에는 대꾸도 하지 않은 채 안주머니에서 조심스럽게 뭔가를 꺼내고 있었다. 좌중 사람들의 시선은 일제히 그에게 쏠렸다. 그가 꺼내 든 것은 다른 것이 아니었다. 기름에 방금 튀겨낸 팔뚝만한 닭다리였다.

얼마 후 그가 사람들의 반응 따위에는 관심이 없다는 듯 닭다리를 맛있게 뜯어 먹으면서 말했다.

"오 선생, 빈승이 혼자 먹는다고 뭐라고 하지 말아요. 오 선생은 아직 이런 것을 먹으면 안 됩니다. 그래서 주지 않는 거예요. 이번에 저승 문턱까지 갔다가 돌아온 소감이 어떤가요? 그리고 생명의 은인인 이 땡초에게는 어떻게 보답할 겁니까?"

오사도가 자신을 '오 선생'이라 부르는 성음의 말에 무척이나 놀란 듯 눈을 크게 떴다. 전문경 역시 못내 궁금해하면서 물었다.

"오 선생이라고요? 두 사람은 아는 사이였습니까?"

오사도가 머리를 가로 저었다. 그리고는 기운 없는 목소리로 입을 열었다.

"스님, 어떻게 저 오사도를 아시는 겁니까?"

성음이 입 안 가득 삼킨 고기를 마구 씹어 삼킨 다음 고기 찌꺼기가 낀 이빨을 아무렇지도 않게 드러내면서 대답했다.

"다 아는 수가 있어요. 나는 이래봬도 지장보살地藏菩薩의 전속 판관判官입니다. 내가 허락하지 않는 한 그 누구도 죽고 싶어도 맘대로 죽지 못하거든요! 아까는 농담이었어요. 출가한 사람이 무슨 보답 같은 것을 바라겠습니까. 빈승은 하루에 닭다리 하나 외에는 바라는 것도 원하는 것도 없는 사람입니다. 매일 팔고문이니 회문會文(선비들이 모임을 가질 때 사용하는 글)이니 하면서 과거시험에 목을 매달고 있는 그대들은 무슨 말인지 모르겠지만 말입니다. 하하하하……."

전문경이 성음의 말을 가만히 듣고 있다 끝내 비아냥거리는 어조로 대꾸했다.

"무슨 스님이 그래요? 산중에 있는 것은 사람 빼고는 다 잡아 먹으니 말이오. 진정으로 부처를 욕되게 하고 산문을 더럽히는 엉터리 같으니라고! 밤에 방귀 뀌고 이빨 갈고 코 골면서 잘 때 보니 그야말로 가관이 따로 없더군요. 우리 두 사람이 자객을 만나 노자를 털리지만 않았더라도 여기에서 이런 고생은 절대 안 했을 거요!"

전문경이 말을 마치고는 악의 없이 눈을 흘겼다. 그런 다음 공부를 해야 한다면서 이불을 데리고 한쪽 편으로 물러갔다.

"아미타불! 두 선비께서는 부귀한 몸인 것 같습니다. 그러니 육조六祖(당唐나라 때의 선승禪僧 혜능慧能을 의미함)의 양생법문養生法門에 대해 모를 수밖에요! 내 방귀는 그대들이 문장을 짓는 것과 마찬가지로 중요하다오. 방귀 뀌는 것도 내공이 필요하다는 것을 모르지는 않겠지요? 나처럼 동자童子의 몸이 아니면 방귀 예술의 극치에 오를 수도 없다는 것을 모르시오?"

성음이 여유만만하게 웃으면서 반박했다. 이어 바로 나른한 듯 기지개를 켜면서 연신 하품을 해댔다. 그러나 그는 얼마 후에는 눈물을 찔끔거리면서 오사도 곁으로 다가와서는 진지하게 정좌를 했다. 동시에 조금 전까지의 장난기는 온데 간데 없는 얼굴로 정색을 한 채 말했다.

"잡생각 떨쳐버리고 몸에 힘주지 말고 눈을 감아보세요. 내가 기공으로 병을 치료해 보겠소이다."

오사도가 성음의 말에 여전히 기운 없는 목소리로 단호하게 말했다.

"내가 이래봬도 《삼분오전》三墳五典을 비롯해 《팔색구구》八索九丘, 《황제내경》黃帝內經, 《금궤요략》金匱要略에 이르기까지 의학서적을 두루 섭렵했습니다. 책을 몇 수레나 읽었는지 모른다고요. 하지만 그런 식으로 병을 고친다는 소리는 처음 들어봅니다. 괜스레 기운 빼지 마세요."

하지만 성음은 지지 않고 합장을 하면서 차갑게 말했다.

"우리 불교는 적공寂空으로 세상을 구제합니다. 대승大乘의 경전을 자그마치 삼십만 권이나 소장하고 있습니다. 아무리 박학다식한 오 선생이라고는 하나 전부 다 읽었을 리는 없죠. 아미타불!"

오사도는 말도 안 된다는 듯 눈을 지그시 감은 채 성음의 이론을 바로 반박하려고 했다.

바로 그 순간이었다. 갑자기 청량음료를 마시는 듯한 시원한 기운이 용천혈湧泉穴에서부터 위로 쭉 뻗어 올라가는 것 같은 느낌을 받았다. 삽시간에 시원한 가을바람이 솔솔 불어오는 듯 했다. 마음의 먼지를 훑아내듯 온갖 상념이 사라지는 것 같은 기분이 따로 없었다.

오사도는 놀라지 않을 수 없었다. 또 궁금했다. 성음이 자신의 몸을 건드리지도 않은 채 손가락만 까딱 했는데도 심산유곡의 샘물로 오장육부를 깨끗이 청소한 듯한 상쾌함을 전율하듯 느꼈으니 말이다. 더 이상 말이 필요없었다. 그는 고기 없이 못 사는 눈앞의 돌팔이 중이 뭔가 뛰어난 기예를 보유하고 있는 것이 틀림없다고 생각했다.

오사도는 곧 눈을 살며시 뜬 채 놀라운 시선으로 성음을 바라봤다. 성음은 마치 목각인형처럼 정좌하고 있었다. 깜짝 놀랄 기적을 만들어내는 자신의 능력에 흠뻑 빠져 있는 듯했다.

오사도의 몸에서는 계속해서 신비한 변화가 일어나고 있었다. 우선 처음의 시원함과는 다른 따뜻한 기류가 몸 안에 감돌기 시작했다. 이어 갈수록 그 기류의 흐름이 강해지는가 싶더니 급물살을 방불케 할 정도로 변했다. 조금 후에는 바로 소용돌이가 돼 돌풍처럼 몸 안에서 맴을 돌았다. 그의 오장육부는 지진이 일어난 듯 요동쳤다. 또 쌓이고 쌓였던 우울한 기운은 기류의 충격에 흔들리고 뒤집혔다. 나중에는 완전히 와해돼 바깥으로 배출되는 것 같았다. 그는 급기야 마치 운무를 탄 듯 너무나도 홀가분한 기분을 느꼈다. 불가사의한 신비에 놀라지 않을 수 없었다.

"됐어요. 눈을 떠 봐요. 그리고 일어나 앉으세요."

한참 후 성음의 목소리가 울려 퍼졌다.

오사도는 성음의 지시에 따라 깜빡거리면서 눈을 떠 봤다. 그렇게 맑고 시원할 수가 없었다. 그는 몸을 움찔거리면서 시험 삼아 상체도 일으켜 세워봤다. 전혀 힘들지 않고 거뜬했다.

성음이 마치 어릿광대와 같은 몸짓을 해보이면서 자랑하듯 오사도에게 말했다.

"이래도 믿지 않을 건가요?"

이불은 마침 그때 책을 펴 놓고 한쪽 편에서 공부하다 말고 다가와서는 크게 놀란 듯 말했다.

"사람을 겉만 보고 섣부르게 판단하지 말라고 하더니, 과연 옛말이 틀린 데가 하나 없군요. 정말 신선놀음이 따로 없네요. 그런데 왜 진작에 그 방법을 쓰지 않았나요?"

성음이 이불의 칭찬에 으쓱해하는 얼굴을 한 채 대답했다.

"목이 마르다고 냉수를 벌컥벌컥 들이키면 배탈이 납니다. 몸이 어느 정도 기력을 회복해야 좋은 약도 효과가 있는 법이라고요."

오사도는 성음의 말을 들으면서 그가 자신을 바라볼 때의 표정과 바로 오 선생이라고 불렀을 때의 광경을 떠올렸다. 자신에 대해 많이 알아보고 연구를 했을 것이라는 생각이 바로 들었다. 그는 내친김에 앞뒤 재지 않고 직설적으로 물었다.

"스님께서는 그동안 줄곧 나를 미행하고 있다가 내가 위험에 빠지자 구해준 것 같네요. 이유가 뭐죠?"

"우리는 인연이 있으니까요. 우리는 전생에 못 다한 슬픈 인연이 있었나 보죠, 뭐!"

성음이 기다렸다는 듯 건성으로 대답했다. 오사도는 이내 성음의 입에서 진실을 얻어내는 것은 불가능하다는 판단을 내렸다. 그래서 질문의 화살을 전문경과 이불에게 돌렸다.

“두 분의 과거시험 준비는 잘 돼가고 있습니까?”

오사도의 질문에 이불이 전문경을 대신해 대답했다.

“우리는 인仁에 대해 공부를 하고 있습니다. 도대체 인이라는 것은 무엇일까요?”

“세상을 다스림에 있어 상대적으로 너그럽고 관대한 것을 인이라고 할 수 있겠습니다. 또 바른 길을 위해서라면 난세에 살벌할 정도로 전횡을 감행하는 것도 인이라고 해도 괜찮습니다.”

오사도가 즉각 대답했다. 그를 비롯한 이불, 전문경은 하나같이 나름 꽤 공부를 한 사람들이라 그런지 화두가 나오자 바로 난상토론을 이어갔다. 성음 역시 간간이 토론에 끼어들었다. 그때 멀리서 천둥소리가 들려왔다.

오사도가 그 소리에 귀를 기울이는가 싶더니 성음을 비롯한 좌중의 사람들을 향해 다시 입을 열었다.

“천둥에 대해 어떤 이는 천고天鼓라고 하죠. 또 어떤 이는 천뢰天籟라고 합니다. 그러나 사실은 모두 하늘의 분노가 아니겠어요? 그런데 벼락 맞아 죽은 소나 양은 있어도 그렇게 죽은 승냥이나 호랑이 등 야수를 본 적이 있나요? 하늘은 공평하다고 하지만 작금의 세상 돌아가는 꼴을 보면 반드시 그렇지도 않은 것 같네요.”

오사도가 마치 자신의 신세타령을 하는 듯하면서 말을 마치려고 할 때였다. 다시 천둥소리가 들려왔다. 듣는 사람들의 애간장을 끊어놓기에 충분할 정도로 비감한 소리였다. 그래서였을까, 오사도의 눈에서는 어느새 눈물이 그렁그렁 맺히고 있었다.

좌중의 사람들이 갑자기 혼자서 북 치고 장구 치듯 하는 오사도의 행동에 어정쩡한 표정을 짓고 있을 때였다. 저 멀리 선방禪房에서 은

은한 고발鼓鈸(서로 부딪히는 금속 타악기) 소리가 울려 퍼졌다. 이어 스님들이 독경할 때 들리는 목어木魚 소리도 들려왔다.

전문경이 말했다.

"오 선생의 호방한 얘기를 들어보려고 했더니, 바로 판을 깨는 소리가 들리는군요. 도대체 누구 집에서 사람이 죽었나요?"

"장사평張士平이 죽었어요. 재상宰相 장정옥의 셋째아들이죠. 오늘 그 집에서 법사法事를 할 거라고 했어요. 스님들이 지금 〈왕생주〉往生呪를 읽고 있잖아요."

성음이 대수롭지 않게 말했다.

"장정옥이라고요? 장정옥 재상의 집안이라면 대대로 공자의 제자로 유명한 대유大儒 가문 아닌가요? 그런데 불가에 귀의하다뇨?"

이불이 고개를 갸웃거리면서 말했다. 전문경이 즉각 웃으면서 그의 말을 받았다.

"요즘 왕공王公과 대신大臣 가문 중에 불교를 믿지 않는 집안이 있는 줄 알아요? 넷째 황자마마를 비롯해 많은 왕손과 대신들이 불교 신자라고요! 장정옥의 아버지 장영張英이 대유인 것을 모르는 사람은 당연히 없죠. 그러고 보면 장정옥은 실력보다는 조상의 덕을 톡톡히 본 경우에 속해요. 은음진사恩蔭進士라고 볼 수 있죠."

그러나 이불은 전문경과는 생각이 조금 다른 듯했다. 바로 감격에 젖은 어투로 반박했다.

"그래도 장정옥은 대신들 중에서는 손꼽히는 실력파임에는 틀림없어요. 개국 초기에 황제는 한족 인재를 대거 포용하기 위해 글깨나 쓴다는 사람은 거의 받아들이려고 했어요. 그러나 별로 효과는 없었죠. 그래서 명주明珠 같은 자가 이십 년씩이나 재상 자리에 앉아 있는 일이 가능하지 않았나 싶어요. 고사기는 또 어땠나요. 거인擧人 신분에 불과했는데도 일약 출세를 해서는 재상이 됐어요. 영웅호걸이 없으면 평범한 자식들도 보란 듯 행세를 한다고, 그때는 그랬으나 지금은 정반대에요. 백년 묵은 호랑이들이 무리지어 다니면서 세력을 과시하니 원숭이들이 나무에서 내려오지 못하는 거예요!"

전문경이 잠시 숨을 고른 다음 다시 덧붙였다.

"장정옥은 사람들이 은음진사니 뭐니 뒤에서 욕을 해도 청렴한 것은 알아줘야 해요. 또 성격이 곧은 면도 인정해야 해요. 아무나 그럴 수 있는 것은 아니거든요. 이번에 장사평이 죽은 것도 그래요. 항간에서는 일거에 출세하기를 원하는 아들과 실력으로 승부하기를 강요하는 장정옥 사이의 갈등 때문이라고 하더군요. 소문대로 장정옥이 아들에게 무리하게 시험공부를 강요해 지쳐 죽게 했다면 결론은 간단해지죠. 이번 시험에 요행을 바란다는 것은 어림도 없는 일 아니겠어요?"

"너무 단순해도 탈이네요. 장씨 집안의 집사가 허튼소리를 하고 다닌 거예요. 장사평이 화병으로 죽은 것은 사실이에요. 그러나 아버지 때문이 아니에요. 여자 때문에 그랬어요. 죽네 사네 하다 정말 죽어버린 거라고요. 아버지와의 갈등 운운하는 것은 뼈대 있는 가문에서 체통을 지키느라 궁여지책 끝에 흘린 소문에 지나지 않아요. 두고 보라고요, 내 말이 틀리나."

성음이 이불과 전문경의 대화를 듣다 도저히 못 참겠다는 듯 끼어들었다. 그러자 이불이 성음의 자신만만한 태도에 솔깃했는지 그에게 바싹 다가앉으면서 다그쳐 물었다.

"어떻게 된 겁니까?"

"그 친구가 작년에 자기 아버지를 따라 금릉金陵에 갔다고 하더라고요. 그런데 그곳에서 미모의 술집 여자하고 눈이 맞았나 보더라고요. 그리고는 돈을 주고 여자를 구출해서 아버지 몰래 배에 싣고 왔다고 해요. 그러다 뒷덜미를 잡혔다지 뭡니까. 장정옥은 화가 머리끝까지 치밀었는지 배 위에서 아들에게 곤장 마흔 대를 때렸다고 하죠, 아마? 독하기도 하지. 얼마나 맞았는지 그 친구는 그때의 충격으로 북경에 도착하기도 전에 길에서 죽어버렸대요. 그야말로 죽도록 패댄 거죠."

전문경이 물었다.

"그래서 그 여자는 어떻게 됐나요?"

"열녀 났다고 해야겠죠. 자기가 꼬리를 치지 않았더라면 그런 일이 없었을 거라면서 몇 날 며칠을 계속 울었다고 하더군요. 그리고는 쇠닻에 머리를 들이 받아 자살했다고 해요……. 아미타불, 죄 많은 인생들이죠!"

성음이 무표정한 얼굴로 대답했다. 순간 오사도는 자신을 버리고 보란 듯 다른 남자에게 시집을 가버린 김채봉을 고통스럽게 떠올렸다. 그러나 어쩔 수 없었다. 그저 복이 없는 자신을 탓해야 했다.

전문경은 그의 그런 속마음을 아는지 모르는지 빙그레 웃으면서 말했다.

"그 장정옥의 셋째아들은 완전히 사랑을 위해 죽었군요. 포송령蒲松齡이 들었다면 소설 《요재지이》聊齋地異의 한 대목으로 집어넣었을 겁니다."

이불 역시 정색을 하며 맞장구를 쳤다.

"솔직히 말하면 그 여자의 인생은 더욱 비참하다고 해야 하겠네요. 만약 자신의 몸을 애지중지해 함부로 굴리지 않았다면 죽음에 이르지는 않았을 것 아닌가요. 또 한 남자에게 순정을 바치려고 했다면 처음부터 유흥가에 몸을 던지지 말았어야 했어요. 그런 여자는 절부節婦도 아니고 창기娼妓도 아닙니다. 묘지명을 쓰게 되면 그 어떤 글쟁이도 괴롭지 않을 수 없을 겁니다."

오사도는 좌중의 사람들이 이미 고인이 된 여자에게 하는 험담에 가슴이 아팠다. 그예 한마디 쏘아붙이고 말았다.

"성인군자들이 사람을 품평하는 것은 각박하기가 이를 데 없습니다. 과거시험장의 시험관에 못지않아요. 그러나 예로부터 세상에 완벽한 사람이 과연 몇 명이나 있었을까요? 누구나 세상을 살다보면 어쩔 수 없는 면이 있어요. 그래서 '부득이'不得已라는 이 세 글자는 공자의 《중용》中庸에도 나와 있죠."

오사도는 말을 마치자마자 바로 지팡이를 짚고 자리에서 일어났다. 그리고는 비랑을 따라 남쪽 방향으로 걸어갔다.

대각사는 외견상으로 뒤편이 몹시 피폐한 모습이었다. 그러나 앞으로 가면 갈수록 산뜻한 느낌을 줬다. 정리정돈이 잘 돼 있었다. 오사도는 답답한 마음에 별 생각 없이 대비전大悲殿을 돌아 산책을 나왔다가 그만 순간적으로 눈앞이 확 트이는 황홀경에 사로잡히고 말았다.

대비전 한가운데에 우뚝 자리한 청동여래좌상은 족히 다섯 장 높이는 될 듯했다. 양 옆에 시중을 드는 보살상 역시 금빛 찬란한 청동으로 만들어져 있었다. 여래좌상의 뒷벽에 자리한 500나한羅漢의 모습도 단순하지 않았다. 저마다 손짓을 하면 걸어 나올 듯 생동감이 있었다. 또 정교하고 품위 있게 그려져 있었다. 반면 동쪽 벽면의 그림은 다소 혼란스러웠다. 창과 칼을 비롯한 이름도 모를 수많은 병기兵器들과 여래如來가 눈밭에서 독수리에게 고깃덩이를 내주는 그림들까지 아주 다양하게 그려져 있었다. 어느 것을 먼저 구경해야 할지 고민이 될 정도였다.

오사도는 한참 멋대로 돌아다니면서 구경을 마쳤다. 그러나 아직 원기가 회복되지 않은 탓인지 곧 머리가 어지러워지기 시작했다. 식은땀도 돋았다.

그가 거처로 돌아가려고 발길을 옮기기 위해 전각 밖으로 나왔을 때였다. 동쪽의 재사齋舍 밖에 둘러 처져 있는 흰 천 가운데에 고인의 영정이 높이 걸려 있었다. 그 주변에는 흰 종이꽃과 종이돈이 바람에 떨고 있었다. 마치 고인을 위해 흐느끼는 것 같았다. 그것은 다름 아닌 장사평의 영정이었다.

오사도는 조금 전에 들은 얘기를 떠올렸다. 그러자 이름 모를 비애가 꿈틀대는 듯했다. 아니나 다를까, 그의 눈에서 한 줄기의 눈물이 주르륵 굴러 떨어졌다.

법사法事는 거의 끝나가고 있었다. 법사 현장에는 하나같이 삼베를 어깨에 두른 장정옥 집안의 하인들이 밤새도록 영정을 지키느라 피곤한 듯 기지개를 켜면서 지루해하는 모습을 보이고 있었다. 그러자 집사인 듯한 사내가 과일쟁반을 들고 나와 나눠주면서 호되게 꾸지람을 했다.

"죽고 싶어? 오늘이 무슨 날인데 하품이나 쩍쩍 하고 있어? 나중에 주인어른이 큰마님을 모시고 오실 거야. 시중 잘못 들었다가는 껍질이 벗겨진 채 죽을 줄 알라고!"

하인들은 집사의 호통에 된서리 맞은 가지처럼 금세 주눅이 든 듯 연신 허리를 굽실거렸다.

오사도가 먼발치에서 그 모습을 한참이나 지켜보다 발길을 돌리려 할 때였다. 갑자기 서쪽에서 한 사람이 대성통곡을 하면서 튀어나오고 있었다. 그는 얼굴을 두 손으로 가리고 금방이라도 쓰러질 듯 비틀거리면서 영정 앞으로 달려왔다. 이어 허물어지듯 무너져 내리더니 땅을 치면서 오열했다.

순간 오사도는 낯익은 얼굴에 크게 놀랐다. 자신도 모르게 그 자리에 붙박히고 말았다. 그 사내는 바로 조금 전까지만 해도 같이 이야기를 나누며 앉아 있었던 이불이었다.

8장

창춘원의 사자후

하인들은 어디서 본 적도 없고, 그렇다고 문상을 오겠다고 통보받은 일도 없는 생면부지의 사내가 갑자기 뛰어들어 울부짖자 크게 당황할 수밖에 없었다. 더구나 한 손에 누런 종이를 들고, 다른 한 손에는 만장挽幛(상가喪家에서 고인에게 애도를 표하는 삼베나 비단 등의 애도 물품)을 받쳐 든 이불의 오열은 제법 그럴 듯하기도 했다. 이불은 주위의 다른 사람들은 보든 말든 신경 쓰지 않는 태도로 마구 슬픔을 토로하기 시작했다.

"아이고, 매청梅淸 형님! 아이고, 이게 웬 마른하늘의 날벼락이오! 친형처럼 믿고 따르던 아우에게 뭐라고 말 좀 해보세요……."

자기 설움에 북받친 듯한 이불의 연기는 그럴싸했다. 아니 점입가경이었다. 그가 다시 입을 열었다.

"올 가을 서산에 가서 단풍을 즐기면서 술잔을 기울이기로 약속까지 해놓고……. 그런데 간다 온다 말도 없이 이렇게 홀로 가버리면 어떡해요. 흑흑흑……, 제발 눈 좀 떠보세요…….”

좌중의 사람들은 그의 통곡에 하나같이 감동을 받았다. 하기야 비가 추적추적 내리는 날씨에 오장육부가 타들어가는 듯한 통곡소리가 비감함과 쓸쓸함을 몇 배나 더해줬으니 그럴 만도 했다.

그러나 오사도는 이불의 교활한 수작을 간파하고 있었다. 자신도 모르게 혀를 내두르면서 그저 놀랄 뿐이었다. 한마디로 벼슬과 금전을 오물 보듯 하면서 철저한 학문지상주의자인 척 행동하던 멋진 선비가 삽시간에 추잡스런 속물로 변하는 순간이라고 할 수 있었다. 그에 대한 오사도의 환상은 그 자리에서 여지없이 깨지고 말았다.

잠시 후 하인들의 움직임이 급해지는 듯했다. 곧 백발이 성성한 웬 노파가 40대는 훨씬 넘었을 것 같아 보이는 중년 남자의 부축을 받으면서 걸어오는 것이 보였다. 40명은 충분히 될 것 같은 비슷한 또래의 할머니 시녀들이 그녀를 몇 겹으로 둘러싸고 있었다.

곧 집사인 사내가 황급히 달려 나가더니 그녀에게 정중하게 인사를 했다.

“마님, 어르신! 소인의 인사를 받으십시오.”

오사도는 사내의 말을 듣고서야 바로 상황을 파악할 수 있었다. 얼굴이 희고 흰 두루마기를 입은 눈앞의 중년 사내가 바로 잘 나가는 영시위내대신領侍衛內大臣 겸 상서방대신上書房大臣, 태자태보太子太保, 내각대학사內閣大學士인 장정옥이라는 사실을.

장정옥이 나타나자 집사가 이불을 힐끗 쳐다보면서 입을 열려고 했다. 장정옥에게 뭔가 할 말이 있는 듯했다.

그러나 장정옥은 그럴 필요 없다는 듯 강하게 손사래를 쳤다. 이어 나이가 들어서 걸음걸이가 시원찮은 어머니를 부축한 채 영정 앞에

숙연한 자세로 멈춰 섰다.

"매청 형님……."

장정옥 일행이 가까이 다가갈 동안 잠시 끊겼던 이불의 연기는 다시 시작됐다. 얼굴이 눈물과 콧물 범벅이 되는 데는 별로 오래 걸리지도 않았다. 이어 그가 크게 흐느끼면서 말했다.

"영령이 멀리 가지 않았다는 것을 이 아우는 잘 알아요. 우리 형님 가시는 길에 심심하지 않게 몇 글자 적어 봤어요. 추우면 술 한 잔으로 몸 녹이시라고 못난 아우가 노자도 좀 챙겨 왔어요……."

이불이 숨이 넘어갈 듯 흐느끼면서 주머니에서 10냥짜리 은전을 꺼냈다. 그리고는 부들부들 떨면서 영전에 내려놓았다. 이어 한 발 뒤로 물러나 허리 굽혀 절하고는 종이를 펴들고 읽기 시작했다.

"강희 40년 6월 8일, 금릉의 선비 이불이 망우亡友 매청 형님의 영전에 호우豪雨같은 눈물을 흩뿌리면서: 매청 형님은 훌륭한 가문의 귀한 아들로 태어나 남부럽지 않은 대단한 부귀를 누려왔습니다. 게다가 박학다식博學多識하고 예지叡智가 번득였습니다. 당대의 보기 드문 인재라고 할 수 있습니다. 그뿐이 아닙니다. 품성은 아지랑이같이 온화했고, 단비같이 정이 많아 삼교구류三教九流(모든 분야를 일컬음)의 벗들도 많았습니다. 형님은 또 풍류를 즐겼으나 속되지 않았습니다. 물 같은 담백함 속에는 오기도 꿈틀댔습니다. 정말 멋진 남성이었습니다. 가진 것 없고 볼품없는 병든 고목 같은 저에게 월색月色의 고요함을 닮고 싶어 하던 매청 형님은 대나무처럼 올곧은 절개와 매화꽃 같은 향기를 간직한 희망이자 동경의 대상이었습니다. 그런 형님을 저는 막수호莫愁湖의 호반에서 우연히 만나 우정을 꽃피웠습니다. 계명사雞鳴寺에서는 운명을 느끼기도 했습니다. 한마디로 우리는 영원한 형제입니다. ……지금 생각하니 처음 만났을 때 저에게 하셨던 말씀이 생생히 기억납니다. '군자의 은혜는 오대五代가 지나면 끊긴다. 운 좋게 요순堯舜이 통치하는 태평성대를 산다고 해도 탄탄한 치세治世의 능력 없이 제민濟民의 의지만으로는 대장부의 꿈을 이룰 수 없다!'라고 하신 말씀이 아직도 메아리가 되어 제 가슴 속에 울려 퍼지고 있습니다……."

이불은 단 한 번의 실수도 하지 않았다. 완전히 감정에 몰입한 모습이었다. 그야말로 전혀 무리 없이 계략을 잘 소화해내고 있는 듯했다.

오사도는 결코 얕볼 수 없는 그의 문장 실력에 우선 놀라움을 금치 못했다. 또 그가 과거시험을 보러 가는 선비가 아니라 연극단의 단원이었다면 더욱 무궁무진한 발전이 있었을 텐데 하는 아쉬움도 느끼지 않을 수 없었다. 바로 그때 신들린 듯한 이불의 연극은 최고조에 달하고 있었다.

"아아, 찢어질 듯한 이내 마음……. 형님 없는 세상 뭘 믿고 어떻게 살라는 말입니까? 오현五弦(거문고 비슷한 고대 악기)은 아직 여기 있는데, 추홍秋鴻(거문고로 연주하는 고대의 음악)은 어디로 갔나? 흰 구름 깊은 곳에 황학黃鶴의 뒷모습이 아련하구나! 하늘이여, 땅이여! 그대들은 왜 이다지도 무심한가……!"

오랜 시간 소리 지르고 악을 쓴 탓에 이불의 목에서는 곧 피를 토할 것 같은 위태로운 소리까지 났다. 그럼에도 그는 앞머리가 터지도록 삼배三拜를 올리는 것까지 잊지 않았다. 오사도는 마치 전쟁터에서 결전에 임하는 장군을 방불케 하는 또 다른 이불을 보는 것 같은 느낌을 받지 않을 수 없었다.

장정옥의 가족들은 하나같이 이불의 문장과 눈물에 완전히 감화됐는지 여기저기에서 훌쩍거렸다. 장정옥도 마찬가지였다. 자식 교육에 융통성 없는 자신을 탓하면서 노모에게 크나큰 불효를 저질렀다는 생각이 드는 듯 눈시울을 붉혔다.

'내리 사랑이라는 말이 있어. 어머니는 더 할 거야! 다 큰 손자 녀석이었으나 시도 때도 없이 엉덩이를 툭툭 치면서 아이처럼 좋아하지 않았던가. 그런 귀염둥이 셋째 손자를 잃은 것은 어머니에게 중년에 아들을 잃고 노년에 마누라를 잃는 것과 같은 아픔일 거야.'

장정옥은 거기에까지 생각이 미치자 비 오듯 흘러내리는 눈물을 주체하지 못했다. 이불이 그런 장정옥의 모습에 은근히 쾌재를 부르면서 뒤로 한 발자국 물러섰다.

"사평이 친구인가 보군? 자네는 모르는가?"

장사평의 할머니가 고개를 돌려 장정옥에게 물었다. 장정옥은 고개를 저었다. 이어 어머니 귓전에 다가가 허리를 굽혀 말했다.

"잘 모릅니다. 부덕한 놈에게 저렇게 훌륭한 벗이 있었다는 것이 믿어지지가 않을 정도입니다."

장정옥의 말이 끝나자마자 그의 어머니가 참았던 눈물을 다시 주름 잡힌 입가로 주르르 흘렸다. 이어 이불이 보란 듯 자리를 뜨려고 하자 다급히 불러 세웠다.

"젊은이, 잠깐만!"

이불이 조심스럽게 다가가 장정옥의 어머니에게 공손히 읍을 올리며 말했다.

"예, 어르신! 저를 부르셨습니까?"

장정옥의 어머니는 눈물이 그렁그렁한 눈을 들어 정신없이 이불을 훑어봤다. 강풍이 불면 서 있는 것도 위태로울 것 같이 비실비실하게 생긴 모습이 죽은 손자와 별반 다를 바가 없었다. 장정옥의 어머니가 애써 마음을 진정시키면서 깊은 한숨을 내쉬며 물었다.

"자네, 사평과는 문우文友 사이였는가?"

"예, 그렇습니다."

이불이 깍듯이 대답하고 난 다음 다시 입가를 비죽거리면서 덧붙였다.

"남경에서 만났습니다."

"사평이 남경에서 두 달이나 있었는가?"

장정옥이 고개를 갸웃거리면서 중얼거렸다. 이어 다시 입을 열었다.

"결코 길지 않은 시간에 타향에서 자네처럼 훌륭한 청년을 벗 삼을 수 있었다니 조금은 위로가 되는구먼."

장정옥은 조정의 고급 두뇌들 속에서 산전수전 다 겪으면서 온갖 풍랑을 견뎌온 사람답게 말은 그럴 듯하게 했다. 그러나 속으로는 고개를 쳐드는 의혹을 떨치지 못했다. 이불이 장정옥의 말에 담담하게 대답했다.

"진정한 벗은 눈빛 하나만으로도 모든 것이 통한다고 생각합니다. 술과 벗은 오래될수록 좋다고 하나 저는 공감할 수 없습니다. 느낌만 통한다면 사귄 시간의 길고 짧음이 무슨 대수이겠습니까?"

장정옥은 이불의 말에 일리가 있다고 생각했다. 잠깐이나마 똑똑한 아들의 '친구'에게 무슨 말을 해야 할지 알 수가 없었다. 그때 이불이 조심스레 물었다.

"그러면 어르신은 매청 형님과 어떤 사이……?"

"나 말이오? 나는 매청의 애비요."

장정옥이 야속하고 비통한 눈빛으로 안타깝다는 듯 관을 바라보면서 대답했다. 그러자 이불이 대뜸 희비가 엇갈리는 표정을 지어보인 채 "세숙世叔!" 하고 불렀다. 그러나 갑자기 감정이 북받쳐 말을 잇지 못하겠다는 듯 두 손으로 얼굴을 가린 채 어깨를 들썩거리기 시작했다.

장정옥은 죽은 아들과의 우정을 생각해 자신을 '삼촌'이라고 불러 주는 젊은 선비의 예의에 정말로 감동을 받은 듯했다. 장정옥의 어머니 역시 크게 다르지 않았다. 이불의 어깨를 다독이면서 울음 섞인 목소리로 말했다.

"정말 착하고 예의바른 아이로군! 그래 북경에는 과거보러 왔는가?"

이불이 흐느끼면서 고개를 끄덕여 보였다. 그러자 노인이 객고를 겪는 손자를 대하듯 가슴 아파하는 기색을 보였다.

"우리 장씨 가문에는 손자가 셋이나 있었지. 그러나 나는 사평이를 제일 예뻐했었어. 그런데 내일 모레면 염라대왕에게 불려갈 할망구가 새파란 손자 녀석을 먼저 보내버렸어! 정옥아, 이 아이가 참으로 효심이 깊고 의리가 있는 것 같구나. 과거시험을 보는 동안 우리 집에서 머물게 하면 안 될까? 글 읽는 것을 지지리도 싫어하는 두 녀석에게도 좋을 듯한데……."

"어머니! 아시다시피 저도 글 읽는 선비를 무척이나 좋아합니다. 하지만 과거 급제하고 크게 될 사람이 저의 집에 있으면 나중에라도 불리한 소문에 시달릴 수 있습니다. 될 성 부른 나무일수록 꼬투리 잡힐 경우를 피해야 합니다. 어머니께서 그런 자비를 베풀고 싶으시다면 가묘家廟에서 공부하도록 하는 것이 어떨까 합니다. 그러면 합격 여부를 떠나 제가 조금 도와주더라도 낭설의 표적이 되지는 않을 게 아닙니까. 조정에서는 이미 안휘성에 나가 있는 넷째와 열셋째 황자마마에게 귀경하라는 지시를 내렸습니다. 올해 추위秋闈는 이 두 황자마마가 감독하는 한 그렇게 쉽지는 않을 것이라는 예상들을 하고 있습니다."

장정옥이 공손하게 대답했다. 장정옥의 어머니는 자리가 자리인지라 사람이 많은 만큼 아들이 한 말을 충분히 이해하고도 남았다. 자신의 주장이 강한 소신파에 인정머리 없기로 소문난 두 황자에게 요직에 있는 아들이 괜히 약점을 잡혀서는 곤란하다는 사실을 잘 이해한 것이다. 더구나 곤욕을 치러서는 더더욱 안 될 일이었다.

장정옥의 어머니는 장정옥의 의견에 그대로 따르기로 했다. 당연히 이불도 동행했다.

오사도는 무거운 발걸음을 옮기면서 후원으로 돌아갔다. 비는 언제 그랬냐는 듯 이미 그쳐 있었다. 성음은 보이지 않았다. 전문경이 책을 껴안고 벽에 기댄 채 잠든 모습만 보였다.

불과 조금 전까지만 해도 오사도는 전문경을 재주 많고 인간성도 좋은 나름 괜찮은 사람이라고 생각했다. 그러나 이불의 행각을 너무나도 똑똑하게 본 후라서 그런지 그런 생각은 어느새 사라져버렸다. 대신 똑같이 추해 보이고 구역질나는 사람이라는 생각만 뇌리를 채우고 있었다.

오사도는 마치 믿었던 사람을 잃었을 때 밀려오는 외로움을 느꼈다. 시간이 갈수록 그 감정은 제어할 길이 없었다. 그의 얼굴은 어느새 돌부처처럼 차가워져 있었다.

한참 후에 오재午齋(사찰에서 먹는 점심)를 알리는 종소리가 울렸다. 바로 그때였다. 밖에서 어지러운 발소리가 들려왔다. 이어 "여기야, 여기! 틀림없어!" 하는 누군가의 고함소리가 울려 퍼졌다.

갑자기 조용한 도량道場이 들썩거릴 정도로 혼란에 휩싸였다. 동시에 열댓 명은 더 될 장정들이 쏜살같이 들이닥쳤다. 전문경이 깜짝 놀라 잠에서 깨는가 싶더니 두 눈을 비비면서 물었다.

"무슨 일이오? 어디 불이라도 났소?"

전문경의 말이 채 끝나기도 전이었다. 오사도는 사람들 속에서 자신을 삼킬 듯 호시탐탐 노려보고 있는 김옥택의 집사인 장귀를 발견했다. 순간 그의 얼굴은 하얗게 질리고 말았다.

"바로 저자야! 마님을 강간해서 대들보에 목매 자살하도록 만들고는 절로 숨어들었어? 아하, 깜찍한 놈! 왜 째려봐? 이 씨를 말려 비틀어야 할 자식아, 여태 세상이 크고도 작다는 것을 몰랐어? 나는 그래도 멀리 도망간 줄 알았지. 이제 보니 우리 마님의 원혼이 네놈을 여기에 붙들어 매놨구나."

장귀가 눈썹을 무섭게 모아 올리면서 손가락으로 오사도를 가리키면서 소리쳤다. 오사도는 장귀의 말에 깜짝 놀랐다. 난초가 죽었다는 말이었기 때문이었다.

그는 지팡이를 내던지고는 그대로 땅바닥에 무너져 내렸다. 그리고는 실성한 사람처럼 중얼거렸다.

"그녀가 죽다니? 왜 죽어? 난초, 그녀가 왜 죽어……?"

오사도의 말이 채 끝나기도 전에 장귀의 명령이 떨어졌다. 이윽고 몇 명의 장정이 굶주린 승냥이처럼 그에게 달려들었다. 이어 손가락 까딱할 힘조차 없는 그를 순식간에 짐짝처럼 꽁꽁 묶었다. 그런 다음 힘껏 등을 떠밀었다.

그때 전문경이 경황없이 현장을 지켜보고 있다가 큰 소리로 고함을 질렀다.

"잠깐만!"

전문경이 다시 장귀에게 다가가서는 날카로운 시선을 번득이면서 따지듯 물었다.

"지금 저 사람이 당신의 마님을 강간했다고 했소. 증인이 있소이까?"

장귀는 꽃무늬가 새겨진 은좌관銀座冠을 쓰고 있는 전문경을 빤히 쳐다봤다. 그리고는 그가 거인이라는 사실을 알아차린 듯했다. 그가 다소 누그러진 태도로 콧방귀를 뀌면서 대꾸했다.

"우리 대인의 마님이 저자가 머물던 방에서 목을 맸습니다. 저자의 전대까지 있는데, 더 이상 무슨 증거가 필요하다는 겁니까?"

"오, 그렇소? 당신 대인의 마님이 오사도 선생이 머물던 방에서 목을 맸다고? 내가 알기로 오사도 선생이 김 아무개 대인의 집에서 머무른 시간은 고작 열두 시간 정도밖에는 되지 않았소. 십 년 만에 만난 사이라 서로 인사치레 어쩌고 하다가 술 한 잔까지 하다 보면 열두 시간 정도는 눈 깜짝할 사이에 흘러가는 것 아니겠소? 그런데 어찌 그대의 마님과 단 둘이서 그 짓을 할 여유가 있었겠소? 상식적으로 생각해보시오. 몸도 성치 않은 사람이 강간을 시도하면 그대 대인의 마님은 얼마든지 반항하고 소리를 질러 구원을 요청했을 수 있었소. 그런데 왜 자살을 했겠소? 그것도 오 선생의 방에서?"

전문경이 고개를 갸웃거리면서 의문을 제기했다. 반박할 틈을 전혀 주지 않는 속사포 같은 말이었다. 장귀는 잠시 할 말을 잃었다. 그러다 결코 논리로는 전문경을 당해낼 수 없다고 생각했는지 막무가내로 오사도를 끌고 나가려고 했다.

바로 그때였다. 죽 한 사발을 들고 오다가 밖에서 엿듣고 있던 성음이 너털웃음을 터트렸다.

"이보시오, 김씨 가문의 집사 양반! 부처님 도량에서 그렇게 억지를 쓰면 안 되지 않겠소? 오 선생이 며칠 동안 앓고 나서 기력이 완전히 회복되지 않았으니 지금 데리고 가봤자 골치만 아플 거요. 자, 자! 중의 체면 좀 봐주라고. 며칠 후에 내가 직접 데리고 김 대인을 찾아뵙겠다고 전해주는 것이 어떻겠소?"

성음이 말을 마치고는 죽을 한 숟가락 듬뿍 떠 오사도의 입에 밀어

넣었다. 이어 다시 농담조의 말을 오사도에게 했다.

"따뜻할 때 어서 드시오. 여기는 뱃속에 거지가 들어찬 중들만 모여 있는지 음식만 보면 불가 제자의 체면이고 뭐고 없다니까! 조금 있으면 더 먹고 싶어도 없으니까 얼른 들고 더 드시오……."

좌중의 사람들은 분위기가 살벌함에도 불구하고 성음의 몸짓과 말투에 재미를 느끼는 것 같았다. 심지어 장귀도 자신이 왜 웃는지 모른 채 입을 벌리고 성음의 말을 귀 기울여 듣고 있었다. 삽시간에 살벌하던 분위기는 어느덧 사라지고 없었다.

성음은 그 기회를 놓치지 않았다. 갑자기 크게 웃으면서 뜨거운 죽사발을 장귀의 얼굴을 겨냥해 냅다 던진 것이다. 죽사발은 정확하게 장귀의 얼굴에 꽂혔다. 난데없이 뜨거운 죽을 뒤집어쓴 그가 아우성을 지르면서 데굴데굴 뒹굴었다.

그 사이 성음은 날렵하게 몸을 날려 장정들을 하나씩 쓰러뜨렸다. 이어 틈을 놓치지 않고 오사도를 잡아끌었다. 밖으로 나오자마자 그가 입을 열었다.

"오 선생, 저기 대기하고 있는 수레 보이시오? 얼른 올라타시오."

성음은 무슨 영문인지 몰라 어리둥절해 하면서 수레에 올라타기를 거부하는 오사도를 억지로 쑤셔 넣듯 태웠다. 그리고는 진지한 눈빛으로 바라보면서 덧붙였다.

"나는 넷째 황자마마 소유 가묘家廟의 주지승이오. 넷째 패륵마마의 지시를 받고 오래 전부터 그대를 따라다니면서 보호했소. 그대의 재주를 높이 산 넷째마마가 아니었더라면 그대는 이미 이 세상에 없었을 거요. 지금 온 천하에 그대를 진정으로 아껴주고 원하는 사람은 넷째마마밖에는 없는 것 같소. 이 정도면 넷째마마의 뜻은 충분히 전달했다고 보오. 앞으로의 선택은 그대의 자유니까 알아서 하시오."

오사도는 성음의 말을 듣자 비로소 자신이 대각사에 올 수 있었던 이유를 비롯하여 그동안의 모든 의혹이 순식간에 풀리는 것 같은 느낌을 받았다. 어느새 마음도 홀가분해졌다.

그는 자신이 며칠 동안 묵었던 대각사 주변을 둘러봤다. 넷째 황자 윤진을 따르겠다는 결심이 더욱 굳어지고 있었다. 곧 그가 단호한 어조로 힘을 주면서 입을 열었다.

"지금 이 시간부터 오사도는 넷째마마의 사람으로 다시 태어났다고 해도 좋습니다……."

"절대 강요해서는 안 된다고 넷째마마께서 편지에서 신신당부하셨소. 앞으로 넷째마마를 따라 잘 해보시오. 아마 스승의 예로 대할 거요."

성음이 만족스런 얼굴을 한 채 말했다.

장정옥은 집으로 돌아오자마자 바로 어머니를 조심스레 부축해 가마에서 내리도록 했다. 그때 문지기가 달려와 아뢰었다.

"대인, 궁에서 일하는 하주아何柱兒 공공公公(태감)이 조금 전에 왔다갔습니다. 태자마마의 말씀을 전했습니다. 속히 궁으로 들어오시랍니다."

장정옥은 태자가 부른다는 문지기의 말에 다소 의외라는 듯한 표정을 한 채 물었다.

"그래 태자마마께서 어디로 오라고 하셨는가? 육경궁毓慶宮인가? 아니면 창춘원暢春園인가?"

"창춘원입니다, 대인. 마제 어른과 동국유 어른도 도착하셨다고 합니다. 그러나 대인과 함께 들어가기 위해 기다리고 있다고 합니다."

문지기가 대답했다. 그러자 장정옥은 어머니와 이불을 돌아보면서 말했다.

"어머니께서는 편히 쉬십시오. 소자는 잠깐 다녀와야겠습니다. 그리고 이 선생은 당분간 가묘에서 지내도록 하게. 과거시험이 끝나면 그때 다시 만나도록 하세."

장정옥은 말이 끝나기 무섭게 황급히 말에 올라탔다. 조복朝服과 조주朝珠, 조관朝冠 등을 미리 챙겨놓고 대기하고 있던 그의 집안의 하인 수십 명 역시 줄을 지은 채 말에 오른 다음 그를 호위했다. 그 모습이 그야말로 장관壯觀이었다. 얼핏 보면 너무 심한 것 아니냐는 말이 나올 만큼 대단했다. 하지만 장정옥 집안의 오랜 관행이었던 탓에 뭐라고 하는 사람은 드물었다.

북경 서쪽 교외의 남해정南海淀에 자리 잡은 창춘원은 한마디로 인간세상의 선경仙境이라고 해도 좋은 곳이었다. 무엇보다 긴 시냇물이 띠처럼 둘러쳐져 있었다. 또 안에는 아름다운 호수들이 점점이 구슬처럼 박혀 있었다. 돌산과 자갈길 역시 유명했다. 우거진 숲속에 널려 있는 그림 같은 정자들은 그야말로 피서避暑에 적격인 곳이라는 사실을 말해주기에 부족함이 없었다.

장정옥은 집안 가솔들을 데리고 기세등등하게 서직문西直門을 나섰다. 이어 청범사淸梵寺를 지나면서부터는 속도를 조금씩 줄이기 시작했다. 저 멀리 울창한 대숲 사이로 창춘원이 모습을 드러냈기 때문이었다.

창춘원 입구에는 좌우 양옆에 채방彩坊(문 모양의 건축물)이 하나씩 세워져 있었다. 또 그 위에는 서로 맞물려 돌아가는 오색찬란한 전설 속의 교룡蛟龍이 그려져 있었다. 그것은 멀리서 보면 '만수무강'萬壽無疆이라는 글씨가 돼 의미를 더해주고 있었다. 채방 주변에는 상춘등常春藤이라는 이름의 푸른 식물이 길게 드리워져 있었다. 또 양 옆에서는 분수가 끊임없이 하얀 물줄기를 뿜어대고 있었다. 대문에 있는 붉은 칠을 한 기둥에는 척 보기에도 명필인 대련對聯의 글귀가 춤추듯 율동하고 있었다.

황제의 병기는 오운五雲에 머무르고,
새가 우니 태평성대를 말하는구나.
황제의 덕은 일곱 성좌에 머무르고,
용의 뿔이 중천中天에 이르는구나.

장정옥은 창춘원이 가까워지자 황급히 말에서 미끄러지듯 내렸다. 이어 재빨리 조복으로 갈아입었다. 그때 청색의 석정자石頂子를 단 모자를 쓰고 쌍안雙眼의 공작화령孔雀花翎을 꽂은 여덟 마리 맹수 무늬 관복 차림을 한 관리 한 명이 대문을 나서는 모습이 보였다. 보복補服(청나라 조정의 관복이자 대례복)을 입지 않은 모습이 아주 특이했다.

장정옥은 그를 보자마자 고개를 갸웃거렸다. 4품의 문관文官이 화령을 꽂고서는 보복도 입지 않은 차림으로 황제를 만나 뵙고 나오고 있는 듯했으니 이상한 것이 당연했다.

그러나 장정옥의 의문은 그 사람이 가까이 다가오면서 곧바로 풀렸다. 바로 북경에 상주하면서 양국의 현안을 원활히 처리하는 역할을 하는 조선朝鮮의 사신使臣인 이중옥李中玉이라는 사람이었던 것이다. 그 공로로 인해 강희 황제로부터 1년 전에 4품 문관의 칭호도 수여받은 인물이기도 했다. 장정옥은 이중옥을 반기면서 웃음 머금은 어조로 물었다.

"이 대인, 폐하를 뵙고 나오는 길이오?"

"예. 오늘 아주 운이 좋은 날인 것 같네요. 제 머리에 올라간 화령이 보이지 않습니까? 오늘 제가 업무 보고를 하기 위해 귀국하게 돼 인사를 올리러 갔었습니다. 그랬더니 여덟째마마께서 황제 폐하께 저를 입이 마르게 칭찬하시는 것이 아니겠습니까. 덕분에 폐하께서 크게 기뻐하시면서 저에게는 너무나도 과분한 선물을 주셨습니다. 그러고 보니 굉장한 실력가이시면서도 아직 화령이 없는 장 어른께는 대단히 죄송하네요!"

이중옥이 웃으면서 말했다. 그의 말에는 대단한 자부심과 여유가 있었다. 북경어도 마치 한족처럼 유창하게 잘 구사하고 있었다. 모르는 사람이 들으면 청나라 사람인 줄 착각할 정도였다.

"아무튼 축하합니다. 그런데 귀국한다고 했습니까?"

장정옥이 되물었다. 그러면서 그는 여덟째 황자가 외국 사절의 비위까지 맞춰가면서 자기 사람 심기에 여념이 없는 것에 대해 생각을 했다.

'과연 여덟째의 무절제한 세력 팽창 의지는 어디까지 가야 끝날 것인가?'

그는 잠깐 그런 생각을 한 다음 빙긋 웃으면서 다시 입을 열었다.

"공교롭게도 나는 요즘 너무 바쁘오. 그래도 시간을 짜내 그대가 귀국하는 날에는 전송을 해줄까 하오. 정말 부득이할 경우에는 사람을 시켜 귀국의 국왕께 선물이라도 챙겨 보낼 테니, 부디 내 마음을 알아줬으면 하오!"

그러자 이중옥이 흐뭇한 미소를 지으면서 감사를 표했다.

"말씀만 들어도 대단히 고맙습니다. 방금 여덟째마마께서 노자나 하라면서 육천 냥을 하사하셨습니다. 그것으로 충분히 선물도 사고 할 수 있습니다. 내년 봄에 돌아와서 어려운 일이 있으면 염치 불구하고 장 대인을 찾아가겠습니다. 마제, 동국유 두 어른이 패문재에서 초조하게 기다리고 계십니다. 어서 가보시지요."

이중옥은 말을 마치고는 바로 자리를 떴다. 장정옥은 부랴부랴 장미와 월계화가 만발한 화원을 거쳐 안으로 들어갔다. 서쪽 공터 쪽에 한 줄에 9개씩 모두 18개의 천막이 마련돼 있었다. 지방에서 업무 보고차 올라온 관리들이 임시로 머무는 곳이었다.

장정옥의 눈에 지세가 구릉처럼 약간 높은 지대에 걸려 있는 '패문재'佩文齋라는 간판이 들어왔다. 얼마 후 그 안에서 키가 큰 관리 한 명이 나오면서 툴툴댔다.

"이제야 오면 어떡합니까? 기다리는 사람 생각도 해줘야죠. 폐하께서 조선의 사신 이중옥을 먼저 부르셨으니 망정이지 그렇지 않았다면 오늘 크게 낭패를 볼 뻔하지 않았습니까!"

장정옥에게 불평을 한 사람은 마제였다.

"마 대인! 어쩌다 조금 늦었기로서니 재상이 체통 없이 이리 뛰고 저리 뛰고 그러면 되겠습니까?"

장정옥이 미소를 지으면서 핀잔을 주었다. 두 사람은 대화를 주거니 받거니 나누면서 안으로 들어갔다. 곧 동국유의 모습이 보였다. 그는 어떤 관리와 얘기를 하다 말고 장정옥을 향해 고개를 까닥해 보이면서 말했다.

"형신衡臣(장정옥의 호), 내가 소개할 사람이 있습니다. 안휘성 포정사布政司로 있는 시세륜이라는 분……."

동국유의 소개를 받은 시세륜이 바로 자리에서 일어났다. 그리고는 먼저 장정옥을 향해 허리를 굽혀 인사를 했다. 또 자리에서 나와 정무에 임하는 관리로서 깍듯이 예의를 갖추었다.

장정옥도 황급히 그를 부축해 일으켜 세우면서 웃음 띤 얼굴로 동국유에게 말했다.

“정해후靖海侯 시랑施琅 대인의 여섯째 도련님인 시세륜을 모르는 사람도 있습니까? 대명은 익히 들어왔어요!”

장정옥의 말에 소탈하게 시세륜이 웃음을 지었다.

“그게 아니라 장 어른은 저의 추한 이름을 익히 들어오셨겠죠. 저는 소문난 ‘십부전’十不全(열 가지 모습이 완전하지 못한 사람)이지 않습니까!”

좌중의 사람들은 시세륜의 말에 웃음을 터트리고 말았다. 이빨을 잘 드러내 놓지 않기로 유명한 동국유 역시 입을 크게 벌리고는 즐겁게 웃었다.

장정옥은 시세륜이 ‘자해’自害를 서슴지 않는 소탈한 모습을 보이자 기분이 나쁘지 않았다. 과거에 전해들은 그의 외모에 대한 말도 떠올라 내친김에 그를 천천히 뜯어보기도 했다.

과연 명불허전이었다. 끝이 쭉 올라간 눈썹과 앙큼하게 생긴 세모눈이 우선 눈에 확 들어왔다. 또 너무 친한 듯 가까이 붙은 입과 코, 조선 여인의 고무신같이 앞이 휜 턱과 갈비뼈가 앙상한 작은 가슴도 그야말로 가관이었다. 게다가 쏙 들어간 자라목과 마구잡이로 번식한 뾰루지와 눈 밑의 눈물점 등은 그야말로 제멋대로 생긴 사람의 전형을 보여주고 있었다. 말이 ‘십부전’이지 두 다리 길이가 다른 것까지 더하면 ‘십이부전’十二不全도 족히 될 듯했다. 조금 심하게 말하면 다분히 고고학적 연구가치가 있는 유물이라고까지 할 수 있었다.

그러나 그렇듯 ‘자해’ 소동을 벌이기는 했으나 시세륜에게도 자신 만만한 구석은 있었다. 그것은 바로 사람을 째려볼 때면 유난히 날카로운 눈빛이었다. 한바탕 악의 없는 농담이 오간 다음 동국유가 천천히 입을 열었다.

“장 대인, 폐하께서 오늘 시 대인과 같이 부르신 것을 보면 십중

팔구는 이치吏治에 대해 물으실 것 같습니다. 미리 준비를 하고 들어가야겠어요. 넷째와 열셋째 마마는 안휘성에 내려가서도 여전한 것 같았소이다. 한꺼번에 서른 명의 관리들을 직무 해제시켰다고 상주를 했던데……. 마침 시 대인이 그쪽에서 왔으니 반드시 그 점을 물으실 거예요."

장정옥은 동국유의 말이 끝나자 바로 윤진이 안휘성에서 올렸다는 상주문 원본에 눈을 돌렸다. 이어 속으로 가만히 생각을 가다듬었다.

'넷째와 열셋째는 국채 환수 운동의 최전방에서 진두지휘를 하면서 무차별로 관리들에게 빚 독촉을 했어. 결국에는 열아홉 명을 죽음으로 몰아넣었지. 그래서 당황한 태자가 비등하는 여론을 잠재우기 위해 둘을 안휘성으로 피신시켰어. 그런데도 성질이 나면 관리들을 베거나 내쫓는 게 여전하니 이걸 도대체 어쩌면 좋다는 말인가. 자기들은 그렇다 쳐도 태자의 입장이 어떠할 것인지 좀 배려해 주는 게 도리 아닌가.'

장정옥이 그런 생각을 하고 있을 때였다. 갑자기 마제가 크게 한숨을 내쉬면서 말했다.

"내가 보기에는 누가 뭐래도 넷째와 열셋째 마마의 치적은 대단한 것 같아요. 진정으로 이 나라와 백성을 위한 일이라면 욕먹고 불이익당하는 것을 두려워하지 않아야 한다고 봅니다. 그 점에서 두 분은 우리 모두의 사표師表라고 생각해요. 지금 한 손은 국고, 또 다른 한 손은 백성들의 주머니에 탐욕의 마수를 뻗치고 있는 좀벌레 같은 자들이 도처에서 꿈틀대고 있어요. 이치가 위험 수위에 이르지 않았다고 누가 감히 단정적으로 말할 수 있겠어요? 이치에 어긋난 짓을 저지르고도 자기 잘못을 뉘우칠 줄 모르는 자들에게는 단호하게 대처해야 해요. 넷째마마와 같은 지도자가 정녕 필요한 시점인 것 같습니다."

"큰 나라를 통치하는 것은 마치 작은 생선을 요리하는 것과 같아요. 살이 부드럽고 연한 작은 물고기를 요리할 때 마구 휘저어버리면 다 흩어지고 먹을 수가 없지 않나요? '정도가 지나침은 미치지 못한 것과 같은 법'過猶不及이오. 그러니 너무 성급하게 서두를 것은 없겠소이다."

동국유가 마제의 말에 공감할 수 없다는 듯 자신감 넘치는 명령조의 어투로 반박했다. 강희 황제의 생모인 동가佟佳씨의 친동생다웠다. 실제로 그는 툭하면 황친이라는 사실을 내세워 억지주장을 펴고는 했다. 또 늘 강압적으로 자신의 주장을 주위 사람들에게 주입시키려고도 했다.

장정옥은 그런 동국유와 마제의 의견이 엇갈리자 장화를 신은 채 가려운 곳을 긁는 격화소양隔靴搔癢식으로 말했다.

"이치吏治가 더 이상 간과할 수 없는 지경에 이른 것은 사실입니다. 하지만 워낙 뿌리 깊은 관행이기 때문에 단칼에 싹을 영구히 잘라버릴 수는 없습니다. 그런 만큼 일시적인 충동은 금물인 것 같네요. 시 대인, 안휘성 현지에서는 이번 사건을 바라보는 시각이 어떤 것 같습니까?"

시세륜이 바로 상체를 숙이면서 대답했다.

"언제나 그렇듯 관리들과 백성들의 주장이 첨예하게 대립되는 양상을 보이고 있습니다. 관리들은 '하늘도 땅도 무서울 것이 없으나 유독 넷째마마가 부를까봐 살이 떨린다'라고 말합니다. 반면 백성들은 '하늘도 땅도 무서울 것이 없으나 넷째마마 없는 세상은 지옥이다'라고 말합니다. 뭐 대충 이렇습니다."

시세륜이 말을 이어나가고 있을 때였다. 장정옥이 밖에 있는 큰 구리 솥 옆에서 뒷짐을 지고 서 있는 강희를 발견했다. 그는 화들짝 놀라면서 주위 사람들에게 주의를 줬다. 그리고는 허겁지겁 달려 나가 무릎을 꿇고 머리를 조아렸다.

"폐하! 언제 오셨사옵니까? 정녕 여기 계신 줄은 몰랐사옵니다!"

시세륜 역시 용수철처럼 튕기듯 달려 나왔다. 이어 경황없이 삼궤구고三跪九叩의 대례를 올렸다. 마제와 동국유 역시 잇따라 나오더니 즉시 길게 엎드려 인사를 올렸다. 그들은 강희가 안으로 들어갈 때까지 그대로 있었다.

9장

국채 환수 작전

강희는 고개를 끄덕이고는 천천히 안으로 들어갔다. 분주하게 왔다 갔다 하던 태감들은 일제히 아무 소리도 내지 않은 채 허리를 굽혔다.

시세륜 역시 잔뜩 긴장하지 않을 수 없었다. 그는 진사 시험에 합격하고 관직을 수여받은 이후 가끔씩 먼발치에서 강희를 잠깐이나마 바라볼 행운을 얻기도 했다. 하지만 워낙 근시가 심해 아직껏 강희의 얼굴이 어떻게 생겼는지도 정확히 모르고 있었다. 얼굴을 맞대듯 가까이 해본 적이 한 번도 없었기 때문이었다. 그는 긴장한 나머지 감히 고개도 들지 못한 채 무릎을 위태롭게 떨고만 있었다.

"자네 얘기가 제일 재미있더군. 그런데 어째 갑자기 벙어리가 됐는가? 짐이 간혹 호랑이처럼 무서울 때가 있기는 해도 자네 같은 '십부전'은 잡아먹지 않는다네. 맛이 별로일 것 같아서. 그러니 고개 좀 들게."

강희가 자리에 앉더니 소탈하게 웃으면서 말했다. 장정옥을 비롯한 마제, 동국유 등은 강희의 농담에 입을 가린 채 웃었다. 물에 담근 솜이불처럼 무겁던 분위기는 한결 가벼워졌다. 그제야 시세륜은 몰래 안도의 숨을 내쉬고는 천천히 고개를 들었다. 그리고는 말 잘 듣는 모범적인 학생처럼 강희의 얼굴을 유심히 뜯어봤다.

강희는 55세의 적지 않은 나이였으나 그에 무관하게 정갈한 조복 차림이 중년의 풍류와 패기를 엿보이게 하고 있었다. 또 이제는 하얗게 변한 턱수염이 올올이 수를 셀 수 있을 만큼 잘 빗겨져 있었다. 입가에는 그에 어울리게 엷은 주름이 자연스럽게 패여 있었다. 더불어 짙은 눈썹 밑의 크지 않는 두 눈에서는 형형한 빛이 유유히 흘러나왔다. 첫눈에 봐도 혈색은 그런대로 좋아보였다.

시세륜은 강희의 일거수일투족을 바라보면서 문득 남색 천 두루마기 차림을 한 채 시골의 서당에서 코흘리개들을 가르치는 자상한 노인을 보는 것 같은 느낌을 받았다. 순간적으로 여러 가지 생각들이 뇌리를 스치고 지나갔다.

'황제께서는 만나자마자 긴장을 풀게 하려고 농담을 서슴지 않는군. 그런데 과연 내 눈앞의 저 노인이 수학에 능통할 뿐 아니라 서화와 천문, 외국어까지 천재적인 능력을 갖춘 강희 황제라는 말인가? 황제 폐하는 여덟 살에 즉위해 열다섯 살 때 극악무도한 간신 오배鰲拜를 제거했어. 열아홉 살 때는 천하를 나누고 있던 삼번三藩을 과감히 폐지하는 결정도 내렸지. 게다가 네 번이나 강남에 대한 순유를 실행하기도 했어. 서역西域으로 직접 출정하여 평정한 것은 더 말할 것도 없지. 도합 세 번이야. 오죽했으면 의지와 용기의 화신으로 불리겠어. 대만臺灣을 정복했고 동북 지역을 평정한 다음에는 밝은 정치를 주창하고 박학홍유과博學鴻儒科를 실시해 인재를 끌어안기 위해 박차를 가하지 않았는가. 오죽했으면 당나라 태조와 송나라 태조를 능가하는 문략文略과 무공武功의 만능 황제로 불렸겠어. 그런데 그런 황제가 저런 자상한 눈매로 나를 내려다보고 있다는 말인가!'

"짐의 사람 보는 안목이 틀림없다는 생각이 다시 한 번 드는군. 여태 자네처럼 짐을 똑바로 쳐다보면서 샅샅이 뜯어본 사람은 한 명도 없었거든!"

강희가 상체를 뒤로 젖히면서 한참 골똘히 생각에 잠긴 시세륜을 쳐다보고는 껄껄 웃었다. 그리고는 책상 위에 놓인 상주문을 가볍게 두드리면서 입을 열었다.

"전에 군대를 이끌고 대만에 출정했다 돌아온 자네 아버지에게 짐이 물은 적이 있었어. '자네 아들들 중에 장래가 촉망되는 아이는 몇 명쯤이나 되는가?'라고 말이야. 그랬더니 시랑은 아무개와 아무개 도합 다섯 명이라고 답했지. 그런데 유독 자네만 빠뜨렸어. 그래서 그 이유가 뭘까 하고 궁금했었어. 나중에 알아보니 자네 아버지 시랑은 잔머리 쓰는 재주도 비상했더군. 사실은 정반대였어. 자네 형제들 중에서 세상 어디에 던져 놓아도 자수성가할 수 있는 사람은 자네뿐이었어. 나머지 다섯 명은 특별히 은음恩蔭을 받지 않는 이상 출세하기가 불가능하겠다고 판단한 시랑이 짐에게 악의 없는 거짓말을 했던 거지. 아들을 알려면 그 아비를 보라고 하는 말이 진짜 틀림없네그려!"

강희가 옛날 일을 꺼내면서 즐겁게 대화를 이끌었다. 시세륜은 그 모습에서 마음이 한결 느긋해지는 것 같았다.

방 안에는 어느덧 화기애애한 분위기가 감돌았다. 그처럼 심적 부담이 조금씩 풀려갈 무렵이었다. 강희가 신이 나서 얘기를 하는 것 같더니 갑자기 정색을 했다.

"어느 정도 입의 근육을 풀었을 테니까 이제부터 일에 대해 얘기를 나누도록 하지. 그만들 일어나 자리하게. 이덕전李德全, 어서 의자를 이리 가까이 옮겨 오게!"

이덕전은 강희가 명령을 내리자 양심전養心殿의 부총관태감으로 잔뼈가 굵은 그답게 바로 행동을 개시했다. 사람들 사이를 날렵하게 이동해가며 의자를 강희가 원하는 곳에 적절하게 갖다 놓았다. 눈을 감고도 어디에 무엇이 있는지 아는 듯했다.

좌중의 사람들이 모두 자리에 앉기를 기다렸다가 강희가 입을 열었다.

"오늘은 상서방의 일꾼들만 부르려고 했어. 그러다 열셋째가 천거한 시세륜 자네도 함께 보자고 했지. 짐이 이렇게 한 것은 언제 어디서나 변함없다는 자네의 줏대와 아집을 짐이 높은 가격에 사고 싶어서야. 호부戶部는 이제 더 이상 방치할 수 없을 정도로 일사천리로 망가지고 있더군. 어리석은 자들을 믿고 자력으로 문제를 해결하도록 맡겼다가는 큰코다치겠어. 짐이 조사해본 바로는 들어온 지 얼마 되지도 않은 올해의 세수稅收 삼천만 냥 중에 벌써 반밖에 남지 않았어. 관리들이 여러 가지 명목으로 빌려간 거지. 더 이상 손을 댔다가는 당사자나 책임자 모두 목이 달아날 줄 알라고 엄포를 놓았으니 망정이지 그렇지 않았다면 지금쯤 다시 이전처럼 국고가 텅텅 비는 어처구니없는 사태가 벌어질 뻔했어. 짐은 주머니 사정이 안 좋은 관리들이 조금씩 빼내가는 줄로만 알았어. 그게 이 정도일 줄이야 상상이나 했겠냐고!"

강희가 시세륜과 세 명의 상서방 대신에게 차례로 눈길을 주면서 말을 이었다. 그리고 이대로는 절대 안 된다는 듯 고개를 무겁게 젓고는 한숨을 내쉬었다.

그러자 마제가 황급히 위로의 말을 건넸다.

"돈은 분명히 없어졌사옵니다. 그러나 돈을 빌려간 사람도 분명히 있으니 그나마 다행이옵니다. 호부의 관리 몇몇은 돈을 가져다 고리대금을 하고 있다는데, 조사해서 일망타진해야 하겠사옵니다. 나간 돈은 서둘러 받아들이고 남아 있는 이천만 냥은 더 이상 새나가지 않도록 해야 할 것이옵니다. 그렇게 된다면 크게 염려하시지 않으셔도 되겠사옵니다."

동국유도 잠자코 있는가 싶더니 심각한 표정을 한 채 입을 열었다.

"폐하께서 호부에 대해 말씀하셨으나 형부刑部의 사정은 더욱 심각하옵니다. 엄정하고 공평한 수사라는 것은 찾아보기도 힘드옵니다. 그보다는 백성들이 사건 의뢰를 해오면 온갖 수법으로 공갈 협박하고 사기를 치는 것이 일상이옵니다. 그래서 백성들 사이에서는 웬만한 일은 억울해도 참고 사는 것이 낫다는 말까지 나오는 줄로 알고 있사옵니다. 심지어 인명사고가 나도 당사자끼리 일정한 선에서 합의를 보면 봤지 형부를 찾을 생각은 애초부터 하지 않는다고도 하옵니다. 이처럼 스스로 자기 눈을 찌르는 형국을 만들어놓고도 형부에서는 별로 할 일이 없다고 아우성을 치고 있사옵니다."

동국유는 거들먹거리기는 해도 평소에 지극히 말을 아끼는 편이었다. 하지만 오늘 강희 앞에서는 웬일인지 수다쟁이처럼 갑자기 많은 말을 했다. 강희는 동국유의 다소 충격적인 발언에 말없이 귀를 기울이며 궁전 입구에 시선을 고정시킨 채 움직일 줄을 몰랐다.

장정옥은 20대 초반부터 상서방에 들어온 노련한 인물이었다. 나이에 비해 일처리가 침착했을 뿐 아니라 사물을 바라보는 시각에는 깊이가 돋보였다. 때문에 혈기왕성한 젊은 나이에 아차하면 손 데이기 쉬운 지근거리에서 황제를 시중들면서도 측근의 역할을 무리 없이 소화해낸 바 있었다. 그 스스로도 일찌감치 "옳은 말 만 마디보다는 한 번의 침묵이 중요하다"라는 사실을 터득하기도 했다. 하지만 그는 동국유의 말에는 전적으로 공감하고 있었다. 솔직히 말해 육부六部의 사정이 동국유가 말한 것보다 훨씬 심각하다는 사실을 조사 결과 모르지 않았던 것이다.

그러나 그는 동국유가 갑작스럽게 그런 말을 하는 저의가 궁금했다. 그의 머리가 바쁘게 돌아갔다.

'저 사람이 '팔황자당'의 중견이라는 사실은 공공연한 비밀이야. 육부가 어지럽게 돌아간다는 사실을 시인하는 것은 그에 맞서 단호하게 대처해 나가는 넷째와 열셋째에게 힘을 실어주는 것과 다를 바 없어. 저 사람은 왜 돌을 들어 제 발등을 찧는 멍청한 짓을 하는 것인가?'

장정옥은 잠시 머리가 혼란스러웠다. 그러나 곧 무릎을 쳤다. 짚이는 것이 없지 않았던 것이다.

'그래, 맞아! 저 사람은 용의 머리를 겨냥한 독화살을 날리려고 하고 있어. 육부의 정무는 태자 윤잉이 총괄해 보고 있지. 집안 살림을 제대로 못해 때 아닌 쌀 동냥을 다니는 며느리에게 시어머니가 실력 행사를 해야 한다는 식으로 황제를 부추기려는 것이 아닐까?'

장정옥의 판단은 틀렸다고 할 수 없었다. 육부가 엉망으로 돌아간다는 것은 바로 태자 윤잉의 치적이 하나도 없다는 말과 통했다. 한마디로 동국유는 그렇지 않아도 태자의 무능과 나약함에 화가 나 있는 강희 앞에서 활활 붙는 불에 기름을 끼얹는 중이었다.

장정옥으로서는 그래도 태자를 위해 뭔가 궁색한 지원의 말이라도 해야 할 순간이었다. 그 생각에 그가 목청을 가다듬으면서 뭐라고 말하려던 순간이었다. 마제가 먼저 입을 열었다.

"동 대인, 구구절절 옳은 말씀입니다. 그러니까 폐하께서 뿌리 깊게 만연돼 있는 부정부패와의 전쟁을 단호하게 선포하고 나서신 것 아닙니까?"

장정옥은 마제의 말을 듣고는 상황이 아주 묘하게 돌아간다고 생각했다. 동시에 두루뭉술하게 발뺌을 하든지 자기 목소리를 내든지 두 가지 중 하나의 선택을 하지 않으면 안 된다는 생각도 들었다. 그가 그 기로에서 잠깐 망설이는가 싶더니 드디어 긴 한숨과 함께 입을 열었다.

"어찌됐든 간에 그렇게 된 것은 명색이 상서방 대신이라는 우리 셋이 제 역할을 충실히 수행하지 못했기 때문이라고 생각합니다. '군주의 근심은 신하의 수치, 군주의 치욕은 곧 신하의 죽음'主憂臣辱 主辱臣死이라는 말을 생각하면 정말 쥐구멍에라도 들어가고 싶은 심정입니다. 그래서 요즘은 통 잠이 오지 않을 정도예요."

강희가 장정옥 등의 말을 잠자코 듣고 있는 듯하더니 무표정한 얼굴로 차갑게 말했다.

"누가 누구를 비호하거나 헐뜯을 것도 없어. 그저 각자 자신의 위치에서 최선을 다하고 결과에 책임을 지는 자세가 필요하네. 그러나 신하로서 어느 정도 양심의 가책을 느끼는 것은 듣기에도 거북하지 않고 좋아 보이는군."

강희는 말을 마치고는 마른기침을 하면서 좌중을 둘러봤다. 얼굴에는 어느새 처음의 온유한 표정이 되살아나고 있었다. 곧이어 미소 띤 얼굴을 한 채 시세륜을 향해 말했다.

"넷째 황자가 동성에서 염상鹽商들을 불러 모았다고 하지. 황하와 운하의 물길 복구 명목으로 일정한 액수의 기부금을 요구하고 있는 모양이야. 자네는 그에 대해 알고 있나?"

시세륜이 황급히 대답했다.

"신이 안휘성을 떠날 때는 오월 열아흐레였사옵니다. 그 이후 북경에 와서 들은 소문에 의하면 넷째와 열셋째 마마께서는 염상들에게 압력을 행사해 돈을 빼앗다시피 한다고 했사옵니다. 그러나 사실은……."

강희가 갑자기 시세륜의 말허리를 자르고 나섰다.

"알겠네. 짐은 시월에 사냥도 하고 몽고의 왕공들도 만나보기 위해 열하로 떠나기로 했어. 겸사겸사 일을 보기로 했다고. 이미 넷째와 열셋째도 북경으로 불렀네. 황자들을 모두 데리고 가야 하니까. 그래서 말인데 짐이 북경을 떠나기 전에 나랏돈을 빌려간 관리들의 빚을 전부 환수했으면 하네. 이제 자네의 진가를 발휘할 때가 온 것 같아. 호부의 시랑侍郎(차관급) 자리를 줄 테니 먼저 그곳 업무를 익혀 두게. 넷째도 금명간 도착할 거야."

"폐하! 폐하께서 자리를 비우시는 동안 태자마마께서는 북경에 남아 계시는 것이옵니까?"

장정옥이 강희의 말이 끝나기를 기다렸다 조용히 여쭈었다. 그러나 강희는 그의 말에 대답할 생각조차 하지 않은 채 철저히 외면했다. 장정옥은 얼굴을 붉히면서 어쩔 줄 몰라 했다. 그럼에도 강희는 난처해하는 그를 계속 외면한 채 시세륜에게 눈길을 주었다.

"짐이 왜 자네를 고집하는 줄 알겠나? 짐의 환상인지는 모르겠으나 자네라면 털어서 먼지가 안 날 것 같아서야. 물론 죽은 우성룡于成龍처럼 강직하다 못해 쉽게 부러지는 약점은 있지. 또 불문곡직하고 무조건 약자의 손을 들어주는 공정성과 형평성에 어긋나는 약점도 없지는 않아. 그러나 짐은 그런 약점까지도 소중하게 여기고 높이 사는 바이네. 어쩐지 자네에게 살림살이를 맡기면 바가지로 쌀독 긁는 소리는 듣지 않을 수 있을 것 같아. 일손이 부족하면 올해 새로 선발된 진사들 중에서 필요한 만큼 마음대로 뽑아 써도 돼. 그 문제에 대해서는 넷째, 열셋째와 함께 상의해 결정하도록 하게."

시세륜은 강희의 진심 어린 말에 몸 둘 바를 모르는 듯했다. 그러나 곧 정신을 차리고는 황급히 자리에서 일어나 무릎을 꿇고 머리를 조아렸다.

"신의 부족함은 폐하께서 말씀하신 대로이옵니다. 고쳐보도록 노력을 기울이겠사옵니다. 그러나 저는 추진력이 부족해 때로는 견주고 견주다 일을 그르치는 경우가 적지 않사옵니다. 경관京官으로서는 자격이 많이 부족하다고 생각하옵니다. 하지만 폐하께서 저를 너그럽게 봐주시어 지방의 안찰사按察使나 도부道府(일급 지방 정부의 행정장관) 같은 직책을 맡겨주신다면 삼 년 내에 그곳의 획기적인 발전을 도모할 자신은 있사옵니다. 호부의 일은 업무가 워낙 막중하고 여러모로 뛰어난 인재를 필요로 하는 곳이옵니다. 신의 짧은 재주로는 무리가 따를 것 같사옵니다. 사람 보는 눈이 뛰어난 폐하께 누를 끼칠까 심히 우려스럽사옵니다."

시세륜의 은근한 겸양에 강희가 도발적으로 눈을 치켜 뜬 채 따지듯 물었다.

"그것이 전부는 아닌 것 같은데? 이 일은 잘하면 당연하고, 잘못하면 매장될 수도 있어. 워낙 무서운 임무라고 할 수 있지. 한마디로 여러 사람에게 미운 털이 박히지 않을까 두려운 것이겠지! 걱정하지 말게. 자네는 주군에게 충성하면 임무를 다하는 거야. 짐이 자네의 든든한 보루가 돼 뒷감당을 해줄 거야. 아직은 자네가 짐을 잘 모르겠지만 짐은 짐에 대해 잘 알지. 착실한 신하들에 대해서 짐은 많이 포용하는 편이라고."

시세륜이 목이 타 들어가는 듯 연신 마른 침을 삼켰다. 사실 그가 두려운 것은 강희가 직접 언급한 바로 '포용'包容이라는 단어였다. 주군의 너그러움과 대쪽 같은 성향은 신하로서는 기본적으로 지극히 다행스러운 것이라고 해야 한다. 그러나 지나친 '포용'은 다르다. 곧바로 '방종'放縱으로 이어진다. 때문에 엄격함보다 훨씬 무서운 것이라고 할 수밖에 없다.

실제 사례도 있었다. 강희가 자신의 재위 42년에 색액도의 음모를 초보적인 상태에서 좌절시킨 이후 세상은 한동안 무사하게 돌아갔다. 그럼에도 강희는 역사에 길이 남을 완벽한 천자가 되고 싶은 야심을 버리지 못했다. 지나친 포용과 방종이 뒤섞인 것은 이 때문이라고 할 수 있었다. 결과적으로 나라의 운명 따위는 뒷전이고 놀고 먹기를 좋아하는 일단의 무능한 관리들을 키우는 것에만 일조를 했을 뿐이었다. 불행히도 죽기를 각오한 충신의 간언諫言은 없었다. 한마디로 강희는 지나친 '포용'이 불러온 '방종'을 자신의 '성덕'盛德이라고 착각하고 있었다.

시세륜은 어쩌면 종이 한 장 차이일 것 같은 '포용'과 '방종'의 논리를 입가에 맴도는 침과 함께 도로 꿀꺽 삼켜버렸다. 그러다 한참 후에야 용기를 내어 강희의 말에 답했다.

"신은…… 많은 이들에게 미운 털이 박히지 않을까 두려운 것이 절대 아니옵니다. 솔직히 말하면…… 싸워야 할 상대가 너무 크다고 생각하기 때문이옵니다!"

좌중의 대신들은 시세륜의 말에 본능적으로 저마다 얼굴을 번갈아 쳐다봤다. 그들의 얼굴에는 긴장하는 기색이 역력했다.

"상대가 너무 크다……."

강희가 시세륜의 말을 되뇌었다. 그리고는 조금 놀라는 기색을 보였다. 이어 다시 웃음 띤 얼굴로 덧붙였다.

"세 명의 보정대신輔政大臣, 당신들 중 누가 뇌물을 받거나 국고에 손댄 사람이 있는가? 뒤가 지저분한 사람이 있는지 내가 지금 묻고 있는 거라고!"

강희의 말에 바로 아래 자리에 앉은 동국유가 그럴 리가 있느냐는 듯 서둘러 웃어 보이면서 대답했다.

"소인은 농장만 해도 열 몇 개를 소유하고 있사옵니다. 또 녹봉 외에도 폐하께서 수시로 상을 내려주시는 덕분에 돈이 궁한 줄 모르고 살아왔사옵니다. 그런데 군주를 기만하는 그런 배은망덕한 짓을 하겠사옵니까? 소인뿐만이 아닙니다. 장, 마 두 대인도 절대 그럴 리가 없사옵니다."

강희가 그 말을 받았다.

"짐은 행궁行宮(황궁 외의 외부 궁전)을 지어도 철저한 내부 규정에 의해 지출했어. 아무리 황제라도 국고를 마음대로 퍼내 쓰지는 않았다는 말이야. 우리 넷이 이러할진대 그 '너무 큰' 상대는 도대체 누구를 이르는 말인가?"

시세륜이 강희의 득달같은 호통에 고개를 숙인 채 오래도록 생각을 했다. 이어 작심한 듯 대답했다.

"신은 북경에 온 지 며칠 되지 않았습니다. 그러나 호부에 친구들이 더러 있어 오가는 얘기를 들어봤습니다. 결론부터 말하면 실로 가슴이 답답했사옵니다. 지금 일각에서는 '국고의 혜택을 못 받는 사람은 똑똑한 사람이 아니다'라는 말이 공공연히 나돌고 있다고 하옵니다. 이 사실을 폐하께서는 알고 계셨사옵니까? 여기 계시는 상서방 대신들도 이전에 다들 한 번씩은 국고의 돈을 빌렸다고 하옵니다. 그러나 넷째마마와 열셋째마마의 성화에 못 이겨 갚았던 것이옵니다. 여러 황자마마들께서도……."

시세륜이 열심히 얘기를 하다 말고 갑자기 말문을 뚝 닫아버렸다. 갈수록 무섭게 굳어지는 강희의 얼굴을 보고 겁에 질린 것이었다.

"태자도 예외는 아니다 이건가? 그렇군. 그러니 그대들이 겁낼 것은 없겠네. 더 큰 사람도 있으니까 말일세."

강희가 손을 내밀어 먼지도 없는 조복을 탁탁 털면서 말했다. 시세륜이 말한 '너무 큰' 상대가 누구인지 어렴풋이 짐작한 눈치였다.

강희의 말이 끝나기가 무섭게 장정옥과 마제, 동국유 세 사람이 일제히 자리에서 일어섰다. 시세륜이 작정하고 모든 것을 까발려 버린 탓에 다들 얼굴이 시뻘겋게 달아올라 있었다. 얼마 후 동국유가 기어 들어가는 목소리로 말했다.

"죽을죄를 지었사옵니다. 군주를 기만한 죄를 물어 주시옵소서."

"그만들 앉게. 돈이 없으면 빌릴 수도 있는 거지, 그런 것을 가지고 기만이라는 말까지 들먹일 필요는 없지 않겠는가? 그래도 백성들에게 흡혈귀처럼 들러붙은 자들보다는 낫지! 그런데 짐이 궁금한 것이 있어. 자네들조차 사는 것이 그렇게 쪼들린다는 말인가?"

강희가 갑자기 빙긋 웃으면서 말했다. 정곡을 찌르는 일갈이었다. 그러자 강희의 말에 완전히 심리적으로 무너진 동국유가 연신 머리를 조아리면서 변명을 했다.

"폐하……, 실은 소인들도 부득이한 경우인 탓에 어쩔 수가 없었사옵니다. 그 옛날 환공桓公(춘추시대 제齊나라의 군주)도 정무에 권태를 느낀 적이 있었사옵니다. 그러자 관중管仲이 그를 위해 호화로운 저택을 지었사옵니다. 그리고는 기생들도 열심히 주위에 끌어들였사옵니다. 남몰래 속을 썩였던 것이죠……."

"입 닥치지 못해! 환공은 바로 그 점 때문에 점차 쇠락의 길을 걸었어. 나중에는 망국을 초래한 군주가 되지 않았는가! 붓을 쥔 사람은 간언諫言의 글 때문에 죽어야 해. 또 창과 칼을 든 장군은 싸움터에서 죽는 것이 신하된 도리야. 태자가 잘못을 저지르면 바로 간언을 해야지. 좋은 약은 입에 쓰나 병에는 이로워. 마찬가지로 충언은 귀에 거슬리나 행하는 데는 이롭다고 하지 않았는가."

강희가 마침내 버럭 화를 내고야 말았다. 그렇지 않아도 애써 화를 억누르고 있었는데 결국 폭발한 것이다.

그러자 세 명의 대신과 시세륜은 추상같은 강희의 호령에 일제히 무릎을 꿇었다. 머리를 조아리면서 용서를 빌었다. 시중을 들던 태감과 궁녀들 역시 저마다 사색이 돼 사시나무 떨 듯 떨었다. 패문재에는 삽시간에 황폐한 묘지를 방불케 하는 정적이 감돌았다.

좌중의 사람들이 입에 올린 태자 윤잉은 강희의 둘째 아들이었다. 효성인황후孝誠仁皇后 혁사리赫舍里씨의 외동아들이기도 했다. 당연히 어릴 때부터 강희의 각별한 총애를 받았다. 하지만 그를 등에 업은 색액도가 꾀한 궁중 반란의 음모가 발각되면서 상황은 완전히 반전되고 말았다. 색액도가 실각과 동시에 처형된 이후부터 강희의 본격적인 냉대를 받기 시작한 것이다.

때문에 상서방 대신들이 아직 감정의 앙금이 완전히 가시지 않은 황제와 태자가 화해가 아닌 반목을 거듭하는 현실을 걱정하며 둘 사이에서 눈치를 보는 것은 크게 이상하다고 할 수 없었다. 한마디로 현재와 미래를 생각해볼 때 결코 어느 쪽도 소홀히 할 수 없었던 것이다. 두 실세 사이에 끼인 채 어느 장단에 맞춰 춤을 춰야 할지 몰라 고민하는 것은 정말 괴로운 일일 수밖에 없었다. 이번에도 강희가 공공연히 태자를 비난의 표적으로 삼자 그들은 두려운 나머지 어찌

할 바를 몰라 했다.

장정옥은 그 와중에도 주판알을 튕기는 것을 잊지 않았다.

'따지고 보면 지금 이 상황은 동국유 저자가 불을 붙였어. 그러나 저자는 엄연한 황친이야. 또 여덟째 황자라는 강력한 배경도 있지. 그런 저자를 한낱 외로운 한족 출신의 신하에 불과한 내가 무모하게 건드릴 필요는 없지.'

그러나 마제는 달랐다. 장정옥과 자신을 자기 마음대로 한데 뭉뚱그려 교묘하게 한 줄에 꿰어 버리려는 동국유에게 반감을 느낀 듯 전혀 거리낌 없이 변명을 했다.

"소인이 돈을 빌린 것은 다른 이유가 있었기 때문이옵니다. 솔직히 요즘 육부구경六部九卿(육부의 상서尚書와 도찰원 도어사都察院都御史, 통정사사通政司使, 대리시경大理寺卿 등 총 아홉 명의 대신)들 치고 나라에 빚이 없는 사람이 없사옵니다. 사실 녹봉이라고 하는 것은 보잘 것이 없사옵니다. 하지만 샘솟는 성은聖恩에 힘입어 먹고 사는 데는 전혀 지장이 없사옵니다. 제 명의의 농장도 갖고 있을 뿐만 아니라 외관들의 지원도 적당히 받고 있습니다. 그럼에도 너도나도 국고에 손을 내미는 판국에 혼자서 독야청청할 수는 없사옵니다. 만약 그렇게 한다면 저자는 도대체 검은 돈을 얼마나 많이 챙겼기에 따로 노느냐면서 곧바로 탐관오리라는 오명을 덮어씌울 것입니다. 저는 실로 그것이 두려웠사옵니다."

"흥! 진짜 방귀 뀐 놈이 화를 낸다는 격이로군! 돈을 빌리지 않는 사람이 홀대받는 세상이란 뜻이 아닌가. 그게 어디 가당키나 한 말이야?"

강희가 거친 숨을 몰아쉬면서 화를 삭였다. 그리고는 당장 큰일이라도 낼 듯 뚜벅뚜벅 이리저리 거닐었다. 그러다 서쪽 벽에 '인내'忍

耐라고 쓴 자신의 친필에 시선을 고정시켰다. 순간적으로 화가 누그러지는 듯했다.

곧이어 그가 갑자기 고개를 돌리더니 의혹에 가득 찬 얼굴을 하고 있는 시세륜을 불렀다.

"시세륜!"

"예, 폐하……."

"사태의 심각성은 짐의 상상을 초월하는 것 같네. 준갈이準噶爾 부족의 책망 아랍포탄策妄阿拉布坦이라는 새우새끼가 또 까불어대고 있어. 지금으로서는 짐이 네 번째 친정親征을 할 가능성이 크네. 돈이 없으면 싸우지도 못하니까 국고를 하루 빨리 채워 넣어야겠어. 주저하지 말고 곧바로 추진하게."

강희가 다시 실내를 거닐면서 천천히 한 글자씩 힘주어 말했다.

"예, 폐하……!"

"호부상서 양청표梁清標가 훼방을 놓을 수도 있을 거야. 그러나 걱정하지 마. 짐이 오늘 지의旨意를 내려 무기한 휴식에 들어가도록 조치할 거니까."

강희가 말을 마친 다음 바로 형형한 눈빛으로 장정옥을 바라보면서 지시했다.

"방금 짐이 했던 말을 골자로 즉시 조서를 작성하게."

강희가 변발을 어깨 뒤로 넘기고는 다시 눈길을 시세륜에게 돌리면서 말을 이었다.

"독자적으로 판단하고 처리할 수 있는 결정권을 황마괘黃馬褂(노란 마고자), 왕명기패王命旗牌와 더불어 자네에게 하사하겠네. 태자와 넷째, 열셋째가 뒤에서 힘껏 밀어줄 것이니 열심히 해보게. 짐을 필두로 해서 태자와 군신群臣에 이르기까지 똑같은 잣대로 재단하라고. 빚이 있으면 뭘 내다파는 한이 있더라도 갚으라고 하게. 갚다가 남은 것도 하루빨리 독촉해서 환수하도록 하게!"

시세륜이 사실 처음 호부에 입성하는 것을 주저했던 것은 다른 특별한 이유가 있어서가 아니었다. 바로 강희의 마음이 중도에 흔들릴 수도 있다고 우려했기 때문이었다. 그러나 그가 볼 때 강희의 의지는 무척이나 강경했다. 굳건하게 결심을 한 것처럼 보였다.

그는 그 모습에 감화되지 않을 수 없었다. 마침내 상체를 깊숙이 숙인 채 단호한 목소리로 대답했다.

"폐하께서 이토록 커다란 믿음을 주시고 계시온데 신이 어찌 제 역할을 다하지 않겠사옵니까."

"짐이 듣고 싶었던 말이 바로 그거야. 짐은 방금 태자에게 따끔한 일침을 놓기는 했어. 그러나 그 아이가 그렇게 구제불능인 정도는 아니라는 사실은 무엇보다 짐이 잘 아네. 충성과 정직함으로 무장된 신하들이 열성을 다하여 보좌해 준다면 가능성은 충분히 있다고 보네. 짐과 태자를 두고 어쩌고저쩌고 하는 소문이 밖에 난무하고 있는 것은 짐도 알고 있어. 그러나 그것은 어디까지나 나쁜 소문에 불과할 뿐이야. 알겠는가?"

강희가 감격에 젖은 채 말했다. 네 사람은 멍하니 듣고만 있다가 그제야 황급히 머리를 조아리면서 알겠노라고 대답했다.

곧 강희의 말이 다시 이어졌다.

"짐이 끝으로 그대들에게 해두고 싶은 말이 있어. 천하의 대권은 짐 한 사람만이 움켜쥘 것이야. 이 나라는 짐이 이끌어갈 것이라는 말이지. 따라서 다른 누군가가 짐을 대체한다는 것은 짐이 살아 있는 한 절대 불가능할 거야. 그러니 신하들은 괜히 참새가 방앗간 지나가듯 하는 일이 없도록 소신을 가지고 처신을 올바로 해야겠어. 사사로운 이익을 위해 붕당을 만들거나 패싸움에 연루됐다가는 세상 그 누구도 자네들을 구해줄 수 없을 것이야. 반면 나라와 백성을 위한 일에 발 벗고 뛰는 사람에게는 짐의 은혜가 한낮의 햇살처럼 쏟아질 거라고!"

강희는 충분히 알아듣기 쉽게 풀어서 친정에 대한 자신의 의지를 피력했다. 네 사람은 강희의 훈시에 일제히 머리를 조아린 채 열심히 따르겠노라고 맹세를 했다.

"그만들 가보게. 짐도 좀 쉬어야겠네. 시세륜, 자네는 태자를 찾아가 보게. 또 자네 셋은 나갔다가 오후에 다시 들어오도록 하게. 올 때 아까 작성하라던 조서 초안을 가져오는 것을 잊지 말고."

강희가 음울한 눈빛으로 네 사람을 바라보면서 손을 내저었다.

10장

깐깐하기만 한 두 황자

강희는 나라의 창고가 텅텅 빌 지경이 되었다는 것을 알고 충격을 받았다. 결국 시세륜을 불러올려 호부를 맡기고 국채를 모두 환수하기로 결정할 정도로 국가의 재정 상황은 심각했다. 앞서 강희가 시세륜에게 넷째 황자가 동성에서 염상들을 압박하여 기부금을 거둔 일에 대해 물은 것도 그와 관련이 있기 때문이었다. 윤진은 호부의 일을 맡아보면서 재정 상태를 누구보다도 잘 알고 있었기에 황하의 치수를 위하여 필요한 자금을 마련하려면 염상들을 쥐어짜는 수밖에 없다고 생각했던 것이다.

넷째 황자 윤진과 열셋째 황자 윤상은 사흘 전 동성에서 북경으로 돌아오라는 명령을 육경궁 태자의 정기조서廷寄詔書 형식으로 받았다. 그러자 안휘성의 관가에는 졸지에 잔치 분위기가 넘쳐흘렀다. 순무에서부터 현령에 이르기까지 너 나 할 것 없이 완전히 희희낙락이었다. 조롱에서 풀려난 새의 환호작약이 따로 없다고 해도 과언이 아니었다. 하기야 사사건건 간섭하면서 꼬투리를 잡는 두 황자가 곧 떠날 것이라는 생각을 했을 터이니 그럴 만도 했다. 물론 감히 대놓고 그 기쁨을 토로하는 수준 낮은 사람은 없었다.

그러나 순무와 안찰사, 포정사들은 심심하면 돌부리라도 두어 번 걷어차야 직성이 풀리는 깐깐한 두 황자가 떠날 날짜가 임박해오자 저마다 경쟁적으로 생색내기에 바빴다. 언제 눈엣가시처럼 생각했는지 모를 정도였다.

때문에 넷째와 열셋째에게는 성도省都인 안경安慶에서 술 한잔 시원하게 사고 싶다는 서찰이 하루에도 수십 통이나 날아들었다. 둘은 당연히 그들의 속셈을 모르지 않았다.

윤진은 호부에서 보내온 국채 환수와 관련한 서류를 읽어보고 있었다. 그 옆에서는 연갱요年羹堯가 윤진이 건네주는 서류에 그의 인감을 찍고 있었다.

때는 더위가 한창 기승을 부리는 6월이었다. 웃통을 훌러덩 벗고 있어도 땀이 비 오듯 할 수밖에 없는 시기였다. 그럼에도 윤진은 한 치의 흐트러짐도 없이 정갈하게 옷을 차려 입고 있었다. 덕분에 연갱요 역시 푹푹 찌는 날씨에 두피에도 땀띠가 날 정도로 관모를 꾹 눌러 쓰고 있지 않으면 안 됐다. 당연히 방 구석구석마다 가져다놓은 얼음 대야도 소용이 없었다. 더위는 정말 참기 어려웠다.

그 와중에도 윤상은 언제나 그렇듯 자유분방한 그다운 차림을 하고 있었다. 변발을 높이 틀어 올리고는 두 팔이 훤히 드러나 보이는 모시적삼도 입고 있었다. 연갱요는 그런 윤상이 부럽기 짝이 없었다. 힐끔힐끔 부러운 시선을 가끔씩 보냈으나 감히 뭐라고 말은 하지 못했다.

윤진이 호부에서 보내온 서류를 거의 다 읽어봤을 무렵 윤상이 입을 열었다.

"다들 우리를 한시라도 빨리 쫓아내지 못해 안달인 것 같네요. 그게 어디 그리 쉬운 일인가요? 방금 고복이 그러는데 봉양鳳陽에서 염상들과 결탁해 염세鹽稅를 횡령하고 그들의 편의를 봐준 현령이 잡혔대요. 그만큼 염상 그자들은 배에 기름이 잔뜩 끼어 있다니까요. 그러나 오늘 우리의 송별 잔치는 간단치 않을 겁니다. 안휘성 경내에서 내로라하는 염상들을 다 불렀으니 그자들이 아까운 돈을 좀 써야 할걸요? 제가 무슨 수를 써서라도 먹은 것 중에서 일부라도 반드시 토해내도록 할 거예요. 가만히 보니까 그자들은 우리가 떠나면 그만인 줄 아는 것 같아요. 그러니 성질 건드리면 언제든지 다시 돌아와 목을 졸라 토해내도록 만들 거라는 겁을 좀 주고 가야죠!"

윤상이 말을 마치더니 웃으면서 바로 찻잔을 입가에 가져갔다. 이어 손에 들고 있던 서류 하나를 흔들면서 덧붙였다.

"연갱요, 염정鹽政을 정돈하는 것에 대한 책론策論을 하나 쓰라고 했더니 너무 형식적이야. 어제 북경에서 오사도라는 사람이 자신이 작성한 것을 보내왔는데, 그렇게 잘 썼다며?"

연갱요는 윤상의 말에 바로 얼굴이 빨개졌다. 문무를 겸비했노라고 자부하고 있던 차였으니 그럴 수 있었다. 그가 그래도 가만히 있어서는 안 된다는 생각이 들었던지 황급히 허리를 굽히더니 변명조의 말을 입에 올렸다.

"오사도 선생이라면 그 옛날 강남에서 제일가는 석학이었습니다. 그분의 뛰어난 문장 실력은 저로서도 경배해마지 않습니다!"

"그럼 이 오사도라는 사람이 전에 넷째 형님이 말씀하던 그 오사도 선생인가? 드디어 넷째 형님 문하에 들어간 모양이지?"

윤상이 난감해 하는 연갱요를 바라보면서 물었다. 그러자 윤진이 못내 흐뭇한 미소를 지은 채 안채를 향해 큰 소리로 지시했다.

"대탁, 뭐 하는가? 오 선생이 작성해 보냈다는 책론을 열셋째마마에게 읽어드리지 않고."

대탁이 윤진의 부름을 받자 바로 황급히 달려왔다. 그리고는 목청을 가다듬고 오사도의 글을 읽어 내려가기 시작했다.

> 신 윤진 근주臣胤禛謹奏: 자고로 소금은 나라의 조세수입에서 효자 노릇을 하는 중요한 재원입니다. 그런데 요즘 들어 소금 판로를 둘러싸고 조정과 지방관 그리고 상인들 사이에 쫓고 쫓기는 추격전이 지속되고 있습니다. 원인은 자기 주머니 채우는 데 혈안이 된 일부 몰지각한 지방관들과 온갖 편의를 원하는 상인들이 암암리에 결탁한 데 있습니다. 이들이 검은 뒷거래를 일삼는 바람에 공정해야 할 판로가 힘센 자들에게 독점당하고 만 것입니다. 그로 인해 소금 가격은 천정부지로 치솟고 있습니다. 조정은 조정대로 소금 판매에 따른 세수를 제대로 거둬들이지 못하고 있습니다. 대신 좀벌레 같은 지방관들은 권력을 남용한 대가로 날름날름 세수를 받아 챙기고 있습니다. 때문에 지금은 날로 음성적으로 만연하는 이들의 비리를 캐는데 총력을 집중시켜야 할 때입니다. 이들 독초를 제대로 뽑아버리지 못하면 조정은 염정鹽政을 포기하는 지경에까지 이를지도 모릅니다…….

"잠깐만!"

윤진이 갑자기 대탁에게 손짓을 보냈다. 읽기를 멈추라는 신호였다. 좌중의 사람들이 윤진의 시선을 따라갔다. 아니나 다를까, 문앞에 오랜만에 보는 강아지와 송아지, 그리고 취아가 누렁이 루루와 함께 서 있었다. 동성에 도착한 지 얼마 안 돼 고향에 돌아가겠노라고

조르는 바람에 윤진이 아쉬운 마음을 달래면서 보내준 아이들이었다. 그런데 좋아 죽겠다면서 집으로 갔던 아이들이 두 달도 채 못 돼 다시 나타난 것이다.

아이들은 떠나갈 때 입었던 옷을 그대로 입고 있었다. 너덜너덜하게 떨어지지는 않았으나 지저분하기가 이를 데 없었다. 또 신발은 실밥이 떨어져나가 발가락이 비죽 나와 있었다. 부끄러워 쭈뼛쭈뼛하는 얼굴에는 땟국물이 줄줄 흐르고 있었다.

아이들은 윤진의 시선이 닿자 고개를 가슴께까지 숙이고 들어서더니 약속이나 한 듯 문가에 한 줄로 무릎을 꿇었다. 잠시 침묵이 흘렀다. 곧 강아지가 사정하듯 씩 웃으면서 말했다.

"넷째마마, 헤헤……. 저희들 또 왔습니다……."

윤진의 눈에 일말의 연민의 정이 언뜻 비쳤다. 그러나 곧 냉정을 되찾은 듯 싸늘하게 말했다.

"나는 너희들을 부른 적 없어. 변절자는 받아주지 않는다."

윤진은 짤막한 한마디만 남긴 채 더 이상 아이들을 아는 척 하지 않았다. 이어 연갱요에게 말했다.

"오 선생이 책론을 참 잘 썼군. 요즘처럼 나라 사정이 어려울 때는 한 푼도 아쉽다고. 그러니 염도鹽道의 세수에 큰 구멍이 뚫렸다는 것은 상당히 심각한 일이지!"

"예, 오 선생의 통찰력은 참으로 예리합니다."

연갱요가 어색하게 웃음을 흘리면서 대답했다. 그때 갑자기 윤상이 윤진과 연갱요의 대화를 흘려듣는 듯하더니 새까만 손톱을 잘근잘근 씹으면서 어쩔 줄 몰라 하는 아이들에게 다가갔다. 그리고는 물었다.

"농사지으러 간다면서 고집부리고 떠나더니, 왜 다시 돌아온 거야?

이 날씨에 고생들을 엄청 한 모양인데?"

송아지가 윤상의 자상한 목소리에 일순 감정이 북받치는 듯 입가를 실룩거리더니 그예 울음을 터트리고 말았다. 강아지와 취아 역시 훌쩍거렸다. 방금 전까지도 익살스런 웃음을 지어보이던 아이들이 느닷없이 울어버리자 정원에 있던 친병들이 무슨 일이 났나 하는 표정으로 안을 기웃거렸다. 윤진 역시 적지 않게 놀랐다.

"땅이……, 없어졌습니다. 홍수로 땅의 경계가 사라지자 저를 챙겨줄 사람이 없는 것을 업신여긴 공龔씨 그자가……, 억지를 부려서 땅을 빼앗아갔습니다……."

송아지가 흐느끼면서 말했다. 순간 윤진은 덜컹 가슴이 내려앉는 것 같았다. 윤상이 이를 악문 채 물었다.

"그럼 위에다 고발을 하지 그랬어?"

강아지가 눈물을 훔치면서 대답했다.

"고발하고 싶어도 관에서는 우리를 왼눈으로도 쳐다보지 않았어요. 그냥 막무가내로 쫓아내 버렸어요……."

윤진이 강아지의 말에 무서운 표정을 얼굴에 지어보였다. 이어 다소 누그러진 어투로 아이들을 달래주었다.

"알았어, 울지 마. 방금 화냈던 것은 없던 일로 하자."

아이들은 윤진의 말에 언제 울었던가 싶게 좋아라했다. 고복과 대탁은 순간 놀란 얼굴을 한 채 윤진을 바라봤다. 평생토록 한번 했던 말을 번복해 본 적이 없는 윤진이었으니 말이다.

그때 윤진이 손가락 두 개를 펴 보이면서 말했다.

"그러나 너희들, 이것만은 명심해 둬. 사패륵부四貝勒府는 황자들 집중에서도 가장 까다롭고 살기에 불편한 곳이라는 것을 말이야. 들어오기는 쉬워도 나가는 것은 그렇게 간단하지가 않아. 자기 스스로 걸어 들어온 이상 죽어도 우리 집 귀신이 되어 뼈를 묻겠다는 각오가 필요하지."

윤진이 손가락 하나를 꼽으면서 다시 말을 이었다.

"내가 명령할 때 명심해 듣는 것이 좋을 거야. 나는 두 번 말하는 것을 좋아하지 않거든. 귀 기울여 듣지 않고 실수하는 날에는 용서란 없어."

윤진이 잠시 말을 멈추더니 갑자기 소리를 높였다.

"둘째! 내가 원리원칙을 중요하게 여길 뿐 아니라 차갑고 냉정하다는 것은 알 만한 사람은 다 알지. 너희들은 나의 이런 면을 존경해야 돼. 주인을 음해하고 배신하는 행위는 아무리 작은 일처럼 보일지라도 나는 절대 용서 못해. 그렇지만 주인을 기만하지 않고 본의 아니게 우연히 저지른 실수에 대해서는 아무리 심각해 보여도 용서할 수 있어. 대탁, 고복! 나를 따라다닌 세월이 한두 해가 아닌 자네들이 말해봐. 그런가, 안 그런가?"

윤진의 눈에서는 살벌한 빛이 흘러나왔다. 대탁과 고복은 윤진의 말이 사실이라는 것을 너무나도 잘 알고 있었다. 그럼에도 두 사람은 그저 간단히 "예!" 하고 말하고 말았다. 윤진이 진실이든 아부든 밑에 사람이 앞에서 자기를 칭송하는 것을 싫어하는 탓이었다.

그러자 윤상이 뭐든지 구렁이 담 넘어가듯 하는 것이 답답했는지 허허 웃으면서 나섰다.

"얘들아, 너희들이 넷째마마를 다시 찾아온 것은 조상들이 굽어 살폈기 때문인 것 같구나. 세상 천지에 이 잡듯 훑어봐도 이런 주인 만나기는 쉽지 않아. 넷째마마를 따른 지 몇 년 만에 참장參將 자리를 얻어 지방에 내려간 연갱요와 곧 그렇게 될 대탁, 그리고 일 년 녹봉이 웬만한 지부知府 빰치는 고복, 너희들 눈앞에 있는 이들 세 사람만 보더라도 알 수 있을 거다. 거둬 주셔서 고맙다고 주인께 인사 올리고 빨리 가서 밥이나 먹어."

윤진이 윤상의 말에 피식 웃음을 지었다.

"강아지와 송아지는 서재에서 내 시중을 들고, 취아는 복진 곁에서 시중을 들도록 해라. 고복, 애들을 데리고 나가 보게. 아직 어리니까 너무 붙들어 놓지는 말고."

"넷째마마!"

연갱요가 해가 저만치 떠 있는 것을 보고는 사시巳時가 넘었다는 것을 알았는지 조심스럽게 아뢰었다.

"염상들이 이미 성황묘에 모였습니다. 안휘성 포정사로 있는 두 명의 관리도 기다리고 있습니다."

윤진이 고개를 끄덕였다. 대탁이 급히 들어가 관복 두 벌을 챙겨 나왔다. 윤상은 달갑지 않았으나 어쩔 수 없이 옷을 갈아입고 따라 나섰다.

동성의 성황묘는 흠차의 행원行轅(임시 숙소를 의미함)과 가까웠다. 3개월 전부터 서찰을 보내 겨우 동원시킨 안휘성 각 지역의 염상들은 바로 이 성황묘로 하나둘씩 모여들었다. 그들은 비록 각 지역에 흩어져 있으나 비선秘線을 통해 서로가 서로를 훤히 꿰뚫고 있었다. 넷째 황자가 떠나는 마당에 자신들을 잊지 못해 즐거운 연회를 베풀어 주는 것이 결코 아니라는 것 역시 누구보다 잘 알고 있었다.

그러나 그들은 윤진이 선택한 장소가 가지는 의미에 대해서는 잘 알지 못하겠다는 표정을 지었다. 황자마마가 선택한 연회 장소치고는 어째 좀 이상하다고 수군거리기도 했다.

그런 그들과 자리를 함께 한 안휘성 포정사의 직속 부서인 주전국鑄錢局 도원道員 유기柳祺와 염도鹽道 진연강陳硏康은 오랜 지방관이었다. 따라서 염상들과 밀착해 타락할 여지가 없지 않았다. 하지만 둘은 그렇지 않았다. 그래도 나름 강직하고 청렴한 관리라고 할 수 있었다.

그러나 강희가 아끼는 아들이자 태자의 심복이기도 한 두 황자 앞에서는 일언반구도 하지 못하고 있었다. 두 사람이 성격이 괴팍하기로 소문이 나 있다는 사실을 잘 알고 있는 모양이었다. 그럼에도 안휘성 전 지역의 재정과 염정을 통괄하는 유기와 진연강은 두 황자가 그들의 골칫거리인 염상들을 혼내줬으면 하는 간절한 소망만큼은 버리지 않고 있었다.

물론 두 사람은 염상들이 평소 순무의 아문을 자신들의 집 드나들 듯하면서 다수의 지방관들과 죽이 맞아 돌아간다는 사실을 잘 알고 있었다. 당연히 결코 밝지 않은 염정의 앞날에 깊은 회의를 느끼고 있었다.

그럴 수밖에 없었다. 모든 것을 제쳐놓더라도 염상의 우두머리에 해당하는 임계안任季安만 해도 호락호락한 상대는 아니었으니까. 그는 아홉째 황자 윤당의 문하에서 충성하고 신임 받는 임백안任伯安의 친동생이자 이른바 '팔황자당'의 돈주머니이기도 했다. 모든 염상들에게 있어 그는 한마디로 여왕벌이라고 해도 좋았다.

때문에 두 사람은 윤진과 윤상 두 황자도 임계안 앞에서는 어느 정도 주춤거리지 않을 수 없을 것이라고 미뤄 짐작했다. 그들이 오늘 일도 자칫 잘못하면 몸통은 이리저리 빠져 나가고 애꿎은 깃털들만 똥바가지 뒤집어쓰는 형국이 되지나 않을까 초조하게 생각한 데는 그런 이유가 있었다.

진연강은 그런 생각을 하면서 멀리 떨어지지 않은 곳에 앉아 생각에 잠긴 채 차를 마시고 있는 임계안을 힐끗 쳐다봤다. 그는 물에 빠져 부풀어 오른 찐빵처럼 생기 없는 얼굴을 하고 있었다. 후줄근하게 늘어진 눈꼬리에는 아무런 표정도 보이지 않았다. 순간 두 사람의 시선이 허공에서 부딪쳤다. 그러자 둘은 동시에 서로 못 볼 것을 본 것처럼 황급히 시선을 돌려 버렸다.

그때 넷째와 열셋째마마가 도착했다는 수군거림과 함께 염상들 사이에서 작은 소동이 일어났다.

임계안이 먼저 자리에서 일어섰다. 그러자 50명에서 60명은 돼 보이는 염상들이 우르르 따라 일어섰다. 그들은 두 줄로 나뉜 채 유기와 진연강의 등 뒤에 줄을 지어 섰다.

곧 철문처럼 꾹 다문 입과 표정 하나 없는 얼굴 자체가 무기인 윤진과 진지함이라고는 전혀 없어 보이는 행동거지가 오히려 상대에게 커다란 압박감을 주는 윤상이 노란 수레에서 차례로 내렸다. 그 뒤로 한 무리의 태감과 친병들이 두 사람을 몇 겹으로 에워싼 채 보무당당하게 다가오고 있었다.

임계안은 그 모습에 갑자기 이름 모를 압박감을 느끼지 않을 수 없었다. 가슴이 조여 오기 시작했다.

그가 그런 것은 돈이 아까워서가 아니었다. 돈은 솔직히 문제 될 것이 없었다. 자신이 앞장을 서서 10만 냥을 기부하면 염상들 역시 울며 겨자 먹기로 따를 것이 분명할 터였다. 그러면 두 황자가 모아달라고 제시한 110만 냥은 순식간에 모일 것이다. 그러나 형인 임백안이 서찰을 보내와 절대 아홉째마마의 심기를 건드려서는 안 된다고 신신당부하지 않았는가. 또 여덟째도 더 이상 태자의 얼굴을 금으로 도배하는 일은 없어야겠다고 특별히 강조한 터였다.

그러나 임계안은 두 황자의 예사롭지 않은 기세에 초반부터 압도당해 버렸다. 아무래도 맞서 싸울 자신감이 자꾸만 줄어들었다.

임계안이 그런 걱정에 사로잡혀 있는 사이에 갑자기 세 발의 요란한 예포소리가 울렸다. 그러는가 싶더니 유기와 진연강 두 사람이 성안聖安을 묻는 대례가 순식간에 끝나버렸다.

이어 호탕하게 웃으면서 "짐은 편안하다!"라고 말한 윤진이 좌중을 둘러보면서 입을 열었다.

"더운 날씨에 기다리느라 수고 많았네. 오늘 명목은 원래 내가 술을 사는 것이나 실은 자네들이 우리 둘을 전송하기 위한 송별연을 베푸는 것이라고 생각하게. 어차피 자네들이 쓰는 돈이 더 많을 테니까."

윤진이 말을 마치자 윤상이 의아해 하는 염상들을 바라보며 씩 하고 웃었다. 이어 윤진에게 길을 안내했다.

"저쪽이에요, 넷째 형님. 나무가 많아 시원할 것 같아 자리를 십팔지옥랑十八地獄廊(십팔층 지옥의 그림을 새겨놓은 복도) 앞에 마련했어요."

윤진이 고개를 끄덕이면서 발길을 옮겼다. 그러자 수행원들과 염상들이 모두 우르르 뒤를 따랐다.

온갖 아름드리나무들이 우거져 천연 장벽을 이룬 그곳은 바깥과는 완전히 다른 세상이었다. 관리들의 치적과 공덕이 빽빽이 적힌 돌비석들이 마치 죽은 사람의 얼굴처럼 잿빛을 띤 채 즐비하게 늘어서 있었다. 위압감이 느껴지면서 저절로 주눅이 드는 곳이었다.

윤상은 그 광경을 보면서 다시 한 번 윤진에 대해 감탄을 하고는 흠모의 마음이 가득 담긴 시선을 보냈다. 웬만한 엄포에는 만성이 됐을 뿐만 아니라 배경만 믿는 무식하고도 덜 돼 먹은 염상들의 주머니를 털어내기 위해 장소 선정에서부터 심혈을 기울였을 윤진의 생각에 공감이 갔던 것이다.

일행은 윤진을 따라 물결치듯 움직였다. 이문二門에 들어가자 대기 중이던 패륵부의 시위들이 우르르 몰려와서 아뢰었다.

"넷째 황자마마, 열셋째 황자마마! 연회석은 저쪽 낭하廊下에 마련돼 있습니다. 어서 드십시오."

윤상이 살펴보니 과연 상다리가 부러지게 요리를 가득 차린 음식상 열 개가 쭉 늘어서 있었다.

그러나 그것은 잠시였다. 낭하의 벽면에 흙으로 빚어 만든 열여덟 개의 지옥도가 보는 이의 모골을 송연하게 만들고 있었던 것이다. 조이고 틀고 지지고 튀기고 패고……, 온갖 잔인한 형벌이 그야말로 생생하게 묘사되어 있었다. 낭하 주변에서는 연신 숨을 들이마시는 소리가 들려왔다. 수많은 악귀들이 불충불효不忠不孝, 불인불의不仁不義, 탐재살생貪財殺生, 음악난륜淫惡亂倫을 저지른 자들에게 덮치는 장면과 참혹하게 죽어가는 고통스런 얼굴들은 누가 만들었는지 생동감 있게 잘도 만든 듯했다.

그곳은 원래부터 분위기가 오슬오슬했다. 게다가 사람들은 지옥도의 그림들 탓인지 이빨이 딱딱 부딪칠 정도로 소름 끼치는 공포를 느꼈다. 한여름의 더위를 느낄 수 없는 오싹함이 몰려왔다. 한마디로 음식의 맛을 음미하며 먹고 즐길 수 있는 곳이 전혀 아니었다. 솔직히 음식을 먹기 위해 마련된 자리도 아니었다.

시간이 흐를수록 염상들의 얼굴은 더욱 주눅이 드는 것 같았다. 나중에는 완전히 사색이 돼 있었다.

"여러분!"

윤진이 윤상과 함께 상석에 앉아 있다 좌중을 둘러보면서 입을 열었다. 올 사람들은 다 와서 자리를 잡았다고 생각한 모양이었다. 그들은 윤진이 마침내 입을 열자 잔뜩 긴장하는 모습을 보였다. 그러나 그럴 필요까지는 없을 것 같았다. 윤진의 표정이 처음과는 달리 갈수록 부드러워지고 있었던 것이다. 심지어 웃음기까지 보이면서 입을 열었다.

"이번 달 녹봉을 탈탈 털었으나 별로 풍성하지는 않구먼. 녹봉이라고 해봤자 따지고 보면 백성들이 주는 것이지. 아무튼 깨끗한 돈으로 마련한 음식이니 별 탈은 없을 거야. 마음 놓고 먹어도 괜찮을 거란 말이네. 나는 부처님께 귀의한 몸이라 술과 고기를 멀리 하나 오늘은 특별히 한잔 할까 해!"

윤진이 말을 마치고는 바로 술잔을 들어 진연강과 유기에게 권했다. 또 여러 염상들에게도 들라는 손짓을 했다. 윤진이 먼저 단숨에 술잔을 비우고는 다른 사람들도 술잔을 비우기를 기다렸다가 윤상에게 말했다.

"아우, 나는 아무래도 주량이 따라주지 않아. 그러니 자네가 손님들이 서운하지 않게 해드리게."

윤상이 흔쾌히 대답하고 나섰다. 좌석마다 돌아다니면서 빈 잔을 채워주기 시작한 것이다. 그러면서 윤상이 큰 소리로 말했다.

"나는 무식하고 단순한 무인武人 출신이라고 할 수 있어. 현재 병사들을 이끌고 있는 황자이다 보니 군령에 따라 행동 하기를 좋아하지. 내가 따른 술을 피하는 사람이 있으면 귀를 잡아당겨서라도 부어 넣을 테니 그리들 알라고!"

좌중의 사람들은 윤상의 기세에 완전히 눌렸다. 급기야 잔을 들어 독하기로 소문난 안경주安慶酒를 연신 비워냈다. 임계안도 마찬가지였다. 그러면서도 그는 가능하면 모습을 보이려 하지 않았다. 그저 일곱째 줄의 좌석에 숨은 것처럼 앉아 있었다. 그러다 윤상이 자신을 향해 다가오자 할 수 없이 엉거주춤 일어났다.

"열셋째 황자마마! 지난번 아홉째 황자마마께서 서찰을 보내오신 적이 있었습니다. 열셋째 황자마마께서는 병기 수집광이라면서 소인에게 쓸 만한 보검 두 자루를 만들어 선물하라고 하셨죠. 그래서 소인이 지체할세라 근방에서 제일가는 장인을 찾아가 만들어 보냈습니다. 받으셨는지 모르겠습니다?"

"오, 그게 자네가 바친 선물이었나? 고맙구먼. 아무려나 이곳에서 아홉째 형님의 문하를 만나다니 반갑네. 통 크시고 인정 많으신 아홉째 형님의 문하라면 여부가 있겠는가? 나라를 위한 일에 더도 말고 덜도 말고 한 이십만 냥 정도만 내놓으시지?"

윤상은 본의 아니게 아홉째의 문하를 건드리게 되었다는 것에 꺼림칙한 생각이 들었다. 그리고 아홉째와 친밀한 여덟째에게까지 꼬투리 잡힐 일이 생겼다는 사실에 흠칫 놀랐으나 전혀 내색하지 않고 여유 있게 웃으면서 말했다. 이어 임계안의 반응 따위에는 관심이 없다는 듯 바로 다른 자리로 옮겨갔다. 유기와 진연강은 자신들의 의사는 싹 무시한 채 날뛰는 임계안이 보기 좋게 당하는 모습을 보자 속으로 쾌재를 불렀다.

"술 마시다 죽은 귀신이 붙은 것도 아니고, 우리 이럴 것이 아니라 흥겨운 음악이나 듣지!"

윤진이 갑자기 큰 소리로 말했다. 술자리도 거의 파할 무렵이라 그런지 장내는 때맞춰 들려오는 거문고 소리에 따라 가볍게 술렁이며 들썩거리기 시작했다. 곧이어 미리 대기하고 있던 10여 명의 낙호樂戶 여자들이 노래를 부르기 시작했다.

꽃잎에 영롱한 아침이슬은 가뭇없이 사라졌다가도 내일 아침이면 다시 생

기거늘,

양지를 한 번 떠난 사람은 돌아올 줄 모르는구나…….

갈대밭에 새로 봉긋 올라온 저것은 어느 누구의 집인가.

염라대왕 성화에 서둘러 음지로 떠났으나 어찌 미련이 없으랴…….

윤진이 노래를 다 들은 다음 임계안에게 눈길을 돌렸다. 그리고는 자리에서 일어서면서 말했다.

"지금 들으니 감회가 더욱 새로운 장송곡이로군! 사실 이 노랫말 가운데의 앞부분은 나하고 윤상처럼 왕공귀인王公貴人의 죽음을 애도하는 내용이야. 뒷부분은 여러분들과 같은 평범한 범부들의 죽음을 슬퍼하는 내용이지. 사실 왕공귀인도 좋고 범부도 좋아. 죽어서는 똑같이 한 줌의 흙으로 돌아가기 마련 아닌가. 우리는 어차피 빈손으로 와서 빈손으로 가는 숙명을 지니고 태어났어. 그러니 살아생전에 꾸역꾸역 밀어 넣었던 것을 조금씩 베풀고 나라와 백성들에게 덕을 쌓아 놓으면 얼마나 좋겠는가? 해마다 때가 돼 저렇게 애달파 하는 사람이라도 있다면 다 같이 음지에 있어도 덜 추울 것 아닌가! 그렇지 않은가, 임 대인?"

임계안은 완전히 엉겁결에 불화로를 껴안은 격이 됐다. 그러나 대답을 하지 않을 수는 없었다. 결국 황급히 자리에서 일어서면서 어색한 웃음을 지은 채 대답했다.

"넷째 황자마마의 말씀은 구구절절 진리이자 명언입니다. 재물이라는 것은 결국엔 덧없는 것입니다. 넷째 황자마마께서 원하시는 대로 기꺼이 나라와 백성을 위해 쓰겠습니다."

윤진이 고개를 끄덕여 보였다. 그리고는 일어나 천천히 왔다 갔다 하면서 말을 받았다.

"재물이 덧없다는 말은 내뱉기는 쉬워. 그러나 아무나 행동으로 옮길 수 있는 것은 아니지. 작년에 황하가 또 말썽을 부렸었지. 다시 물길을 재건하려면 백이십만 냥은 필요할 것 같아. 그래서 내가 호부에 집안 재산을 다 팔고 거리에 나앉는 한이 있더라도 구십만 냥을 만들 테니, 나머지 삼십만 냥을 도와 달라고 했었지. 그러나 철저히 외면해 버리더군. 자식들, 북경에 돌아가면 가만히 놔두나 봐라. 일이 이렇게 됐으니 어쩔 수 없이 국계민생國計民生에 그나마 발 벗고 나서는 자네들 신세를 질 수밖에는 없겠어. 백이십만 냥! 결코 적은 돈은 아니야. 여러분들은 십시일반 보태는 것으로 나라와 백성들을 위해 크게 이바지한다고 생각하게!"

윤진의 말에 좌중에 자리 잡은 염상들의 얼굴이 바로 어두워졌다. 그러나 어느 누구도 감히 토를 다는 사람은 없었다. 이어 윤상의 눈짓을 받은 대탁이 미리 준비한 붓과 종이를 가져왔다.

그때 연갱요가 장검을 허리춤에 비스듬히 꿰차고 보무당당하게 걸어가더니 이상야릇한 웃음을 웃고 있는 윤상에게 다가갔다. 이어 귀엣말을 하고는 뒤로 한 발 물러섰다.

"그럴 수가! 그 자식 어디 있어? 끌고 와!"

갑자기 대로한 윤상이 버럭 고함을 질렀다. 윤진이 말없이 윤상에게 궁금하다는 시선을 보냈다. 그러자 윤상이 얼굴을 험악하게 구긴 채 말했다.

"지주부池州府의 그 간 큰 지부가 붙잡혔답니다. 왜 염상들에게 교통세를 받으라는 흠차의 명령을 집행하지 않았느냐는 연갱요의 말에 그 빌어먹을 놈이 뭐라고 그랬는지 아세요? 자기는 그에 관한 조정의 그 어떠한 명령도 받은 적이 없다고 했다더군요. 또 염정을 책임진 황자도 아닌 넷째 황자의 말은 따를 수가 없다고 했다지 뭡니까. 그런

개 같은 자식을 가만히 놔둬서야 되겠어요?”

윤진이 잠자코 듣고만 있다 고개를 돌려 좌중을 천천히 둘러보면서 물었다.

“여기 지주부에서 온 사람 있나?”

염상들은 윤진의 말에 마치 한겨울에 찬물을 뒤집어 쓴 듯 바로 얼어붙었다. 이어 그중 두 명의 사내가 엉거주춤 일어섰다. 그리고는 입술을 바르르 떨면서 더듬거렸다.

“저…… 저희들이 지주부에서 왔습니다.”

“자네들이 섬기는 지부 이름이 뭔가?”

“이 태존太尊…… 아니, 아니, 이감李淦이라는 사람입니다. 그는…… 그는…….”

윤상은 염상들이 더듬거리자 곧바로 고함을 질렀다.

“뭐야, 어서 똑바로 말 못해?”

“그 자식은 인육人肉을 처먹는데 이골이 난 짐승 같은 자입니다.”

염상들 중 하나가 얼떨결에 엉뚱한 말을 내뱉었다. 곧바로 후회하는 듯한 표정이 얼굴에 어른거렸다. 그러나 그는 이미 엎질러진 물이라고 생각했는지 내친김에 한 술 더 떴다.

“그자는 장황자마마의 문하입니다…….”

사내의 한마디는 짧았으나 그것이 전해주는 느낌은 강렬했다. 천둥소리처럼 우렁차고 크게 울려 퍼졌다. 사람들의 얼굴에는 사내의 용기에 놀라워하는 기색이 역력했다.

윤진이 잠시 생각하더니 냉소를 흘렸다.

“알겠어! 데리고 들어와. 직접 물어보게!”

그의 말이 끝나자마자 관복을 차려 입은 이감이 포승줄에 묶인 채 떠밀려 들어왔다. 성황묘는 삽시간에 물이라도 뿌린 듯 조용해졌다. 미풍이 지나간 곳으로 저 멀리 나뭇잎 소리가 파도소리처럼 들려올 뿐이었다.

'대천세'大千歲라고 불리는 장황자長皇子 윤제胤禔는 팔기八旗 중에서 양람기鑲藍旗, 정람기正藍旗 두 기의 주도권을 움켜쥐고 있었다. 황자들 중에서는 태자 다음으로 왕에 봉해지기도 했다. 때문에 강희의 총애를 받고 있는 황자라는 것을 모르는 사람은 거의 없었다.

임계안은 이감이 엉뚱하게 끌려 들어오면서 벼랑 끝에 내몰렸다가 겨우 잠깐 한숨을 돌릴 수 있었다. 후유! 하고 몰래 안도의 한숨을 내쉬면서 어떻게 해야 할지 마음속으로 결론을 내렸다.

'네가 이감을 손보지 않으면 나에게도 손을 댈 수 없을 테지. 그러나 네가 이감을 손보면 나는 네 의사에 따르겠어. 그러면 아홉째마마도 나에게 뭐라고 하지는 않을 테지.'

"이감! 무게도 별로 안 나가게 생겼는데 엉덩이가 꽤나 무겁나 보군! 첫 번째 행원에서 오라는 통지문을 보냈더니 바빠서 못 오겠다고 했지? 지부가 뭐 그리 대단한 관직인 줄 아는가? 북경 영정하永定河의 번식력 대단한 자라 새끼들이 너희들보다 아마 조금 작지 않을까 싶어. 이게 감히 어디라고 버릇없이 명령을 어기고 그래? 어디 대단한 후광이라도 있나 보지?"

윤상이 윤진을 바라보더니 껄껄 웃으면서 일갈했다.

이감은 원래 장황자가 가장 자랑스러워하는 인물이었다. 그림자 같은 존재라고 해도 좋았다. 어려서부터 장황자와 함께 공부하기도 했다. 때문에 황자들이 단체로 윤상을 미운 오리새끼 취급하고 괴롭히는 것을 늘상 보아왔었다.

그랬으니 그가 윤상을 '창녀가 낳은 재수 없는 새끼' 쯤으로 알고 있는 것은 이상할 리가 없었다. 한마디로 황자라는 생각은 눈곱만큼도 하지 않았다.

그로서는 그런 윤상에게 혼쭐이 나고 있었으니 못내 억울할 터였다. 하지만 처지가 처지니만큼 함부로 할 수는 없었다. 그도 그런 현실을 어느 정도 인식했는지 상당히 부드러운 태도로 대답했다.

"소인이 간이 배 밖에 나왔다고는 하나 어찌 감히 흠차의 명령을 어길 수가 있겠습니까. 공교롭게도 그날따라 제 주인이신 대천세께서 복주福州로 떠나는 복진福晉(만주어로 왕비를 비롯한 왕실의 최고위 여성들을 뜻함)의 조카를 도와주라는 명령을 내리셨습니다. 날이 날인지라 며칠 동안만 여유를 주셨으면 하고 간청을 했었는데……."

이감은 장기전에 돌입할 태세를 보였다. 태도가 상당히 공손하기는 했으나 여유가 있었다.

윤상은 이감이 여전히 자신을 우습게 여긴다고 생각했다. 그러나 화를 꾹 누르고 다시 물었다.

"그건 그렇다 치고 사월부터 각 주요 도로에 요금소를 설치하고 염상들에게 통과세를 받으라는 흠차의 명령은 왜 어긴 거야?"

이감은 갈수록 날카로워지는 윤상의 추궁에 잔뜩 긴장하지 않을 수 없었다. 더구나 윤상이 입에 올린 일은 천하에 그 이름이 자자한 '냉면왕'冷面王 윤진의 체면과 관련된 일이 아닌가.

사실 그는 윤진의 명의로 된 공문서가 도착했을 때 염상들을 소집해 상황을 전달하기는 했다. 그러나 당시 그의 처지는 원리원칙만 주장할 상황이 아니었다. 얼마 전까지만 해도 여러 가지 명목으로 염상들에게서 십 몇 만 냥씩이나 뜯어낸 적이 있었던 탓이었다. 한마디로 그로서는 사정을 봐달라고 아우성치는 그들의 입장을 마냥 모른 척할 수 없었던 것이다. 물론 그는 거둬들인 돈의 반을 장황자가 화원花園을 구입하는데 보태고, 나머지는 자신의 사복私腹을 채우는데 사용하는 것을 잊지 않았다.

그러나 그런 사실을 입 밖에 뻥긋 할 수는 없는 일이었다. 결국 이감은 궁여지책 끝에 자신의 힘센 주인을 내세우는 선택을 하지 않을 수 없었다.

"열셋째 황자마마, 소인은 넷째 황자마마의 명령을 어기려는 생각은 맹세컨대 조금도 없었습니다. 그 당시 공교롭게도 북경에 계시는 제 주인께서 북경으로 올려 보낼 돈이 마련됐으면 보내라는 말씀을 하셨을 때였습니다. 소인은 그 돈을 마련하느라 이 일대의 염세鹽稅를 이미 받아 챙긴 후였습니다. 더 받으면 민변民變이 우려돼 그랬을 뿐입니다. 아시겠지만 이곳은 워낙 민풍民風이 사나운 곳입니다. 본의 아니게 넷째 황자마마와 열셋째 황자마마에게 실망을 안겨 드렸습니다……."

"대천세는 무슨 빌어먹을!"

윤상이 화가 치밀었는지 입이 거칠어졌다. 그러나 장황자까지 싸잡아 욕할 것은 없다는 생각이 번개같이 뇌리를 스쳤다. 동시에 어조를 달리하면서 엄하게 꾸짖었다.

"대천세가 바람막이가 될 수 있다는 것은 잘 아는군. 큰형님이 그대가 이런 식으로 자신을 팔아먹고 다니는 줄 아시면 아마 껍질을 벗겨버리실 걸?"

이감은 윤상의 말에 고개를 푹 숙였다. 이미 뜨거운 물 뒤집어쓴 죽은 돼지가 됐으니 볶아 먹든 튀겨 먹든 마음대로 하라는 표정이었다.

그 순간 윤진이 바로 폭우를 쏟아 부을 것 같은 흐린 얼굴을 한 채 이감의 앞으로 다가갔다. 이감은 고개를 푹 숙이고는 있었으나 뚜벅뚜벅 다가오는 장화를 보면서 간이 오그라드는 두려움을 느끼지 않을 수 없었다. 몸이 저절로 사시나무 떨 듯 떨렸다.

한참 후에 윤진의 목소리가 천둥소리처럼 울려 퍼졌다.

"태자마마와 대천세, 삼황자마마와 나 그리고 열셋째 황자 모두 일부동체一父同體이자 폐하의 신하야. 영욕을 함께 하는 돈독한 사이라는 말이야. 그런데도 자네가 겁도 없이 대천세니 주인이니 하면서 우리와 같이 놀려고 들어? 우리 황자들 사이를 이간질시키려고 그러는 거야?"

"넷째마마, 아니옵니다. 소인이 어찌 감히……."

"감히라고? 이렇게 많은 염상들 앞에서 자네는 감히 우리 황자들 머리 위로 기어오르려 하고 있어. 연갱요!"

윤진이 다시 담담하게 입을 열었다. 연갱요의 이름도 조용히 불렀다.

연갱요는 오랫동안 윤진을 따라다녔다. 때문에 목소리가 담담해질수록 속으로는 칼을 가는 그의 성격을 너무나도 잘 알고 있었다. 그가 성큼 윤진 쪽으로 다가가면서 큰 소리로 대답했다.

"예!"

"이감!"

연갱요가 즉각 대답을 하자 윤진이 다시 이감을 불렀다. 이어 천천히 입을 열었다.

"자네의 관직은 조정에서 준 거야. 물론 쉽지가 않았겠지. 때문에 이 자리에서 관인官印은 박탈하지 않겠어. 하지만 자네는 우리 큰형님이 부리는 문인이니까 그 아우인 나의 문인이기도 해. 그렇지 않은가?"

"예, 그렇습니다!"

"좋아. 대탁과 고복이 큰형님을 노엽게 만들었다면 나도 별 다른 방법이 없어. 큰형님에게 그들을 맡기는 수밖에! 뒤집어 얘기해도 마찬가지이지. 열셋째, 가법家法에 따라 손을 좀 봐줘!"

윤진이 허리띠에 달려 있는 한백옥漢白玉 구슬을 만지작거리면서 무덤덤하게 입을 열었다.

순간 윤상의 팔자눈썹이 활기를 띠기 시작했다. 마치 자신의 마음대로 갖고 놀 수 있는 갓 태어난 강아지를 선물 받은 것처럼 좋아하는 모습이었다. 그가 말했다.

"연갱요, 저자의 관복을 벗기고 저 나무에 붙들어 매어놓고 채찍 세례 서른 번을 안기게!"

"넷째 황자마마, 열셋째 황자마마……. 잘못했습니다!"

이감은 상황이 심상치 않다고 생각했는지 바로 꼬리를 내렸다. 그러나 이미 때는 늦었다. 연갱요가 다짜고짜 달려들더니 그를 죽은 멧돼지 끌 듯 끌고 가서는 옷을 벗겨 나무에 붙들어 맨 것이다. 곧이어 살점을 떨어져 나가게 만드는 채찍 세례가 이감의 벌거숭이 몸에 가해졌다. 동시에 질펀한 피가 채찍소리를 더욱 뜨겁게 하는 가운데 이감의 돼지 멱따는 듯한 소리가 한동안 이어졌다.

염상들은 이감에게 가해지는 형벌이 자신들에게 보여주기 위한 일벌백계의 엄포라는 사실을 너무나도 잘 알고 있었다. 그러니 저절로 오금이 저려오는 것을 어쩌지 못했다. 임계안 역시 그랬다. 정신을 차릴 수가 없었다.

그 틈을 놓치지 않고 대탁과 고복은 황하의 물길 보수를 위해 기꺼이 많은 돈을 쾌척하겠다는 의미의 '치하낙수'治河樂輸라는 글씨가 쓰여 있는 봉투를 들고 첫 번째로 그를 향해 다가갔다. 그는 말없이 '임계안 낙수 백은 18만냥'이라는 글자를 허겁지겁 적어 봉투에 넣었다. 그리고는 마치 힘줄이 빠진 것처럼 허물어지듯 의자에 주저앉아 버렸다.

윤진은 그 모습을 보고서도 아무렇지도 않은 듯 손을 내저으면서 외치듯 지시했다.

"풍악을 울리고 노래를 부르라고. 술 맛 돋우게 말이야!"

11장

운명적인 만남

윤진은 염상들로부터 치수 대금을 거둔 다음날 바로 온다간다 소리도 없이 조용히 동성을 떠났다. 북경으로 떠난 것이다. 윤진은 윤상이 가는 길에 안경에 들렀다 가자고 한 제안도 일언지하에 거절했다. 사방에서 자신들을 아니꼽게 보는 눈이 하나 둘이 아닌 상황에서 자칫 잘못해 나쁜 소문의 빌미를 만들어줄 것은 없다고 판단한 때문인 듯했다.

그러나 윤진은 후속조치를 확실하게 해놓는 것은 잊지 않았다. 염상들의 약속 이행을 거듭 재촉하도록 연갱요만은 현지에 남겨둔 것이다.

윤진과 윤상 일행은 과거시험을 보러 가는 거인擧人 차림을 한 채 계속 지름길을 택해 이동을 했다. 반면 웅장한 모습으로 따라왔던 의장대와 관병官兵들은 대로를 걸었다. 그들은 밤이 되면 윤진 일행과

합치고 날이 밝으면 바로 헤어졌다. 그럼에도 대탁이 두 무리 사이를 오가면서 연락을 취한 탓에 별 일은 생기지 않았다.

윤진 일행은 오랜 행군 끝에 어느 날 드디어 강하江夏진이라는 곳의 경내에 들어섰다. 그러자 고복이 기쁜 마음에 활짝 웃으며 윤진에게 말했다.

"넷째마마, 오늘 저녁은 모처럼 잠을 제대로 잘 수 있겠습니다. 지름길만 걷다 보니 변변한 객잔도 없었잖습니까? 이곳은 소인이 어렸을 때 한번 다녀간 적이 있습니다. 제법 번화하고 볼거리도 많습니다. 지방의 작은 진鎭이라는 것이 믿기지 않을 정도로 상인들이 많을 뿐 아니라 극단도 있습니다. 즐길 수 있는 것들이 아주 많습니다……."

윤진은 지친 기색이 역력했다. 노새에 탄 채 쉬지 않고 재촉한 며칠 동안의 행군이 부담이 됐던 모양이었다. 그러나 그는 뻐근한 허리를 만지면서도 바로 고개를 저었다.

"지금 같아서는 모든 것이 귀찮아. 그냥 이불 뒤집어쓰고 몇 날 며칠이고 푹 자는 것이 소원이야."

반면 윤상은 흥에 겨워했다.

"형님은 강아지, 송아지 이 친구들이 따분해서 죽는다면서 매일 형님 눈치만 보는 것도 모르세요? 사실은 저도 좀 그래요."

"그래 좋아. 그럼 오늘 저녁은 원하는 대로 풀어줄 테니 자네들은 마음대로 해. 그리고 대탁과 관병들은 앞에서 우리를 기다리라고 해. 내가 여든 명도 더 되는 대부대를 이끌고 극단으로, 식당으로 먼지 일으키면서 다녔다는 사실을 폐하께서 아시면 굉장히 실망하실 거야. 그러니 무리지어 다니지 말고 남들 눈에 띄지 않도록 조심해서 움직이라고!"

머릿속에 생각이 많은 듯 몸까지 무척이나 무거워 보이던 윤진이 웃음을 머금으면서 말했다. 강아지와 송아지 두 아이는 윤진의 허락이 떨어지자 바로 손뼉을 치면서 좋아했다.

일행은 아이들의 높은 웃음소리를 들으면서 몸도 마음도 가벼워지는 듯했다. 마침 해가 지면서 퍼지는 환한 석양빛에 전신을 빨갛게 물들인 채 모두들 힘차게 걸음을 옮겼다. 일행의 눈에 어느덧 커다란 강하진의 모습이 보이기 시작했다.

윤진이 느릿느릿 노새에서 미끄러져 내리는가 싶더니 고삐를 강아지에게 던져주면서 윤상에게 말했다.

"윤상, 여기서부터는 내려서 좀 걷자고. 다리가 저려서 도저히 더는 안 되겠어."

그러나 윤상은 지칠 줄도 모르는 듯 마냥 웃음을 잃지 않는 표정으로 말에서 뛰어내렸다.

"넷째 형님은 피곤하실 법도 해요. 저야 고북구古北口에서 군사 훈련을 할 때 사흘을 내리 말 위에서 잤던 적도 있는 터라 아무렇지도 않지만요!"

윤진이 윤상의 말을 듣는 둥 마는 둥 하면서 고개를 돌려 고복에게 물었다.

"고복, 어떻게 된 거야. 구경거리도 많고 번화하다면서? 그런데 왜 공동묘지같이 저래?"

윤진 일행은 그의 말을 듣고 진의 중심가를 바라다봤다. 과연 윤진의 말대로 온통 어둑어둑할 뿐 생기라고는 찾아볼 수가 없었다. 해가 서산에 넘어가고 저녁밥을 지을 시간임에도 크나큰 진 그 어디에도 어둠을 가르고 피어오르는 연기 한 줄기 보이지 않았다. 인적은커녕 까마귀 떼만 한 줌의 석양이 남아 있는 서쪽하늘로 푸드득거리면서 날아다닐 뿐이었다.

윤진이 을씨년스런 광경에 갑자기 기분이 이상해지는지 고개를 갸웃거리면서 말했다.

"자라 보고 놀란 가슴 솥뚜껑 보고도 놀란다고 하지. 내가 그 꼴이 난 것 같군. 으스스한 것이 왠지 전에 도둑들을 만났던 흑풍황수점 생각이 문득 떠오르는데? 또 당하면 안 되겠지?"

"이곳은 수재를 입은 것도 아니고 먹고 살만한 사람들이 많이 사는 곳입니다. 설마 그럴 리야 있겠습니까? 제가 자세히 알아보고 오겠습니다."

강아지가 제법 어른스럽게 말했다. 고복 역시 뭔가 이상한 느낌이 드는 모양이었다. 바로 저 멀리에 모습을 드러낸 어느 행세깨나 하는 집의 하인인 듯한 사람들에게 다가가서는 물었다.

"형씨들, 저녁은 드셨어요? 물어볼 것이 있는데요, 이곳이 강하진 맞죠?"

하인인 듯한 사람들이 윤진 일행을 눈여겨봤다. 그리고는 고개를 끄덕이면서 대답했다.

"전에는 강하진이라고 했었죠. 그러나 우리 유 대인께서 진을 통째로 사들여 장원莊園을 만드시고 나서는 유택劉宅이라고 개명했습니다. 이 인근 사방 이백 리 내에 사는 사람들 중에 이 사실을 모르는 사람이 있으면 그는 바보입니다. 혹시 외지 사람들입니까?"

윤진과 윤상은 사내의 말을 듣는 순간 놀라지 않을 수 없었다. 할 말도 잃고 말았다. 얼핏 보기에 웬만한 현보다도 더 커 보이는 진 하나를 개인이 통째로 사들였다는 말인가!

그런 생각에 둘은 벌어진 입을 더욱 다물 수가 없었다. 그러나 사내들이 거짓말을 한 것이 아니라는 사실이 밝혀지는 데는 그다지 많은 시간이 걸리지 않았다.

윤진과 윤상은 저 멀리 시선이 닿는 곳까지 내다봤다. 꽤 넓은 대로의 허리가 이미 반 이상이나 뭉툭 잘려나가 있었다. 아직 마무리를 다하진 못했지만 커다란 문루門樓도 세워져 있었다. 또 그 동쪽으로는 헐렸거나 곧 헐릴 예정인 듯한 민가들이 피폐한 모습으로 납작하게 엎드려 있었다.

그뿐만이 아니었다. 바로 앞에는 신축 건물로 보이는 집들이 즐비하게 늘어서 있었다. 얼핏 보기에는 창고 같았다. 초롱불이 여기저기에 내걸려 있다거나 횃불과 몽둥이를 손에 든 야경꾼들이 심심찮게 눈에 띄는 것으로 보아 그들의 말이 사실임을 짐작할 수 있었다.

윤상이 연신 숨을 들이마시면서 크게 놀라워하더니 바로 사내들에게 물었다.

"우리는 과거를 보러 가는 효렴孝廉들입니다. 보시다시피 길을 잘못 들어서 고생하고 있어요. 그러니 이곳에서 하룻밤만 묵어가게 주인장께 허락을 받아주시면 안 될까요?"

"지금 뭐라고 했습니까? 주인께 허락을 받아달라고요? 우리는 장원 밖에서 일하는 사람들일 뿐입니다. 경비원인 셈이죠. 때문에 유대인의 최 말단 집사와 만나려고 해도 몇 개의 관문을 거쳐야 합니다. 정확하게 몇 단계나 되는지도 몰라요. 그러니 말도 안 되는 부탁 같은 것일랑 하지 말고 북쪽으로 조금 더 가십시오. 그곳에 가면 객잔이 있을 겁니다."

윤상의 부탁에 사내 하나가 어처구니없다는 웃음을 지으면서 대답했다. 그러자 옆에서 안쓰러운 표정을 짓고 있던 다른 사내 하나가 나섰다.

"형, 보아하니 주머니 가벼운 선비들 같네요. 장원 북쪽에는 내내 비어 있는 방들이 많이 있잖아요. 그곳에서 하룻밤만 묵어가도록 해줘요."

"모르는 소리 하지 마. 거기에는 북경 임任 대인의 둘째 처남 되는 사람이 소주蘇州 여자들 한 무리를 데려다 놓았잖아. 지금은 엄청나게 더운 계절이야. 왔다 갔다 하다 그 여자들이 불편하게 되면 어떻게 하려고 그래. 그때는 우리 목숨은 이 세상에 없다고 봐야 한다고."

윤진 일행에게 하룻밤 묵어가도록 온정을 베풀자고 한 사내의 말이 막 끝났을 때였다. 송아지가 갑자기 말없이 사람들 틈을 비집고 들어가 그에게 다가가더니 슬쩍 뭔가를 손에 쥐어줬다.

사내는 딱딱한 느낌에 돈이 든 주머니가 틀림없다고 생각했는지 다시 동료를 설득하기 시작했다.

"왜 형답지 않게 지레 겁을 먹고 그래요? 세상에 외출할 때 자기 집을 둘러메고 다니는 사람 봤어요? 살다 보면 이럴 때도 있고 저럴 때도 있는 거죠. 저쪽 장씨 집안의 가족묘 있던 자리에 방 두 칸이 비어 있어요. 거기 머물게 하고 대문을 잠가버리면 무슨 일이 생기더라도 장원 밖이라 우리 책임은 아니지 않겠어요?"

하인들 중에서도 꽤나 지위가 높은 듯한 사내는 계속 난색을 표했다. 그러나 이번에는 강아지가 몰래 건넨 돈주머니를 받고는 마지 못하는 척하면서 고개를 끄덕였다. 이어 휘하의 하인들에게 윤진 일행을 안내하도록 했다.

날씨는 완전히 어두워졌다. 사내들을 따라가는 길은 그리 짧지만은 않았다. 윤진은 미궁에 들어선 듯 꼬불꼬불한 골목길을 돌아 하염없이 서쪽으로 걸었다. 그러면서 내내 충격에서 헤어나지 못했다. 자신도 모르게 가만히 중얼거렸다.

"국고에 남아 있는 돈은 사천만 냥이 고작이야. 그런데 지방의 부호들은 현 하나를 사들이고도 남을 부를 축적하고 있다니!"

윤진은 그런 생각이 들자 묵묵히 따라가다 말고 황급히 물었다.

"노인장, 이곳 주인 이름이 뭐랬죠?"

"유팔녀劉八女라는 분인데요, 이름이 조금 이상하죠? 위로 누나 일곱 명이 있어서 그래요. 그분의 부모님이 천신만고 끝에 얻은 금지옥엽 같은 아들이 혹시 몹쓸 병에 걸려 잘못되기라도 하지 않을까 걱정이 되서 여자 이름을 지었던 것 같아요. 어떤 사람은 정말…… 복도 많지!"

윤진 일행을 안내하던 늙은 하인이 대답했다. 윤진이 말을 마친 다음 연신 기침을 하는 노인에게 다시 물었다.

"조금 전에 누군가가 '외삼원'外三院 어쩌고저쩌고 하는 것 같더군요. 그게 도대체 무슨 말입니까?"

노인이 윤진의 질문에 씁쓸한 웃음을 지었다.

"원래 장원 주변에는 적지 않은 주민들이 살았습니다. 그런데 우리 주인이 그들의 땅을 다 사들였어요. 당연히 대대로 이곳에 살던 주민들은 집도 절도 없는 신세가 됐죠. 그래서 그분은 그들을 전부 받아들였어요. 장원 외곽에 부락 세 개를 만들어 그들에게 살 수 있도록 한 것이죠. 그걸 외삼원이라고 하는 것이죠. 그들은 낮에는 유 어른의 농장에서 일하고 밤에는 장원을 지키는 일을 합니다. 또 이곳에는 외삼원 뿐만 아니라 주인어른을 가까이에서 시중드는 아랫사람들이 사는 곳도 있습니다. 역시 세 부분으로 나뉘어 있습니다. '이삼원'里三院이라고 하죠. 쉽게 말하면 하인을 삼, 육, 구 식으로 등급을 매겨 놓은 거죠. 우리 어른은 재산이 많은 것은 말할 것도 없고 발도 무지하게 넓은 것 같아요. 거의 매일 어마어마한 관리들이 바리바리 싸들고 와서 굽실거리고는 하죠. 오늘 저녁에 온 대인도 듣자하니 아홉째 황자마마의 문하에서 한참 잘 나가는 임 어른의 친척이라고 하더군요.

그 임 어른이라면 또 우리 주인의 사돈 아니겠어요?"

윤진은 노인의 말에 다시 한 번 놀라지 않을 수 없었다. 가는 곳마다 충격적인 사실을 접하는 데다 그 모든 것들이 아홉째와 긴밀하게 연결돼 있다는 사실이 자꾸만 머릿속을 불편하게 만든 탓이다.

윤상 역시 윤진과 비슷한 생각을 하는 듯했다. 어둠 속에서 돌멩이를 힘껏 걷어차는 모습이 확실히 그래 보였다. 그러나 누렁이 루루는 두 사람이 그러거나 말거나 쏜살같이 앞으로 달려 나갔다. 윤상이 뭔가 먹을 것을 던졌을지 모른다는 막연한 기대를 품은 듯했다. 하지만 곧 실망이 가득한 풀 죽은 표정을 한 채 돌아왔다.

윤진 일행은 밥을 다 먹고 차 한 잔까지 마시고도 남을 정도의 시간이 지난 후 겨우 강하진 내의 서북쪽에 있는 큰 건물 앞 광장에 도착할 수 있었다. 건물은 불과 얼마 전까지만 해도 무슨 회관會館으로 사용됐던 장소 같았다. 주변에는 즉석에서 연극을 즐길 수 있는 무대까지 있었다.

건물의 기둥에는 어둠 탓에 잘 보이지 않기는 했으나 '삼분정'三分鼎, '일부서'一部書라는 글자 등도 보였다. 주변 일대의 상인들이 모여 부처님께 제를 지내던 곳인 듯했다.

그곳의 분위기는 먼저 지나온 진들의 모습과는 꽤나 달라 보였다. 들락날락하는 사람들이 많았을 뿐만 아니라 불빛이 대낮처럼 밝았다. 어디선가는 피리소리도 은은하게 들려오고 있었다. 사람들이 부지런히 물을 길어 나르는 모습도 보였다.

"입 다물고 잠자코 계셔야 해요. 조용히 나를 따라 이곳만 지나면 바로 뒤쪽에 장씨 집안의 옛 가묘家墓가 있어요."

노인이 다시 한 번 주의를 줬다. 윤진은 그저 말없이 고개만 끄덕였다. 그때 갑자기 세찬 바람이 불어왔다. 인가가 드문 곳이라 그런지 바람이 무척이나 매서웠다. 그러나 윤진은 추운 기운을 느끼지 않았다. 그저 시원하게 느껴질 뿐이었다.

얼마 후 노인이 과거에는 묘를 지키던 사람이 살던 곳이었는데 지금은 비어 있다면서 방문을 열어줬다. 그때였다. 뒤쪽에서 갑자기 쏴아! 하고 물소리가 들리는가 싶더니 때 아닌 목욕물이 날아왔다. 그 물세례를 고스란히 맞은 사람은 윤상이었다. 그는 곧 물에 빠진 병아리 신세가 된 채 어이없는 표정을 하고 서 있었다.

깜짝 놀란 윤진이 영문을 몰라 어리둥절해 하고 있을 때였다. 어디에선가 욕설을 퍼붓는 앳된 여자의 목소리가 들려왔다.

"이봐 호씨, 무슨 인간이 그래? 여자가 목욕하는데 밖에서 기웃거리는 것은 또 뭐야? 그렇게도 궁금하면 당신 어머니 저고리나 헤쳐보라고!"

윤진은 그때까지 영문을 파악하지 못한 채 사태를 지켜보고 있었다. 물벼락 맞은 것도 모자라 욕까지 얻어먹은 윤상이 어떻게 나올지 궁금했기 때문에 약간의 호기심도 발동하고 있었다. 그러나 윤상은 평소의 그답지 않게 헤헤 웃으면서 말했다.

"이봐요, 사람을 잘못 봤나 보군요. 나는 이곳을 지나가던 사람이에요."

곧 여자가 방 한쪽에서 고개를 빠끔히 내밀었다. 그러더니 크게 당황해 어쩔 줄을 몰라 했다.

"어머나! 어떻게 하나……. 어머나……, 저는 또 그 자식인 줄 알고……. 제가 세탁비는 물어드릴게요. 얼마면 되겠어요?"

윤상이 여자의 호들갑에 일부러 조금 덜 떨어진 사람처럼 굴었다.

"나는 가진 것이 돈밖에 없는 사람이에요. 돈은 싫네요. 다만 갓 목욕을 하고 난 여자의 몸에서 나는 비누향은 그립네요. 어떡하죠? 오늘 밤 나하고 어떻게 안 되겠어요?"

상당히 끈적끈적한 윤상의 말이 채 끝나기도 전이었다. 갑자기 쾅! 하는 소리와 함께 방문에 빗장을 거는 소리가 들려왔다. 윤상의 말이 듣기에 거북한 듯 윤진이 짜증 섞인 목소리로 말했다.

"지금이 어느 때인데 거기서 그러고 있는 거야. 체면을 생각해야지! 얼른 자고 내일 아침 일찍 일어나야 한다고!"

윤상은 윤진의 질책에 정신을 차렸는지 곧바로 후줄근하게 젖은 옷을 입은 채 방 안으로 들어섰다. 그러자 노인이 재빨리 촛대에 불을 붙였다. 이어 진지하게 말했다.

"주방에 가서 먹을 것이 있는지 좀 찾아볼 테니 잠깐 눈 좀 붙이고 계세요."

윤진이 황급히 노인을 말리고 나섰다.

"대충 허기나 달래면 되니까 그럴 필요까지는 없습니다. 우리한테도 먹을 것이 좀 있거든요."

윤진이 말을 마치자마자 주머니에서 해바라기 씨 모양의 금 두 조각을 꺼내 노인에게 내밀었다. 하지만 노인은 황급히 두 손을 가로저으면서 뒷걸음을 쳤다. 윤진이 웃으면서 말했다.

"걱정하지 마세요. 강도짓을 해서 빼앗은 검은 돈은 아니니까요. 그러지 말고 받으세요. 누가 물으면 북경 사패륵부의 사람이 주고 갔다고 하면 아무 문제가 없을 거예요!"

"고맙습니다. 이거……, 송구스러워서……."

노인은 곧 눈부신 금 조각을 받았다. 이어 그것을 조심스럽게 받쳐 들고 살펴보더니 어쩔 줄을 몰라 했다. 노인은 뜻밖의 횡재에 연신 고맙다고 인사를 하면서 방을 나갔다.

얼마 후 윤진은 벽을 마주 한 채 앉았다. 잠자리에 들기 두 시간 전부터 좌선에 들어가는 습관은 확실히 무서웠다. 반면 윤상은 팔베개를 한 채 천장만 뚫어지게 쳐다보고 있었다.

그러자 강아지가 윤상을 쳐다보면서 물었다.

"아직도 그 재수 없는 계집애를 생각하세요?"

윤상이 강아지를 밉지 않게 흘겨보고는 내뱉듯 말했다.

"아니야, 이 녀석아. 유팔녀가 가진 땅이 도대체 얼마나 되는가 하고 생각해보고 있었어. 우리가 이곳을 벗어날 동안 몇 번씩이나 뒷간에 가서 배설을 해야 할지 모른다고 그 사람의 집사가 그랬잖아?"

고복이 윤상의 말에 웃으면서 입을 열었다.

"그건 그자가 그냥 해본 소리일 겁니다. 우리가 배탈이 날 것도 아니고 내일 아침이면 이곳을 뜰 것 아닙니까? 몇 번씩이나 뒷간에 가야하다니, 그게 가당키나 한 말입니까?"

윤진이 좌중의 사람들이 주고받는 얼토당토않은 대화를 듣고는 갑자기 푸우! 하고 웃음을 터트렸다.

"지금 내가 좌선하고 있는 모습이 보이지 않아? 혼나기 전에 저리들 물러가지 못하겠어?"

"저희들을 원망할 건 없네요. 형님이 우리 때문에 좌선 삼매경에 들어가지 못한다는 것은 진정한 경지에 이르지 못했다는 증거이기도 하니까요."

윤상이 윤진의 말에 일부러 웃으면서 대꾸했다. 윤진이 뭐라고 면박을 주려고 할 때였다. 갑자기 아까 윤상이 물세례를 받던 방향에서 나뭇가지 부러지는 것 같은 소리가 들려왔다. 고요한 야밤이어서 그런지 그 소리는 유난히 크게 들려왔다. 고복과 송아지 등은 마치 약속이나 한 것처럼 튕기듯 일어나 귀를 기울였다.

곧이어 굵고 거친 사내의 고함소리가 들려왔다.

"아란, 이년아! 똥갈보 같은 년이 왜 이리 비싸게 구는 거야? 네년이 그런다고 누가 정절비貞節碑라도 세워줄 것 같아?"

윤상은 사내의 고함소리를 통해 아까 목욕물을 퍼부은 여자 이름이 아란阿蘭이라는 사실을 깨달을 수 있었다. 또 행패를 부리는 자가 호胡씨라는 사실도 육감적으로 느꼈다.

얼마 후 여자가 울먹이면서 반항하는 소리가 들렸다.

"말조심 하지 못해! 내가 왜 갈보야? 나를 사올 때 노랫소리만 팔아도 된다고 했잖아. 몸은 팔지 않아도 된다고 분명히 약속하지 않았어?"

아란의 말이 채 끝나기도 전이었다. 한바탕 따귀 때리는 소리가 쩌렁쩌렁 귀가 아플 정도로 들려왔다. 이어 호씨라는 사내가 목청을 한껏 돋운 채 더욱 거친 말을 토해냈다.

"아무튼 내 돈 주고 사온 이상 너는 내 꺼야! 네가 무슨 양귀비라도 되는 줄 착각하나 본데, 아홉째마마한테 가는 그날부터 너는 완전 찬밥 신세가 될 거야. 평생 남자 맛이나 볼 줄 알아? 방금 보니까 그 기생오라비 같은 자식에게는 꽤나 상냥하게 대하던데? 얘들아, 이 년 손 좀 봐줘라!"

호씨의 말이 떨어지기 무섭게 한바탕 어지러운 발자국 소리가 들려왔다. 사내들이 아란의 방으로 쳐들어가는 것 같았다. 곧이어 아란이 끌려나오는 것 같은 소리가 들려왔다. 동시에 온 힘을 다해 외치는 여자의 울음소리가 가까이에서 울려 퍼졌다.

윤상이 화가 치미는지 벌떡 일어나서는 벽에 걸린 채찍을 집어 들었다. 이어 휭하니 밖으로 나가려고 했다. 그러자 윤진이 황급히 말렸다.

"열셋째! 말하는 걸 들어보니 아주 막가는 놈 같아. 괜히 혹 떼러

갔다 혹 붙이지 말고 가만 내버려 둬! 아홉째와 관련된 사람 같으니, 북경으로 돌아간 다음에 아홉째한테 말해 조용히 처리하는 것이 더 나을 것 같아!"

윤상은 손이 근질거렸으나 억지로 참는 수밖에 없었다. 이제껏 단 한 번도 윤진의 명령을 거역해 본 적이 없는 그다웠다.

그러나 밖의 상황은 악화일로를 치닫는 듯했다. 여자의 흐느낌 소리는 점점 커지더니 처참한 울부짖음으로 변해 가고 있었다.

그러자 윤진이 이대로 방치하면 사람의 목숨이 위태로울 것 같다는 판단을 했는지 드디어 처음과는 다른 결정을 내렸다.

"아우, 안 되겠어. 나가서 손을 좀 봐줘. 아홉째라도 우리처럼 했을 거야!"

"예!"

윤상이 기다렸다는 듯 채찍을 집어 들었다. 그리고는 바람처럼 달려 나갔다. 윤진이 고복에게도 명령을 내렸다.

"고복, 자네는 짐을 챙기도록 하게. 오늘 저녁 여기에서 편히 쉬기는 다 틀린 것 같네."

세 사람은 곧 루루를 앞세우고 방문을 나섰다.

웃통을 벗어던진 시커먼 사내가 마구 헝클어진 검불 같은 가슴 털을 내보인 채 피투성이인 아란을 노려보고 있었다. 그러다 갑자기 채찍을 들고 매섭게 노려보면서 다가오는 윤상도 쳐다봤다. 그가 씨부렁거리는 듯한 어조로 욕설을 퍼부었다.

"이건 또 어디서 굴러온 잡종새끼야. 썩 저리 꺼지지 못해?"

윤상은 어려서부터 황자들로부터 심하게 따돌림을 당했다. 그때마다 '잡종'이라는 말을 가장 많이 들었다. 그럴 때면 유난스러울 정도로 분개를 하기도 했다. '잡종'이라는 말은 세상에서 그가 가장 싫어

하는 말이었다.

그런 윤상이었으니 그 말을 듣고 가만히 있을 리가 없었다. 급기야 그가 인상을 험악하게 구긴 채 달려가더니 다짜고짜 호씨라는 사내의 얼굴을 후려갈겼다.

호씨의 얼굴은 금세 피투성이가 되었다. 그는 비명을 지르면서 쓰러져 데굴데굴 굴렀다. 아란과 같이 팔려온 낙호여자들 역시 아우성을 지르면서 마치 불난 집의 쥐처럼 뿔뿔이 흩어졌다.

호씨의 하인들은 한바탕 아수라장이 벌어지자 살기등등한 얼굴을 한 채 우르르 달려들었다. 윤상은 더 이상 사태가 확대돼봐야 좋을 것이 없다고 생각했는지 품안에 감춰뒀던 노란 허리띠를 풀어 손에 들고 흔들어 보이면서 큰 소리로 말했다.

"나더러 감히 잡종새끼라고 그랬나? 너, 방금 그 말을 한 대가를 톡톡히 치르게 해줄 테니 어디 기다려봐. 보시다시피 나는 폐하의 열셋째 황자인 애신각라 윤상이다! 내가 오늘 아홉째마마를 대신해 몸을 좀 풀어야겠어. 그렇지 않아도 몸이 근질거려 심심하던 차인데 말이야."

장내는 순간적으로 쥐죽은 듯 조용해졌다. 윤상이 그 정적을 깨뜨려버리겠다는 듯 껄껄 웃으면서 말을 이었다.

"이봐 호가야! 한판 붙어도 이름이나 알고 붙자. 이름이 뭐야?"

"호세상胡世祥이다, 왜!"

호씨는 공식적인 일로는 북경을 방문한 적이 없는 사람이었다. 당연히 윤상을 만나본 적도 없었다. 그랬으니 윤상의 말을 쉽게 믿지 않을 수밖에 없었다.

윤상은 호씨가 그러거나 말거나 다음 행동에 나섰다. 말없이 다가가서는 있는 힘껏 가래를 끌어올려 호세상의 얼굴에 내뱉은 것이다.

그리고는 빈정거리듯 쏘아붙였다.

"이름 지은 꼬락서니를 보니 너 같은 것도 아들이라고 네 부모들이 유난을 꽤나 떨기도 했겠다!"

윤상이 말을 마치지 무섭게 바로 고개를 돌렸다. 이어 빙 둘러선 주위 사람들에게 물었다.

"여기 북경 임아무개의 친척 된다는 사람 있는가? 내 분명히 말해 두겠어. 아란을 나에게 되팔아야겠어!"

좌중의 사람들이 윤상의 말에 술렁거렸다. 그런 가운데 웬 사내 한 명이 윤상의 시선을 피하며 딴청을 피우고 있었다. 그는 북경에서 윤상을 먼발치에서나마 본 적이 있는 임백안의 친척 조카였다. 아마도 눈앞에 전개되는 상황이 걱정이 되는 모양이었다.

그러나 호씨는 전혀 그런 눈치를 채지 못한 모양이었다. 분위기 파악을 하지 못한 채 더욱 강경하게 나왔다. 급기야는 윤상의 성질을 돋우는 말을 내뱉고 말았다.

"팔지 않겠어! 네까짓 게 무슨 열셋째마마란 말이야?"

"안 판다고?"

윤상은 인내의 한계를 느꼈는지 말을 마치자마자 바로 채찍을 휘둘렀다. 호씨는 급소에 제대로 채찍을 맞은 듯 그대로 땅바닥에 널브러졌다. 상황은 너무 싱겁게 끝나버리고 말았다.

그날 저녁 윤진 일행은 서둘러 강하를 떠났다. 숫자로는 호세상의 상대가 되지 않는다는 생각이 들었던 것이다. 게다가 그가 경거망동이라도 하는 날에는 예상치 못한 몹쓸 꼴을 당하지 말라는 법도 없었다.

아무려나 그들은 연 사흘을 쉬지 않고 움직이고서야 비로소 유팔녀 소유의 땅에서 벗어날 수 있었다. 고복 등이 놀라움을 금치 못하겠다는 등 연신 고개를 흔들면서 혀를 찬 것은 다 이유가 있었다. 윤진 역시 겉으로 표현은 하지 않았으나 속으로는 유팔녀가 상상을 초월하는 부자라는 사실에 놀라움을 금치 못했다.

12장

여덟째 황자의 음모

조양문 부두는 운하가 끝나는 북쪽 종점이었다. 그러나 명나라 말기에 연이은 전란을 겪으면서 오랫동안 보수하지 않은 채 방치해 둔 결과 통로가 거의 막혀버리고 말았다. 그래서 한때는 운하 개통이 어려운 상태에 놓이게 됐다. 그나마 강우량이 충분할 때는 배들이 간신히 정박할 수 있었으나 그렇지 않을 때는 통주通州까지 올 수 있는 것만으로도 위안을 삼아야 했다.

다행히 강희 16년 이후 사정은 조금 좋아졌다. 국가 재정이 점차 호전되자 강희가 과감하게 돈을 투자해 운하를 정비하겠다는 결정을 내린 것이다. 일이 되려고 그랬는지 인재들도 속속 모습을 드러냈다. 치수治水의 귀재인 근보靳輔와 진황陳潢, 우성룡于成龍이 주인공들이었다.

그들이 심혈을 기울여 치수에 나서자 당장 가시적인 성과도 나타났다. 우선 운하의 폭이 무려 10여 장丈이나 더 넓어졌다. 깊이 역시 1장이나 더 깊어졌다. 그로 인해 운하는 전 구간에서 제 기능을 톡톡히 발휘할 수 있게 됐다.

얼마 지나지 않아 운하의 양안兩岸은 자연스럽게 그 옛날의 번성했던 모습을 회복했다. 지방에서 운하를 타고 남북을 오가며 물건을 싣고 오는 사람들과 물건을 사려는 북경의 상인들이 뒤섞여 온종일 북새통을 이루기도 했다. 점포들이 즐비하게 들어섰을 뿐만 아니라 매매되는 상품의 거래량도 엄청났다. 따라서 북경 밖의 또 다른 작은 도시라고 해도 무방할 정도로 조양문 부두는 번화했다.

여덟째 황자 윤사의 저택은 바로 그 조양문 부두의 북쪽에 자리 잡고 있었다. 그는 윤진이 곧 북경에 도착할 것이라는 관보를 들여다보고 있었다. 한바탕 고민을 하고 있는 중이었다.

그는 조정의 의례儀禮에 따르면 강희의 명령이 없는 한 마중을 나갈 수 없게 돼 있었다. 그러나 인간적으로 밖에 나가 고생한 형이 돌아온다는데 모른 척할 수도 없었다. 그것도 바로 자기 집 앞으로 도착하는 것이 아닌가. 그는 정말 고민에 고민을 거듭했다.

팔패륵八貝勒 윤사는 강희의 여러 아들들 중에서 만주팔기 중 정홍기正紅旗, 정람기正藍旗, 양백기鑲白旗 3기三旗를 관할하고 있었다. 다른 직책은 없었다. 어쩌면 장성한 황자들 중에서 가장 한가로운 편이라고 해도 좋았다.

그러나 그는 영악한 사람이었다. 게다가 외견적으로는 너그러우면서 상대에게 자상한 인상을 풍기고는 했다. 그 덕분에 형제들은 말할 것도 없고 지방에 나가 있는 외관들에게도 인기가 좋았다. 너 나 할 것 없이 찾아와 고민을 털어놓고 자문을 구하기도 했다.

또 그는 누가 부탁을 해올 때 그것이 자기 능력 안의 일이라면 친하고 친하지 않고를 떠나 발 벗고 나서서 도와주는 것을 무척이나 좋아했다. 그의 사전에 다른 사람의 고통과 어려움에 대해 강 건너 불 보기라는 것은 없었다. 한마디로 윤진과는 완전히 반대로 인간성 좋다고 소문난 황자였다.

바로 그 때문에 언제부터인가 여덟째에게는 '팔현왕'八賢王이라는 그럴싸한 호칭이 붙어 다녔다. 결코 미사여구로 들리지만은 않는 호칭이었다. 그는 평소 두문불출하기를 좋아했다. 그럼에도 주변에는 항상 사람들이 들끓었다. 그런 이유로 인해 그는 조상들의 가르침을 받들어 정무에 크게 관여하지 않았으나 조정의 육부가 돌아가는 사정에 대해서는 누구보다도 잘 알고 있었다.

얼마 후 드디어 그는 고민을 끝냈다. 미복微服 차림으로 윤진의 환영행사에 참석하기로 결정을 내린 것이다. 그 결정은 그의 뇌리에 순간적으로 떠오른 생각과 무관하지 않았다.

'아홉째 윤당이 어제 저녁 찾아와서는 강하진에서 있었던 일에 대해 시시콜콜 얘기를 해줬지. 넷째 형님과 열셋째는 지금 내 손바닥 위에 있어. 열째 윤아는 국채 환수 문제로 시세륜과의 장기전에 돌입해 있고. 게다가 내무부의 확실한 소식통은 태자 형님에 대한 폐하의 불만이 날이 갈수록 증폭된다고 얘기했었어. 넷째 형님과 열셋째는 태자 형님의 오른팔, 왼팔이니까 북경에 도착하는 즉시 이 모든 소식을 접하게 될 거야. 그러면 그렇지 않아도 그리 원만하지만은 않은 우리 형제들 사이에서 내가 자칫 때 아닌 된서리를 맞을 수도 있어. 더구나 지금 조정의 일각에서는 태자 형님이 폐위당하는 것이 기정사실화된 것처럼 소문이 나돌기 시작했어. 형님을 대체할 유력한 황자로는 내가 손꼽히고 있는 것도 사실이고. 물론 아직까지는 아무런 근거도 없는 뜬소문에 불과해. 그러나 아무것도 모르고 있는 넷째 형님과 열셋째에게는 대단히 황당하고 짜증스러운 일임에 틀림없어. 그로 인해 우리 형제들 사이에 불신과 미움이 싹틀 수도 있지. 아무래도 마중을 나가야겠어.'

여덟째는 윤진과 윤상을 마중 나가겠다는 결정을 내리고서도 곧바로 행동을 개시하지 않았다. 식객들과 바둑을 두면서 한가하게 시간을 보냈다. 어느새 날이 어두워지기 시작했다. 마침 그때 밖에서 하인이 아뢰는 소리가 들렸다.

"여덟째마마! 넷째와 열셋째 마마를 모시고 오는 관선官船이 방금 도착했습니다."

"알았네! 먼저 알아서들 하게. 나는 나중에 나갈 거야."

여덟째가 웃으면서 주변의 사람들에게 말했다. 이어 바로 자리에서 일어나더니 우윳빛 비단 두루마기로 갈아입었다. 그리고는 모자도 쓰지 않은 채 눈에 잘 띄지 않는 미복 차림으로 두 명의 하인을 거느리고 대문을 나섰다.

그가 현장에 도착했을 때는 흠차를 영접하는 의식이 막 끝난 뒤였다. 윤진과 윤상은 조금 전에 배에서 내린 듯 마중 나온 예부의 관리들 몇 명과 일일이 인사를 나누고 있었다.

두 줄로 길게 늘어선 천막에서는 불과 얼마 전까지만 해도 요란했을 북소리가 전혀 들리지 않고 있었다. 반면 열두 개의 황사黃紗 궁등宮燈 아래에 모인 관리들의 모자에서 화령花翎이 별처럼 번쩍번쩍 빛을 내고 있었다.

윤진과 윤상은 그들 사이에 묻혀 있었으나 곧바로 길이 트였다. 여덟째를 발견한 관리들이 일제히 두 줄로 나뉘어 갈라서면서 둘을 위해 길을 만들어준 것이다.

여덟째가 그 순간을 놓치지 않고 말했다.

"넷째 형님, 오시느라 수고 많으셨죠? 열셋째 아우도 고생 많았겠군!"

여덟째가 말을 마치고는 빠른 걸음으로 윤진의 앞으로 다가갔다. 그리고는 한쪽 무릎을 꿇어 깍듯하게 예의를 갖췄다. 이어 몸을 일으켜 윤진의 차가운 손을 끌어당기면서 환한 얼굴로 말했다.

"다행히 안색은 괜찮아 보이시네요. 같이 있을 때는 몰랐는데, 무려 팔, 구 개월을 떨어져 있으니 허전한 느낌이 들 때가 한두 번이 아니었어요. 그래서 피는 물보다 진하다고 하는가 봐요!"

여덟째가 한바탕 감격에 겨워했다. 곧이어 윤상에게로 고개를 돌리며 말했다.

"열셋째는 세상 공부를 많이 한 것 같아. 보기에 그 전보다 훨씬 더 노련해 보이는군!"

"여덟째 형님이 걱정해주신 덕분이죠 뭐! 그립기는 우리들도 마찬가지였어요. 그런데 추석이 내일 모레인데, 맛있는 것 많이 준비해 두셨어요?"

윤상이 기쁜 어조로 질문을 했다. 지극히 그다운 질문이었다. 그러자 아무런 말없이 웃기만 하던 윤진이 말머리를 돌려버렸다.

"저쪽에도 가봐야지. 아직 많은 사람들이 꿇어앉아 있잖아!"

윤상이 윤진의 말에 웃으면서 대답했다.

"남자의 무릎 밑에는 황금이 있다고 했어요. 무릎 좀 혹사하기로서니 툴툴댈 사람들은 절대 아닐 거예요!"

"열셋째는 어릴 적부터 유난히 영리했지! 입으로 다 까먹고 다녀서 그렇긴 하지만."

여덟째가 웃음을 머금은 채 칭찬인지 비아냥인지 모를 말을 덧붙였다. 그럼에도 지극히 사이좋은 모습을 잃지 않은 채 관리들이 꿇어

앉아 있는 천막 쪽으로 발길을 옮겼다.

그들은 조금 전 부둣가에 마중 나온 낭관郎官 이상 직급의 사람들과는 질적으로 많이 달랐다. 거의가 다 과도科道(정7품 아래의 하급 관리들)와 사관司官(육부에 소속된 7품의 관리들)들이었다.

수백 명은 족히 될 그들은 윤진 일행을 발견하는 순간 일제히 머리를 조아렸다. 이어 예부 사역관사四譯官司(소수민족 언어를 담당하던 예부의 한 부처)의 요전姚典과 유섭劉燮 두 사람이 앞으로 나서면서 그들을 대표하여 인사를 올렸다.

"넷째마마, 열셋째마마! 그동안 평안하셨사옵니까?"

그러나 요전과 유섭은 인사를 올리면서도 여덟째의 눈치를 슬쩍 보는 것을 잊지 않았다. 허리를 펴고 일어서면서 여덟째를 힐끗 쳐다본 것이다. 여덟째의 집을 자주 드나드는 사람들다웠다.

"날도 어두운데 기다리느라고 수고들 많았네. 그만 일어나게. 서직문에 살고 있는 사람들도 많을 테니 오늘은 이 정도로 하지. 일단 집으로 돌아가도록 해. 내일 다시 만나자고."

윤진이 너무 예의를 차릴 것 없다는 투로 말했다. 그러자 예부시랑인 송문운宋文運이 황급히 윤진에게 다가섰다.

"넷째마마, 먼 길 오시느라 여독이 만만치 않으실 것으로 생각합니다. 저희들이 달리 충정을 보일 방법도 없고 해서 간단하게 술상을 봐놓았습니다. 잠시 자리를 옮겨 주셨으면 감사하겠습니다."

송문운의 말이 끝나자마자 윤진이 즉각 그다지 반갑지 않은 표정을 지었다. 그럼에도 그가 가리키는 곳을 힐끗 쳐다보기는 했다. 과연 근처 천막 안에 20개는 족히 넘을 듯한 음식상이 차려져 있었다. 갖가지 과일을 비롯한 음식들도 작은 산처럼 높이 쌓여 있었다.

윤진이 순간적으로 미간을 찌푸렸다.

"흠차가 외부에 나가서 순시를 할 때 현지 관리들은 절대 술상을 마련해서는 안 돼. 그것은 오랜 관행이야. 그렇다면 돌아와서도 역시 마찬가지여야 하지 않겠어? 성의는 가상하나 우리는 이미 배에서 대충 요기를 했네. 지금 같아서는 아무 곳에나 드러누워 쉬고 싶은 마음 밖에는 없네. 눕기만 하면 바로 잠들 것 같아. 그리고 자네들도 알다시피 내가 일을 한두 해 하는 것도 아니잖아. 또 내 성격을 웬만큼은 아는 사람들이 아닌가. 그런데 이게 뭔가? 말이 나왔으니 말인데, 오늘 저녁 의장대의 행렬도 너무 사치스러웠어. 나는 이런 것이 오히려 부담스럽네."

윤진을 마중하러 나온 관리들은 사실 나름대로 최선을 다했다고 할 수 있었다. 그런 만큼 윤진이 어깨를 다독여주고 등도 쓸어주는 격려나 친절 정도는 베풀어도 괜찮았다. 아니 최소한 혼내는 일은 없어야 했다. 관리들 역시 그렇게 생각하던 차였다.

하지만 현실은 정반대로 오히려 된서리를 맞고 말았다. 그들은 머쓱한 표정을 짓고 아무 말도 하지 못했다. 허탈하고도 서운했다. 또 원망스럽기도 했다. 하지만 겉으로는 어색한 웃음을 지어보이면서 다시는 이렇게 하지 않겠노라는 자세를 보일 수밖에 없었다.

물론 송문운은 '빌어먹을 자식아, 너 잘난 줄 누가 모르냐!'고 속으로는 심한 욕까지 서슴지 않았다. 그러나 어떤 식으로든 눈앞에 닥친 사태는 마무리 지어야 했다. 곧 그가 억지로 웃음을 지어내면서 오히려 변명을 했다.

"넷째마마, 혹시 오해하시지 않을까 싶어 드리는 말씀입니다. 이 음식은 나랏돈으로 마련한 것이 아닙니다. 저를 비롯한 하관들이 한 푼 두 푼, 십시일반으로 모은 돈으로 마련한 음식입니다. 넷째마마께서 그냥 가시면 하관들이 서운해서 잠이나 오겠습니까?"

윤진의 말과는 달리 둘은 배에서 아무런 요기도 하지 않았다. 배가 고팠던 윤상은 음식 냄새를 맡고 식탐이 동하는 눈치였다. 그랬으니 아무것도 먹지 않았는데 먹었다고 생고집을 피워대는 윤진이 원망스럽기도 하고 우습기도 했다. 그럼에도 누구보다 윤진의 성격을 잘 아는 그로서는 그대로 잠자코 있는 수밖에는 달리 방법이 없었다.

"웬만하면 젓가락을 들었다 놓는 시늉이라도 하시죠. 앞으로는 두 번 다시 이런 일이 있어서는 안 되겠습니다. 그러나 오늘은 이미 음식이 마련됐으니 어떻게 하겠습니까. 버릴 수도 없고 말이죠. 이 아우의 체면을 봐서라도 자리를 좀 해주셨으면 좋겠네요. 사실 오늘 이 일의 주범은 저입니다. 저 사람들은 저를 믿고 따른 죄밖에는 없어요."

윤사가 마치 윤상의 속마음을 들여다보기라도 했는지 윤진에게 은근하게 음식을 먹을 것을 권했다. 경직된 분위기를 조금이나마 완화시키려고 얼굴에 크게 대수롭지 않다는 듯한 웃음도 흘렸다.

윤진이 윤사의 말을 잠자코 듣는가 싶더니 어떻게 할 도리가 없다는 표정을 한 채 천막 안으로 발걸음을 옮겼다. 사람들은 그제야 안도의 숨을 내쉬면서 꾸역꾸역 윤진의 뒤를 따라 들어갔다. 그리고는 저마다 조심스럽게 자리를 잡았다.

곧 술이 서너 순배 돌았다. 좌중의 관리들은 언제 면박을 당했던가 싶게 바로 활기를 띠면서 부지런히 술잔을 주고받았다. 하지만 그들과는 달리 윤진의 마음은 마냥 무겁기만 했다. 눈앞의 분위기를 살펴볼 때 석연치 않는 부분이 있었기 때문이었다.

원래 조정의 규정대로라면 지방으로 순시를 나갔다 돌아오는 황자를 맞이할 때는 궁등을 8개 이상 내걸 수 없었다. 또 용기龍旗 역시 9개 이상 걸지 못하게 되어 있었다.

하지만 오늘은 평소와 달랐다. 천막 밖에는 12개의 궁등과 12개의 용기가 내걸려 있었다. 그뿐만이 아니었다. 음악도 창음각暢音閣에서나 들려나옴직한 어악御樂이 흘러나오고 있는 것이 아닌가! 윤진으로서는 뭔가 음모가 있지 않나 하는 생각을 할 수밖에 없었다.

'그 어떤 것을 보더라도 이 분위기는 황자로서는 상당히 부담스러울 수밖에 없는 '파격'적인 것이야. 윗선의 지시에 따른 것이라면 분명히 그렇다고 밝혔을 거야. 하지만 만약 자기들끼리 스스로 마련한 자리라면 문제는 복잡해져. 이것은 환영행사라기보다는 함정에 가까워!'

윤진이 한참 생각을 하다 말고 다시 음식상을 살펴봤다. 아니나 다를까, 음식들은 하나같이 어선御膳을 모방한 흔적이 역력했다.

윤진이 음식상을 마주하고 앉은 채 때 아닌 고민에 사로잡혀 있을 때였다. 윤상이 허겁지겁 음식을 입에 넣고 우걱우걱 씹으면서 말했다.

"이렇게 차리려면 한 상에 열다섯 냥 없이는 못할 걸요? 여덟째 형님, 이제 보니 알토란같은 부자네요!"

"음식상은 아래 관리들이 정성껏 마련한 거야. 고마워하려면 저 사람들에게 해야 한다고. 대충 차렸다가 먼 길 오느라 수고 많으신 두 분이 서운해 하면 어떻게 하나 해서 정성을 듬뿍 쏟은 거지. 그런데 넷째 형님은 왜 아직 그러고 앉아계시는 거예요? 너무 나쁘게 생각하지 마세요. 전에 제가 봉천奉天에 갔을 때 파해巴海과 장옥상張玉祥도 이렇게 술상을 봐왔어요. 아니 오히려 이것보다 화려하면 화려했지 못하지 않았다고요. 그런데도 저는 아무런 불만도 나타내지 않았어요. 그랬더니 그 사람들이 뭐라고 그런 줄 아세요? '폐하께서 동순東巡하실 때 특별히 하사하신 식단입니다. 영양만점이니 이런 식으로 먹으라고 하시더군요?' 하고 말하지 뭐겠어요. 세상은 가끔씩 둥글둥글 흐리멍덩하게 대충 살아가기도 해야 하는 겁니다. 괜히 혼자서만 고고한 척 두 눈 부릅뜨고 있을 수는 없잖아요?"

여덟째가 윤상이 의도적으로 자신에게 도발을 하려 한다는 사실을 직감한 듯 묘한 어조로 말했다. 그러나 윤진은 끝내 젓가락 한 번 들지 않았다. 곧 그가 무거운 입을 열었다.

"그렇겠지. 하지만 나는 별종이라서 그런지 혼자서라도 두 눈을 부릅뜨고 항상 깨어 있고 싶어. 또 내가 먹지 않는 것은 결코 하관들의 성의를 무시해서가 아니야. 아까 배에서 내리기 전에 먹은 음식이 소화가 안 돼서 정말 먹을 수가 없어서 그래. 이 이유가 다소 억지스럽다면 다른 이유도 말할 수 있지. 우리가 과연 한 끼에 수백 냥이나 되는 음식을 차려 먹어도 될 만큼 나라와 백성들이 부유하냐는 것이지……."

좌중의 사람들은 어디 하나 틀린 데 없는 윤진의 훈계에도 불구하고 꾸역꾸역 입 안으로 음식을 밀어 넣었다. 그러나 다들 하나같이 화가 치미는 눈치였다. 밥 먹을 때는 개도 건드리지 않는다는데, 왜 유독 까칠하게 구느냐는 생각을 하는 것도 같았다. 또 그러고도 대청大清의 황자냐는 불만도 없지 않은 것 같았다.

그런 어색한 분위기가 계속 이어지고 있을 때였다. 갑자기 요전이 찰싹! 하고 자신의 뺨을 후려쳤다. 좌중의 사람들이 너 나 할 것 없이 놀라서 왜 그러느냐고 묻자 요전이 히죽 웃으면서 말했다.

"몹쓸 놈의 모기 새끼가 사람을 못 살게 굴잖아!"

송문운은 요전의 행동이 무엇을 뜻하는지 너무나도 잘 알았다. 하지만 굳이 내색은 하지 않은 채 어색하게 웃으면서 윤진에게 계속 음식을 권했다.

"넷째마마, 음식이 다 식어갑니다. 데워오라고 할까요?"

"그럴 것 없네. 이번 행차에서 내가 거둔 아이 중에 부모가 굶어죽은 아이가 두 명이나 있어. 한 명은 송아지, 한 명은 강아지라고 해. 그 아이들을 생각하면 나는 바늘방석에 앉은 것 같은 느낌이 든다고. 진수성찬을 마주한 지금 이 시각에도 백성들은 굶어 죽어가고 있지 않겠느냐 이 말이지!"

윤진이 굳은 얼굴을 한 채 대답했다. 이어 안색을 달리하는가 싶더니 곧바로 자리에서 일어났다. 윤상도 기름기 번지르르한 입가를 닦으면서 서둘러 그의 뒤를 따라 나섰다.

윤사가 온다간다 소리도 하지 않은 채 휭하니 밖으로 나가는 윤진을 쳐다보면서 씁쓰레한 표정을 짓고는 송문운에게 위로의 말을 건넸다.

"저게 넷째 형님의 매력이잖아? 화가 나더라도 나를 봐서 없던 일로 해줬으면 좋겠네!"

여덟째 역시 말을 마치자마자 바로 자리를 털고 밖으로 나왔다. 윤진과 윤상 그리고 윤사까지 그렇게 자리를 비우자 좌중의 관리들은 언제 주눅이 들었던가 싶게 저마다 신이 나서 떠들어댔다.

"바늘로 찔러도 피 한 방울 나오지 않을 어른에게 아부를 떠는 사람도 아둔하기는 마찬가지지. 꼭 며느리를 업고 강을 건넌 시아버지 격이지 뭐. 기운만 빼고 좋은 소리는 한마디도 못 듣고!"

한 관리가 그렇게 말하자 다른 이가 맞장구를 쳤다.

"그 집에는 동물들만 바글바글한 모양인가 봐. 전부 강아지니 송아지니 하잖아. 그놈의 성질머리에 똥강아지 배가 터질라!"

관리들의 윤진에 대한 욕의 강도는 더욱 거칠어지고 있었다. 하기야 윤진이 자리에 없었으니 그럴 만도 했다.

하지만 그것은 그들의 착각이었다. 강아지가 측간에 간 윤상을 기다리면서 밖에서 그들의 말을 다 듣고 있었던 것이다. 화가 치밀어 씩씩대지 않는 것이 오히려 이상하다고 해야 했다.

마침 그때 윤상이 나타나서 강아지에게 말했다.

"넷째 형님을 따라가지 않고 여태 기다리고 있었어?"

"저것들이 함부로 말을 지껄이잖아요!"

강아지는 생각할수록 화가 치미는 모양이었다. 나중에는 말도 제대로 잇지 못했다. 윤상도 그제야 알겠다는 듯 천막에 귀를 바싹 붙인 채 관리들의 얘기를 엿들었다.

안에서는 여전히 윤진과 윤상을 동물에 빗댄 온갖 상스러운 욕설을 여과 없이 내뱉고 있었다.

"호랑이가 새끼 아홉 마리를 낳아도 바보 자식 하나쯤은 있다는데, 용이라고 별 수 있겠냐."

"쥐새끼도 구멍 뚫는 재주는 대물림 받는다더니."

당사자가 없는 자리에서 하는 욕이라고는 해도 차마 더 이상 들어 넘길 수가 없을 정도였다. 윤상은 그 욕들이 윤진과 자신 두 사람을 빗대 토해내는 것이 분명하다고 판단하지 않을 수 없었다. 하지만 그렇다고 무작정 들어가 따질 수도 없는 일이었다.

윤상이 이를 갈면서 화를 가라앉히고 있을 때였다. 갑자기 송아지가 나타나 다짜고짜 윤상을 잡아끌더니 관리들이 타고 온 20여 마리의 말들이 있는 곳으로 향했다. 이어 윤상의 귓가에 대고 뭐라고 소곤거렸다.

"좋았어! 그래, 그래. 음, 알겠어. 뒤는 이 열셋째마마께서 책임질 테니 어디 한번 잘해봐!"

윤상이 송아지의 생각이 절묘하다는 표정으로 고개를 끄덕였다.

눈빛이 유리알처럼 반짝이고 있었다.

곧 송아지가 허리춤에서 폭죽 한 줄을 꺼내 보였다. 그리고는 자신만만한 표정을 지은 채 웃어보였다. 이어 말에게 다가가더니 말꼬리에 폭죽을 매달았다. 그러자 어느새 불을 들고 온 강아지가 웃으면서 말했다.

"열셋째마마! 그런데 폭죽이 터지자마자 우리는 죽기 살기로 튀어야 해요. 황자마마의 체면에는 그게 좀……."

윤상이 그게 뭐가 대수냐는 듯 씽긋 웃어보였다. 그러더니 직접 폭죽에 불을 붙이는 것과 동시에 말의 엉덩이를 힘껏 걷어찼다. 말은 갑자기 자신의 몸에서 타닥타닥 거센 불꽃이 튀고 요란한 소리가 나자 깜짝 놀랐다. 이내 두 발을 높이 치켜들더니 한바탕 괴성과 함께 파죽지세로 천막을 향해 달려갔다.

순간 안에서는 식탁이 뒤집어지고 그릇 깨지는 소리가 울려 퍼졌다. 관리들의 아우성 소리 역시 그 와중에 어우러지고 있었다. 완전 난장판이 따로 없었다.

윤상과 아이들은 그 모습을 보고는 서로 손바닥을 부딪치면서 승리를 자축했다. 이어 곧바로 윤진의 팔패륵부로 향했다.

세 사람은 얼마 후 윤진과 윤사가 미리 가 있던 팔패륵부에 무사히 도착했다. 문지기들은 마치 셋이 오기를 기다렸다는 듯 공손하게 허리를 굽힌 다음 길을 안내했다.

셋은 곧바로 서재가 있는 이성재怡性齋에 이르렀다. 윤진의 세 아들인 홍시弘時, 홍주弘晝, 홍력弘曆이 공손히 문 앞에 시립하고 서 있었다. 큰 아이가 여덟 살, 작은 아이가 다섯 살밖에 안 돼서 그런지 그들이 움직이는 곳에는 항상 한 무리의 태감과 시녀들이 따라다니고 있었다.

그중 큰아이 홍시가 윤상을 발견하고는 황급히 다가와 무릎을 꿇으며 인사를 올렸다.

"안녕하세요, 열셋째 삼촌! 그렇지 않아도 아버지께서 방금 전까지도 열셋째 삼촌은 아직 안 오셨느냐고 물으셨어요."

홍주와 홍력은 무릎을 꿇고 인사를 마치자마자 쪼르르 윤상의 품으로 달려들었다. 역시 아이들답게 예쁜 짓을 하려는 듯했다.

윤진이 바깥의 소리를 듣고 윤상이 온 것을 알았는지 안에서 걸어나오면서 엄격하게 말했다.

"삼촌 힘드시니까 그만 해라. 고복, 자네는 세자世子들을 데리고 그만 돌아가게. 내일 폐하를 뵙고 난 후에야 집으로 갈 수 있을 것이라고 복진에게 전해주게. 오사도 선생과 문각文覺, 성음에게도 알아서 전해주게."

"넷째 형님! 긴히 드리고 싶은 말이 있습니다. 그런데 정작 말하려니까 형님한테 혼날 것 같네요. 그렇다고 해야 할 말을 그대로 삼키자니 체할 것 같고 말이죠. 아무튼 기분이 영 그러네요."

여덟째가 주위를 물리치더니 직접 먹을거리를 준비하면서 진지하게 입을 열었다. 윤진이 잠자코 그를 쳐다보더니 피식 웃음을 터트리면서 물었다.

"뭔데 그래? 말해봐. 내가 그렇게 무서워?"

윤사가 대답했다.

"세상에 넷째 형님을 무서워하지 않는 사람도 있나요? 넷째 형님의 그 집채 같은 위엄에 짓눌리면 오줌을 살살 지리는 것은 기본이라는 말까지 나돌고 있는 걸요? 그런 위엄은 아무나 보일 수 있는 것이 아니죠. 때문에 때로는 그런 넷째 형님이 부럽기도 해요. 하지만 넷째 형님은 가끔씩 보면 도가 좀 지나치시는 것 같아서 서글퍼지기도 해요. 당연히 대부분의 경우에는 강한 것이 약한 것을 이기죠. 그러나 때로는 부드러운 것이 강한 것을 이기는 경우도 적지 않거든요. 형님은 부러지면 부러졌지 휘어지지는 않는 것이 문제라고 생각돼요. 동성에서 떠나오기 전 염상들의 주머니를 조금 홀가분하게 해주셨다는 말을 듣고 참 통쾌했어요. 그런데 소인과 간신배들이 득실거리는 이곳 북경에서 다들 저처럼만 생각하라는 법은 없지 않겠어요?"

윤사는 그러면서 윤진의 눈치를 살폈다. 앞으로 윤진의 행동에 조심스럽게나마 제동을 걸겠다는 의사를 표하는 듯했다.

"또 없는가? 계속해 봐."

윤진이 무뚝뚝한 어조로 말했다.

"별다른 것은 없고요……. 오늘 환영잔치 하는 자리에서 넷째 형님은 실수를 하지 않으셨어요. 그러나 제가 보기에는 조금 지나치지 않으셨나 생각해요. 그 사람들 입장에서는 지방에서 고생하시고 오랜만에 북경으로 돌아온 흠차에 대한 존경의 마음을 조금이나마 표현하려던 것뿐이었어요. 그런데 형님이 그렇게 나와서 너무 난감해 하는 것 같았어요."

윤진의 물음에 윤사가 재빨리 생각을 정리하면서 대답했다. 그러자 옆에 있던 윤상이 가만히 웃음 머금은 얼굴을 한 채 뭔가를 생각하는 모습을 보였다. 마치 '그 뒤의 난감한 장면은 보지 못했지? 굉장했다고!'라고 말하는 듯했다.

윤진이 그런 윤상의 속마음을 아는지 모르는지 접시에 있던 잣을 들더니 손 안에서 만지작거리면서 말했다.

"하늘이 늙지 않는 것은 칠정七情과 육욕六欲이 없기 때문이 아닌가 싶어. 또 달이 일그러지는 것은 원한과 아픔 때문일 거라고! 도랑 치고 가재 잡는다거나 누이 좋고 매부 좋은 일은 절대 없어. 나는 모두에게 돌팔매를 맞는 한이 있더라도 내키지 않는 일은 못해!"

윤진이 말을 마치고는 곧바로 화제를 돌려 물었다.

"요즘 아바마마의 옥체는 어떠신가?"

"좋은 것 같아요. 올 여름 내내 창춘원에서 한 걸음도 나오지 않으셨죠. 또 혈색도 좋아 보이세요. 그러나 기력은 예전 같지가 않은 것 같았어요. 건망증도 심한 정도는 아니신 것 같아요. 물론 조운漕運 총독總督으로 이부吏部에서 풍승운豐升運을 천거했을 때 아바마마 당신께서 흔쾌히 허락을 하셔놓고도 이부 사람들을 만난 자리에서는 '왜 조운총독 봉지인封志仁이 여태 모습을 보이지 않는 거지?'라고 말씀하신 적은 있으셨죠. 하지만 크게 걱정할 정도는 아니겠죠?"

윤사가 다소 장황하게 윤진의 질문에 대답했다. 그리고는 입을 가린 채 슬쩍 웃음을 지었다. 그러자 윤상이 부채를 부치면서 차를 냉수 마시듯 꿀꺽 마시고는 그의 말을 받았다.

"풍승운 그 늙은 영감탱이가 늘그막에 대운이 터졌군! 넷째 형님은 실제로 본 적이 없으시죠? 그 사람 턱이 완전히 부삽 같아요. 게다가 뭐가 불만인지 위로 뒤집어져 있기까지 해요. 음식 먹을 때면 가관이 따로 없다고요."

윤상이 말을 마치자마자 익살스럽게 풍승운의 흉내를 냈다. 윤진과 윤사는 그 모습에 약속이나 한 듯 얼굴에 웃음을 흘렸다. 잠시 후 윤사가 다시 입을 열었다.

"넷째 형님과 열셋째를 서둘러 부르신 것은 역시 국채 환수 문제 때문일 거라고 생각합니다. 물론 시세륜이 부임한 이후로 돈이 많이 걷히기는 했어요. 아바마마께서도 참 대단한 사람이라면서 엄지를 치켜세우시더라고요. 우리 형제들 중에서는 아직 열째만 빚이 조금 남아 있는 것 같더군요. 또 외관들 중에서는 스무 명 정도가 아직 빚 청산을 못하고 있는 모양이에요. 조인曹寅과 목자후穆子煦 같은 사람들이에요. 솔직히 얼마 안 되죠. 하지만 그들 중에는 진짜 막대기를 휘둘러도 아무것 하나 걸릴 것 없는 빈털터리라 못 갚는 사람도 있어요. 이를테면 목자후와 같은 공신들이 그렇다고 봐야 하죠. 미꾸라지처럼 요리조리 피해 다니는 자들보다는 그래도 인간들이 괜찮은 경우에 해당하지 않을까요? 어쨌거나 시세륜은 지금쯤 넷째 형님과 열셋째의 귀경 소식에 정말 뛸 듯이 좋아하고 있을 거예요."

윤사가 잠시 말을 멈추고는 자리에서 일어났다. 이어 감개가 무량한 듯 한숨을 내쉬면서 다시 말을 이었다.

"열째야 살살 달래면 어떻게 안 되겠습니까만 목자후는 다르죠. 워낙에 공이 큰 개국공신開國功臣이고, 목숨을 걸고 오랫동안 폐하를 지켜온 일등시위一等侍衛잖아요. 게다가 그 사람이 빌린 돈은 사실 폐하께서 쓰신 거라고 해도 과언이 아니라서 좀……."

"그건 문제될 것 없어. 부류별로 대처하는 방법이 다 있어. 예컨대 목자후 같은 공신은 우리가 인정사정 보지 않고 목을 조이게 되면 아바마마께서 알아서 잘 처리하시겠지. 또 열째 같은 경우에는 평소에 자네의 말을 제일 잘 듣는 편이니 설득을 좀 하면 될 거야. 나도 가진 것은 없으나 열째가 진심으로 갚으려는 노력을 보이면 모자라는 부분은 좀 보태줄 수도 있어. 자네가 그렇게 전해주라고."

윤진이 조정의 빚쟁이들을 위해 변호하려고 하는 기색이 역력한 윤사의 말에 전혀 호응하지 않는 어조로 말했다. 윤진은 찔러도 피 한 방울 나오지 않는다는 사람다웠다. 그러자 말을 꺼냈다가 본전도 못 찾은 여덟째가 어쩔 수 없다는 듯 실소를 터트렸다.

윤상은 그런 두 형의 신경전에는 별로 관심이 없다는 듯 바로 엉뚱한 말로 대화에 끼어들었다.

"여덟째 형님, 사실은 형님한테 부탁드리고 싶은 것이 있어요."

"뭔데? 말해봐."

"제가 강하진에서 아홉째 형님 문하의 사람을 개 패듯 패주고 왔어요. 형이 아홉째 형님 만나면 얘기 좀 잘해줘요. 제가 들으니 그 낙호여자들은 아홉째 형님이 사들여 여덟째 형님한테 선물하려고 했던 여자들이라면서요? 그중에는 제가 봐둔 여자도 하나 있어요. 내친김에 인심 한번 팍팍 써보시는 것도 좋지 않겠어요?"

윤상이 정색을 하면서 말했다. 여덟째는 임백안으로부터 강하진에서 일어났던 일을 이미 들어 알고 있었다. 그러나 일부러 금시초문이라는 듯 놀라는 척했다. 이어 고개를 갸웃거리면서 말했다.

"그게 아닌 밤중에 무슨 남의 다리 긁는 소리야? 나는 여자를 사오라고 부탁한 적이 없어! 혹시 어떤 자식이 내 이름을 도용해 나쁜 짓을 하고 다니는 것 아냐? 한번 조사해봐야겠군!"

여덟째는 정말로 모르는 척 시치미를 뚝 잡아뗐다. 완전히 버선을 뒤집듯 홀딱 뒤집어 보이지 않으면 인정하지 않겠다는 태도였다. 윤진은 할 수 없이 강하진에서 있었던 일의 자초지종을 그에게 들려줬다.

"그림이 정말 좋았겠군. 영웅이 미인을 구해내는 호쾌한 장면이 떠오르는데? 그러나 넷째 형님, 그 일은 맹세컨대 저하고는 전혀 상관없는 일이에요. 하지만 아우가 관심을 보이고 제 체면과도 관련이 있는 만큼 시간을 가지고 사건의 전말을 조사해보도록 하겠습니다. 앞으로 지켜봐 주세요."

여덟째가 다소 과장된 웃음을 크게 짓고는 말했다. 윤진도 미소를 지으며 자리에서 일어나더니 회중시계를 꺼내보면서 말했다.

"벌써 해시亥時가 다 됐군. 빨리 역관에 가봐야겠어. 오늘 못 다한 얘기는 나중에 시간을 가지고 천천히 하도록 하자고. 내일은 아바마마도 찾아뵈어야 하고 당분간은 정신이 없을 것 같아!"

여덟째는 윤진이 그만 가봐야겠다는 생각을 굳혔다고 생각했는지 더 이상 만류하지 않았다. 곧이어 둘을 대문 밖까지 바래다줬다.

13장

고조되는 갈등

윤진과 윤상은 역관에 도착해서야 비로소 조촐한 저녁상을 받아 허기를 달랠 수 있었다. 이어 윤상은 안락의자에 반쯤 기댄 채 평소에는 보기 힘든 진지한 표정을 지었다. 그리고는 천장을 뚫어지게 쳐다보고 있었다.

윤진이 그런 윤상을 보면서 피식 웃으면서 말했다.

"무슨 생각을 그렇게 골똘히 하는 거야?"

"여덟째 형님은 아무리 봐도 참 종잡을 수 없는 사람이에요. 어느 누구에게도 미움을 사지 않으려고 안간힘을 쓰는 것을 보면 틀림없는 위선자인 것 같은데, 어떨 때는 부처님이 따로 없이 거룩해 보이기도 하니 말이에요. 그런데 결과적으로는 좋지 않은 쪽으로 자꾸만 저울이 기울려고 하는 것은 아홉째 형님, 열째 형님 그리고……."

윤상이 한참 말을 하다 말고 이마를 쓸어 올렸다. 이어 깊은 한숨을 내쉰 채 말을 삼켜버렸다. 열넷째까지 말하고 싶었으나 입을 다문 것은 윤진과 같은 어머니에게서 태어났다는 데에 생각이 미쳤기 때문이었다.

그가 화제를 돌려 다시 말을 이었다.

"……그리고 그 일당들, 예컨대 규서揆叙나 아령아阿靈阿, 왕홍서王鴻緖, 악륜대鄂倫岱 이런 잡것들이 종일 여덟째 형님을 맷돌 돌리듯 하면서 둘러싸고 있기 때문이겠죠?"

"그렇게 생각하는가? 나는 여덟째가 상당히 괜찮은 사람이라고 봐. 덕망은 인간성과 정비례하는 것이 아닌가? 내가 종합적으로 봤을 때 태자 형님, 그리고 너와 나 셋을 합쳐도 여덟째 한 사람을 능가할 수는 없을 것 같아. 그러나 좋은 일을 많이 하다 보니까 온갖 잡동사니들이 들러붙는 것도 어쩔 수 없는 일이지. 걱정하지 마. 여덟째가 저렇게 쉬워 보여도 결코 밑지는 장사는 하지 않을 사람이니까!"

윤진이 웃음 머금은 얼굴로 말했다. 하지만 윤상은 동의하지 못하겠다는 듯 코웃음을 쳤다.

"걱정이라고요? 제가 아무리 한가하기로서니 그 형님을 왜 걱정해요? 제가 진짜 걱정되는 사람은 바로 넷째 형님인 걸요! 지금 누구는 미리 쳐 놓았던 그물을 살살 걷어 올려 자기 것으로 만드는 일밖에는 남지 않았어요. 그러나 넷째 형님은 사람을 들러붙게 하기는커녕 저만치 달아나게 만들고 있다고요. 그렇다고 태자 형님이 알아주는 것도 아니고……."

윤진이 따지는 듯한 윤상의 말에 잠시 놀란 기색을 보였다. 그러더니 곧 고개를 대충 끄덕여 보이면서 찻잔으로 얼굴을 반쯤 가렸다. 윤상이 다시 말을 이었다.

"아마 납이소納爾蘇(청 황실의 종실) 왕이 북경에 들어왔을 때일 겁니다. 당시 태자 형님은 그가 성의를 보인 액수가 성에 차지 않는다고 꼬투리를 잡아 혼을 냈어요. 그래놓고 자기는 손을 탁탁 털고 일어났어요. 곤장을 때리는 것은 넷째 형님한테 감독하라고 했잖아요. 육경궁에서 술기운에 정鄭 귀인貴人을 집적댔을 때도 어땠나요. 그 부도덕한 행동이 들키자 극약을 먹여 죽여 버리려고 했잖아요. 또 그게 탄로가 나자 형님에게 덕비德妃마마한테 사정을 해달라고 부탁했죠? 사고는 자기가 치고 뒤치다꺼리는 누구한테 시키는 겁니까, 도대체! 형님이 태자 형님 뒤나 치우러 다니는 사람인 줄 아는 모양이죠? 우리가 안휘성을 떠나왔을 때도 마찬가지예요. 치수 명목으로 염상들에게 모금한 사실을 두고 여론이 들끓었으면 태자 형님이 어떻게 했어야 하나요? 태자의 권위를 가지고 나서서 우리를 좀 두둔해 줄 수도 있었잖아요……."

"쉿! 낮말은 새가 듣고 밤말은 쥐가 듣는다고 하잖아!"

윤진이 갈수록 흥분하는 윤상을 보면서 황급히 주의를 줬다. 그리고는 창가로 살그머니 다가가서는 경계 어린 시선으로 달그림자가 희미한 창밖을 꼼꼼히 살폈다.

얼마 후 그가 엿듣는 사람이 없다는 사실을 확인하고는 윤상에게 훈계하듯 말했다.

"너, 무슨 허튼소리를 하고 그래?"

윤상도 내친김이라고 생각했는지 물러서려고 하지 않았다. 윤진의 힐책이 끝나자 바로 상심에 젖은 표정으로 고개를 저었다.

"제가 술김에 이러는 것이 아닙니다. 태자 형님 같은 주군을 섬기고 있는 것이 착잡하기 그지없어서 그래요! 사실 오늘 저녁 환영 연회랍시고 마련한 자리 역시 알고 보니 누군가의 계획된 함정이었더군요. 다행히 넷째 형님이 미리 간파하시고 꼬임에 넘어가지 않았으니 망정이지 그 누군가의 뜻대로 됐더라면 어떻게 됐겠어요. 태자 형님이 몰매를 맞고 있는 우리 둘을 위해 목에 핏대를 세우며 변호란 걸 해줄 사람이에요?”

윤진은 계속되는 윤상의 격정적인 불평 토로에도 전혀 흔들리지 않은 채 겉으로는 평상심을 유지하는 듯했다. 그러나 속마음은 착잡하기 이를 데 없었다. 더불어 평소 천방지축이라고만 여겨왔던 윤상이 어느새 부쩍 성장했다는 사실에 놀라기도 했다.

‘오늘 저녁에 내가 보인 행동은 무엇보다 아바마마와 태자 형님을 의식한 것이었어. 나아가서는 백관들에게 실낱같은 틈새도 주지 않으려는 의지와 관계가 있었어. 국채 환수를 보다 철저하게 하려고 말이야. 그런데 윤상도 저렇게 속 깊은 생각을 하고 있었군!’

윤진이 한참 생각에 골몰할 때였다. 윤상이 갑자기 화를 냈다.

“뭐라고 말 좀 해봐요, 예? 제가 지금까지 말한 것들이 하나같이 가당치도 않은 말인가요?”

“아니야, 정반대야. 제대로 봤어. 그러나 나는 지금 이미 호랑이 등에 타고 있는 처지야. 호랑이 등에 탄 이상 어떻게 마음대로 오르내릴 수 있겠니? 사실 태자 형님이 한물갔다는 사실을 알 만한 사람은 다 알아. 실권이 전혀 없는 꼭두각시라고 할 수 있지. 그럼에도 상서방을 통해 폐하께 자기 목소리를 낼 수밖에는 없어. 그게 얼마나 어려운 일인지 알아? 물론 그렇게 된 데에는 태자 형님 본인의 무능함도 한몫을 했어. 너도 알다시피 나는 애초부터 무슨 ‘당’이라는 말이 정말 귀에 거슬렸어. 그저 태자 형님이니까 최선을 다해 정무를 보필했을 뿐이야. 그런 걸 가지고 동기가 불순한 자들이 자기네 입맛에 맞게 구분지은 거지. 그런데 지금 태자 형님이 위태로워. 그러다가 우리고 치사하게 ‘팔황자당’에 기웃거린다는 말이 나올 수도 있어. 나는 그런 말도 안 되는 소문의 온상을 미연에 갈아 엎어버리기 위해서라도 태자 형님을 밀어야만 해! 아우, 방금 열넷째를 말하려다가 꿀꺽 삼키는 걸 봤어. 괜찮아. 진실을 말하는데 누가 뭐라고 하겠어? 말이 나왔으니 말이지, 나는 이제 외로운 전투를 벌이기로 결심했어. 언젠가 너라도 내 마음을 진정으로 알아주는 날이 온다면 나는 그것으로 충분해…….”

윤진이 한숨을 내쉬었다. 비장함이 서려 있는 말이었다. 그래서일까 그의 눈이 잠시 붉어지는 듯했다. 하지만 이내 평온을 회복했다.

윤상은 그런 윤진의 말에 마음이 더 혼란스러워졌는지 자리에서 벌떡 일어났다. 이어 방 안을 쉴 새 없이 서성거렸다. 뭔가 중대한 결정을 내리려는 듯한 모습이었다. 그러다 한참 후 발걸음을 뚝 멈추고는 단호한 어조로 말했다.

“형님의 말이 진심에서 우러나온 것인 줄은 알겠어요. 하지만 우리 둘이 역할을 바꿔보면 다른 결과가 나올지도 몰라요!”

“뭐, 뭐라고?”

윤진이 놀라는 표정으로 관심을 보이며 귀를 기울이는 듯하자 윤상이 천천히 말을 이었다.

“오래 전부터 생각해 왔어요. 저는 형님과는 달리 외롭게 자랐어요. 몰매도 밥 먹듯 맞으면서 자랐어요. 무슨 이유에서인지 수수께끼로 남아 있는 생모 때문에 아홉째와 열째를 비롯한 형들에게 무참하게 짓밟히면서 살아온 것이죠.”

윤상이 잠시 말을 멈췄다. 두 눈에는 어느새 눈물이 고여 있었다. 그가 다시 덧붙였다.

“……다 같이 글을 읽을 줄 몰라도 저 혼자만 대표로 혼이 났어요. 다른 황자들이 사고를 저질러도 전부 제 탓이었죠. 아바마마께서 상을 내리셔도 저에게는 국물조차 없기가 일쑤였죠. 시위들을 따라 무예 연습을 할라치면 저는 항상 주먹다지기용 모래주머니에 지나지 않았어요."

윤상의 눈에서는 어느덧 눈물이 주르르 흘러내렸다. 그러나 그는 눈물을 닦을 생각도 하지 않았다. 그저 얼굴을 든 채 칠흑 같은 창밖을 내다보면서 계속 중얼거렸다.

"그해 6월 6일 기억나세요? 글을 외우지 못한 태자 형님 대신 땡볕에 무릎 꿇고 몇 시간 동안 벌을 받다가 기절했을 때였죠. 형들이 빙 둘러서서 괴물 구경하듯 하면서 '버러지 같은 인간'이라고 저를 놀렸잖아요. 저녁에 넷째 형님이 저를 껴안고 울면서 힘들면 기대고 쉬었다 갈 수 있는 든든한 나무가 돼줄 것이라고 하셨죠? 형님이 아니었더라면 저는 오늘까지 버티지도 못했을 거예요."

윤진은 윤상의 하소연에 깊은 감명을 받은 모양이었다. 말없이 윤상의 손을 끌어당기더니 한숨을 내쉬었다.

"다 지나간 과거야. 다시는 들추지 마. 괜히 너만 다친다고! 그리고 네 생모에 대해서는 내가 한 마디만 하고 싶다. 그분은 몽고蒙古 대칸大汗의 공주님이셨어. 신분이 지금의 다른 어느 마마보다 확실하고 고귀한 분이셨지. 존경 받으실 만한 분이시기도 했고. 궁을 떠나게 된 내막에 대해서는 아바마마 외에는 아는 사람이 없어. 그러나 절대로 죄를 지어 내쫓긴 것은 아니야. ……그리고 또 너도 그래. 이제는 누가 지켜줄 필요도 없을만큼 스스로 거목이 되어 우뚝 선 너를 누가 감히 업신여기겠니?"

"이제부터는 결코 당하고 살지만은 않을 거예요. 내 코를 베어가려고 달려드는 놈들이 있으면 나는 그자의 눈을 파버릴 거예요! 그러나 오늘 저녁에는 형님한테 신세타령이나 하려고 이런 말을 꺼낸 것이 아니에요. 형님은 저를 위해서라도 털끝 하나 다치시면 안 돼요. 또 호부의 일은 제가 앞장서서 치고 나갈게요. 형님은 그저 뒤에서 막후조종이나 하세요. 막 나가는 사람이 왜 무서운지를 제가 똑똑히 보여주고 말 거예요!"

윤상이 악에 받친 얼굴로 말했다. 그러나 그의 말에서는 진정으로 윤진을 아끼는 마음이 여지없이 드러나고 있었다. 윤진은 아우의 진심을 느끼고 따뜻한 눈빛으로 윤상을 바라보며 위로의 말을 건넸다.

"누가 뭐래도 너는 나의 훌륭한 아우야. 너무 위험을 무릅쓰고 달려드는 것은 내가 원하지 않아. 앞으로 우리 둘이 같이 손잡고 잘해 보자!"

이튿날 오전 강희는 담녕거澹寧居에서 윤진과 윤상을 맞이했다. 안휘성 순시에 대한 두 사람의 자세한 업무 보고도 받았다. 그러나 강희는 우울한 표정을 한 채 피곤한 얼굴만 쓸어내렸다. 오래도록 말이 없었다.

윤진은 그런 틈을 이용해 강희를 몰래 훔쳐봤다. 확실히 몸 전체에서부터 그 옛날의 날카로움이 많이 무뎌져 있는 것 같았다. 어떻게 보면 '노인장'이라는 표현이 더 잘 어울린다고 해도 좋았다.

강희가 더 이상 침묵을 지켜서는 안 되겠다고 생각한 듯 한참 후에야 한숨을 지으면서 입을 열었다.

"어려운 나라 사정을 헤아려 염상들을 동원한 것은 어찌됐든 그다지 잘못했다고 할 수는 없다고 생각해. 하지만 그 방법이 다른 곳에서도 먹혀든다는 보장은 없어. ……태자의 명의로 정기廷寄를 보내 너희들을 불렀으니 태자가 부른 줄 알고 있겠지. 그러나 사실은 짐이 고민 끝에 너희들을 부르는 결정을 내린 거야."

윤진과 윤상은 계속 무릎을 꿇은 채 고개를 숙이고 있었다. 강희의 말에 토를 달지 않겠다는 뜻인 듯했다.

강희가 그런 두 사람에게 시선을 고정시키면서 의미심장한 어조로 말을 이었다.

"쌓이고 쌓인 병폐가 너무 많아. 한 가지씩 들추고 털어내서 과감하게 도려내는 노력이 필요한 시점이야. 짐은 너희들이 떠들썩하게 일만 벌여놓고 뒷감당을 못하는 아이들은 결코 아니라는 것을 알고 있어. 그래서 큰 기대를 걸어볼까 해."

"성은聖恩이 망극하옵니다."

윤진이 상체를 조금씩 펴면서 대답했다. 이어 침착하게 덧붙였다.

"폐하께서 지적하신 바와 같이 지금의 이치吏治는 더 이상 간과할 수 없는 상황에 놓여 있사옵니다. 지금 가진 자들은 땅을 사들일 때 세금이 없다는 맹점을 이용하고 있사옵니다. 그야말로 마구잡이로 땅을 사들인다는 표현을 해도 좋사옵니다. 이 때문에 그나마 먹고 살만한 사람들도 땅을 팔고 남의 집에 소작농으로 들어가고 있사옵니다. 이런 식이라면 앞으로 세금 포탈은 더욱 심해지게 될 것이옵니다. 반면 자기 땅이 한 평도 없는 백성들은 오히려 정세丁稅(인두세를 의미함)을 내고 있사옵니다. 정말 불공평한 현실이옵니다. 가진 자들의 횡포에 대처할 만한 제도적 장치가 반드시 마련되어야 할 것이옵니다. 그렇지 않으면 참다못한 백성들이 변란을 일으키지 말라는 법도 없을 것이옵니다."

윤진은 말을 마치자마자 강하진에서 목격한 유팔녀의 엄청난 재산에 대해 자세하게 설명을 했다. 강희가 윤진의 말에 열심히 귀를 기울이더니 마침내 형형한 눈빛을 한 채 말했다.

"한당漢唐 때부터 지금에 이르기까지 토지가 소수의 사람에게 집중되는 것을 막을 뾰족한 방법은 없었지. 혁명을 하는 길 외에는 없다고 해도 좋아. 전국의 토지를 다시 계량해 각자 소유한 정도에 따라 공평하게 세금을 받는 방법을 생각해보지 않은 것은 아니야. 하지만 관리들이 각성하지 않는 한 정직한 토지 계량은 이뤄질 수가 없는 거야. 한마디로 이치가 바로 잡히지 않는 한 모든 일은 허사일 수밖에 없는 거지!"

윤진은 안휘성에 있으면서 번번이 각종 결정이나 선택의 기로에 놓일 때면 해법을 찾기 위해 대신들의 서찰을 뒤적여보고는 했다. 행여나 북경에서 날아온 소식이 해결책을 말해주지 않을까하고 기대를 했던 것이다.

그러나 소용이 없었다. 서찰에서 이치에 대해 강희처럼 강경한 뜻을 내비친 대신들은 단 한 명도 없었다. 이치라는 말조차 내비치지 않았다. 그들은 황제의 뜻을 진짜 몰라서 그랬을까, 아니면 자기네들의 뒤가 찜찜해서 그랬을까…….

윤진이 이런저런 생각을 하고 있을 때 강희가 갑자기 크게 웃으면서 물었다.

"윤진, 짐이 들으니 어젯밤 환영연에서 성질 한번 제대로 부렸다고 하던데?"

윤진은 자신과 관련한 소문이 이토록 빨리 강희의 귀에 들어갈 줄은 미처 생각조차 못했다. 그가 크게 놀란 얼굴을 한 채 대답했다.

"그렇사옵니다. 일처리를 제대로 하지 못한 죄를 물어 주시옵소서, 아바마마!"

윤상 역시 놀라기는 마찬가지였다. 손에 땀까지 날 정도였다. 말꼬리에 불을 붙인 사실을 혹시 강희가 물어올지 몰라 불안했던 것이다. 아니나 다를까, 바로 그때 강희의 말이 이어졌다.

"그런데 그 뒤에 누군가가 폭죽으로 말을 놀라게 만들었다고 하더군. 술자리가 완전히 아수라장이 됐다고 해. 너희들은 그 사실을 몰랐나?"

윤진이 강희의 질문에 윤상을 몰래 훔쳐보면서 황급히 머리를 조아리며 대답했다.

"그 뒤에 있었던 일은 잘 모르옵니다. 그러나 모든 일은 저 때문에 일어난 것 같사오니 그 죄를 물어주시옵소서!"

"죄라니! 그놈의 술자리 잘 엎어버렸어. 귀경한 흠차들에게 연회를 마련해서는 절대로 안 된다고 짐이 분명히 못을 박아놓지 않았는가. 그런데 아직도 정신 못 차리는 자들이 있다니. 그자들은 그렇게 혼을 내줘야 해!"

강희가 기분 좋게 웃으면서 말했다. 윤상은 강희가 모처럼 희색이 만면해 있는 순간을 놓치지 않았다. 때를 놓칠세라 용기를 내서 바로 대화에 끼어들었다.

"어제 여덟째 형님이 그러더군요. 시세륜이 오고 나서 호부가 완전히 면모를 일신했다고요. 그의 강한 추진력에 힘입었다고 하는 것 같았사옵니다. 뿐만 아니라 국채 환수 작업도 거의 마무리 단계에 이르렀다고 했사옵니다. 그런 만큼 확실히 마무리를 짓기 위해 전면적으로 밀어붙여야 할 시점이 아닌가 싶사옵니다. 그래서 이 아들이 한번 손발을 걷어붙이고 뛰어들까 하옵니다. 태자마마와 넷째 형님은 뒤에서 지휘만 해주시면 되겠사옵니다!"

강희가 윤상의 말에 흡족한 듯 웃음 띤 얼굴로 화답했다.

"그런 세부적인 문제는 태자한테 가서 상의해. 그런 다음 좋을 대로 처리하도록 해. 짐은 추석을 쇠고 나면 바로 승덕承德으로 떠날 거야. 그 전에 깨끗하게 마무리 짓기만 하면 되겠어. 그러면 그만 나가 봐. 짐은 이제 또 형부 관리를 불러 올해 추결秋決(매년 가을마다 한 번씩 범인들을 처형하거나 심문하는 일) 문제에 대해 보고를 받아야 하니까."

두 사람이 담녕거를 나왔을 때는 사시巳時 정각이었다. 가을에 접어드는 계절이라 그런지 정원에는 낙엽들이 춤을 추기 시작하고 있었다. 그 낙엽들 사이에서 양심전 부총관태감인 형년邢年이 수십 명의 태감들을 데리고 청소를 하고 있었다. 그러다 두 사람을 발견하고는 황급히 하던 일을 멈추고 공손하게 비켜섰다.

그러나 두 사람은 그를 알은체도 하지 않고 지나쳤다. 바로 그때 부도총관태감副都總管太監인 이덕전李德全이 윤진에게 다가오더니 인사를 하면서 아뢰었다.

"방금 넷째마마 댁의 고복이 다녀갔습니다. 강아지, 송아지라는 아이들이 순천부에 잡혀갔다면서 넷째마마께 꼭 전해달라고 했습니다. 고복의 말에 따르면 애들이 그리 큰 잘못을 저지른 것 같지도 않았다고 했습니다. 그래서 쉽게 풀어줄 줄 알았는데, 오늘 따라 범範 어른이 왜 그렇게 심기가 불편한지 좀처럼 틈을 주지 않는다고 했습니다."

윤진은 이덕전의 말을 듣자마자 바로 안색이 변했다.

'순천부順天府 부윤府尹인 범시첩範時捷이 공공연히 나에게 선전포고를 해오는 이유가 도대체 무엇일까?'

그러나 아무리 생각해봐도 딱히 집히는 것은 없었다.

윤진은 계속 고개를 갸웃거리면서 걸었다. 곧 그리 멀지 않은 곳에 있는 태자 윤잉의 집무실인 운송헌韻松軒이 그의 시야에 들어왔다. 안에서는 여러 사람들의 목소리가 들려오고 있었다.

그는 평소처럼 자연스럽게 안으로 들어갔다. 윤잉을 비롯해 그의 스승인 왕섬王掞, 육경궁의 고문에 해당하는 주천보朱天保과 진가유陳

嘉猷, 그리고 시세륜이 자리를 함께하고 있었다.

윤잉을 제외한 좌중의 사람들은 윤진과 윤상이 들어서자 하나같이 바로 자리에서 일어섰다. 윤진이 그들 중 몸을 낮춰 인사하려는 왕섬을 황급히 말리면서 말했다.

"이러시면 안 됩니다. 자금성紫禁城 내에서 말을 달려도 괜찮다는 특별 권한까지 부여받으신 분이 스승님 아닙니까. 폐하 앞에서도 대례까지는 하지 않으셔도 되지 않습니까. 정말 이러시면 제가 몸 둘 바를 모르겠습니다. 그러지 말고 다들 자리에 앉으시죠."

윤진은 말을 마치고 자리에 앉자마자 몇 개월 사이에 부쩍 수척해진 왕섬의 얼굴을 바라보면서 다시 말을 이었다.

"정말 뵙고 싶었습니다. 이제 완전 백발이 되셨군요. 그러나 그 백발만 빼면 혈색은 좋아 보이십니다. 정말 다행입니다."

윤진이 왕섬에게 진지한 어조로 말한 다음 윤상과 함께 태자에게 격식을 차려 인사를 했다.

윤잉은 나름 태자다운 용모를 하고 있었다. 특히 눈썹과 눈매는 젊은 시절의 강희를 그대로 닮았다고 해도 크게 틀리지 않았다. 또 길고 갸름한 얼굴에 짙은 눈썹 역시 상당히 인상적이었다. 게다가 흰 얼굴과 유난히 까맣고 빛나는 눈동자에 귀티가 어려있었다. 편안한 복장을 한 채 누런 띠도 허리에 매지 않았으나 태자의 권위를 느낄 수 있었다.

그가 윤진과 윤상을 일으켜 세우면서 입을 열었다.

"잘 왔네. 건강해 보여서 다행이야. 지금 우리는 호부의 일에 대해 의논하고 있던 중이야. 자네 둘이서 한바탕 휘저은 다음 떠나더니 이제는 시세륜까지 합세해 몽둥이를 휘둘러대고 있지. 호부는 완전히 아비지옥이 됐다고 할 수 있지. 방금 호부상서인 양청표가 다녀갔다네. 삼번의 난을 평정할 때 죽음을 무릅쓰고 광동성에서부터 북경으로 비밀을 빼내온 공로를 봐서라도 한 번만 살려달라고 애원하며 발버둥을 치고 가더군……"

윤잉이 잠시 말을 멈췄다. 얼굴이 몹시 어두웠다. 그러나 곧 마음을 다잡고는 다음 말을 이었다.

"일품대신의 일 년 녹봉이 백 팔십 냥이야. 한마디로 관리들의 봉록이 너무 적어. 솔직히 그것만 가지고는 먹고 살기가 힘든 것은 사실이야. 그렇다고 나라 살림이 거덜 나도록 퍼내가는 것을 방치할 수도 없고……. 아무튼 대단히 골치 아팠는데, 이제 넷째가 돌아왔으니 꼭 구세주를 만난 느낌이야."

윤잉의 말이 끝나자 묵묵히 듣고 있던 왕섬이 뭔가를 조금 생각한 다음 입을 열었다.

"그래 폐하께서는 무슨 지의가 계셨습니까?"

윤진이 왕섬의 질문에 조금 전 강희와 가졌던 대화들 중에서 호부와 관련한 부분만 걸러내 들려주기 시작했다. 좌중의 사람들은 습관처럼 조용히 자리에서 일어나 경청을 한 다음 다시 앉았다.

윤잉이 곧바로 입을 열었다.

"열셋째 아우, 자네가 호부의 군기를 잡아준다면 나는 대찬성이야. 솔직히 큰일은 폐하의 뜻에 따르면 돼. 또 그 외에는 상서방의 세 대신들이 지혜를 모아주니 나로서는 문제될 것이 별로 없어. 그래서 말인데, 이참에 주천보와 진가유를 자네한테 보내서 일을 좀 배우게 하고 싶은데 말이야. 넷째 생각은 어떤가?"

"저희들이야 좋죠."

윤진이 담담한 어조로 대답했다. 사실 진가유와 주천보를 육경궁에 추천한 사람은 다름 아닌 그였다. 그가 둘 다 일 처리에 관한 한 거침없는 성격의 소유자라는 사실을 높이 평가했던 것이다.

물론 윤진의 판단으로 볼 때 윤잉이 나름의 계산을 하고 하는 말임을 모르지 않았다. 무엇보다 윤잉은 둘을 호부에 심어둔 다음 자신은 말도 많고 탈도 많은 그곳에서 발을 빼려는 계산이 다분히 깔려 있는 것이었다. 또 만에 하나 둘의 일 처리가 깔끔하게 잘 돼 호부의 위상이 올라갈 때를 대비하자는 생각도 없지 않을 터였다. 그때 가서는 자신이 공로를 가로채기 위해 숟가락을 꽂아두는 전략이라고 할 수 있었다.

윤상 역시 당연히 윤진과 같은 생각을 하고 있었다. 여차하면 모든 책임을 자신에게 떠넘기려는 윤잉의 속셈을 간파한 것이다. 그는 그런 윤잉을 바라보면서 마음이 갑자기 싸늘하게 식어가는 것을 느꼈다.

그때 시세륜이 입을 열었다.

"오전에 남경南京 순무아문에서 보내온 소식에 의하면 조인은 병이 대단히 위독하다고 합니다. 또 목자후도 몸이 아파 북경으로 들어오지 못한다고 알려 왔습니다. 그뿐만이 아닙니다. 해관海關 총독 위동정 역시 몸이 쇠약해 요양 중에 있다고 하네요. 따라서 큰 액수를 빚진 사람 중에는 광동廣東 총독인 무단武丹만 며칠 내에 도착할 것 같습니다. 어떻게 하면 좋을지 모르겠습니다."

"제일 먼저 황자들의 빚을 받아내는 일부터 시작해야겠습니다. 나는 열째 형님 때문에 골머리를 앓을 것이라고 생각을 했습니다. 그러나 폐하께서는 국고國庫에서 돈을 빌린 사람에 대해서는 그 누구를 막론하고 강도 높은 수사를 벌이라고 하셨어요. 폐하의 그런 단호한 의지를 확인한 이상 이제는 거리낄 것이 없습니다. 만인의 사표가 돼야 할 황자들이 깨끗해야 다른 사람들에게도 떳떳하게 나설 것이 아닙니까?"

윤상이 바로 시세륜의 고민을 해결하겠다는 표정으로 말했다. 조금 전 강희로부터 격려를 받은 것에 상당히 고무된 눈치였다. 하지만 좌중의 사람들은 아무도 그의 입장을 지지하지 않았다. 자신의 결연함에 탄복을 하면서 적극적인 지지를 얻을 것으로 잔뜩 기대했던 그로서는 난감할 수밖에 없었다.

좌중은 저마다 찻잔을 들어 시선을 그 속에 떨어뜨리면서 쥐죽은 듯한 분위기에 빠졌다. 윤잉은 그것이 못마땅한지 목소리를 높였다.

"왜 다들 꿀 먹은 벙어리가 됐는가? 마치 나를 의식하고 그러는 것 같군. 물론 나도 사정상 어쩔 수 없어서 하주아를 통해 사십오만 냥을 빌려 쓰기는 했어. 그러나 봉천에 보낸 사람이 도착하는 대로 갚을 거야. 그 정도야 기다려줄 수 있겠지, 막무가내인 열셋째?"

윤잉의 말은 농담이 아니었다. 그는 윤진과 윤상이 힘을 합쳐 한 차례 국채 환수 전쟁을 치른 다음 안휘성으로 내려간 사이에 가장 먼저 국고에 손을 댄 사람이었다. 윤상은 그 사실을 알고는 분노와 비애를 동시에 느꼈다.

윤진 역시 속으로는 윤상과 같은 생각을 하고 있었다. 하지만 분위기를 깨서는 안 될 일이었다. 결국 막판에 적극적으로 나서서 어색한 분위기를 대충 돌려놓았다. 그러자 좌중의 사람들은 서둘러 자리를 뜨려고 했다.

그러나 윤상은 윤진과 나란히 다니는 모습이 자주 목격돼 좋을 것이 없다는 생각을 하고는 그에게 슬쩍 눈짓을 했다. 먼저 가라는 얘기였다. 이어 왕섬에게 말했다.

"스승님, 전에 저에게 서예 작품을 선물해 주신다고 하셨잖아요. 오늘 써주시면 안 될까요?"

왕섬이 윤상의 부탁을 마다할 이유는 없었다. 바로 흔쾌히 승낙하더니 붓과 벼루를 꺼내 글씨를 쓰기 시작했다.

윤진이 막 화원 입구에 다다랐을 때였다. 반대편에서 순천부의 범시첩이 들어오는 모습이 보였다. 둘은 정말 묘하게도 맞부딪치게 되었다.

먼저 인사를 한 사람은 밖으로 심하게 휜 다리 때문에 걸을 때면 오리처럼 뒤뚱거려 매우 우스꽝스러워 보이는 범시첩이었다. 그가 황급히 인사를 했다.

"넷째마마, 잘 다녀오셨습니까?"

"그래. 그런데 자네가 우리 집 서재에서 시중을 드는 아이들을 잡아갔다고 하더군. 도대체 무슨 일이기에 그런 것인가?"

윤진이 고개를 끄덕이면서 인사를 받고는 단도직입적으로 물었다. 그러자 범시첩이 콧수염을 움찔거리면서 정색을 하고 말했다.

"사실은 그 아이들이 달걀장수를 괴롭혔습니다. 그 광경을 목격한 이번원理藩院의 강지姜芝와 예부禮部의 유전劉典이 잡아다 순천부에 넘겼던 겁니다. 이번원에서 안 이상 심문을 거치지 않고 그냥 바로 훈방한다는 것은 아무래도 조금 무리가 아닌가 싶습니다."

대부분의 조정 관리들은 윤진의 부름을 받거나 하면 대개 겁을 잔뜩 집어먹고는 했다. '냉면왕'이라는 그의 별명은 괜히 생긴 것이 아니었다. 그러나 범시첩은 아무렇지도 않은 듯했다. 오히려 이치에 맞는 말로 윤진의 말문을 막아버렸다. 강아지 등이 도대체 무슨 잘못을 저질렀는지 자세한 내막을 알 길이 없는 윤진으로서는 말문이 막힐 수밖에 없었다.

그때 윤상이 모습을 나타냈다. 그리고는 대충 둘러대고 자기 마음대로 상황을 정리하려던 범시첩을 불러 세웠다.

"그동안 안 보이기에 돌아가신 줄 알았네. 그런데 잘만 쏘다니는군?"

"열셋째마마!"

범시첩은 만나자마자 욕을 들어먹고도 깍듯하게 인사를 올렸다. 언제 봐도 욕설로 시작되는 윤상의 대화법을 잘 아는 것이 분명했다. 그가 이어 사정을 좀 봐달라는 듯 웃음을 얼굴에 담은 채 농담조로 말했다.

"열셋째마마의 허락을 받지도 않고 제가 어찌 마음대로 갈 수가 있겠습니까? 아무리 저승이라고 해도 말입니다."

범시첩의 대처는 정말 유연했다. 윤진이 그의 맺집 좋은 농담에 웃음을 참지 못하겠다는 듯 잔뜩 흐려져 있던 얼굴을 편 채 말했다.

"저 친구와 나 두 사람은 지금 원리원칙 문제를 놓고 장기전에 들어간 거라고 할 수 있어!"

그 말에 윤상이 다시 욕설을 섞어 말했다.

"낙타처럼 걸음을 걷는 주제에 뭘 믿고 넷째 형님한테 까불어? 무슨 몹쓸 약이라도 먹은 거야? 빨리 풀어주지 않으면 재미없어."

"그게 아닙니다. 방금 넷째마마께 말씀을 올렸듯이 남의 이목도 있고 해서 대충 심문하는 척만 한 다음 내보낼 겁니다. 더구나 그놈들이 한 짓이 보통 악동이라면 흉내도 못 낼 일이었습니다."

범시첩이 여전히 얼굴에 웃음을 잃지 않은 채 실눈을 뜨고 대답했다. 욕을 들으면 들을수록 편안해지는 것으로 정평이 나 있는 것에는 다 이유가 있는 듯했다.

윤진은 범시첩의 말에 강아지와 송아지가 간도 크게 일을 저지른 모양이라고 생각했다. 하지만 그렇다고 해서 처벌을 받도록 방관해서는 안 될 일이었다. 엄포를 놓은 것도 그래서였다.

"그 아이들은 아이들이 할 수 있는 장난을 친 거야. 그걸 그렇게 진지하게 생각하면 어떻게 하나? 풀어줄 거야, 풀어주지 않을 거야?"

윤진이 말을 마치고서는 작심한 듯 그답지 않게 장난기 넘치는 얼굴을 한 채 범시첩의 귀를 비틀었다. 빨리 풀어주라는 의미였다.

범시첩은 아프다면서 고함을 지르면서도 화를 내거나 하지는 않았다. 그저 얄궂은 표정만 지을 뿐이었다. 그때 윤상이 그를 향해 발길질을 하는 시늉을 하면서 그대로 그를 쫓아버렸다. 윤진은 그런 윤상을 밉지 않게 흘겨보면서 웃었다.

그가 물러가자 윤상이 말했다.

"저 인간은 저렇게 대할 수밖에 없어요. 신사답게 굴면 기어오른다니까요! 그런데 저 친구도 곧 지금의 자리를 떠나 지방의 포정사로 발령이 날 모양이더라고요."

"그러면 순천부는 어떻게 하나?"

"후임으로 융과다가 유력한 것 같아요."

윤상의 대답에 순간적으로 윤진의 얼굴에서 웃음기가 사라졌다. 융과다라면 동국유의 조카였으니 말이다.

한마디로 그의 부상은 동佟씨 일가가 갈수록 기지개를 켜는 것을 의미한다고 볼 수 있었다. 그렇게 되면 태자의 입장이 묘해지지 말라는 법이 없지 않다. 동씨 집안을 실질적으로 이끌고 있는 동국유의 친형인 동국강佟國綱이 바로 태자의 외종조부인 색액도에 의해 억울하게 죽임을 당했으니 그렇게 말해도 크게 틀리지 않았다.

그렇다면 강희는 열하 순시를 앞두고 순천부의 수장을 왜 태자와 앙숙 간인 가문의 융과다에게 맡기려 하는 것일까? 윤진의 의문은 그야말로 일사천리로 뻗어나갔다.

14장

꾀주머니의 진면목

윤진과 윤상 두 형제는 두런두런 얘기를 나누면서 앞으로 나아갔다. 그러다 보니 어느덧 서화문西華門에 도착해 있었다. 헤어질 시간이었다. 그러나 윤상은 하루 종일 붙어 있어놓고도 뭔가 아쉬웠는지 마치 어리광을 부리는 것처럼 윤진에게 말했다.

"형님을 저희 집으로 모셨으면 좋을 텐데 아쉽네요. 칠팔 개월 만에 처음 들어가는 집이라 오늘은 아쉬운 대로 혼자 들어가야겠어요."

윤진이 즉각 대답했다.

"걱정하지 마! 같이 가자고 잡아끌어도 나는 갈 수가 없다고! 아랫것들을 두었다는 것이 어쩌면 하나같이 남들이 내 주변에 박아둔 염탐꾼들 같잖아. 지난번에 농담처럼 한 말이 바로 셋째 형님의 귀에 들어간 것만 봐도 그래. 어휴, 무서워!"

그러자 윤상이 웃음 머금은 얼굴로 공수를 했다.

"그러게 말이에요. 애초에 다른 형님들이 추천해보낸 사람들을 눈치 때문에 거절하지 못하고 그대로 다 거두어들이다 보니 그렇게 되지 않았나 싶어요. 그러니 가법家法이 엄하기로 소문난 넷째 형님이 보시기에는 한심해 보일 법도 하죠!"

윤상은 말을 마치자마자 인사말을 남기고는 자신의 집 쪽으로 천천히 말머리를 돌렸다.

윤진은 고개를 끄덕이고는 돌아서는 윤상의 뒷모습을 묵묵히 쳐다봤다. 갑자기 기분이 우울해졌다. 상황으로 미뤄볼 때 형제들끼리 얼굴을 붉히는 것이 이제는 예사로운 일처럼 된 듯했으니 그럴 수밖에 없었다. 주먹을 휘두르는 지경에까지 이를 것 같은 예감이 드는 것도 이상하다고 하기 어려웠다.

윤진이 천천히 말을 몰아 집으로 향하고 있을 때였다. 갑자기 후두둑 소리를 내면서 빗방울이 하나둘씩 떨어지기 시작했다. 그러자 뒤따르던 친병들은 미처 우비를 챙기지 못한 탓에 크게 당황해했다. 그때 저 멀리서 우비를 손에 든 대탁이 말을 탄 채 달려오는 모습이 보였다. 그가 가쁜 숨을 몰아쉬면서 말했다.

"열셋째마마를 만났기에 망정이지 그렇지 않았다면 길이 어긋날 뻔했습니다."

"집에는 별일 없지? 세자들은 다 집에 있고?"

윤진이 건네받은 우비를 입으면서 물었다. 대탁이 마치 미리 대답을 준비해 놓은 듯 바로 대답했다.

"둘째와 넷째 세자는 서재에서 오 선생과 성음, 문각 스님과 이야기를 나누며 놀고 있습니다. 그러나 큰세자는 보이지 않았습니다. 장황자와 셋째마마께서는 마마를 기다리다 못해 떠날 채비를 하시더니 지금은 어떻게 됐는지 모르겠습니다."

윤진과 대탁이 대화를 나누는 사이에 빗방울은 더욱 굵어지고 있었다. 둘은 달리는 말에 채찍을 가하기 시작했다.

윤진의 사패륵부는 원래 명나라 때 내관內官들의 감방監房으로 유명한 곳이었다. 일명 '점간처'粘竿處라고도 했다. 그러나 알고 보면 자금성에 속해 있는 이궁離宮이었다.

윤진이 하사받고 나서도 크게 변화는 없었다. 노란색의 기와를 녹색으로 바꾼 것 외에는 전혀 손을 댄 곳이 없었다. 한마디로 원상태를 완벽하게 보존하고 있었다.

고복이 빗물에 흠뻑 젖은 모습을 한 채 하인들 수십 명을 데리고 마중을 나온 것은 윤진 일행이 집에 거의 다다랐을 때였다. 그의 말대로라면 장황자 윤제와 셋째 황자 윤지는 아직 윤진을 기다리고 있는 중이라고 했다. 그래서 윤진은 말에서 내리자마자 황급히 고복에게 지시했다.

"내가 도착했다고 어서 들어가 아뢰어라. 옷을 갈아입고 곧 건너간다고 그래. 오 선생한테는 내가 두 황자마마를 만나 뵙는 대로 찾아갈 거라고 말씀을 드리고."

"하오나 넷째마마. 셋째마마께서 오 어른의 대명을 익히 들으셨다고 복진께 말씀을 드렸습니다. 그래서 그런지 복진께서는 첫째와 둘째 세자가 같이 만나는 것이 좋겠다고 하셨습니다."

고복이 주춤거리면서 아뢰었다. 순간 윤진은 적잖게 놀랐다. 두 황자가 자신의 집에 오사도가 있다는 사실을 알고 있는 것이 이상하지 않은가? 윤진은 자신도 모르게 "귀신이 따로 없군!" 이라고 중얼거렸다. 그리고는 고복을 향해 다시 입을 열었다.

"넷째 세자는 어디 있는가?"

"공부방에서 책을 읽고 계십니다."

"음."

윤진이 만족한 듯 머리를 끄덕이고는 만복당萬福堂으로 성큼 들어섰다. 곧 그의 시야에 복진인 오라나랍烏喇那拉씨가 노름을 하려고 그러는지 지패紙牌 노름패를 펴놓고 있는 모습이 들어왔다. 그 옆에는 그의 시첩인 유호록씨가 시립하고 있었다. 또 연갱요의 여동생인 연年씨는 한 무리의 몸종들과 함께 문어귀에서 윤진을 맞이하려고 서 있었다.

우비를 입고 들어서고 있는 윤진을 보자 그들 중에서 가장 먼저 납랍씨가 재빨리 자리에서 일어서더니 호들갑을 떨었다.

"세상에! 비를 쫄딱 맞으시고 이게 어찌된 일입니까? 얘들아, 어서 갈아입을 옷을 챙기지 않고 뭘 하고 있어? 그리고 나는 나중에 마셔도 되니까 지금 끓이고 있는 인삼탕을 마마께 먼저 드려!"

납랍씨의 말은 권위가 있었다. 말이 떨어지기 무섭게 몇몇 시중을 드는 시녀들이 일사불란하게 움직이기 시작한 것이다. 나머지는 일제히 무릎을 꿇었다. 윤진도 그런 광경이 보기에 싫지는 않은지 옷을 갈아입으면서 웃는 얼굴로 말했다.

"그래도 여기는 안휘성에 비하면 좋은 곳이야. 천당이 따로 없어. 괜히 호들갑 떨지 말라고. 비 좀 맞는다고 큰일이 나는 것도 아니고."

윤진이 말을 마치고는 만삭이 된 연씨에게 시선을 돌렸다. 그리고는 부드러운 어조로 말했다.

"자네는 몸이 여의치가 않을 테니 다음부터는 격식 갖추느라 신경 쓸 것 없어. 자네 오라버니는 아마도 추석이 지나서야 돌아오지 않을까 싶어. 잘 있으니 걱정하지 말고."

윤진에게는 세 번째 아들이 있었다. 그러나 그 아이는 유호록씨가 임신 중에 문제가 있어 유산하는 바람에 잃고 말았다. 유호록씨는 윤진이 연씨에 대해 그닥지 않게 다정한 말로 걱정하는 모습을 보이자 갑자기 자신의 처지를 떠올리고는 크게 상심을 한 듯 슬그머니 눈시울을 붉혔다.

그때 홍시, 홍주 형제가 들어오더니 인사를 올리면서 말했다.

"큰아버지들께서 지금 오사도 선생과 얘기를 나누고 계십니다. 저희들이 아버님을 모시러 왔습니다."

윤진은 대꾸를 하지 않았다. 또 일어나라는 말도 하지 않았다. 그리고는 한참 후에 싸늘한 어조로 입을 열었다.

"몸은 밖에 있었으나 마음은 항상 북경을 향하고는 했지. 내가 들으니 메뚜기 싸움 붙이는 놀음에는 너희 둘을 당해낼 사람이 없다고 하더군. 다섯째 삼촌의 둘째 형도 이겼다고?"

아이들은 결코 호의적이지 않는 윤진의 말에 바로 겁에 질린 표정을 지었다. 감히 숨소리조차 크게 내지 못했다. 그럼에도 윤진의 냉엄한 훈계는 이어졌다.

"자고로 군자의 은혜는 오대째에 이르면 끊긴다고 했어. 순치 황제부터 따져보면 너희들은 벌써 사대째야. 정신 차려, 이것들아! 홍력이 좀 봐라! 벌써 당시唐詩 몇 백 수는 거꾸로도 줄줄 외우잖아. 그런데 명색이 형이라는 너희들은 과연 몇 수나 자신 있게 외울 수 있어? 빗속에서 얼마나 쏘다녔기에 옷이 그 모양이냐?"

윤진이 한바탕 호통을 치고 나더니 금세 한결 부드러워진 표정을 지은 채 두 아들을 내려다봤다. 이어 근엄한 어조로 덧붙였다.

"너희 둘은 공부방에 가서 오늘 내로 〈권학편〉勸學篇을 외워. 그리고 '군자부자기'君子不自棄라는 제목으로 글도 지어 놓도록 해. 내일 저녁에 내가 직접 검사할 테니까!"

윤진은 말을 마치고는 바로 휭하니 나가버렸다. 자리를 뜨려고 하는 장황자와 셋째 황자를 만나려면 서둘러야 한다고 생각한 모양이었다. 얼마 후 그가 안으로 성큼 들어가자 장황자와 셋째 황자가 반색을 하면서 이구동성으로 말했다.

"기다린 보람이 있군. 냉면왕이 드디어 모습을 드러내는 것을 보니! 동성에서 자그마치 백만 냥이나 해결하고 왔다면서? 아우는 정말 대단해. 개선한 영웅이 따로 없어. 그것도 모자라 오자마자 호부에 짐을 싸들고 갔다고 하더군. 우리는 이제 저 멀리 밀려나 눈이 뒤집어지도록 구경이나 하는 수밖에는 없겠어!"

장황자가 먼저 나서더니 마치 수다쟁이가 된 듯 떠들어댔다. 나쁘게 말하면 비아냥이라고 할 수 있었다. 그럼에도 윤진은 침착하게 두 사람에게 인사를 하고는 한편에서 얼굴에 미소를 떠올린 채 자신을 바라보고 있는 오사도를 향해 고갯짓을 해보였다. 그리고는 덤덤하게 말했다.

"놀리지 마세요. 요즘 들어 부쩍 노여움이 많아지신 아바마마를 기쁘게 해드리느라 신경을 좀 쓴 것을 가지고……. 자, 모처럼 만났으니 조촐하게 술이나 한잔 하면서 회포를 풀어보죠. 오 선생, 그동안 별일 없었지?"

오사도는 이제는 편하게 하대를 하는 윤진에게 돈을 주고도 살 수 없는 그만의 전매특허인 특유의 미소를 날려 보냈다. 윤진을 만난 이후 늘 하던 그대로였다.

두 사람은 모르는 사람이 보면 굉장히 무덤덤해 보이고 관계가 별로 돈독해 보이지도 않았다. 하지만 두 사람의 속마음은 전혀 달랐다. 둘은 서로 주고받는 눈길 속에 담긴 진의를 너무나도 잘 알고 있었다.

네 사람은 곧 민감한 사안을 애써 비켜가면서 술을 마시기 시작했다. 피곤하기는 해도 겉으로는 화기애애한 분위기라고 할 수 있었다. 얼마 후 그 분위기 속에서 술자리는 조용히 끝이 났다. 장황자가 굳이 과장된 웃음을 얼굴에 흘리면서 천천히 입을 열었다.

"오늘 저녁에는 모처럼 즐거웠어. 술시戌時는 지났겠지? 먼 길 오느라 여독이 아직 풀리지 않았을 테니 그만 쉬게. 우리도 돌아가야지, 셋째 아우?"

셋째 황자 윤지는 장황자의 말을 듣자마자 바로 자리에서 일어났다. 그러면서 오사도의 손을 덥석 잡았다. 이어 그냥 해보는 말인 것처럼 가볍게 들리면서도 의미심장한 말을 슬쩍 토했다.

"오늘 보니 문장 실력이 대단하더군. 시간이 나면 우리 집에 종종 들러도 좋아. 내가 최상급 대우를 해드릴 것을 약속하지. 잊지 말고 얼굴 좀 자주 보여주게. 우리 집에도 내로라하는 글쟁이들이 많으니 서로 얼굴도 볼 겸……."

장황자와 셋째 황자는 술 마시는 내내 말이 하고 싶어 어떻게 참았을까 싶을 만큼 오사도에게 지나친 친절을 베풀고 있었다. 그 모습을 지켜보는 윤진의 얼굴에서는 서서히 웃음기가 사라지고 있었다. 그러나 오사도는 시치미를 뚝 떼고 지팡이에 의지한 채로 대답했다.

"셋째마마의 은혜는 죽는 날까지 깊이 간직하겠습니다. 하오나 공교롭게도 형님의 건강이 무척이나 악화됐다는 얘기를 들었습니다. 그래서 넷째마마께서 챙겨주신 노자로 바로 고향에 돌아가려고 합니다. 언젠가 북경에 다시 올 기회가 있을 겁니다. 그때가 되면 반드시 찾아뵙겠습니다."

오사도의 말은 꼬투리 잡힐 여지가 없이 아주 깔끔했다. 윤진은 그 말을 듣자 비로소 마음이 흐뭇해지기 시작했다. 그러나 방심해서는 안 될 일이었다. 두 황자들이 다시 엿가락처럼 말꼬리를 물고 늘어질 가능성은 언제든지 있었다. 윤진은 사전에 아예 그런 일을 원천봉쇄하기 위해 바로 입을 열었다.

"두 분 형님, 다른 일은 없으시고요?"

"오늘은 오랜만에 자네를 보러왔을 뿐이야. 다른 일은 없네."

장황자가 마치 기다렸다는 듯 즉답을 하고는 다시 교묘하게 본론을 끄집어냈다.

"내가 아끼는 문하門下 한 명이 어제 저녁 울고불고 하면서 찾아왔더라고. 그래 왜 그런지 이유를 물어보니 호부에서 무슨 짓을 해서라도 반드시 빚을 갚으라고 했다더군. 가진 것이 아무것도 없는데, 너무 닦달을 하면 자기는 서까래에 목을 매고 죽는 수밖에는 없다고 하기도 했지. 너무 막무가내더라고. 그래서 내가 은근히 정이 많은 넷째 마마가 그렇게 무지막지한 사람인 줄 아느냐고 혼을 냈어. 충분히 시간을 줄 거라고 했지. 그렇지 않은가?"

윤진은 마치 빚쟁이와 작당한 듯한 장황자의 말에 할 말을 잃었다. 진짜 어처구니가 없었다. 그러나 애써 웃음을 잃지는 않았다.

"우리야 태자마마께서 이끄시는 대로 따라갈 뿐이죠. 어떻게든 잘 되지 않겠어요?"

셋째 황자 역시 불과 조금 전까지만 해도 어떻게 말을 붙일까 고심하는 눈치였다. 그러나 윤진이 전혀 허점을 드러내 보이지 않자 입가에서 맴돌던 말을 도로 꿀꺽 삼켜버리고 말았다. 그러자 장황자가 웃음을 머금은 얼굴로 말했다.

"그래, 그렇지! 칼자루는 태자마마께서 잡고 계시겠지! 우리도 그렇게 생각하네!"

얼마 후 두 찰거머리는 할 말을 다 한 듯 슬그머니 방을 빠져나갔다. 드디어 윤진과 오사도 두 사람만 남게 되었다. 방 안은 순식간에 조용해졌다.

그러나 안과는 달리 밖에서는 지칠 줄 모르는 빗줄기가 파초芭蕉 잎을 신나게 두들기고 있었다. 윤진이 한참 후에야 길게 숨을 내쉬면서 천천히 입을 열었다.

"사실 우리 둘이 독대하기는 이번이 처음이 아닌가? 그래, 내가 사는 이곳에 와보니 어떤가? 그리 나쁘지는 않고?"

"그럼요. 소인은 넷째마마께서 저에 대해 어느 정도는 알고 계시리라 믿습니다. 저 역시 넷째마마의 처지를 조금은 알 것 같습니다. 인생을 살면서 진정한 친구 한 명만 있어도 큰 부자가 부럽지 않다고 했습니다. 몸도 성치 않은 저를 송구스러울 정도로 예우해 주시는 넷째마마의 은혜는 가히 백골난망이옵니다. 앞으로 대탁과 마찬가지로 넷째마마의 영원한 수족이 돼 드릴 것을 약속드리는 바입니다."

오사도가 가벼운 미소를 지으면서 말했다.

"그런데 그대는 대탁과는 격이 달라. 나는 그대를 스승으로 예우하고 싶어!"

윤진의 눈빛이 한밤의 촛불처럼 은은하게 빛났다. 빈말은 아닌 듯했다. 오사도가 믿기지 않는다는 눈빛으로 윤진을 한참이나 바라보더니 곧 시선을 떨어뜨리면서 대답했다.

"송구스럽습니다. 변변찮은 한낱 포의布衣(벼슬이 없는 선비)인 저를 이렇게 생각해주시다니! 제가 알기로는 일찍이 유명한 고팔대顧八代 대인이 넷째마마를 일깨워주신 진정한 스승인 것으로 알고 있습니다. 그런데 제가 어찌 감히 마마의 스승이라는 호칭을 받을 수가 있겠습니까?"

오사도는 자신이 큰 잘못이라도 저지른 것처럼 어찌할 바를 몰라

했다. 윤진은 그러나 전혀 개의치 않고 더욱 적극적이었다.

"그렇게 부담스럽다면 나는 친구인 양 스승인 양 그대를 대해주는 수밖에는 없겠군. 날로 복잡하게 돌아가는 요즘같은 시국에서 그대 같은 꾀주머니가 있다는 것이 얼마나 다행인지 모르겠어."

윤진이 진짜 자신의 말대로 다행이라는 표정을 지어 보였다. 반면 얼굴이 상기된 채 찻잔을 입가에 가져가던 오사도의 눈빛은 갑자기 어두워져 갔다. 그가 한참 뭔가를 생각하는 듯하더니 천천히 입을 열었다.

"꿈은 원대했으나 되는 일이 없었습니다. 모든 것이 운명이고 팔자라고 생각했죠. 또 하늘의 뜻이라고도 생각했습니다. 결과적으로 자포자기하게 됐습니다. 그럼에도 몇 개월 동안 팔자에도 없는 대접을 받으면서 이곳에 머무를 수 있었습니다. 외람되지만 저는 여기에 있으면서 넷째마마의 어려움이 당장 호부와 이부의 일 때문이 아니라는 것을 느끼게 됐습니다. 바로 어떻게 해도 피할 수 없는 집안싸움이 가장 큰일이 아닌가 싶습니다."

정곡을 찌르는 오사도의 말에 윤진이 순간적으로 흠칫 놀랐다. 하마터면 찻잔의 물까지 쏟을 뻔했다. 윤진이 다시금 자세를 단정히 하더니 오래도록 오사도를 주시한 다음 물었다.

"무슨 소문이라도 들은 건가?"

"소문을 들은 적은 없습니다. 넷째마마와 열셋째마마께서 호부의 일을 마무리를 짓지 못한 채 마치 도망가듯 안휘성으로 갈 수밖에 없었던 절박한 이유가 있었던 것 아닙니까? 진짜 치수 문제 때문이었다면 왜 호부에 그와 관련한 대금을 요청하지 않으셨습니까? 안휘성 현지에서 자체 해결할 수밖에 없었던 이유가 분명히 있었지 않나 싶은데요?"

오사도가 냉정하게 대답했다. 윤진은 침묵을 지킬 수밖에 없었다.

"……"

"한마디로 태자마마의 위치가 위태롭게 흔들리고 있기 때문입니다. 더구나 군신간의 불신, 부자간의 불화, 형제간의 반목은 결국 종묘사직의 불행으로 이어질 수밖에 없습니다."

오사도가 조목조목 알기 쉽게 말했다. 반박할 여지조차 주지 않는 단호함이 느껴지는 분석이었다.

윤진은 깜짝 놀라 그저 경이로운 시선으로 오사도를 바라보았다. 그러다 오랜 침묵 끝에 드디어 입을 열었다.

"북경에 태자가 곧 폐위당할 것이라는 소문이 나돌고 있는 것은 사실이네. 하지만 이번에 돌아와 폐하도 뵙고 태자마마도 만나보고 나니 그것이 전혀 근거 없는 간신배들의 수작에 불과하다는 생각이 들었지."

윤진의 말에 오사도가 얼굴에 웃음을 머금었다.

"태자마마의 위태로움은 마치 꽃잎에 애처롭게 매달려 있는 아침이슬과도 같습니다. 불가항력이라고 볼 수 있습니다. 그런 태자마마에 대한 폐하의 불신은 강희 36년 청해성青海省으로 서정西征을 떠나셨을 때부터 깊어지지 않았나 싶습니다. 당시 폐하께서는 본인의 감기를 이유로 들어 북경에 남아 후방의 군무를 보고 있던 태자마마를 천리 길도 마다하지 않고 부르셨습니다. 불신이 깊지 않고서는 하기 어려운 일이었습니다. 전 상서방 대신이었던 색액도가 강희 42년에 이른바 '태자당'을 동원해 폐하의 남순南巡을 틈타 태자를 등극시키려고 했던 거사 역시 태자마마에게는 치명적이었다고 할 수 있습니다. 궁극적으로 그 일은 무산되고 말았습니다. 그로 인해 색액도의 정치 생명 역시 끝났습니다. 대부분 사람들은 그것으로 모든 것이 끝난 것 아닐까 생각할 수도 있었을 겁니다. 그러나 그렇지 않았습니다. 태자마마께서는 그 충격에서 쉽게 헤어 나오지 못했다고 해야 하지 않을까요? 넷째마마, 태자마마가 정녕 든든한 산 같은 존재라면 어찌해서 하루가 멀다 하고 장원을 사들이고 은신처라고밖에 표현할 수 없는 그런 제삼의 장소를 만드는데 급급하시겠습니까? 언젠가는 이 강산을 통째로 물려받으시게 될 분이 도대체 왜 그러시는 걸까요?"

윤진은 오사도의 말을 속으로 곱씹었다. 하나도 틀린 말이 없었다. 윤진이 탄식조로 다시 입을 열었다.

"태자 형님은 원래 없으면 빚을 내서라도 즐겨야만 하는 전형적인 향락주의자이니 달리 방법이 없다고 해야지."

"넷째마마께서는 진짜 그렇게 생각하십니까? 천만의 말씀입니다! 자고로 사대부들은 전답을 구하거나 사옥舍屋을 얻으러 다니는 것을 창피하게 생각해왔습니다. 태자마마께서는 바로 그 사실에 착안했습니다. 자신의 야심을 교묘하게 덮어 감추기 위한 수단으로 그랬던 겁니다. 결코 대권에 대한 야망이 없다는 사실을 재물에 대한 탐욕으로 내보이시는 것입니다."

오사도가 그 말을 내뱉으며 크게 웃음을 터트렸다. 날카롭고도 적나라한 분석이었다.

윤진은 그 말에 정신이 번쩍 들었는지 몸을 흠칫 떨었다. 그리고는 이빨 사이로 웃음을 뱉어냈다.

"부자간의 불신이 이 지경에까지 이르렀다는 것은 정말 불행한 일이 아닐 수 없어! 태자 형님이 그런 머리나 쓰고 있으니 애꿎은 우리만 잡는 거지……."

말을 마친 윤진은 가벼운 한숨과 함께 힘없이 고개를 저었다. 오사도가 다시 말을 이었다.

"태자마마께서는 교묘하게 자신을 위장하고 있으나 사실은 제대로 임자를 만난 겁니다. 지금의 폐하께서는 오백 년에 한 번 나올까 말까 하는 성군이시라고 할 수 있습니다. 비록 고령이시기는 하나 태자마마의 속내를 꿰뚫어보신 지는 아마 오래 되셨을 겁니다. 더구나 지금까지 토지 재측량을 비롯한 부세賦稅 제도의 개혁, 하도河道와 조운漕運의 보수, 국채 환수 작업 등이 어떻게 전개되고 있습니까? 태자마마를 믿고 맡긴 대형 사업들 중에 하나라도 제대로 이루어 낸 것이 있었습니까? 폐하께서는 이번에 열하로 순시를 떠나시면서 예전과는 달리 태자마마도 동행하기를 원하십니다. 또 육경궁의 시위들을 삼 개월에 한 번씩 바꾸고 있습니다. 이것들이 모두 무엇을 의미하겠습니까?"

윤진은 시간이 갈수록 가슴이 세차게 뛰는 것을 느꼈다. 그러자 융과다가 곧 순천부를 맡는다는 사실이 떠올랐다. 자연스럽게 태자의 오른팔, 왼팔로 알려진 자신과 윤상의 처지를 생각하지 않을 수 없었다. 급기야 그의 이마에서는 식은땀이 송골송골 배어나왔다. 그는 한참 진정을 취한 다음에야 탄식조로 입을 열었다.

"오늘 저녁 그대와 독대하면서 얘기를 나눠보니 실로 책을 몇 수레나 읽은 것보다 더 큰 소득이 있다는 것을 느끼네. 하지만 무슨 일이 있어도 나는 태자 형님과의 군신의 의리를 저버릴 수는 없어. 죽이 되든 밥이 되든 영원히 같은 당으로 남는 수밖에는 없다고!"

"맞는 말씀이기는 합니다만……."

오사도가 윤진의 말에 동의한다는 표정으로 머리를 끄덕였다. 이어 다시 몇 마디를 덧붙였다.

"그러나 얼마간의 여지는 남겨놓아야 합니다. 또 진인사대천명盡人事待天命이라는 말처럼 최선을 다했으면 천명을 기다리셔야 합니다. 현재로서는 태자마마께서 완전히 과거와는 다른 새사람이 될 가능성은 거의 없습니다. 만약 삼 년 내에 태자마마께서 폐위당하지 않는다면 넷째마마께서 저의 눈동자를 후벼 파셔도 좋습니다."

윤진은 오사도의 말에 자신도 모르게 흥분했다. 초조한 모습으로 실내를 서성거렸다. 그러다 곧 평온을 회복한 듯 조용한 어조로 말했다.

"태자 형님은 내가 몰매를 맞아가면서 겨우 숨통을 열어 놓으면 훼방이나 놓고 다니고 있어. 이번에도 빚을 자그마치 사십오만 냥이나 지고 있었다고! 연말에 갚는다고는 하지만 폐하께서는 시월이 되기 전에 마무리를 짓고 손을 떼라고 하셨다고. 나로서는 고민이 이만저만이 아니야!"

오사도가 갑자기 놀란 표정을 지으면서 물었다.

"폐하의 뜻이라면서 옆구리를 한번 찔러 보시지 그랬어요?"

"그런 게 먹히면 둘째 형님이 아니지. 태자 형님은 보기에는 연약하고 온순해 보여. 하지만 의외로 엿가락처럼 질질 늘어지고 달라붙는 면이 있지. 귀에 거슬리는 진실을 받아들이지도 못해. 슬쩍 귀띔을 해주려고 하면 바보인 척, 못 알아듣는 척하기도 하지. 아주 피를 말리는 그런 부류의 사람이란 말이야."

윤진은 절레절레 고개를 저었다. 오사도가 잠시 생각에 잠겨 있는 듯하더니 찻잔을 내려놓고는 말했다.

"사십오만……. 결코 작은 액수는 아닙니다. 그러나 그리 대단한 것도 아닙니다."

"그게 무슨 말인가?"

"우리가 먼저 채워 넣으면 됩니다."

"아니 그게 무슨 말인가? 죽었다 깨어나도 나에게는 그럴 돈이 없어. 그렇다고 여덟째 쪽에 아쉬운 소리를 할 수도 없고. 그것은 바로 돌을 들어 제 발등을 찧는 격이 될 거야……."

윤진이 대경실색한 표정을 한 채 소리치듯 말했다. 오사도는 그래도 별로 놀라지 않은 듯 지팡이를 겨드랑이에 낀 채 창가로 다가갔다. 그리고는 지칠 줄 모르는 빗줄기를 지켜보더니 천천히 다시 입을 열었다.

"저에게 있습니다."

윤진은 오사도의 엉뚱한 말에 할 말을 잊은 듯했다. 그러다 잠시 후 정신을 차렸는지 크게 놀라면서 물었다.

"그대가 강남의 꽤나 내로라하는 집안의 자제라는 말은 들었으나 그 정도인 줄은 몰랐는데?"

"아닙니다. 그건 절대 아닙니다. 저는 넷째마마께서 보고 계신대로 아무것도 없는 비렁뱅이에 지나지 않습니다. 다만 이번에 북경에 들어오다가 의외의 횡재를 하게 됐습니다……."

오사도가 씁쓸한 웃음을 흘린 다음 고개를 저으면서 말했다. 그런 다음 안주머니에서 뭔가를 꺼내 손바닥에 올려놓았다.

"넷째마마, 이걸 좀 보십시오!"

윤진은 자신의 눈을 오사도의 손바닥에 바짝 가져다 댔다. 포도만한 물건이 오사도의 손바닥 위에서 파르스름하고 기이한 빛을 발하고 있었다. 보석이 틀림없어 보였다. 윤진이 말했다.

"내가 보기에는 조모록祖母綠이라는 보석이 확실해 보이는군. 오만 냥 정도는 할 것 같은데……."

오사도가 윤진의 말에 웃음 띤 얼굴로 말했다.

"열 개면 오십만 냥이라는 말씀이네요. 그러나 어찌 열 개뿐이겠습니까. 저에게는 이런 보석이 적어도 열여덟 개는 있습니다. 다른 금은보화들까지 합치면 못 돼도 삼백만 냥 이상은 되지 않을까 싶습니다. 그러니 그까짓 사십오만 냥 때문에 더 이상 머리 싸매고 고민하실 것은 없습니다."

윤진은 오사도가 허튼소리를 하는 사람이 아니라는 것을 분명히 알고 있었다. 그러니 더더욱 놀란 채 물을 수밖에 없었다.

"어디서 그렇게 어마어마한 거금이 생긴 것인가? 정체불명의 돈은 없느니만 못하다는 것도 알고 있겠지?"

오사도가 다시 자리에 돌아가 앉으면서 대답했다.

"세상에는 주인 없는 재물이 부지기수입니다. 저는 그 재물로 저의 주인인 넷째마마의 우려를 덜어드리려는 마음 외에는 없습니다."

윤진은 더 이상 말을 하지 못했다. 바로 오사도의 말이 이어졌다.

"이 물건들은 지금 대각사大覺寺에 있습니다. 적어도 백 년은 더 된 주인 없는 재물입니다. 만약 우리가 가져오지 않으면 언젠가는 중들이 차지하게 될 것이 뻔합니다. 어찌 됐거나 주인 없는 재산을 나라를 위한 일에 쓰는 것이 나쁜 일은 아니지 않습니까? 그렇지만 이 일은 하늘과 땅 그리고 우리 두 사람만 아는 것으로 해야 하겠습니다. 다른 사람들이 알면 곤란합니다……."

"그리고 우리도!"

갑자기 문밖에서 한바탕 떠나갈 듯한 웃음소리가 들려오는가 싶더니 곧 승복 차림의 스님 두 명이 들어섰다. 한 사람은 문장이 뛰어난 문각, 또 다른 한 사람은 무예가 출중한 성음이었다.

문각은 이미 백발이 성성한 노인이었으나 윤진을 도와 북경의 여러 선림禪林 주지들과 끈끈한 왕래를 유지하는 충실한 측근이기도 했다. 또 성음은 윤진의 자택 북쪽에 자리 잡은 점간처粘竿處에 머물면서 윤진을 호위하고 하인들을 교육시키거나 자녀들에게 무예를 가르치는 일 등을 하고 있었다.

윤진이 두 사람의 등장에 놀란 가슴을 쓸어내렸다.

"우리 얘기가 그렇게 멀리서도 다 들리는가, 성음?"

성음이 윤진의 의문을 바로 풀어주겠다는 듯 대답했다.

"제가 전음법傳音法을 터득하지 않았습니까? 이만한 거리라면 뭐든지 똑똑히 들을 수 있습니다."

오사도 역시 윤진처럼 두 사람의 등장에 안심했다는 표정을 짓고는 다시 말을 이었다.

"저는 이상한 것을 쫓아다니는 묘한 습관이 있습니다. 한번 궁금하다는 생각이 들면 끝까지 가지 않으면 안 되죠. 제 성격이 좀 그렇습니다. 제가 대각사에서 며칠 동안 머무를 때였습니다. 그때 너무 심심한 나머지 절 경내에 있는 비석이라는 비석은 다 읽어보고 다녔죠. 그렇게 해서 그곳이 원래 명나라의 태감이었던 이영정李永貞이 지은 집이었다는 사실을 알아낼 수 있었습니다. 그러자 부쩍 흥미가 생기더군요. 실제로 그는 어마어마한 부자였다고 합니다. 오장육부조차 전부 금으로 도배됐을 것이라는 소문까지 남겼던 사람이었으니까요. 저는 호기심을 주체하지 못해 여기저기를 자세히 둘러보고 다녔습니다. 그러던 어느 날이었습니다. 주위를 살펴보다가 신고神庫 쪽에 아직 매장되지 않은, 나무로 된 조각상이 있다는 사실을 알게 됐습니다. 기록에 나와 있는 것과 아주 흡사했습니다. 밑둥을 살펴보니까 바로 천계天啓 오 년에 만들어졌다는 기록도 나와 있었습니다. 실제로 《소풍잡기》嘯風雜記라는 책의 기록에 의하면, 대부호 이영정은 금은보화로 사람들의 조각상을 만드는 것이 취미였다고 합니다. 당나라 때의 위충현魏忠賢의 조각상을 만들 때는 제법 많은 양의 보석을 얼굴의 오관五官을 만드는데 사용했다고 하더군요. 저는 그때 책에서 본 기억을 떠올리고는 그곳에 있는 나무 조각상을 살펴봤습니다. 확실히 위충현의 얼굴 모양이 틀림없었습니다. 저는 오랫동안 방치된 탓에 흙으로 덮여 있는 조각상을 일단 깨끗이 닦아냈습니다. 그리고는 시험 삼아 눈 부위를 꼬챙이로 파 보았습니다. 그러자 아니나 다를까, 네 개의 조모록이 모습을 드러내는 것이 아니겠습니까? 당연히 그것은 다른 사람이 알아서는 안 될 일이죠. 그래서 일단 한 개만 들고 나오고 나머지 세 개는 절에 그대로 숨겨 놓았습니다."

오사도가 말한 내용은 도저히 믿기 어려운 불가사의한 일이었다. 그러나 그의 성품으로 볼 때 거짓말이라고 하기는 어려웠다. 아니 그가 실제로 조모록을 가지고 있는 것을 보면 분명한 사실이라고 해야 했다.

그를 제외한 세 사람의 휘둥그레진 눈은 좀처럼 원상태로 돌아올 줄을 몰랐다. 그러자 그가 내친김에 설명을 더욱 확실하게 하겠다는 듯 다시 말을 이었다.

"그 일대는 분명히 엄청난 금은보화가 묻혀 있는 금고입니다. 위충현은 구천세九千歲라고 불린 인물입니다. 때문에 이치대로라면 그런 조각상이 아홉 개는 있어야 합니다. 또 그것들은 오랜 세월 동안 세인들에게 발견되지 않은 것입니다. 그럼에도 이번에 저에게 발견됐다는 것은 분명한 한 가지를 뜻한다고 하겠습니다. 그것들이 바로 하늘이 넷째마마에게 내려주신 선물이라는 사실입니다. 나머지 여덟 개를 찾아내는 것은 그다지 어려운 일이 아닙니다. 열셋째마마께서 절을 보수해 준다는 명목 하에 사람들을 동원하기만 하면 됩니다. 그런 다음 제가 말하는 곳을 파 보면 분명히 보물들을 찾을 수 있을 겁니다……."

오사도의 말은 마치 잠꼬대 같다는 느낌을 윤진을 비롯한 세 사람에게 주고 있었다. 그만큼 그의 말은 기상천외했다. 하지만 세 사람은 그의 말을 굳게 믿는다는 표정을 짓고 있었다. 갑자기 방안은 물이라도 뿌린 듯 고요한 정적에 빠져 들어갔다.

윤진의 가슴은 곧 감동의 물결로 소용돌이쳤다. 진심으로 자신을 위하는 오사도의 마음을 너무나도 분명하게 읽은 것이다. 오사도가 그런 윤진의 마음을 알아차렸는지 빙그레 웃으면서 덧붙였다.

"옛말에 '선비는 자신을 알아주는 사람을 위해 죽고, 여자는 자기를 좋아해주는 남자를 위해 화장을 한다'고 했습니다. 저는 사패륵께서 저를 국사國士 대하듯 하는 것에 깊이 감사드릴 따름입니다!"

〈2권에 계속〉

부록

청나라의 관료제도와 행정기구

도움말 | 임계순(한양대 사학과 명예교수, 《청사》淸史 저자)

청나라의 통치기구와 그 운영은 명나라의 그것을 대부분 답습하였다. 전국은 18개의 성省으로, 성은 다시 부府, 주州, 현縣으로 구획되었다. 중앙행정기구는 명대의 내각內閣, 육부六部, 구시九寺, 도찰원都察院, 한림원翰林院 등의 기구를 존속시키는 한편 군기처軍機處, 내무부內務部, 이번원理藩院과 같은 기구를 신설하기도 했다.

그 운영에 있어 명나라의 제도를 본받아 관직을 18개의 등급으로 나누었고, 관리들은 대부분 정기적인 과거제를 통하여 충원했다. 그리고 관리들의 승진, 재임명, 좌천, 해임은 근무성적에 의하여 결정했다. 물론 황제와의 개인적인 친분으로 5품 이상의 고위관직에 임명되는 관료에게 인사고과는 다만 형식에 불과하였다. 그들 관료 밑으로는 수천 명에 달하는 한인漢人 서리가 행정을 보좌하고 있었다. 그러나 이민족 왕조라는 청나라의 특수성 때문에 행정운영상 만滿,

한漢 병용제나 주접제奏摺制를 실시하는 등 명나라와는 약간의 차이가 있었다.

1. 중앙행정기구

1) 주요 행정기관

청나라 최고의 정무기관은 내각이었다. 내각의 최고 관료인 4명의 대학사大學士 가운데 2명은 만인滿人이고, 2명은 한인漢人이었다. 또한 각각 1명의 한인과 만인을 협변대학사協辦大學士로 임명했다. 이들은 삼태전三太殿(보화전保和殿, 문화전文華殿, 무영전武英殿)과 삼각三閣(문연각文淵閣, 체인각體仁閣, 동연각東淵閣)에 파견되었다. 그러나 황족, 귀족, 고급 관료들로 구성된 만주족 고유의 제도인 의정왕대신회의에서 국가의 중요정책들이 의결됨으로써 내각대학사들의 영향력이 견제되었으며, 강희제가 집정한 이후에는 상서방上書房의 부상으로 그들의 권위가 실추되었다. 더욱이 옹정제가 군기처를 설치하자 내각의 지위는 단순히 황제의 명을 전달하고 공문서를 공포하는 기관에 지나지 않게 되었다.

군기처는 1729년 서북 변경 준갈이 부족과의 전쟁 중 군사전략을 자문하기 위하여 설립된 기구로 알려져 있다. 좀 더 자세히 살펴보면 1729년 준갈이 원정시 군수품 공급을 위해 내정內廷에 군수방軍需房으로 개편하고 다시 군기처로 명칭을 바꾸었다.

군기처는 설립 초기에는 그 비공식적인 성격과 육부의 상서, 시랑 등 높은 관직의 관리가 대부분 군기대신의 직책을 겸하고 있었기 때문에 정책결정의 비밀이 보장될 수 있었고 또한 효율적으로 집행될 수 있었다. 그러다가 군기처가 공식기관이 된 뒤 일반 행정업무까지도 취급하게 되었다.

군기처는 만주족과 한족이 각각 같은 인원으로, 6~10명의 군기대신이 있었다. 그 아래 만주족과 한족이 각각 16명씩으로 이루어진 군기장경들이 정규 행정업무뿐만 아니라 황제의 비밀명령인 밀지密旨를 지방 정부에 하달하고 지방관의 비밀보고인 밀접을 황제에게 직접 전달하는 업무를 담당하게 됨으로써 막강한 권력을 행사하게 되었다. 그러나 군기처는 각 성省의 아문衙門에 대한 집행권을 가지지는 못했다.

최고행정기관인 육부는 이부吏部, 호부戶部, 예부禮部, 병부兵部, 형부刑部, 공부工部로 구분되었으며, 각 부의 장관인 상서尙書는 만주족과 한족 각 1명, 차관인 좌, 우시랑은 만주족과 한족이 각 2명으로 구성되었다. 상서뿐만 아니라 시랑에게도 황제에게 상주할 권한이 있어 상호간의 대립과 견제가 가능하였다.

이부에서는 관료의 임명, 추천, 평가, 탄핵, 퇴직 등을 담당하였다. 호부는 국가의 재무를 담당하는 부서로서 지정은량地丁銀糧과 각종 세금의 할당 및 징수, 곡식 운반과 분배, 봉급지급, 그리고 총예산에 대한 지출, 결손에 대한 회계 및 인구조사, 호적정리, 소금행정, 교역 등을 담당했다. 예부는 종묘사직에 대한 제례의식을 담당하며, 조공사절에 대한 예물과 연회를 관장하고, 천문天文, 역법曆法, 인장印章, 과거科擧 등을 관리하였다. 병부에서는 군사행정을 담당하여 무관에 대한 군공, 무기장비, 군사보고, 군사우편, 무관의 과거를 관장하였다. 형부에서는 각종 소송에 대한 심판과 처벌을, 공부에서는 관개수로와 공공건물의 건축, 관리를 담당하였다.

이상과 같이 육부가 실제 행정업무를 관장했으나 황제의 참모기구에 불과하여 집행권도 없었고, 각 성의 정부에 영향력을 행사할 수도 없었다.

청나라 중앙행정기구

- **중요행정기구**
  - **내각**內閣(대학사大學士, 정1품)
  - **군기처**軍機處(군기대신軍機大臣, 대학사와 각 부의 상서와 시랑, 총독 중 임명)
  - **육부**六部
    - **이부**吏部(상서尙書, 종1품)
    - **호부**戶部(상서尙書, 종1품)
    - **예부**禮部(상서尙書, 종1품)
    - **병부**兵部(상서尙書, 종1품)
    - **형부**刑部(상서尙書, 종1품)
    - **공부**工部(상서尙書, 종1품)
- **특수행정기관**
  - **도찰원**都察院(좌도어사左都御使, 종1품)
  - **이번원**理藩院(상서尙書, 종1품)
  - **통정사**通政司(통정사사通政司使, 정3품)
  - **한림원**翰林院(장원학사章院學士, 정2품)
  - **대리시**大理寺(대리시경大理寺卿, 정3품)
  - **국자감**國子監(국자감대신國子監大臣, 종4품)
  - **흠천감**欽天監(감사대신監事大臣, 정5품)
- **궁정사무기관**
  - **종인부**宗人府(종경宗卿, 종친 중에서 임명)
  - **내무부**內務府(총관대신總管大臣, 정2품)
  - **태상시**太常寺(태상시경太常寺卿, 종3품)
  - **태복시**太僕寺(태복시경太僕寺卿, 종3품)
  - **홍로시**鴻臚寺(홍로시경鴻臚寺卿, 정4품)
  - **태의원**太醫院(원사院使, 정4품)

2) 특수행정기관

특수행정기관으로는 최고 감찰기관인 도찰원都察院, 중앙아시아의 소수 민족들을 관리하던 이번원理藩院, 궁중의 문서를 담당하던 한림원翰林院, 문서출납을 담당하던 통정사사通政使司, 그리고 궁정사무를 담당하던 내무부內務府를 들 수 있다. 청나라의 최고 감찰기관인 도찰원은 청태종이 재위했던 1636년 숭덕 원년에 설치되었으나 순치제가 재위하던 시기에 이르러서야 감찰기구로서 확고히 자리를 잡았다.

관원으로는 2명의 도어사都御史와 4명의 부도어사副都御史로 구성되었는데, 만주족과 한족 병용의 원칙대로 만인과 한인이 같은 숫자로 임명되었다. 이들 관원 밑에는 24명의 어사가 육부에, 10명의 어사가 북경에, 그리고 56명의 어사가 15개의 감찰구監察區인 도道에 파견되었다.

어사들은 황제를 위한 귀와 눈 같은 역할을 한다고 해서 '이목지관'耳目之官, 또한 언론의 자유를 가졌다고 하여 '언관'言官이라 불렸다. 어사들의 임무는 원칙적으로 중앙 및 지방정부의 관청 업무와 관리의 행위를 감찰하는 것으로서 성시省試와 회시會試, 소금전매, 곡물운반, 국가창고 등의 관리와 운영을 감독하였다.

이번원은 중국 역사상 최초로 중앙아시아의 소수 민족들을 관할하기 위하여 설립한 기관이다. 청나라는 몽고족의 우수한 군사력을 이용하여 잠재적인 위험성을 지닌 이들을 통제하기 위하여 특수 행정기구인 몽고아문蒙古衙門을 1637년 숭덕 2년에 설치하였다. 이는 1638년에 이번원으로 개칭되었다가 1659년 순치제 16년에 잠시 예부에 예속되기도 했다. 그러나 몽고와 관련한 사무가 단순한 조공관계 이상의 비중을 갖고 있었기 때문에 1662년에 다시 독립적인 의정기구가 되었다. 이후 몽고 이외에 신강新疆과 서장西藏 지역의 행정까지 담당하는 관서로 그 업무가 확대되었다.

한림원은 궁중의 문서를 관장하는 곳이었다. 1658년 내삼원內三院에서 분리되어 설립되었다. 한림원은 과거 합격자로서 실력과 명망을 갖춘 진사進士들이 처음으로 관직에 나갈 때 배치되는 기관으로서 관료라면 이곳에서 관직생활을 시작하는 것을 매우 영예롭게 생각하였다.

한림원의 관료는 황제에게 직접 간언할 수 있었고 황자들의 스승이 될 수 있었으며, 여러 가지 국가의 학문과 관련한 사업에 참여하고 각 성과 북경에서 거행되는 과거를 감독하였다. 한림원에는 과거에 합격한 진사뿐만 아니라 한군기인, 만주기인, 그리고 몽고기인도 각각 할당된 특정비율에 따라 한림학사와 관료로 임명되었다.

통정사사는 조정과 지방의 장주章奏와 봉박封駁 및 주접 등의 문서 출납을 담당하는 곳이었다. 통정사通政使, 부사副使, 참의參議, 경력經歷, 지사知事 등으로 구성되었으며, 만주족과 한족이 각각 한 명씩 임명되었다. 각 성으로부터 전달된 상주문을 읽고, 원본을 그대로 복사한 후 간략하게 요약하기도 하고 상세히 설명하기도 하여 한 부는 통정사사에 보관하고 한 부는 관련부서로 보내 미리 안건을 살피도록 했다. 이러한 과정을 거친 뒤에야 내각에 문서가 전달되었다. 그러나 주접奏摺은 개봉되지 않은 채 군기처로 직접 전달되었다. 문서 전달시 그 도착 일자와 접수 아문과 전달자의 이름을 반드시 별지에 기입하도록 하여 문서전달의 책임을 강화하였다.

그리고 통정사는 육부상서, 도찰원의 좌도어사, 대리시大理寺의 대리시경大理寺卿과 함께 대구경회의大九卿會議에 참여하여 일반적인 정책이 결정되기 전에 황제에게 대안을 제시하고, 총독과 순무와 같은 고급관료를 추천하며, 행정부 전반에 관한 새로운 규율을 검토했다.

이번원과 함께 만주족의 특성을 가진 기관으로 내무부를 들 수 있다. 이는 명나라 때의 환관조직을 답습하여 1653년 순치제가 십삼아문十三衙門을 설치했던 것을 강희제가 1661년에 개칭한 부서이다.

명나라는 환관의 권력남용이 무척 심각했기 때문에 청나라 조정은 환관의 폐단을 미연에 방지하기 위하여 팔기에 속한 노복인 포의包衣는 상층에서, 환관은 하층에서 업무를 수행하도록 이중적으로 내무부를 조직하였다. 포의가 업무상 환관을 감독하긴 했으나 직접 관리하지는 않았다.

환관은 별도로 그들만의 관리체계에 소속되어 있었다. 청나라가 북경으로 천도했을 때 궁중의 환관 수는 무려 십만 명에 달했으나 강희 연간에 이르러서는 그 수가 4백 명으로 대폭 줄어들었고, 궁중의 관리비용은 명대의 40분의 1에 지나지 않았다.

내무부 소속 포의는 1644년 만주족이 산해관으로 들어오기 이전에 요하遼河에서부터 포로가 되었던 상삼기上三旗 소속의 한인들이었다. 이들은 황제의 주거, 의복, 음식 등 자금성 내의 모든 살림은 물론 황실의 수입과 재산을 관리하였다.

내무부는 재정적으로 독립된 기관으로서 타 기관의 통제를 받지 않았으며 상당량의 자본을 상인에게 대출해 주거나 호부의 기금과 교환하기도 하였다. 어떤 의미에서 내무부는 황실의 절대적인 권위를 등에 업고 관료제도에 있어서도 상위개념으로 군림했던 기관이었다. 그러나 명대의 환관처럼 황제의 정책결정 과정이나 군사활동에 영향력을 행사할 수 없었다.

내무부장관은 내무부총관대신內務府總管大臣이라고 불렀고, 만주족의 왕공王公 혹은 만주족 대신大臣이 겸직하였다. 내무부 산하 중요기관으로 황실의 내탕금을 관리하던 광저사廣儲司, 건축공사를 담당하던 영조사營造司, 당시 군사적으로 중요한 말을 관리하던 상사사上駟司, 무기를 관리하던 무비사武備司, 공문서를 관리하던 내관령처內管領處, 그리고 학술서적을 출판하는 인쇄국 등이 있었다.

2. 지방행정기구

청나라는 명나라의 지방제도를 그대로 이어받아 전국을 18개의 행정단위인 성省으로 구획하고 총독總督과 순무巡撫를 파견하여 통치하였다. 총독과 순무를 합쳐서 독무督撫라 불렀는데, 이는 중앙과 지방의 정책집행을 연결하던 중요한 직책이었다. 1667년까지는 한 성에 한 명씩 순무를 임명하였고, 총독의 경우 시기나 상황에 따라 여러 성에 한 명씩 임명하였다. 명의 제도를 본받아 각 지역에 순안감찰어사巡按監察御史를 파견하여 황제 대신 총독과 순무를 견제하도록 하였다. 그러나 순무가 병부에서 공부 소속이 되고, 총독이 병부 소속이 되면서 1661년과 1662년 사이에 순안감찰어사제는 폐지되었고 그 업무는 독무와 안찰사가 맡게 되었다.

1673년 삼번의 난이 일어나면서 순무는 다시 병부에 속하게 되었다. 그것이 계속 이어졌고 옹정제 때는 총독이 관할하지 않는 산동성, 산서성, 하남성의 경우에 순무가 군사지휘관인 제독提督의 직무까지 겸하게 되었다. 그러다가 1748년 이후에는 직예성과 사천성을 제외한 각 성에 순무를 한 명씩 임명하였다.

또한 전국을 8개 구역으로 나누어 각 구역마다 한 명의 총독을 파견하였다. 직예성에는 직예총독, 사천성에는 사천총독, 강소성·강서성·안휘성에는 양강총독, 섬서성과 감숙성에는 섬감총독, 복건성과 절강성에는 민서총독, 호북성과 호남성에는 호광총독, 광동성과 광서성에는 양광총독, 운남성과 귀주성에는 운귀총독을 임명하였다. 독

청나라 지방행정기구

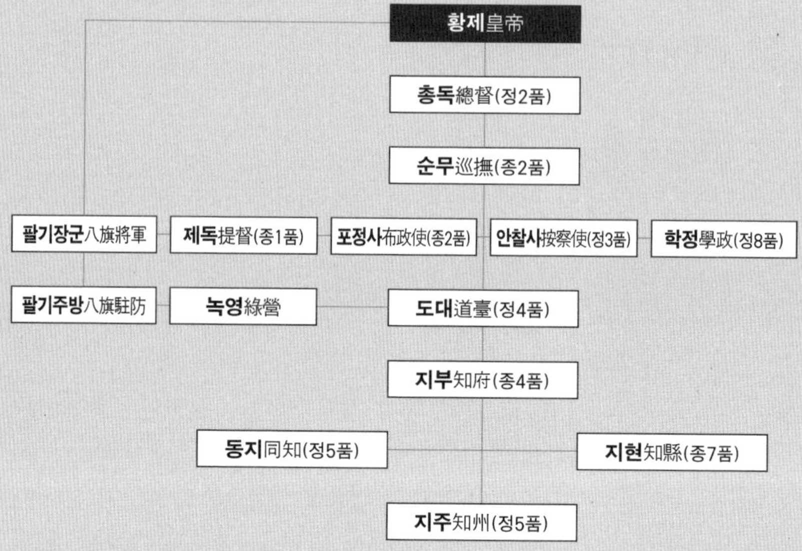

무제도가 정착되면서 총독과 순무는 성의 장관으로 황제에게 직접 상주할 수 있는 권한을 가지고 군권과 민권을 장악하였다.

1749년에 이르면 총독은 정2품인 도찰원의 좌도어사나 병부상서와 동급이 되었으며, 순무는 종2품인 부좌도어사나 시랑과 동급이 되어 조직상으로 총독에게 종속되었다. 그러나 실제로 이들의 업무는 서로 중복되며 독자적으로 녹영군綠營軍을 지휘하였다. 그리고 대부분 만인 총독 아래 한인 순무가 임명되어 서로 견제하였을 뿐만 아니라 중요한 성도省都에서는 팔기장군八旗將軍이 지휘하는 팔기군까지 주둔하여 이들을 감시하였다.

독무 아래에는 성의 행정과 재정을 모두 담당하다 재정만 담당하게 된 포정사布政使, 사법책임자인 안찰사按察使, 과거시험 담당관인 학정學政, 소금전매 담당관인 염도鹽道, 세곡운반 담당관인 조운관漕運官,

관세담당관인 관세관關稅官, 관개운하 책임자인 하도河道 등이 있었는데, 이들 대부분은 중앙에서 파견된 한인관리들로 황제에게 직접 상주할 권한이 있었다.

성은 다시 부府, 주州, 현縣으로 구획되었다. 가장 작은 행정구역은 주와 현이었으며, 군사적으로 중요한 지역은 주라고 이름하였다. 인구 약 20만 명인 현이나 주가 7~8개 모여 부가 되었고, 다시 7~13개 정도의 부가 모여 하나의 성을 이루었다. 그리고 성과 부 중간에 도道라는 감찰구監察區가 있었다. 이들 각 행정구역에는 지부知府, 지주知州, 지현知縣, 도대道臺라 불리는 행정관들이 파견되었다. 현은 다시 촌村, 장莊, 성城, 정町, 향鄕으로 구획되었다. 시市, 집集, 장場이라 부르는 시장도 있었다. 그러나 이 말단구역까지 정부관리가 파견되지는 않았다.

중앙에서 파견된 행정관 가운데 지현은 백성들을 직접 통치하는 관리로 부모관 혹은 목민관이라 칭하였다. 그는 행정체계상 핵심적 지방관으로 청나라의 권위를 유지할 정치적 책임이 있었다. 한인은 한인으로 통치한다는 정책에 의하여 지현의 90%는 한인이었다. 그리고 지현의 75%, 지주의 40%는 진사進士나 거인擧人들이었다.

이들의 임무는 관할지역의 조세를 징수하고, 재판을 담당하며 치안을 유지하는 것이었다. 그러나 지현은 회피제라는 것을 적용시켜서 그의 출신 지역이 아닌 타 지방에 임명하였다. 그러다 보니 그 지방의 사정을 전혀 모르는 단점이 있었던 데다가 임기도 3년으로 제한되어 있었다.

그리하여 지현이 임지로 파견될 때에는 재무, 사법 등 이, 호, 예, 병, 형, 공에 전문적인 지식을 가진 개인비서들과 같이 가는 것이 일반적이었는데, 이들을 막우幕友라 불렀다. 막우는 향리들 가운데서 초빙된 지방사정에 밝은 사람들이었으므로 결국 막우와 그 지방 출신 서리가 모든 행정업무를 집행한 셈이었다. 현의 서리로는 기록을 담당하는 주부主簿, 감옥을 담당하는 전리典吏, 우편을 담당하는 역승驛丞, 세금징수를 담당하는 과세사대사課稅司大使, 창고를 관리하는 창대사倉大使가 있었다.